Dudaktan Kalbe

•

REŞAT NURİ GÜNTEKİN

Dudaktan Kalbe

Dizgi ve sayfa tasarım Derya Balcı - İsmet Sayar
Kapak tasarım Sayat Ayık
Yayına hazırlayan Şafak Barış

ISBN: 978-975-10-2645-3

08 09 10   33 32 31

Baskı
İNKILÂP KİTABEVİ BASKI TESİSLERİ

İNKILÂP
Çobançeşme Mah. Sanayi Cad. Altay Sk. No. 8
34196 Yenibosna - İstanbul
Tel : (0212) 496 11 11 (Pbx)
Fax : (0212) 496 11 12
posta@inkilap.com

www.inkilap.com

REŞAT NURİ GÜNTEKİN

Dudaktan Kalbe

Danışman
M. Fatih Kanter

İNKILÂP

Bu eser 1925 yılında yayınlanan Osmanlıca baskısından yararlanılarak, aslına uygun olarak yayına hazırlanmıştır.

numro
1892

نومرو
١٨٩٢

Dudaktan Kalbe

دوداقدن قلبه

Birinci Kısım

I

Ev sahibi, yemek odasının terasaya açılan kapısından misafirine seslendi:

– Paşa, sen bu güzel mehtaba karşı bir hâb-ı nâza[1] dalacak-gibi görünüyorsun... Hele bir dakika buraya zahmet et...

Yayvan bir koltuğun içinde yemek ağırlığı ve yol yorgunluğuyla uyuşup kalan Prens Vefik Paşa üşene üşene gözlerini açtı, yorgun bir rica ile:

– Artık merhamet, dedi, zannederim bana bir yemek daha yedirecek değilsin...

Münir Bey yavaş yavaş ona doğru yürüyerek cevap verdi:

Bu seferki başka cinsten bir ziyafet... Yeni gençlerin tâbiri üzere "gözler için bir bedîî[2] ziyafet..."

Ona bile tahammülüm kalmadı...

Fehametlû[3] misafirlerim için bağımdaki muhtelif üzüm çeşitlerinden ve bilhassa eserlerimden bir sergi kurdum.

1 *naz uykusu*
2 *güzel*
3 *anlayışlı*

Bir tek üzüm daha versem çatlarım...

Arzettik ya paşam... Benim sergim mideden, damaktan ziyade gözlerin zevki için...

Münir Bey eski arkadaşını rahat bırakmıyor, onu kalkmağa mecbur etmek için koltuğu hafif hafif sarsıyordu.

Vefik Paşa, halsiz halsiz yerinden kalktı.

Kulenin etrafını dört taraftan saran sundurma terasa baştan başa çardaklarla kaplıydı. Ay ışığı asma dallarını tarıyor; yaprakların, üzüm salkımlarının büyümüş gölgeleriyle döşeme taşlarına bir masal sarayı nakışları çiziyordu.

Vefik Paşa yemek odasına girdiği vakit birdenbire canlandı. (Bir heyecan hissettiği vakit Fransızca, iş ve politikadan bahsederken İngilizce söylerdi) Hayretle kollarını kaldırdı; küçük, kısa vücudunu yükseltmek ister gibi ayaklarının ucunda kalkınarak Fransızca:

– Azizim burası bir peri âlemi, bir binbir gece sarayı hazinesi, dedi.

Yemek masasının üstü baştan başa kristal üzüm tabaklarıyla donanmıştı. Allı, morlu, sarılı, yeşilli salkımlar asma lâmbanın donuk ışığı içinde renkli mücevherler gibi parlıyordu.

Vefik Paşa, Türkçe olarak devam etti:

– Herhalde "Cem"in meşhur sofrası da buna benzer bir şey olacak... Sana hak verdim Münir... Yenip içilmeye mahsus hasis[4] şeylerle hemen hemen sanayi-i nefise[5] yaptın...

Münir Bey, eserinden memnun bir sanatkârın mağrur tevazusu ile ellerini ovuşturdu: "Zannederim," dedi, sonra söyledikçe artan bir hararetle devam etti:

---

4 cimri

5 güzel sanatlar

– Her sene bu mevsimde böyle canlı bir müze kuruyorum... Bunu sana da gösterebildiğime memnunum... Müzemin asıl kıymeti neresindedir, biliyor musun? Bu gördüğüm üzümlerden birçoğu kendi icadımdır... Dünyadan alâkamı kesip bağlarıma çekildikten sonra üzümcülüğe sevdayı sardırdım... Bağları iyi işletsem bana İzmir'in en büyük servetini getirebilir... Fakat, bilirsin ya ben hayatta daima menfaatten ziyade keyfimi düşündüm. Bağlarımla bir tüccardan ziyade bir sanatkâr gibi meşgul oluyorum... Çoluksuz çocuksuz hayatımın bütün merakını yeni üzüm cinsleri yetiştirmeye verdim... Aşıcılık fennini bir sanat haline getirdim. Yeni renkte, yeni lezzette bir üzüm cinsi bulduğum vakit yeni bir hayat icat etmiş gibi gururlanıyorum...

Vefik Paşa arkadaşının yüksek omzunu okşayabimek için kolunu olanca vüsatiyle[6] açıp kaldırdı:

– Bu âdeta bir hastalık ki, ismine... Meselâ "Stafilomani" demek lâzım... Tâbir güzel değil mi? Maamafih üzümle sanayi-i nefise aramaktaki münasebet inkâr edilemez... Tasavvur et ki şarkta şiir şaraptan, yani üzümden, Yunanda tiyatro "Baküs" ayinlerinden, Lâtinlerde...

Vefik Paşa öteden beri kendini bir sanayi-i nefise münekkidi[7] zanneder, fırsat buldukça etrafındakilere zorlu manâsız ve karışık nazariyeler dinletirdi. Arkadaşının eski zâf'ından hâlâ kurtulamadığını hisseden Münir Bey tehlikenin önünü almak için Vefik Paşa'nın dudaklarına bir salkım uzattı: "Leb-i Nigârım"dan[8] mutlaka birkaç tane yemelisiniz!.. Onda

---

6 *genişlik*
7 *eleştirmen*
8 *sevgilinin dudağı*

bir kiraz lezzeti bulacaksınız... Bunları yemekte o kadar beğendiğiniz "Nur-i Nigâr"lar[9] ile şu karşıki tabakta yaldızlanmış gibi görünen "Tâcızer"lerin[10] izdivacından aldım... Şekil ve renk itibarıyla analarına, babalarına hiçbir benzer cihetleri yok, değil mi? Tabiatın anlaşılmaz kanunları var azizim... İnsanlarda olsa fenaya çekeriz... "Mutlaka işe şeytan parmağı karışmış, kadın tarafından hiyanet var!" deriz... Fakat izdivaç, yani aşı elimle olduğu için bu şüphe vârid[11] olamaz. İşte bir yeni cins daha... "Çardak Hurması..." Yalnız şekli, parlak tozlu beyaz rengi değil, lezzeti de biraz hurmaya benzer... Küçük bir istirdat... Gizli bir ümidim, büyük bir hırsım var ki sana tevdi edebilirim... Ben üzümlerle çiçekler arasında bir sıhriyet vücuda getirmek, tabiata yeni bir izdivaç kanunu hediye etmek ümidindeyim... Bu izdivacın mahsullerini hele bir tasavvur et... Meselâ şu alacalı necef taşlarına benzeyen "Mah-ı Seher"le[12] bir menekşe yahut gülden alınmış bir mahsûl... Menekşe yahut gülün kokusunu bir lezzet halinde size veren bir üzüm... Görüyorsun ki ben de şair, heykeltraş filân gibi hayat yaratan bir sanatkârım...

Vefik Paşa kahkahalarla gülüyor, biraz evvel bir tek üzüm daha yemeye mecali olmadığını söylediği halde her tabağın önünde ayrı ayrı duruyor, her birisini eline alarak lâmbaya tutuyor, hepsinden birkaç tane tadıyordu.

Prens Vefik Paşa ile Münir Bey pek eskiden beri birbirlerini tanıyorlardı. Kırk sene evvel, aileleri birini İzmir'den, ötekini Mısır'dan, Paris'te tahsile göndermişti. Bu iki genç

9 *sevgilinin, güzelliğin ışığı*
10 *altın taç*
11 *akla gelen*
12 *yüz*

orada hemen hemen beraber yaşamışlar, az çalışıp çok eğlenmişlerdi. O zamana ait öyle hâtıraları vardı ki, yıllar geçtikçe aralarındaki bağları bir kat daha kuvvetlendirmişti. Daha sonra tesadüf onları İstanbul'da birleştirmişti. İkisi de beş sene kadar Şûrayı Devlet âzalığında arkadaşlık etmişlerdi. Nihayet Münir Bey sefaret kâtipliğiyle birçok seneler Londra'da bulunmuştu. Her sene birkaç ay İngiltere'de yaşamaya giden Vefik Paşa eski arkadaşıyla sık sık buluşurdu.

Prens Vefik kibar, centilmen, biraz sefahete meyilli bir adamdı. Büyük emellere, büyük fikirlere bağlanmaya ruhu mü sait değildi. Kendisini bir vazife esiri olamayacak kadar geniş fikirli, bir hayat intizamı[13] kabul edemeyecek kadar sanatkâr ruhlu zannederdi.

Zevcesinin vefatından sonra hiçbir ciddî işle meşgul olmamış, küçük bir kızıyla beraber memleket memleket gezmeye başlamıştı. Kibar su şehirlerinin, meşhur at koşularının, bilhassa sergi ve tiyatroların mevsimini kaçırmamaya gayret ederdi. Gittiği yerlerde daima sanatkârlarla düşer kalkar onlarla temasta bulunmayı bir nevi fazilet bilirdi. Ciddi akrabalar bu hallerini hoş görmezler, onun bir hafif ahlâklı san'at serserisi olduğunu söylerlerdi. Bu dedikodular kulağına geldikçe, istihfaf[14] ile güler, muhteşem bir edâ ile: "San'at asaleti hiçbir asaletle kabil-i mukayese değildir... Bu san'at serserisi unvanı bana bütün unvanlarımdan ziyade gurur veriyor" derdi. Haseb[15] ve nisbetinden bahsedildikçe, kendisine "Prens" denildikçe sıkılmış gibi görünür; yorgun,

13 düzen
14 küçük görme, önem vermemek
15 asalet

istihfafkâr vaziyetler alırdı. Mamafih "kim olduğunun" bilinmemesine de tahammül edemezdi. Bir mecliste yabancılara tesadüf ederse, "kim olduğunu" öğretinceye kadar uğraşır, üzülürdü. Hâlis kan bir prens olduğunu öğrettikten sonradır ki, diğer arkadaşlarının derecesine iner, kim olduğunu unutmamalarını rica ederdi. Lokanta ve meyhane duvarları için karpuz, üzüm, balık, ıstakoz levhası yapan züğürt "ölü tabiat" ressamları, sarhoşluk yüzünden orkestralardan kovulmuş serseri çalgıcılar ondan "fikir" almaya gelirlerdi. Vefik Paşa, sanata ait birçok fikirler ve mütalaalarla beraber, onlara bir miktar da para verirdi.

Kızı Cavidan'ı, portatif eczanesi ve kıymetli tesbih koleksiyonuyla beraber her gittiği yere götürmüştü. Mütemadiyen istim üstünde geçen bu "yüksek serseri" hayatı sebebiyle Prenses Cavidan, esaslı bir tahsil ve terbiye görmemişti. O da babası gibi mutasallifti;[16] o da sanatı kıymetli bir süs gibi kullanıyordu. Fakat güzel çehresi gibi zengin, göz aldatıcı bir zekâsı vardı. mecmualardan, edebiyat kitaplarından, sanat mahfillerinin[17] dedikodularının toplanmış köksüz fakat süslü, renkli fikirlerini oldukça iyi idare ediyor, babası gibi, nutka başlar başlamaz foyasını meydana vermiyordu.

Münir Bey biraz rintmeşrep,[18] sade, mâkul bir adamdı. Bu baba –kızdaki âlâyiş merakı ve san'at amatörlüğüyle belli etmeden hafif tertip alay ederdi. Böyle olduğu halde ikisini de severdi. Gerçi tasalluf[19] düşmanıydı. Fakat onların başka-

---

16 *aşırı bilgiçlik taslayan*
17 *mahfel, toplantı yeri*
18 *derviş tabiatlı*
19 *kendi gücü dışında görünerek övünme*

larından ziyade kendilerini aldatıp mes'ut olduklarını görür, bu tasallufta bön, saf bir samimiyet bulurdu.

On sene evvel İzmir'deki bağlarına çekilen Münir Bey, eski arkadaşını epeyce zamandan beri görmemişti. Vefik Paşa ara sıra ona mektuplar yazıyor: "Hem yârı kadim nezdinde[20] bir iki gün ihya-yı hâtırat-ı şebab etmek[21], hem Ayasuluğ harabeleri bakaya-yı bediîyesini[22] intak[23] ile huzur-ı tarihte birkaç saat-i istiğrak[24] geçirmek istiyorum," diyordu.

Nihayet o yaz bu arzuyu yerine getirmeye fırsat bulmuş, bir miras işi için İstanbul'dan Mısır'a geçerken beş altı günlüğüne İzmir'e uğramıştı.

*
* *

– Baba niçin benimle gelmedin... Öyle bir fırsat kaybettin ki!..

Vefik Paşa ile Münir Bey, başlarını teras kapısına çevirdiler. Cavidan, gecenin güzel endamına bir heykel vakarı veren çerçevesi içinde duruyor, çardağın kurşunî nakışları yüzünde, beyaz elbiselerinde oynaşıyordu. Ev sahibi, genç kıza doğru yürüdü; yüksek vücudunu biraz eğerek, hafifçe müstehzî bir resmiyetle:

– Prenses, dedi, bir dakika içeri zahmet ediniz... Fehametlu pederinizin sadık bir eski arkadaşı sıfatıyla size muhteşem, hükümdarane bir hediyem var... "Muhteşem, hükümdarane"

20 *eski dostun huzurunda*
21 *gençlik hatıralarını canlandırmak*
22 *eşsiz güzellikteki kalıntılar*
23 *cansız varlıkları konuşturma sanatı*
24 *ilâhi aşkla coşmak, kendinden geçmek*

deyişime gülüyorsunuz... Kim bilir şimdiye kadar size ne kıymetli hediyeler verildi... Bunları takdim edenler daima biraz kızardılar, size lâyık bir şey olmadığını mahcubane söylediler... Ben bilâkis hediyem için gayet mağrurum prenses... Ebediyyen yaşayacak bir yadigâr, yedi senede vücuda gelmiş canlı bir "şaheser"... "İnsan hayat da yaratabilir" diye gösterebileceğim bir eser...

Baba kız birbirlerine bakarak gülüyordu. Münir Bey masanın ortasından kenarları oymalı bir billur tabak aldı. İçinde açık yeşil bir üzüm salkımı vardı... Ev sahibi tabağı lâmbaya doğru kaldırdı:

– Şuna bakınız prenses... Hangi esatir[25] efsanesinin zümrüd salkımında bundan daha tatlı bir yeşillik tahayyül edilebilir... İçlerine dikkat ediniz... Üçer dörder şeffaf çekirdekleri var ki elmas kırıntılarına benziyor... Sanki bu zümrütleri içlerinden aydınlatan ziyayı onlar neşrediyor... Yedi senelik emeğimin mahsulü olan bu üzüm müsaadenizle isminizi taşıyacak... İnsaniyet onu "Prenses Cavidan" diye tanıyacak...

Münir Bey, gözlerinde bir gizli istihza[26] pırıltısıyla devam ediyordu:

– Hediyeme niçin "muhteşem, hükümdarane" dediğimi şimdi anladınız. İncinin, zümrüdün ne kadar uzun olsa muayyen bir ömrü var... Bu salkım taravetini yarın sabaha kadar güç muhafaza edecek... Fakat gelecek sene, öbür sene, öbür asır, hülâsa dünya dünya oldukça tekrar hayata gelecek... Prenses Cavidan her sene yaz sonunun böyle en güzel bir gecesinde doğup yaşayacak...

---

25 ilk çağ tanrıları hikâyeleri, masal
26 alay

Cavidan salkımın ucundan bir küçük parça kopardı. Gülerek bir toplu iğneyle yakasına iliştirdi.

Üzüm sergisini bırakarak tekrar tarasa çıkmışlardı. Vefik Paşa kızına sordu:

– Nerelerde dolaştın Cavidan?

– Bağın tâ öbür ucuna kadar gittim... Mehtapta bağların içinde yürümek ne kadar güzel oluyor baba... Hiç dikkat etmemiştim... Topraklar baştan başa çıplak, ağaçsız... Sade sıra sıra kütüklerin küçük gölgeleri var... Birdenbire karşı taraflardan bir keman sesi gelmeye başladı... Meşhur "Şark Noktürn"ünü çalıyordu... Hem de ne güzel, ne fevkâlâde bir çalış, baba...

Prens Vefik, ağır ağır başını sallayarak izah etti:

– "Eksekusyon"un "famö" bir şey olacağını tahmin etmem... Zannederim, mehtap senin "empresyonabilite"ni artırdı...

Sonra Münir Bey'e döndü:

– Bu "Şark Noktürnleri", ne büyük şöhret kazandı... Nereye gitsem ona tesadüf ediyorum... Tasavvur et ki meyhane ve kahve gramofonları bile onu çalıyor... Mamafih ne de olsa Arapderesinin bu alaturka dekoru içinde bu "müzik" tuhaf düşüyor...

Ev sahibi cevap verdi:

– Size bundan daha tuhaf bir şey söyleyeceğim... Bu alafranga "Şark Noktürnleri" bu alaturka Arapderesinden doğdu... Bestekârı Hüseyin Kenan adında bir İzmirli çocuktur. Hemen hemen burada, bu Bozyaka bağlarında büyüdü... Prenses, kemanın çok iyi çalındığını söylemekte hata etmedi... Çünkü onu bizzat bestekârın yayından dinledi. Hüseyin Kenan iki günden beri burada, dayısının bağında misafir bulunuyor...

Baba kız hayret ve heyecan ile birbirlerine bakıyorlardı. Münir Bey sözüne devam etti;

– Hüseyin Kenan bağ komşum Saip Paşa'nın yeğenidir... Küçük yaşından beri tanırım. Mahcup, çekingen, nazlı bir çocuktu... Bazı sebeplerden dolayı Saip Paşa kızkardeşini de, yeğenini de sevmiyordu. Saip Paşa ikide birde belediye reisi intihab[27] edilir, ikbal budalası bir adamdır... Nedense hemşirezâdesinin adam olamayacağına inanıyor, onu esnaf yapmayı istiyordu. Ben tavassut ederek Mühendis Mektebine yazdırdım... Mektebi güçlükle bitirdi. Birkaç sene küçük memuriyetlerde dolaştığını, bir zaman da İstanbul'da musiki dersleri vererek fakirâne yaşadığını işitiyordum. Hâlâ unutmam, bir gün Saip Paşa'ya tesadüf ettim. Kardeşine ve yeğenine karşı ateş püskürüyordu... Meğer Kenan, annesinin Kemeraltı'ndaki küçük dükkânını satıp Avrupa'ya gitmiş...

Üç dört sene ondan haber alamamıştım. Geçenlerde bir Avrupa mecmuasını karıştırıyordum. Gözüme Kenan'a benzeyen bir resim ilişti... Resmin altındaki yazıyı okudum: "Genç ve değerli Türk virtüozu Hüseyin Kenan" diyordu. Mecmuada bir de tenkid makalesi vardı ki, onun verdiği bir konserden bahsediyordu. Kenan, büyük istididanını teslim ettirmiş, konserin kendi bestelerine ait olan kısmı da çok beğenilmiş...

İstanbul matbuatının sermayesiz, dedikodusuz bir zamanıydı. Gazetelerden biri, Kenan için yazılan yazılardan birkaçını tercüme etti... Sonra öteki gazeteler de, âdet olduğu üzere ondan görerek sütun sütun bentler yazdılar. Avrupa bir adamın ehliyet ve ehemmiyetinden bahsederse tabiî o

27 *seçilme*

adamdan artık şüphe etmeye mahal kalmaz... Senelerce aramızda sefalet içinde yaşayan bu meçhul san'atkârı birdenbire göklere uçurdular, emsalsiz bir dâhi yaptılar. Kenan gölgede yaşıyacak bir şahsiyet değildi. Fakat söyledikleri gibi, bir dâhi de olduğuna inanmıyordum. "Şark noktürnleri" nin gördüğü büyük rağbet onun şöhretini arttırdı... Kenan'ın mutlaka sürüneceğini söyleyen, daima bunun için üç sene mühlet veren Saip Paşa'nın şimdi onunla ne kadar iftihar ettiğini bilemezsiniz. Geçenlerde İzmir'deki edebî mecmualardan birinde kendi resmini neşrettirdi. Altında "Şehrimizin Belediye Reisi muhteremi ve bestekâr Hüseyin Kenan Bey'in dayısı Saip Paşa Hazretleri" yazısını okuduğum vakit gülmekten katılıyordum.

Kenan, dayısının ısrarları üzerine iki, üç aylığına İzmir'e geldi... Bu müddet zarfında yeni bir eserini de tamamlayacakmış... Dün sabah bana uğramıştı... Eseri hakkında malûmat istedim... Paris'te tanıdığı Suriyeli bir şair kaleminden çıkma bir opera... Onu besteliyor... Mevzu Harun Reşit zamanına ait güzel bir hikâye... Vak'ayı çok iyi anlamış ve duymuş... Bu işi muvaffakiyetle başarabilirse Kenan zamanımızın meşhur bir kompozitörü olacak...

Vefik Paşa ve Cavidan, bu sözleri derin bir alâka ile dinlemişlerdi. İhtiyar prens telleri sayılacak kadar seyrek sakallarım çekiştirerek:

– Aziz arkadaşım, dedi ikramlarını unutamayacağız... Fakat bizi daha ziyade memnun etmek için ne yapacaktın biliyor musun? Bu gece bu şayan-ı dikkat genci de davet edecektin...

Cavidan hararetle babasını tasdik etti:

– Bu genci tanıdığımıza çok memnun olacaktık...

Ev sahibi gülümsedi:

– Emredersiniz, dedi, kaybolmuş bir şey yok... Yarın gece onu da davet ederiz. Hattâ isterseniz şimdi bile mümkün... Ne kadarcık yer... Zeynel'i göndereyim, gelmesini rica edeyim.

Bu güzel bir fikirdi. Baba kız memnuniyetle birbirlerine baktılar.

Vefik Paşa, gözlerini büzdü, başparmağını kaşları arasına soktu: (Kendisine güzel bir fikir sahih[28] olduğu vakit daima böyle yapardı.)

– Yapılacak daha şık bir hareket var... Genç virtüoza şimdi bir baskın vereceğiz. Ziyaretimizin genç sanatkârlarda uyandıracağı teessür ve heyecanı düşün Cavidan.

Vefik Paşa, başkası için hazırladığı bu heyecanla kendisi titriyor, Türkçeyi bırakıp Fransızca olarak sözüne devam ediyordu:

– Gece vakti bu peri âlemi dekoru içinden iki şahıs zuhûr ediyor... Bunlar bir prensle bir prensestir. Çocuğun cümle-i asabiyesini sarsacak bir teessür... Belki bu heyecan, operasına bile sirayet edecek.

Bekçi Zeynel, elinde kocaman bir sopa ile önlerine düştü, bağın içinde ağır ağır ilerlemeye başladılar. Kütükler birbiri ardı sıra karanlık dalga dizileri gibi tâ uzaklara yayılıp dağılıyor, ay aydınlığı çıplak toprakların üstünde su birikintilerine mahsus ağır parıltılarla yanıp sönüyordu.

*
* *

---

28 gerçek

Bağın nihayetindeki tahta kapıdan ince dikenli bir yola çıkmışlardı. Kurumuş dikenler arasında kertenkeleler hışırdıyor, ağustosböcekleri etrafı dayanılmaz bir uğultu içinde bunaltıyordu.

Bağların yorgun, sıcak kokuları ağır bir bulut gibi nefeslerini tıkıyor, sıcak şaraplar gibi başlarına vuruyordu.

Patikanın aşağıdaki geniş araba yolunu gören bir noktasında durmuşlardı. Cavidan, babasına yolun uzak bir noktasını gösterdi:

– Bak baba... Şu gölgeler insan değil mi? dedi.

Hep birden, genç kızın gösterdiği yere baktılar.

Yolun öte başından irili ufaklı garip bir gölge kafilesi geliyor, en önde bir merkep yürüyordu.

Münir Bey, misafirlerine izahat verdi:

– Bu mevsimde buralarda âdettir... Geceleri böyle bağdan bağa misafir kafileleri gelip gider... Fakat niçin böyle sessiz gidiyorlar... Bunlar ekseriya türkü filân söylerler, gürültü ederler...

Bu sessiz kafile, biraz daha ilerledikten sonra bir bağ kenarında, küçük bir taş kulenin önünde durmuştu. Birdenbire bir çığlık, bir gürültü koptu. Billûr gibi çocuk kahkahaları, karşıki tepelere aksediyor, karmakarışık sesler ağır bir kemanın refakatiyle bir ninni havası söylüyordu.

Vefik Paşa ile Cavidan şaşırıp kalmışlardı. Münir Bey, gülerek izah etti:

– Bu kule, Şem'i Dede isminde bir ihtiyar dervişindir... Yarı meczup, fakat rint, ehl-i dil bir adamdır... Bozyaka'da herkes onu tanır ve sever... Şimdiye kadar yalnız yaşıyordu... İki ay evvel genç bir kadınla evlendi... O vakitten beri herkes dedeye lâtife eder. Anlaşılan bu gece Kenan çoluk çocuğu toplamış, dedeye azizlik etmeye gelmiş...

Ninni gittikçe artan kahkahalar, çıngıraklı çocuk haykırışmaları içinde boğuluyor, civar kulelerin pencerelerinde ışıklar dolaşıyor, köpekler uluyordu.

Nihayet küçük taş kulenin tahta kepenklerinden biri açıldı, elinde mum ile beyazlı bir insan hayaleti belirdi. Şem'i Dede'nin elini kolunu sallıyarak bağırdığı anlaşılıyor, fakat gürültü içinde sesi işitilmiyordu.

Münir Bey misafirleriyle beraber patikadan caddeye indiği vakit neş'e, gürültü son dereceyi bulmuştu. Şem'i Dede'yi beyaz entarisi, güveylik kırmızı mercan terlikleriyle eşeğe bindirmişler, kafile yeniden yola düzülmüştü. İhtiyar damadı bağırta çığırta. kim bilir nerelere götürecekler, ne kadar dolaştıracaklardı?

Münir Bey ile misafirleri yol üzerinde göründükleri vakit kahkahalar yavaşladı, türküler kesildi. Kafile uzaktan zannedildiği gibi sadece bir çocuk alayı değildi. Küçüklerin arasında kocaman gençler, yeldirmeli genç kızlar da vardı.

Münir Bey uzaktan seslendi:

– Dedem, nedir bu hal?..

İhtiyar derviş cevap verdi:

– Ne olacak beyim... Kurt kocayınca köpeklerin maskarası olur...

Kafile durmuş, çocuklarla büyükler, Münir Bey'le misafirlerinin etrafında bir halka çevirmişlerdi. Kenan kısa beyaz yeldirmeli bir güzel kızla beraber eşeğin yularını tutuyordu. Ceket ve fesi yoktu. Beyaz sadakor gömleğinin göğsü açık, kolları dirseklerine kadar sıvalıydı.

Münir Bey onu misafirlerine takdim ettiği vakit şaşırdı, yarı çıplak vücudundan utanıyor gibi mahcubane gülümseyerek ellerini göğsü üzerinde kavuşturdu.

Esmer yüzü, karanlıkta belli olacak kadar kızarmıştı.

Vefik Paşa minimini kavruk vücudundan nasıl çıktığına hayret edilen kalın, çatlak sesiyle:

– Sanatkârı bu kadar artistik ve karakteristik bir dekor içinde tanıdığıma çok memnunum, dedi, sonra etrafını çeviren gençlere, çocuklara, uzun sakallı, çıplak kafalı Şem'i Dede'ye, sevimli çehreli eşeğe karşı kısa bir hitabe irad etti.

Kenan hafif bir gülümsemeyle önüne bakarak dinliyordu. Cevabı çıplak bacakları dizkapaklarına kadar örten kısa, beyaz entarisini bir Roma İmparatoru gururuyla taşıyan Şem'i Dede verdi:

– Paşa Hazretleri Kenan oğlumuz ilk feyzini bu topraklardan ziyade bu fakir ve âciz Şem'i Dede'den aldı. Kenan'a ilk musiki nefesini ben nefhettim.[29]

Çıplak başı mehtabın içinde pırıl pırıl yanıyor, küçücük yeşil gözleri gür kaşlarıyla uzun sakalının arasında pırıl pırıl parlıyordu.

Yabancılarla beraber bulunduğu vakit çehresine daima vakur, sakin, hissiz bir ciddiyet veren Cavidan kendini tutamıyor, güldüğünü göstermemek için başını Münir Bey'in arkasına saklıyordu.

Dede devam ediyordu:

– Maazâlik,[30] yumurta kabuğundan çıkar, kabuğunu beğenmez fehvasınca Kenan Bey oğlumuz da iktisab-ı[31] şöhret ettik-

29 üflemek
30 bununla beraber
31 kazanma

ten sonra dedeyi boşladı... "Dedeyi boşlamak" sözünden bir mâna-yı remzi kasdediyorum... Yani alaturka musikiyi bırakıp alafrangaya çevirdi... Kanaat-ı fakiranemize göre bir tohum doğduğundan gayri toprakta bir neşv ü nemayi[32] tam idrâk edemez... Ama diyeceksiniz ki Kenan senin meslekte sebat edeydi sen gibi bir... Hâşâ huzur... Donsuz dede olur kalırdı... O da baş ka bir bahis...

Vefik Paşa kızına döndü:

– Görüyor musun Cavidan... Bu şarkta ne "pitoresk" adamlar var, dedi.

Bu tesadüf sayesinde çocukların elinden kendini kurtaran Şem'i Dede, yeni misafirlere mutlaka ikram etmek istiyordu. Bahçesinin bir köşesine temiz beyaz hasırlar serilmişti. Ömründe ilk defa hasır üstünde oturan Cavidan babasının dizlerine dayanıyor: "Ne yeni tahassus,[33] baba... Bu gece tam bir şark hayatı yaşadık..." diyordu. Şem'i Dede'nin üzümlerini yemeye kimsede takat yoktu. Fakat içeriden "ney"ini getirdiler, ona birkaç beste çaldırdılar.

*
* *

Kenan biraz sonra kafileden ayrılmış, Münir Bey'in misafirlerine refakat etmişti. Bağa döndüğü vakit ay Ilıca tepelerinde batıyordu. Sabah yorgun yorgun dallarını bırakan ağaçların tepesinde bir hafif buğu halinde ağarmaya başlıyor; yaprak kümeleri, çalı yığınları arasında kuşlar ötüyordu.

Annesi Melek Hanım hâlâ yatmamıştı. Oğlunun bu kadar geç kalmasını merak ediyor, aşağı odanın açık penceresi

---

32 bitkilerin gelişmesi
33 özel olma

önümde, nahif omuzlarında bir yün atkı ile onu bekliyordu Uzakta bir köpek uludu, dış kapıya giden ince yol üstünde bir gölge belirdi.

Melek Hanım yolu daha iyi görmek için uzandı:

– Kenan.. Kenan... Sen misin? diye seslendi.

Kenan cevap vermedi; adımlarını daha yavaşlattı, kendi parçalarından birini ıslıkla çalmaya başladı.

Bir zamandan beri gergin keman telleri gibi en hafif bir tesire karşı derin, gizli ahenklere boğulan hasta âsâbı bilhassa böyle sabah saatlerinde mütemadi bir ihtizaz[34] içinde yaşıyordu! Heyecanı ıslığa bir musiki âleti hassasiyet ve rikkati[35] veriyor, muğlâk[36] ruhunun ümidini, arzusunu, hüznünü, neş'esini bütün ince renkleriyle söylüyordu.

Hâlâ ıslığına devam ederek çardakların altından yürüdü, annesinin durduğu pencerenin önüne geldi:

– Niçin bu kadar geç kaldın, Kenan?

– Ben oradan çıkalı çok oldu anne... Bahçe aralarında do laştım... Tâ Kırkçamlar'a kadar gittim...

– Tek başına oralarda gezmekten korkmadın mı? Yapma böyle Kenan...

Kenan, alçak pencereye kollarını uzatarak annesinin ince bileklerini tutmuştu. Mavi gözlerinde süzgün bir istiğrakla gülümsedi:

– Ben mi korkacağım? Oğluna ilişebilecek bir kuvvet ta savvur ediyor musun?.. Hayat artık benim anne... Ben artık talihsizliği mağlûp ettim...

---

34 titreme
35 incelik
36 karışık

Derin bir yaşamak zevkiyle titreyen kollarını uzattı, annesinin çelimsiz, zayıf vücudunu yakalayarak zorla pencereden dışarı aldı.

Senelerce ayrılıktan sonra onu ilk defa kollarına alıyormuş gibi hicranlarla kalbine basıyor, hâlâ gençliğini muhafaza eden süzgün yüzünü buselere gark ediyordu.

Melek Hanım Kenan'ı yedi sekiz yaşına dönmüş sanıyordu, o vakit de böyle zaman zaman anlaşılmaz bir rikkatle titremeye başlar, mavi gözlerini yine böyle yaşlarla dolduran bir sevmek, sevilmek ihtiyacıyla boynuna sarılırdı. Daha büyüdüğü vakit bu tabiatını bırakmış; durgun, çekingen mağmum[37] bir genç olmuştu.

Melek Hanım oğlunun uzun saçlarını okşadı:

– Yatmayacak mısın Kenan... yorulmadın mı... Hasta olacaksın, dedi.

Kenan merdivenin taş basamağına oturmuş, annesini zorla dizlerinin üstüne almıştı.

Çocuk gibi gülüyordu:

– Uyumak mı? Uyku bedbahtlar, hastaların nasibi, anne... Bütün ruhuyla yaşayan mesut insanlar niçin uyusun?.. Biliyor musun bu saatlerde dünyada daha güneşleri batmamış yahut ay aydınlıklarına gark olmuş memleketler var... Orada Kenan'ın parçalarını çalıyorlar, senin oğlunun lisan ve kalbiyle dertlerini söylüyorlar, ağlayıp gülüyorlar... Yarın daha büyük bir eserim olacak. Artık ölümlerden bile korkum kalmayacak anne... Kenan gömülmüş, dudakları müebbeden susmuş... Ne çıkar? Kenan'ın ölmüş dudakları musikinin

37 *gamlı, tasalı*

ruhuyla söyleyecek... Bu ölü söylerken bilâkis yaşayanlar susacak, sararacak, ağlayacak... Göreceksin ne kadar mesut olacağız... Ben sırf kendi kuvvetimle talihsizliği mağlûp ettim, anne... O kadar ıstırap çektim... Nihayet talih bana da güldü... Saadetimle için için yanıyorum.

II

Melek Hanım ihtiyar bir yemiş tüccarının son çocuğuydu. Öteki kardeşleri erkek olduğu için babası onu hepsinden ziyade seviyordu. O vakit ticaret işleri çok iyi gidiyordu. Bundan başka Melek de sahiden melek gibi güzel bir kızdı. Daha on dördünü bitirmeden ona birçok kısmetler çıkmıştı. Salâhattin Efendi kızı için bir türlü adam beğenemiyordu. Fakat ne çare ki küçük kız saf, tecrübesiz gönlünü, babasının kâtiplerinden İstanbullu bir gence kaptırmıştı. Ümitleri yoktu: Ne Salâhattin Efendi'nin, ne de oğullarının böyle bir izdivaca razı olmayacaklarını ikisi de biliyorlardı. İki sene sırlarını saklayabilmişlerdi. Fakat her sevda gibi bu sevda da nihayet meydana çıkmış, dedikodu bütün İzmir'e yayılmıştı. İhtiyar tüccar vak'ayı öğrendiği zaman yüreğine inmesine, ölmesine ramak kalmıştı. Bir kere mevki ve servet hakkında eski kökleşmiş fikirleri vardı. Sonra bu genç kâtibi zaten sevmiyor, hemen hemen merhametten yanında tutuyordu. Nail'in mazisinde bir leke vardı: Üç sene evvel onu bir para meselesinden dolayı Manisa muhasebesi memurluğundan azletmişlerdi. Mahkeme onu mahkûm etmek için kâfi delil bulamamış, beraat ettirmişti. Fakat buna rağmen Nail bir türlü bu lekeyi silememiş, hayatını memuriyetten başka yerlerde aramaya mecbur kalmıştı.

– Salâhattin Efendi nazarında genç kâtibin günahı bundan ibaret de değildi. Çalışkan, fakat biraz havai bir İstanbul çocuğuydu. Eğlenmeyi fazla seviyordu. Güzel ud çaldığı için ara sıra ziyafetlere, işret âlemlerine davet ediyorlardı.

Salâhattin Efendi ile oğulları hemen o gün Nail'i kovmuşlardı. Meleğe de çok ağır muamele ettiler, onu altı aylığına Söke'deki halasına misafir gönderdiler. Böylelikle genç kıza ümitsiz sevdasını İzmir'e de bu çirkin vak'ayı unutturacaklarını umuyorlardı. Fakat netice tahminlerinin büsbütün aksine çıkmıştı. Nail, Denizli'de yeni bir memuriyet almağa muvaffak olmuştu. Sonra, Söke'deki bir mektep arkadaşının karısı vasıtasıyla ara sıra Melek'e de mektuplar gönderiyor, ondan cevaplar alıyordu..

Genç kız Nail'i unutmak şöyle dursun, günden güne daha ziyade seviyor, ondan başka kimseyle evlenmiyeceğini, onun için herşeyi göze alacağını yazıyordu.

İhtiyar tüccar, kızını tekrar İzmir'e aldırmayı düşündüğü sıralarda Söke'den bir telgraf aldı. Melek Nail ile beraber kaçmış, hattâ bir köy imamının evinde nikâhları bile kıyılmıştı.

Salâhattin Efendi'nin büyük oğlu Saip, Nail'i tevkif ettirmeyi, en küçük oğlu Hilmi bu namus lekesini kanla temizlemeyi teklif ediyordu. Fakat ihtiyar baba ile öteki oğulları bu fikirde değillerdi. Kızları hem onlara, hem kendisine silinmeyecek bir leke sürmüştü. Onu artık ölmüş farzedecekler, bir daha adını anmıyacaklardı.

Salâhattin Efendi inadında sebat etmiş, iki sene sonra ölürken bile kızını görmek istememişti. Servetini dört oğlu ara sında taksim ediyor, Meleğe, Tilkilik'te küçük bir ev ile Kemeraltı'nda bir kunduracı dükkânından başka mal bırakmıyordu.

Bütün gayretine, bütün fedakârlıklarına rağmen bu izdivaç Melek Hanım'ı umduğu kadar mesut edememişti. Yaşına göre çok ağırbaşlı bir kadın olmuştu. Debdebede, saltanatta, süste gözü yoktu. Bıraktığı zengin hayat, feda ettiği büyük ümitler için bir an pişman olmamıştı. Kocasının muhabbetiyle avunup gidiyordu. Dokuma perdeli, basık, kara tavanlı köy evlerinin sefaletini görmüyor, en müşkül günlerde bile neşe ve cesaretini kaybetmiyordu.

Nail talihsiz bir gençti. Fakat fena, kalpsiz bir adam değildi. Karısını, on sekiz ay ara ile doğan çocuklarını sefalet içinde gördükçe eriyip bitiyordu. İlk sevda heyecanları içinde bugünleri tahmin edemediği için kendi kendine lânet ediyordu. Hafif tabiatını, bütün fena huylarını bırakmıştı. Karısını, çocuklarını biraz daha mesut ve rahat görmek için mütemadiyen çalışıp didiniyordu. Fakat talihsizlik onun yakasını bir türlü bırakmıyor, küçük aile günden güne daha derin bir sefalete düşüyordu. Aydın vilâyetinin bütün kasabalarını birer birer gezmeye başlamışlardı. Daima memuriyet ve memleket değiştiriyor, fakat hiç birisinde tutunamıyordu.

Bu sefalet içinde Kenan yedi, Afife beş yaşına gelmişti. Artık hiçbir işte muvaffak olamayacağına inanan Nail, bedbin, mağmum siyah bir adam olmuştu. Kederlerini unutmak bahanesiyle tekrar içmeye, sıhhati gibi ahlâkı da günden güne bozulmaya başlıyordu.

İşte bu esnalarda idi ki ailenin vaziyeti birdenbire düzeldi. Nail daha çok para kazanıyor, daha canlı ve asabi görünüyordu.

Fakat bu refah uzun müddet devam etmedi. Bir gece jandarmalar evi bastılar, bir sebep söylemeden onu alıp götürdüler.

Melek Hanım'a ertesi gün, kocasının yeni bir iftiraya uğradığını haber vermişlerdi. Fakat bu seferki bir iftira değil; âdi, cüretkâr bir hırsızlıktı.

Nail bunu açıkça itiraf ediyor, hemen hemen fütursuz bir tavır ile:

– "Başka türlü yaşamak imkânsızdı... Çoluk çocuğum açlık tan ölecekti..." diyordu.

Bu itirafa rağmen mahkeme aylarca sürmüştü. Melek Hanım elinde iki çocuğuyla sokakta kalmıştı. Aylarca en karanlık bir sefaletle yüzyüze yaşamıştı.

Nail hapishanede yeisinden, ümitsizliğinden kuduruyor, karısı, çocuklarıyla beraber onu görmeğe gittikçe çocuk gibi ağlamaktan başka bir şey yapamıyordu.

Melek Hanım Nail'in ısrarı üzerine kardeşlerine mektup yazdı, kendisine değilse bile küçüklere acımaları için onlara yalvardı.

Şimdi onlar da eski halde değillerdi, ortanca ağabeyleri Necip ile Mes'ud beraber giriştikleri bir ticaret işinde batıp mahvolmuşlardı. En küçük kardeşleri Hilmi, nesi var, nesi yoksa satmış İstanbul'a gitmişti.

Ailenin böyle darmadağın olmasına mukabil yalnız Saip Bey yükseliyor, çok zengin bir adam oluyordu.

Saip Bey Melek'e cevap vermemiş, doğrudan doğruya Nail'e mektup yazmıştı: "Bu işte bir cürüm ve günah varsa size aittir. Kardeşimizi baba ocağına kabule hazırız. Ancak bize sizinle hiçbir alâkası kalmadığına dair resmî ve şer'î[38] talâkname[39] ibraz etmeniz lâzımdır."

Kenan'ın en eski ve acı hâtırası, babasından ayrıldığı güne aitti. Karanlık, yağmurlu bir sonbahar günüydü. Melek son defa kocasını görmek için çocuklarıyla beraber hapise gitmişti. Kenan ne vakit gözlerini kapasa bu küçük taş odayı bütün teferruatıyla görürdü. Bütün eşyası, üstüne sarı bir battaniye atılmış kırık bir kerevet, bir testi, bir teneke lâmba boş bir gaz sandığı, bir de uddan ibaretti.

Melek Hanım kerevetin üstüne oturmuş, çocuklarını iki yanına almıştı. Hemen hiç konuşmuyorlardı. Babası uzamış tıraşı, demir parmaklıklı küçük pencereden giren kirli ziya içinde daha sarı ve zayıf görülen çehresiyle gaz sandığının kenarında oturuyor, yanındaki udun telleriyle oynuyordu. Bir aralık Nail udunu kucağına almış, gayet yavaş olarak ağır, mahzun bir şeyler çalmıştı.

Kenan son senelerde ağır bir tifo geçirmiş, bir zaman kendini bilmemişti. Bu hastalık günlerinde hayat ile alâkası yalnız bu seslerden ibaret kalmış, ruhunu kaplayan siyah yokluk içinde yalnız babasının udunu dinlemişti.

İhtiyar olduğu vakit ölürken de en son duyacağı bu ud olacağına, bu uzak, mahzun sesler içinde öleceğine kanaati vardı.

Pencereden giren son ışıklar rutubetli, siyah duvarlarda sönerken kapı açılmış, elinde bir fenerle heybetli bir jandarma neferi görünmüştü.

---

38 şeriate dair
39 boşanma mektubu

Kenan artık ne annesine, ne kendisini kollarına alıp tekrar tekrar yanaklarından, gözlerinden öpen babasına bakmış, karanlıkta düşmemek için annesinin eteklerine sarılarak uzun, soğuk taşlıklardan geçmişti.

İzmir'e geldikten sonra artık babasından bahsedilmemişti. Yalnız bir sene kadar sonra yine bir jandarma neferinin bir sandık getirdiğini hatırlıyordu. Annesi ona altın kaplamalı kü çük bir saat, sedef saplı bir çakı vermişti. Kenan bunların kim den geldiğini, niçin kendisine verildiğini sormamıştı.

Yalnız o gece sabaha karşı anlaşılmaz bir hisle uykudan uyanmış, yanındaki yatakta koyun koyuna uyuyan annesiyle Afife'nin hissettirmeden, uyandırmadan yanaklarını öpmüştü.

Kenan'ın babasına ait hâtıraları bundan ibaretti.

*
* *

Saip Paşa'nın Karantina'daki zengin konağı, Bozyaka'da imaret gibi işleyen muhteşem kulesi, ne Melek Hanım'ı, ne de Kenan'la Afife'yi mesut edememişti. Bu adamda sönmez bir ikbal ve makam hırsı, müfrit[40] bir azamet deliliği vardı.

Bir paşalık ile üç beş nişan elde etmek için o vakitin Mabeynine dünya kadar para yedirmişti. Nasıl ki son zamanlarda İzmir'de bütün faliyet ve kudretini de belediye reisi olmaya ve o mevkii ne pahasına olursa olsun muhafaza etmeye sarf etmişti. Kışın konağı, yazın kulesi tekke gibi işler, hacıdan hocadan birtakım tufeylîler, dalkavuklarla dolup taşardı. Âdeta muntazam teşkilât yapmıştı. Nüfuzundan istifade edebileceği şahıslardan hiçbirini ihmal etmez, bağbozumunda

40 aşırı

İstanbul'daki hâmilerine denk denk üzüm, incir gönderir, şehre her yeni vali geldikçe âdeta karşılama şenlikleri tertiplerdi.

Saip Paşa kızkardeşini evine kabul etmekle beraber hâlâ affedememişti. Hele Kenan'ı bir türlü sevemiyordu. Kenan, onun nazarında sefih, sefil bir hırsızın oğluydu. Terbiyesine ne kadar gayret edilse netice vermeyecekti. Mutlaka babası gibi olacak, hayatını hapishanede, hatta, ihtimal darağacında bitirecekti. Zaten bu yaşta, bu boyda o serseriye benzemiyor muydu? Bu çocuğun mazlum, halîm, çekingen tavırlarına inanmak doğru olmazdı. Babası da görünüşte böyleydi. Fakat fırsat buldukça hangi fenalıktan geri dururdu?

Kenan, büyük dayısının şiş kapaklı iri, devrik gözlerine bir gün titremeden bakamamıştı. Uslu, sessiz, korkak bir çocuktu. Cılız vücudu, süzgün ince yüzü onu olduğundan daha küçük gösterirdi. Hasta denecek kadar hassastı. Etrafında geçen şeyleri ıstırap çekmiş büyük adamlar gibi bütün inceliğiyle anlardı. Fakat ruhunu başkalarına göstermekten çekinirdi. Annesi bile bu çocuk kalbinde neler geçtiğini tamamıyla anlayamazdı.

Bazı hiç sebep yokken annesinin boynuna sarılır, yanaklarını, gözlerini, boynunu, ellerini buselere gark ederdi. Melek Hanım bu dakikalarda onun rikkatten ezildiğini, mavi gözlerinin yaşla dolduğunu görürdü. Sebebini sorduğu vakit Kenan, bir şey söyleyemezdi. Çünkü bu sebebi kendi de bilmezdi. Bu, uyumak, su içmek gibi bir tuhaf ihtiyaçtı ki, içinden gelirdi.

Başka bir çocuk olsaydı, konaktaki vaziyeti onu hakir bir mevkiye düşürürdü. Fakat o hakarete uğramaktan korktuğu için daima herkesten uzak durur, haşarı dayızadelerinin arasına karışmaktan çekinirdi. Çocukluğun bütün haklarından kendi ihtiyarıyla[41] feragat etmişti. Kimseden bir şey istemez, hiçbir şikâyeti duyulmazdı.

Bir haksızlığa uğradığı vakit şikâyet etmez, mazlum bir sükût ile başını eğerdi. Fakat birisinden tatlı bir muamele, küçük bir iyilik gördüğü zaman sâf, sevimli bir minnetle mukabele ederdi. Bu halleriyle etrafındakilerde merhametle karışık bir hürmet uyandırır, kendini hemen hemen saydırmaya muvaffak olurdu.

Çocukluğunun en acı hâtıralarından biri de annesi ve kardeşiyle beraber dayısının konağından ayrıldığı güne aitti. O vakit on bir yaşındaydı. Bir kış sabahı onu kolundan sarsarak yatağından kaldırmışlar, uyku sersemi dayısının odasına götürmüşlerdi.

Saip Paşa'nın cebinden kıymetli bir altın saat çalınmıştı. Sabahleyin istintak[42] edilen kalfalardan biri gece Kenan'ı dayısının oda kapısı önünde gördüğünü söylemişti. Bu kadarcık bir delil, çocuğu ithama kâfiydi. Evde, hapishane köşesinde ölmüş müseccel[43] bir hırsızın oğlu varken başkalarından şüphe etmek günah olmaz mıydı?

Kenan gecelik gömleğinin içinde daha zayıf görünen ince vücudu, henüz uyku ile dolu mahmur mavi gözleriyle dayısının karşısında titriyor, başını önüne indiriyordu.

Melek Hanım kapının yanında siyah elbiseleri içinde bir ölü gibi soğuk görünen yüzüyle ayakta duruyor, söze karışmıyordu.

---

41 kendi isteğiyle
42 sorguya çekme
43 sicile geçirilmiş, kayıtlı

Saip Paşa bugün sert ve haşin değildi. Buna mukabil ağır, ezici bir istihfafla söz söylüyordu:

– Pek vakitsiz başladın, küçük... Galiba babanı mutlaka rahmetle yâdettirmeye azmin var... Hiç olmazsa üç, beş sene daha bekleyebilirdin... O vakte kadar bizde vurulacak vurgun kalmaz mı diye korktun? Adam sen de... Babandan sana miras kalan altın bilezik sağolsun... Dünyada vurulacak enayi mi eksik...

Kenan dayısının zehir gibi acı sözlerine cevap vermiyor, yüzüne bakamıyordu. Yalnız ara sıra saati alanın kendisi olmadığını göstermek ister gibi ince, titrek avuçlarını açıyordu.

– Hele şu vaziyete bakın... Mücrimler[44] de mahkeme karşısında böyle durur... Sen şimdi benden korkma oğlum... Ne de olsa dayın olmak felâketinden kurtulamam... Seni asıp kesmek elimde değil... Fakat bu gidişle yakında devlet mahkemelerinin karşısına da çıkacaksın... Dayak var, hapis var, daha ileri gidersen darağacında sallanmak var. Seninle beraber biz de rezil olacağız... Haydi uzun etme... Saati nereye koydunsa çıkar.

Kenan bir şey söylemek istedi. Fakat çenesi titriyor, soluk dudaklarından ses çıkmıyordu. Sade gözlerini kapayarak, "peki" demek ister gibi birkaç kere başını salladı. Ayakları birbirine dolaşarak odadan çıktı.

Melek Hanım durduğu yerde hafif bir ıstırap feryadını men edememişti, gözleri yaşla doluyor, elleriyle yüzünü kapıyordu.

Saip Paşa, kaşlarını çattı, kardeşinin yüzüne bakmadan:

---

44 suçlu

– Kurdun çocuğu âkıbet kurt olur kızım... Bu kanun-ı tabiattır... Biz tevekkeli mi o kadar inat ettik. Görüyorsun ya, bize de ettin, kendine de...

Kapı hafifçe gıcırdadı. Kenan elinde bir eski kadife nişan mahfazasıyla girdi. Titreyen parmaklarıyla kutunun kapağını açmak istiyor, bir türlü beceremiyordu. Birkaç kere elinden yere düşürdü...

Saip Paşa onun yüzüne bakmadan kutuyu aldı, açtı. Mahfazada bir başka saat; Kenan'a babasından miras kalan o altın kaplamalı küçük saat vardı.

Saip Paşa onu eline aldı, hayretle:

– Bu ne?.. dedi.

Kenan bu defa başını kaldırmaya cesaret etti. Uzun kirpiklerinin içinde toplanmış bir yaş tabakasıyla perdeli mavi gözlerini dayısına çevirdi, hıçkırmamak için küçük yüreğinin bütün takatini sarf ederek:

– Onun yerine bunu alınız Paşa Dayı... Bana darılmayınız... Vallahi, sizin saatiniz bende değil, dedi.

Birkaç dakika sonra Saip Paşa'nın karısı asıl saatini getiriyordu. Saat yeleğin sökük cebinden kumaşla astar arasına kaymıştı.

Melek Hanım ağlaya ağlaya çocuğunun elini tuttu:

– "Sizi çok üzüyoruz, ağabey... Müsaade ediniz. Ben çocuk larımla Tilkilik'teki evime gideyim" dedi.

Saip Paşa onu inadından döndürmek için hayli ısrar etmiş, sözünü dinlemezse yine pişman olacağını söylemişti. Melek Hanım, hayattan acı dersler almıştı. Dünyanın ucu uzundu. Günün birinde yine ağabeysine muhtaç olmayacağı nereden belliydi? Böyle olduğu halde kararında sebat etti. Zaten o çoktan beri bunu düşünüyordu. Konaktaki hayatı ne kadar rahat olursa olsun, biraz misafirliğe benziyor, bir türlü ev hanımı, aile annesi ihtiyaçlarını tatmin edemiyordu. Tatlılıkla ayrılmak, kardeşini darıltmamak için çok dil döktü: "Bizim babamız sayılırsın ağabey... Başımız darda kalırsa elbette yine sen yardım edeceksin..." diye onun gönlünü aldı.

*
* *

Kendi evlerinde daha fakirâne fakat daha mes'ut ve rahat yaşıyorlardı. Bu üç odalı küçük ev dar, loş bir sokağın nihayetindeydi. Mini mini bahçesini temizlemişler, çiceklerle süslemişlerdi.

Kenan, Beyler Sokağı'ndaki rüştiyeye gidip geliyordu. Yavaş yavaş boyu uzamaya, yüzü güzelleşmeye başlamıştı. Babasından fazla esmer fakat tatlı rengiyle ince çizgili zarif, asabi yüzünü; anasından koyu mavi gözleriyle güzel, beyaz dişlerini almıştı.

Küçüklüğünde bu miras tabiatin bir istihzası gibi görünüyordu. Sevimli bir çocuk olmakla beraber ona bakanları gayriihtiyari bir gülmedir alırdı. Bu zayıf çehrenin fazla esmer rengiyle koyu mavi gözleri, parlak beyaz dişleri hiç birbirini tutmuyordu.

Fakat ilk gençliğin taravetiyle[45] beraber bu simada güzel bir şeyler doğmağa başlamıştı. Esmer cildine halâvetli[46] bir şeffaf-

---

45 *tazelik*
46 *tatlılık, tat*

lık geliyor, mavi gözleri, koyu renkli ince dudakları, sedef gibi parlak beyaz dişleri bu çehreye bir garip cazibe veriyordu.

Mamafih hâlâ eski ürkek, uyuşuk, mütehayyal[47] tabiatını bırakmamıştı. Mektepte de konakta olduğu gibi çocuklardan uzak kalıyor, yine o nazik, mahcup vakarıyla haşarı, arsız arkadaşlarına kendini saydırıyordu.

Sokağı hiç sevmezdi. Yalnız havanın çok güzel olduğu bazı akşamüstleri annesiyle beraber Topaltı'na yahut Kadife Kalesi'ne çıkardı. Çalışkan değildi, derslerine fazla merakı yoktu. Ev işlerinde annesine yardım eder, hattâ onun örgülerine, gergeflerine biraz eli yatardı. Komşular onu haşarıca bir kız olarak yetişen Afife'den ziyade kıza benzetirlerdi.

Hâlâ küçüklüğündeki gibi emelsizdi. Hâlâ annesi onun içi isteye isteye bir şey aldığını bilmiyordu.

Dünyada yalnız bir şey ona muhteriz[48] sükûnunu kaybettiriyor, ruhunda heyecana, ihtirasa benzer duygular uyandırabiliyordu: Musiki...

Evlerinin civarında bir eski tekke vardı. Pazartesi geceleri orada âyinden sonra bir musiki faslı yapılırdı.

Kenan bu âyin gecelerinde bütün ruhuyla yaşadığını duyar, onları sabırsızlıkla beklerdi.

Elinde bir muşamba fener, arkasında soluk bir avnıye Kaput ile uzak bir mahalleden gelen ihtiyar bir binbaşı vardı ki çok hürmet ederler, meşhur bir udi olduğunu söylerlerdi.

O çalmağa başladığı zaman Kenan bir köşede kendini unutur, gözleri dışarıdaki mezaristanın karanlığı içinde kay-

---

47 *hayal kuran, dalgın*
48 *çekinen, sakınan*

bolur; bildiği dünyadan büsbütün başka bir dünya içinde yaşamaya başlardı.

Babasının bir köşeye atılmış duran eski, kırık bir udu vardı. Bu tesirlerle Kenan ara sıra onu kucağına alır, bildiği havaları çalmaya uğraşırdı. Fakat ihtiyar binbaşının elinde dertli insanlar gibi garip bir elemle dile gelen ud ona hiçbir şey söylemiyordu. Bu ilk tecrübeden pek çok meyus[49] olmuş, babasının kırık udunu tekrar bir köşeye atmıştı...

Ders göstermek şöyle dursun çalgısını akort ettirecek bile kimsesi yoktu. Mahcup ve mağrur olduğu için başkalarına, meselâ o ihtiyar binbaşıya müracaat edemezdi. Böyle bir arzusu olduğunu duyarlarsa belki gülerler, belki hatta hakaret ederlerdi.

*
* *

Melek Hanım, her sene bağbozumuna doğru Bozyaka'ya gider, Saip Paşa'nın kulesinde bir iki ay misafir kalırdı. Böylece hem ağabeysinin gönlünü almış hem de şehirde bunalan çocuklarını biraz eğlendirmiş olurdu.

Kenan'ın en sevdiği mevsim bu iki sonbahar ayıydı. Sokak hayatından nefret eden, saatlerce uyuşup kalmak için loş, tenha köşeler arayan durgun, tembel Kenan burada büsbütün başka bir çocuk olurdu. Esmer yanaklarına biraz renk, mağmum ruhuna biraz neş'e gelir, serin sabahlarda, mehtaplı gecelerde bağ aralarında dolaşmaktan, topraklarda yuvarlanmaktan zevk alırdı. Mamafih orada da yine çoluğun çocuğun arasına karışmaktan çekinirdi. Kenan hayatında ilk defa bir arkadaş

49 ümitsizliğe düşmek

bulmuştu. Kendisinden kırk yaş büyük olan bu arkadaş Şem'i Dede idi. Dede Rumeli muhacirlerindendi. Otuz beş sene evvel omzunda bir zembil, koltuğunda bir ney torbası ile İzmir'e gelmiş, elindeki beş on parayla Bozyaka'da birkaç dönüm bağ edinmişti.

Bağın bir kenarında çok eski zamanlardan kalma bir büyük servi vardı. Dede, senelerce çalışmış, çabalamış, servinin yanına iki odalı bir taş kule yaptırmıştı. Yaz kış Bozyaka'da otururdu. Can yoldaşı olarak üç beş keçisi vardı. Onlara âdeta evlât muhabbeti vermişti.

Bozyakalılar şunu rivâyet ederlerdi: Epeyce zaman evvel şiddetli bir kış esnasında Şem'i Dede büyük bir para sıkıntısına uğramış, hatta birkaç gün aç kalmış... Halini kimseye söylememekle beraber civardaki bağ bekçileri bunu hissetmişler, Şem'i Dede'ye ekmek göndermişler... Dede keçilerin daha aç olduğunu söyleyerek ekmeğini onlara yedirmiş... Bozyakalılar bunu Dede'deki hayvan muhabbetine delil addederler. Mamafih onun el ekmeği yemeğe tenezzül etmediği için böyle yaptığını söyleyenler de vardı.

Şem'i Dede Kenan'ın ruhundaki ağır, mağmum ciddiyeti çok iyi anlamış, onu evlât gibi, hattâ yaşlı başlı bir arkadaş gibi sevmişti. Bazı sıcak günlerde bir sepete peynir, ekmek üzüm doldururlar, keçileri önlerine katarak Arapderesi'ne inerlerdi.

Dede bu derin, karanlık dağ boğazını kendi evinin bahçesi gibi bilirdi. Orada ömründe güneş görmemiş köşeler keşfetmişti.

Öğle saatlerinde çıplak bağlara dayanılmaz sıcaklar çöker kaya yığınları beyaz ateşler gibi göz alıcı ihtizazlarla parıldar, su birikintilerinin üstünde dumanlar tüterdi.

Bu saatlerde Şem'i Dede ile Kenan serin, gölgeli patikalardan inerler, ince sel çukurlarından atlarlar, yosunlu taşlarından sular damlıyan kaya altlarından geçerlerdi.

Ekseriya "Zeybekpınarı" denilen bir yerde otururlardı. Burada açık yaralara benziyen kırmızı şerhalı[50] topraklar içinde bir kocaman kaya vardı. Zaman ve rutubet bu taşın kenarlarını yavaş yavaş kemirip didiklemiş, altına serin, loş bir mağara açmıştı. Mağaranın görünmez bir yerinden hafif bir su sesi gelir, yosunlu taşlar daima iri damlalarla ıslak kayalığın üstünde yabani otlar, mor çiçekli dikenler yetişir, kenarlarından sarmaşığa benzeyen incecik dallarda "kaya üzümleri"nin pembe sayvanları sarkardı.

Kenan ruhlarının içinde başka bir dünyaları olan, hep o dünyanın içinde yaşayan, seven sanatkârlardandı. Uzaktan bakanlara o kadar mânâsız, uyuşuk, cansız görünen ilk gençliğini o bu ikinci dünyasında, sönmeyen bir gizli teheyyüc,[51] bir yarım hayal sarhoşluğu içinde geçirmişti. Kenan bu hayalî dünyayı ilk defa "Zeybek pınarı" nda Şem'i Dede'nin neyini dinlerken görmeye başlamıştı. İhtiyar arkadaşı da bir başka türlü hayal delisiydi. Bir âdeti vardı. Bir parça çalacağı zaman evvela ona güftesini okur mânasını anlatırdı: "Bak oğlum... Ay doğuyor... Aşık mehtapta ayakları çıplak, başı açık yarın yoluna düşüyor... Yar artık uykudan uyanmalı... Çünkü rüyasına girmeyen maşûku koynuna girdi... Sen daha bilmezsin Kenan... İnsan yârini çok özlerse gayri yüzünün hayalini de göremez olur. Şimdi bunları gözünün önüne al da öyle dinle... Yoksa keçilerim gibi dinlemiş olursun oğlum..."

---

50 parça parça, dilim, yarılmış
51 coşku

Dede, güftesiz, dilsiz bir taksim yapacağı, sadece bir his ifade edeceği vakit bile bu izahatı ihmal etmezdi: "Bak sana şimdi koyunları çağıracağım... Yum gözlerini... Karşı dağlardan sürüler inecek... Su başlarında cânâneler mey içecek... Âşıklar mâşûklarının sümbül gibi saçlarını koklayacak... Ben çalarken sen bunları düşün... Sümbülleri kokla..."

Sonbaharda havalar bulanmaya başlar, gökyüzünde bulutlar dolaşır, rüzgârın önünde yapraklar uçuşurdu... Sararmış çardaklar, kurumaya başlamış ağaçlarda hevenkler sallanır, yerlerde sıra sıra hasırların üstünde yaldızlı gibi görünen üzümler kurur, yollardan mütemadiyen üzüm sepetleriyle yüklü arabalar, beygir kafileleri geçerdi. Bozyaka, asıl bu son günlerinde neşelenirdi. Her tarafta ahenk, kahkaha ve türküden başka bir şey duyulmazdı. Sabahlara kadar bağlarda çalgılar çalınır, hora tepilir; yollarda önlerinde meşalelerle kafileler dolaşırdı.

Yaz esnasında gizli kalmış bütün küçük sevda sırları artık açığa vururdu.

Akşam üstleri bağının kenarındaki yoldan geçen komşu gence gizlice çiçek atan, mehtapta bağları biribirinden ayıran çitlerin arasından bin naz ile parmağının ucunu öptüren genç kıza meyus bir cesaret gelirdi. Çünkü bir daha görüşebilmek için sekiz dokuz ay beklemek lâzımdı. Artık naz etmeğe zaman yoktu.

Dikenli yollarda, genç kızların kırmızı, beyaz, mavi yeldirmelerini artık gizleyemeyen ağaçlıklarda vefa yeminleri, ayrılık buseleri, kordelâ uçlarına bağlanmış saçlar teati[52] edilirdi.

---

52 birbirine verme

Kenan bu son günlerde derin bir hüzn ve fütura[53] düşerdi. Sonbaharın, sönen, solan, harap olan şeylerin müzmin hüznünü yaşından umulmayacak kadar kuvvetle hissediyordu.

Şem'i Dede Kenan'ı her sene daha büyümüş, musikiye olan iptilâsını daha artmış buluyordu.

Güzel bir fırsat zuhur etmişti. Komşu evlerden birine oldukça iyi keman çalan bir reji kâtibi taşınmıştı. Mesud Bey Kenan'daki büyük zevki ve istidadı[54] hissetmiş, haftada birkaç saat ona ders vermeye başlamıştı. Çocuk bu defa umulmaz bir süratle terakki ediyordu.

Saip Paşa Kenan'ın keman çaldığını duyduğu vakit küplere binmişti. Hakîmane bir tavırla: Âkıbet gürkzâde[55] gürk şeved..." diyordu, çiçekler açmaya başladı... Bu çocuğa adam olmaz derken yalan mı söylemişim? Mektep hocalarından utanır oldum... Her görüşte şikâyet ediyorlar... Heyamola ile sınıf geçiyormuş... O da benim hatırım için ha... Aklını kemana vereceğine derslerine verse ne olur? Amma, babasına hayrul'halef olmak lâzım... Artık aklım kesti... Yeğenim çalgıcı olacak, düğünlerde çingenelerle beraber keriz havası çalacak."

*
* *

Saip Paşa bir gün bağ komşusu Münir Bey'le sabah kahvesi içiyordu: "İrfanı âlinize büyük hürmet ve itimadım bulunduğunu bilirsiniz, dedi... Mühim bir mesele için zati âlileriyle müşavere etmek istiyorum... Malûm ya bizim haylaz bir yeğen var... Tembel, miskin bir şey... Nizam altına

53 *bezginlik*
54 *yetenek*
55 *kurt yavrusu*

almak lakırdı dinletmek mümkün değil... Adam olmayacağına eminim Maazâlik günah benden gitsin, diyorum... Yaş on yedi... Bin zahmetle bu sene idadiyi bitirdi... Malûmat namına bir şey aramayın... Benim Cemil ile Sadi onun yanında Eflâtun gibi âlim... (Saip Paşa, oğullarından birini Fransız, ötekini İngiliz mektebine vermişti. "Gel... git... otur... kalk" diyecek kadar lisan öğrendikleri için onları mükemmel tahsil görmüş sanıyordu). Bu çocuğu mekâtibi âliyeden birine göndermek beyhude... Zeytinburnu fabrikası filân gibi bir askerî san'at müessesesine vermeli diyorum... Hem belki bir san'at öğrenir, hem de böyle yerlerde sıkı bir asker inzibatı vardır... Zati âlinizin İstanbul'da çok bildikleriniz var... Artık bunlardan birisine bir kâğıt himmet edersiniz... Çocuğu çağırayım da görün...

Münir Bey, âsi, hoyrat, kılıksız bir sokak çocuğu göreceğini zannediyordu. Uzun, ince vücudu, dürüst kıyafeti, sevimli esmer yüzünde gülümseyen mahcup mavi gözleriyle rakik[56] bir genç görünce hayret etti.

Münir Bey az söylemesine, sorulan şeylere tek tük kelimelerle cevap vermesine rağmen onun ince, hassas bir çocuk olduğunu gördü, komşusu üstündeki bütün nüfuzunu sarfetti. Nihayet çocuğu İstanbul'a, mühendis mektebine göndermeğe karar verdiler.

*
* *

Kenan İzmir'de annesi, kız kardeşi Bozyakası, Şem-i Dede'siyle beraber bir de masum, ümitsiz çocuk sevdası

56 *ince*

bırakıyordu: Leylâ... Leylâ büyük bir mülkiye memurunun kızıydı. Kenan ona Karantina'daki konakta sık sık tesadüf ederdi. Bundan başka yazın Leylâ'nın ailesi de Bozyaka bağlarına gelirdi. Küçükken yaramaz, hırçın bir kızdı. Öteki çocukları hiç çekemez, yalnız Kenan ile iyi geçinirdi. Aralarında nihayet iki yaş fark vardı. Böyle olduğu halde Kenan ona âdeta ağabey muamelesi eder; bu küçük afacan kızın her kahrını çeker, her dediğini yapardı.

Bir yaz Leylâ birdenbire serpmiş boyuyla yeldirmeli bir genç kız olarak Bozyaka'ya gelmişti, Kenan artık onunla konuşmak istemiyor, bağ yollarında rast geldikçe selâm vermemek için gözlerini indiriyordu.

Mamafih Leylâ hâlâ eskisi gibi fazla havai, fazla şımarık bir kızdı.

Bir gün yine Kenan'a dar bir bağ yolunda tesadüf etmiş, şemsiyesiyle onun yolunu kesmişti:

– Geçemezsiniz Kenan Bey... Bana niçin darıldığınızı söylemedikçe size yol yok...

Kenan gülümseyerek cevap vermişti:

– Size darılmak için ne sebep var?

Leylâ şemsiyesiyle dikenlerin uçlarını kırıyor, dudaklarını bükerek somurtuyordu:

– Bana soğuk muamele ediyorsunuz... Beni artık hiç sevmiyorsunuz...

Bu sözler çocukça bir safvetle dudaklarından dökülmüştü.

Kenan başını önüne eğmiş, yavaş, fakat derin bir sesle:

– Öyle mi zannediyorsunuz Leylâ Hanım? demişti.

Bu söz Leylâ'ya olan çılgın sevdasının ilk ve son itirafıydı.

Kenan bir zamandan beri bu küçük kızı deli gibi seviyordu. Sevda ona ilk defa Leylâ'nın büyük siyah gözlerinde tecelli etmişti. Dünyada ondan başkasını sevmeyeceğine, yüreğinde onun acısı, gözlerinde onun hayaliyle öleceğine kanaati vardı. Bir çocuk gibi bu siyah ümitsizliğe kendini bıraktığı halde büyük adam gibi halini, mevkiini takdir ediyordu. Gecelerce düşünmüştü. Hiçbir çare, hiçbir ümit yoktu. Bu güzel kibar kızını istemek, yıldızlardan birini istemek gibiydi. Ona karşı gönlünden geçen şeyleri bilseler kimbilir ne kadar gülerlerdi. Leylâ'ya bir şey sezdirmek ihtimali onu ölüm gibi korkutuyordu. Çok mağrurdu. O kadar sevdiği Leylâ'nın bu biçare sevda ile eğlenmesi dayanılmaz bir acı olacaktı.

Genç kızın geçeceğini tahmin ettiği yollarda saatlerce dolaşırdı. Böyle olduğu halde onu görür görmez ya yolunu değiştirir, yahut başını önüne indirirdi.

Leylâ bu sevdayı çoktan hissetmiş, fakat gülmemişti. Bilâkis o da Kenan'ı beğeniyor, onun ince esmer yüzünü, mahçup mavi gözlerini bütün öteki gençlere tercih ediyordu.

Yol kenarındaki tesadüften sonra Leylâ'nın sevildiğine hiç şüphesi kalmamıştı. Öteki komşu kızları gibi o da Kenan'la sevişmek, mehtaplı gecelerde küçük kaçamaklar yaparak onunla kolkola gezmek istiyordu. Fakat Kenan onun hemen açıktan açığa ettiği teklifleri anlaşılmaz bir inat ile reddediyor, "bu çocukluklardan vazgeçmesi" için yalvarırken âdeta ağlıyordu.

Kenan'ın İstanbul'a gitmesine iki gün kala bağda son bir mülâkatları olmuştu. Leylâ kendini tutamıyor, mendilini yüzüne kapayarak ağlıyordu:

– Bana mektup yazarsın değil mi Kenan?

– Hayır... İmkânı yok...

– Birkaç sene sonra mühendis olduğun vakit beni alacaksın değil mi Kenan?

– Niçin böyle söylüyorsunuz Leylâ Hanım?

– Sen de beni... İstiyorsun değil mi Kenan?

– ....

– Niçin cevap vermiyorsun?

– Ağlamayınız Leylâ Hanım... Ben size lâyık mıyım?

– Annen beni annemden istesin... Şimdilik nişanlanırız.

– Ben mi Leylâ Hanım? Ben mi sizi isteteyim?..

Şimdi ağlamak sırası ona geliyor, gözyaşlarını göstermemek için başını yana çeviriyordu. Leylâ ateş gibi yanan elleriyle onun bileklerini tutmuştu. Kendini bir an onun kollarına bırakmak ihtiyacıyla yanıyordu. Kenan kara sevdasının bütün çılgınlıklarına rağmen Leylâ'yı bırakmış, ağlaya ağlaya oradan kaçmıştı. Bu izzetinefis sahibi büyük adam fedakârlığını yaptığı vakit on yedi yaşında bir çocuktan başka bir şey değildi.

Ertesi sene tatil aylarında İzmir'e döndüğü zaman Leylâ'yı da dayısının büyük oğlu Cemil'e nişanlanmış buldu. Fazla meyus olmadı. Bu sevdayı zaten bir sene evvel gömmüş, Leylâ için ağlıyacağı kadar ağlamıştı. Yalnız bir şeye pişman oluyordu: "Mademki bundan sonra sevmeyeceğim... Niçin fırsat varken Leylâ'yı bir kere olsun kollarıma almadım.." diyordu.

Kenan'ın bu ilk sevdası bir zaman sonra sönmüş, fakat izi, eseri gizli ve müzmin bir hüzün halinde senelerce devam edip gitmişti. Yirmi yaşına girdiği vakit büsbütün kapalı, sönük bir genç olmuştu.

Mektepte Cevat isminde bir arkadaşı vardı. Huyları, tabiatleri, hattâ zevkleri arasında hiçbir münasebet yoktu. Cevat çapkın, şen, zeki bir kibar çocuğuydu. Böyle olduğu halde birbirlerini pek sevmişlerdi.

Cevat arkadaşını biraz uyandırıp eğlendirmek, biraz hayata alâkadar etmek istiyordu. Fakat bütün emekleri boşa gidiyordu.

Bazen ona sorardı: "Sen hissiz bir genç değilsin Kenan... Bunu anlamak için kemanını dinlemeğe bile lüzum yok... Haline, yüzüne şöyle bir bakmak kâfi... Böyle olduğu halde neden hiçbir şeyde gözün yok... Neden bu kadarı emelsizsin?"

Kenan, hafifçe omuzlarını silker, her zamanki dalgın tebessümüyle: "Ne bileyim? Ben öyle doğdum!" derdi.

Kenan, böyle doğmamıştı. Ondaki emel, ondaki yaşamak hırsı dünyalara sığmayacak kadar büyüktü. Fakat hayatının fukaralık ve muvaffakiyetsizlik içinde geçeceğine vakitsiz inanmış, hayata âdeta darılmıştı. Yarım saadetlerden nefret ediyordu. Bitirmeye muvaffak olamayacağı bir kadehi dudaklarına götürmeyi sefil görüyordu.

Onun fikrince sanat gibi hayatta da vasat yoktu. Muvaffak olanlar bildikleri, istedikleri gibi yaşarlar, öteki bedbahtlar karanlık bir köşede mahrumiyetlerini gizlerlerdi.

Dünyada en çok iğrendiği insanlar, zengin ve mes'ut insanların etrafında yaşayan, onların saadetlerinin kırıntılarıyla bahtiyar olmaya çalışanlardı. Adi bir kulübe penceresine asılmış süslü bir perde, genç bir kadının çamaşır ve bulaşıktan porsumuş parmağına taktığı yüzüğe daima acımış ve gülmüştü. Bunlara ne lüzum vardı? İnsan kendi halini bilmeli, elde edemeyeceği bir şeyi mümkünse istememeli, mümkün değilse bu arzuyu gönlünde gibi gizlemeliydi?

Sonradan Kenan'da bir fikir, bir meslek haline giren bu kanaat en küçük yaşından beri onda hâkim bir his olarak yaşamıştı. Mini mini bir çocukken bu hisle bütün haklarından feragat etmiş; zengin, şımarık dayızadelerinden Karantinadaki konağın debdebeli muhitine bu hisle uzak durmuş, nihayet Leylâ'sından bu hisle aşkını saklamıştı.

Kenan gönlünün sırlarını yalnız musiki ile ifade ediyordu. Keman elinde bir taze çocuk ruhundan nasıl geldiğine hayret edilen canlı, derin bir ıstırap ile inliyordu.

Mühendis mektebini de idadî gibi bin müşkülât ile bitirmiş, buna mukabil kemanını çok, pek çok ilerletmişti. İzmir'e dönmek istemiyordu. Çünkü şimdi orada annesi bile yoktu. Melek Hanım Afife'yi Seydiköyü'nden bir tüccarın oğluna vermiş, düğünden bir sene sonra kendi de oraya gitmişti.

İstanbul'da belli başlı bir kimse tanımadığı için memuriyet almasına imkân yoktu. Bazı arkadaşları ona musiki muallimliği tavsiye etmişler, rüştiye mekteplerinde bir iki Gına dersi, fakir mahallelerde iki üç keman hocalığı bulmuşlardı.

Beşiktaş'ta kimsesiz bir ihtiyar kadının evinde bir oda tutmuştu. Yağmur, çamur demiyor, kolunda keman kutusuyla sabahtan akşama kadar mektepten mektebe, evden eve koşuyordu.

Onu asıl bitiren vücut yorgunluğu değildi. Her gün biraz daha alçaldığını, hassas gururundan biraz daha kaybettiğini görüyordu.

Mekteplerde onun sanatinden bir şey anlamıyorlardı. Rüştiyelerden birinde bir müdüre çatmıştı ki, hâlâ ne zaman hasta olsa çarpık bacakları, pos bıyığı, pis kılığı ile rüyasına girerdi. Bu adam nedense Kenan'a musallat olmuştu. Genç adamın halîm vakarını, öteki muallimler gibi kendisine hakaret etmediğini gördükçe tecavüzünü perde perde arttırıyordu. Derslerde müz'iç[57] bir karasinek gibi ensesinden ayrılmaz, ikide bir lâkırdıya karışarak ihtarlar, tenbihler yapardı: "Efendim neden bunların sesi çıkmıyor... İhtifallerde[58] rezil oluyoruz... Nedir o Mimar Kasım mektebi efendim... Ağzımın suyu akıyor... Geçen Fatih ihtifalinde mektebimiz Ayasofya camiinin önünde duruyordu... Hüdayı lemyezel[59] hakkı için Mimar Kasım mektebinin Çemberlitaş önünde okuduğu marşı biz Ayasofyadan işittik... Allah gözden esirgesin, pek kıymetli bir muallimleri var... Çocuklar orkestrayı bastırıyor... Gerçi siz de muktedirsiniz ama her nedense yavaş okutuyorsunuz... Aman bizim prensipe mugayirdir... Himmet edin."

Bu müdür efendi bir nümayişte koluna, beline mektebin kırmızı yeşil kordelâsmı takmadığı, sokakta talebe taburunun önünde bağıra bağıra marş söyleyip kumanda vermekten imtina[60] ettiği için Kenan'ı azlettirmişti.

Başka bir müdür de oğluna yaptığı sünnet düğününde Kenan'ın keman çalmamasına münfail[61] olmuş, beş on gün sonra "muallimi mumaileyhin[62] vatanperverane millî şarkılarla vicdanı şebab-ı[63] tehyiç[64] ve imlâ edeceği yerde fenni terbiye

57 *usandıran*
58 *büyük bir alay ile yapılan tören*
59 *baki, yok olmaz*
60 *kaçınma, çekinme*
61 *alınma, gücenme*
62 *işaret olunan, adı geçen*
63 *gençlik, tazelik*
64 *coşturma*

prensiplerine mugayir birtakım mâlâyâniyat[65] ile izâa-i evkât ettiğine" dair bir şikayet raporu yazmıştı. Maarif müdürü raporu ayyaşlığıyla maruf bir müfettişe havale etmişti. Kenan bu tahkikat gününü de unutulmaz hâtıraları arasına kaydetmişti.

Sarhoşluk müfettişin şişkin yüzünü kirli kan pıhtıları, mor burnunu kırmızı tomurcuklarla doldurmuş, diline tuhaf bir pelteklik ve rekaket vermişti. Köşede bir koltuğa kurulmuş, bir yandan Kenan'ı istintak ediyor, bir yandan bir elişi makasıyla pantalonunun sipil sipil olmuş paçalarını düzeltiyordu.

– Azizim, rapordan istinbat[66] edilen meale göre derece-i vukufunuz mevzuubahis oluyor... Zati âliniz vatan perverane milli marşları bilmiyor musunuz?

– Bazılarını biliyorum efendim...

– O halde niçin öğretmiyorsunuz efendim?

– Bir ikisini biliyorlar efendim...

– Kanaat-i vicdaniyemi bildirmek mecburiyetinde olduğum için vukuf ve iktidarınız hakkında bir fikir edinmekliğim lâzım... Sıkılmayın canım... Muallim kısmı serbest gerek...

Kenan dalgın bir nazarla pencereden karşıki viraneye bakıyor, cevap veremiyordu...

– O halde ne yapacağız?..

– ....

– Beni müşkül mevkide bırakıyorsunuz...

– Hayır, efendim... Bilâkis bu işi gayet kolay bitireceğiz... Şimdi istifamı yazacağım...

*
* *

65 *anlamsız sözler*
66 *bir sözden gizli anlam çıkarma*

Sırf evlerdeki keman dersleriyle geçinmek mecburiyetinde kaldığı zaman daha ziyade üzülmeye başlamıştı. Meyus bir nakarat gibi diline dolamıştı. Her evin kapısını çalarken gözlerini yere indirir, kendi kendine: "Ah, ne kadar düşüyorum" diye tekrar ederdi.

Bu iş haysiyeti, insanlığı kadar sıhhatine de dokunuyor, nahif vücudunu, hasta sinirlerini fazla yoruyordu.

Ahretlikten yetişme hanımlara, hemen bir iki hava belleyip komşu delikanlılarına marifet göstermek için sabırsızlanan mahalle kızlarına keman öğretmek onun yapacağı şey değildi.

Süpürge tutmasını bilmeyen mahalle karıları yirmi günde şarkı çalmak isterler, kemanı laterna ve gramofondan tefrik edemeyen aile babaları: "Derse başlayalı iki ay oluyor... Himmet edin de şunu bir aya kadar bitirelim!" yolunda sözler söylerlerdi. "Öteki usta bize türküler, kantolar çalardı... Siz neye çalmıyorsunuz?" diye şikâyet edenler hiç eksik olmazdı.

Ara sıra öyle sözler işitirdi ki, onu hem güldürür, hem müteessir ederdi:

– Şu çalgı ustalığı ne iyi şey... Bak hem eğleniyor hem para kazanıyorsunuz.

– Mediha, saçlarını kapa... Ayşe Hanım, ben mutfağa iniyorum, sen Mediha'nın yanında bulunuver...

– Azıcık arkanızı döner misiniz? Sofadan misafirler geçecek...

– Sizi gözüm ısırıyor gibi... Acaba nereden gördüm... Tellâl Arif Efendinin düğününe gelen kemancı siz miydiniz?

– Siz bekâr mısınız?.. Neye evlenmiyorsunuz?.. Elbet size de bir kız veren bulunur...

– Bayram şekerinizi ayırdıktı... Alık hizmetçi yanlışlıkla bekçiye vermiş...

– Bugün kuzu ile helva pişirdikti... Sizin payınızı da ayırdık...

– Kızın eski hocasının güzel sesi vardı, hem çalar, hem söylerdi... Ders kızın zihnine daha kolay girerdi...

– Yay çekmek sözüm ona çingenelere vergidir.

Mektepten çıktığının ikinci senesiydi. Kütahya'da ona bir yol mühendisliği teklif edildi. Kenan, bu sefil çalgı hocalığından kurtulduğu için memnun oldu; İstanbul'u sevine sevine terketti.

Artık mesleğiyle yaşayacak, musikisini yalnız kendisine hasrerecekti.[67] Fakat çok geçmeden bu ümidinin de boşa çıktığını gördü. Kütahya'daki hayatı ona İstanbul'dakinden daha renksiz, daha mânasız geliyordu. İstanbul'da boş vakitlerinde serbest kalabiliyordu; kimse bu saatlerde ondaki mütehayyil inziva zevkine dokunmuyordu. Halbuki burada öyle değildi. Komşuları, arkadaşları, bilhassa âmirleri ona musallat olmuşlardı. Onu yalnız bırakmıyorlar, ne vakit çalışmaya başlasa evine, odasına damlıyorlardı. Hâlâ çocukluğundaki gibi nazik ve yumuşak yüzlüydü. Kimsenin gönlünü kırmak istemiyor, yüze duramıyordu. Arkadaşlarının hatırını hoş etmek için, onlara istedikleri havaları çalıyordu. Fakat onlar saygısızlıklarını arttırdıkça arttırıyorlar. Kenan'ı kasabanın çalgıcısı mevkine indiriyorlardı.

67 yalnız bir şeye kullanma, sadece onun için

İlk gittiği vakit şehirde çapkın ve kalender bir mutasarrıf vardı ki zevki, eğlenceyi çok sever, sık sık gece âlemleri, işret meclisleri tertip ederdi. Sarhoş olduğu zaman ceketini atıp ellerine kaşıklar bağlar. Aydınlı vergi başkâtibini karşısına alarak saatlerce göbek atardı.

Kenan hiç değişmeyen köçek havalarını bir makine hissizliğiyle çalarken kendi kendine düşünürdü: "Dayımın hakkı varmış... Musikiyi sevenler mutlaka düşmeye, mutlaka kerizci olmağa mahkûmmuşlar... O kadar inadım, gayretim boşa gitti. Düştüm, hayatım gibi ruhum da sefil oldu."

Birkaç ay sonra bu mutasarrıfı değiştirmişlerdi. Halefi haşin, sert bir ihtiyardı. Vazifeye başladıktan birkaç gün sonra Kenan'ı çağırmış: "Musiki güzel şey.. fakat vezaifi resmiyeye dokunmamak şartıyla... Memurlarımızda meyl-i sefahâtin hayli artmış olduğunu haber verdiler... Tabiî bunun vazifeye de tesiri oluyor... Bu gece alemlerine nihayet verilmesini, sizin de kemanınızla memur arkadaşlarınıza önayak olmamanızı talep ederim... Zaten meşagil-i[68] resmiyeniz hayli ağır ve müşkilülifadır..."

İşte bu sıralardaydı ki Kenan, eski arkadaşı Cevat'tan bir mektup aldı. Tahsil vesilesiyle Avrupa'ya giden Cevat orada yerleşmiş, hattâ ufak tefek ticaret işleri bile yapmaya başlamıştı. Hayatından memnun görünüyor, Kenan'ı da oraya çağırıyordu: "Kütahya'daki memuriyetin bulunmaz Hint kumaşı değil ya... Bir iki yüz lira bulabilirsen hiç durma... Hemen kirişi kırıp buraya kapağı at. Biz burada ucuz ve rahat yaşamak ilmini öğrendik. Zaten uslu adamsın. Sana daha başka türlü kolaylıklar da gösterebilirim. Burada hem birkaç

---

68 resmi meşguliyet

sene gözün gönlün açılır, hem adamakıllı bir konservatuvarda mesleğine devam edersin. Mühendislikten herhalde boyunun ölçüsünü almışsındır. Sen yine kemanından şaşma... Benim senin fevkalade istidadına imanım var... Talih yardım ederse bir gün ehemmiyetli bir adam olursun..."

Kenan bu mektubu aldıktan birkaç hafta sonra annesini ve Afife'yi görmek için bir ay izinle Seydiköyü'ne gitmişti. Bir akşam bir vesile ile annesine bu mektuptan bahsetti.

Melek Hanım oğlunun halini bu sefer hiç beğenmemişti. Genç adam adeta hasta idi. Yüzü daha ziyade süzülüp solmuş, haline, tavırlarına bir ihtiyar fütûru çökmüştü.

Kenan niçin bu kadar kendini bırakmış, neden bu yaşta yaşamaktan yorulmuştu? Onu biraz mes'ut görmek, dalgın gözlerine bir parça neş'e ve hayat vermek için hiç mi çare yoktu?

Melek Hanım geceleri yatağında geç vakitlere kadar bunları düşünüyor, oğlunun bilinmez derdi için gizli gizli ağlıyordu.

Cevat'ın mektubu ona çaresizliği içinde bir büyük ümit gibi görünmüştü;

– Arkadaşının belki hakkı var Kenan... Birkaç sene Avrupa'ya git... Belki dediği gibi açılırsın... dedi.

Kenan doğrudan doğruya cevap vermiyor, onun elleriyle oynayarak önüne bakıyordu:

– Benim zavallı saf, mâsum annem...

– Niçin böyle söylüyorsun Kenan?

– Beni bir kuş olarak dünyaya getirseydin bu mümkün olurdu... Açık havaya karşı kanadımı açar uçardım. Yoruldukça ağaç dallarına, vapur direklerine konar dinlenirdim. Susadıkça derelere, acıktıkça Allah'tan başka kimsenin malı olmayan yabani yemiş ağaçlarına inerdim... Ne güzel bir seyahat olurdu, değil mi anne?..

Kenan söylediğine pişman olarak susmuş, bu gizli sitem için af ister gibi annesinin parmaklarını dudaklarına götürmüştü.

Fakat Melek Hanım onun ne söylemek istediğini anlamıştı. Oğlunun saçlarını, çenesini okşadı:

– Kenan, dedi, ben Kemeraltı'ndaki küçük dükkânımı zaten senin için saklıyordum... Bir gün halimize göre iyi bir kızcağızla evlenebileceğini de düşünüyordum. Bu ümidim kırıldı... Dükkânı satalım... Getireceği birkaç yüz lirayı al arkadaşının yanına git...

– Çocuk musun anne... Ben hiçbir şey istemiyorum... Ben bir hayat mağlubuyum... Ben de babam gibi oldum... O kadar meyus olma anne... Elbette bu böyle devam etmeyecek... Yaşım arttıkça bu mağlûbiyete alışacağım; belki kaderime razı olacağım... Ne bilirsin belki son günlerimizde biraz mes'ut oluruz.

Kenan, annesini fikrinden döndürmek için günlerce uğraştı. Fakat Melek Hanım bu son ümidinden vazgeçmiyor, çocuk gibi ağlayarak inat ediyordu.

Nihayet kabul etti. Mademki onun saadetine çalışmak ümidi annesi için bir mes'ut teselli olacaktı, zavallı kadının bu son masum hayaline dokunmakta ne mâna vardı?

*
* *

Saip Paşa, Kemeraltındaki dükkândan gelen bir iki yüz lirayı Kenan'ın nihayet üç ayda yiyeceğini söylemiş, dördüncü ay İzmir'e dönebilmesi için gidip gelme bilet almasını tavsiye etmişti. Paşanın bu tahmini doğru çıkmadı. Kenan dört sene Avrupa'da kaldı. Yaşamasına yardım etmek için Cevat ona küçük bir iş bulmuştu. Bu vazifeden artan bütün saatlerini sanata vermişti. Hummalı bir faaliyetle çalışıyor, vücudunu yıpratan, sinirlerini üzen siyah hayallerine kendini bırakmak için vakit bulamıyordu. Münzevi, ürkek ruhu yavaş yavaş açılmağa başlamıştı. Hattâ bazı ufak tefek maceraları bile oluyor, Leyla'dan sonra tamamıyla boş kalan kalbinde yeni heyecanlar yanıp sönüyordu. Ağır, ciddî, fakat munis, uysal tabiatı onu etrafındakilere sevdirmiş, ince, sevimli çehresinde hâlâ muhafaza ettiği o mazlumâne çocuk safveti ona birçok kalbler kazandırmıştı.

Kenan'daki san'at kudreti umulmaz bir sür'atle inkişaf. ediyordu. Yalnız kemanını ilerletmekle iktiza etmiyor, musiki hakkında oldukça vasi tetebbularda[69] bulunuyordu. Mühim bir musiki üstadının teşebbüsü üzerine verdiği ilk konser ona umulmaz bir muvaffakiyet temin etti. Maruf bir münekkit onun hakkındaki umumî kanaatini şu sözlerle hulâsa etmişti: "Bu genç Türk musikişinasının kemal mertebesine, yaklaşmış bir "virtüoz" olduğunu herkes teslim etti. Fakat ben onda daha fazla bir şey görüyorum. Hüseyin Kenan, yalnız başkalarının bestesini başkalarının ruhunu yüksek surette anlayıp söylemekle iktifa[70] etmeyecek... Onun kendinin de bize söyleyecek güzel, temiz, derin şeyleri var. Sade ve sadedil "Şark Leyliyeleri"nde[71] yer yer usulsüzlükler, ace-

69 etraflıca inceleme, bilgi edinme
70 yetinmek
71 gece ile ilgili

milikler, korku veren tereddütler, hafifçe tebessüm ettiren iptidailikler[72] yok değil. Bu, inkâr edilmez. Fakat bu biraz iptidaî, biraz mütereddit musiki hangi meziyetiyle bizi o kadar tuttu, niçin ruhumuzdan o kadar kuvvetli his cereyanları geçti? Bu çocuk henüz kekeliyor; fakat ileride ne güzel söyleyecek ve güzel şeyler söyleyecek... Kenan'ın memleketinin istiareli lisanını söylemek lâzım gelirse, diyeceğim ki Kenan, henüz kanatlanan kuşlara benziyor... Tereddütlerinden, hatta muvakkat sükutlarından korkmayalım, ondaki istidat onu çok ileri götürecek."

*
* *

Talih artık Kenan'a gülmeye başlamıştı. Bu muvaffakiyet, İstanbul'un günü gününe, saati saatine uymayan güzel bukalemunun rahim, insan ve san'atkâr bir zamanına tesadüf etmişti. Üç beş sene evvel yarı aç sürüp çıkardığı Kenan'a bu defa bir dahi, bir yarım ilâh gibi kollarını açtı. Avrupa'dan aldığı parlak şehadetnameden sonra artık bu gencin ehliyetinden şüphe edilemez, musikisine lakayt kalınamazdı.

Şişli'nin san'atkâr salonlarından Balıklı panayırı palikaryalarına. Sandıkburnu ehlidillerine kadar birçok kimseler "Şark Leyliyeleri"ni dinlemiş, piyanodan gramofona kadar her çalgı aylarca bu musikiyi çalmıştı.

Muvaffakiyet evvelâ Kenan'a hafif bir sersemlik vermişti. Hâlâ inanamıyor "mümkün değil, bu hal devam edemez," diyordu.

Şöhretine evvela sahte bir istihfaf ile omuz silkmiş, yaşayışını değiştirmemeye karar vermişti.

72 *ilkel, basit*

İstanbul'da şimdi birçok hâmiler, hayırhah dostlar bulunuyordu. Zengin bir tüccar bir musiki Mekteb-i Alisi açmak, hovarda fakat uyanık bir mirasyedi bir "Opera kumpanyası" yapmak için mühim sermaye teklif etmişti. O vakit Nafia nezaretini işgal eden bir musikişinas paşa da onu kalem-i mahsus müdürü yapmak istemişti. Kenan, iki meslek arasında münasebeti bir türlü anlayamayarak şaşkın şaşkın paşanın yüzüne bakarken o:

– Ne zararı var oğlum, demişti. Ben de müsikîşinasım, vazifemi kemâ-hiye-hakkuha ifa etmeme mani teşkil ediyor mu?

Genç bestekâr bunları ve buna benzer başka başka münasebetsiz teklifleri reddetmiş, yine eskisi gibi dersleriyle yaşamak istemişti. Fakat bu defa bütün kibar ve mutasallif İstanbul onun talebesi oluyordu. Kenan'dan ders almayan küçük hanımların kemanı, Heke'de ikmal-i tahsili etmeyenlerin piyanosu gibi noksan addediliyordu. Ümidinden çok fazla para kazanmağa başlamıştı

İlk zamanlarda taraf-ı hayatı gibi eski acı ve bedbin görünüşünü de muhafaza etmişti. Büyük hailelerden kurtulanlar gibi yüreğinde bir ürkeklik, uzun müddet soğukta kalanlar gibi içinde bir ürperme vardı ki bir türlü gitmiyordu.

Bazen kendi kendine düşünürdü: "Neme lâzım... Bu muvaffakiyet bana çocukluğumun son gençliğimin ilk zamanlarında gelmeliydi. Kalbim söndü, heveslerim söndü, hayatım tamir kabul etmiyecek surette kırıldı."

Kenan yanlış anlıyordu. Kendisini yorgun ve bezgin bir adam sanan bu genç bilâkis yeni yaşamaya başlıyordu. Tabiat hükmünü yapıyor, rikkate, şefkate, ümide, sevdaya muhtaç ruhu biraz gecikmiş bir bahar kuvvet ve hararetiyle yavaş yavaş açılıyordu. Asıl sönenler, asıl ölenler vaktiyle o kadar genç bir hararet ve emel ile yaşayan arkadaşları, akrabalarıydı. Onlar vücutlarını yıpratmışlar, kalblerini yormuşlar, ömürlerinin heyecan ve sevdadan olan nasibini vakitsiz tüketmişlerdi. Onlar, şimdi vücutları, yüzlerinin çizgileri bile kabalaşmış maddî iş adamları, yahut yorgun, bezgin insanlardı. Onlar için hayatın hiçbir gizli köşesi, hiçbir tatmin edilmemiş emeli hiçbir yeni hissi kalmamıştı. Halbuki Kenan çocukluğunun, ilk gençliğinin ağır, karanlık uykusundan daha yeni uyanıyor, çocuk gibi masum kalan mavi gözleri havat ve ışığa daha yeni açılıyordu.

On beş yaşında iken ihtiyarlar gibi yorgundu. Şimdi otuz yaşından sonra on beş yaşındaki mektep çocukları gibi yeni tahassüslerle titremeye başlıyordu. Gördüğü takdir ve muhabbet ona eski mahcup, çekingen merdümgirizliğini[73] yavaş yavaş kaybettirmişti. Sözlerine şen, tatlı bir serbestlik, uzun ince vücudunun hareketlerine canlı bir ahenk geliyordu.

Hattâ bir parça şımarmıştı bile. Uzun müddet şefkatten mahrum kalmış çocuklar gibi biraz nazlanmak ihtiyacına mu kavemet edemiyordu.

Yorgun çehresi günden güne güzelleşiyor, kemanından dökülmüş bir nağme gibi taze cazibeli bir halâvet alıyordu.

İstanbul'da birkaç sene evvel melul bir inziva içinde yaşayan Kenan şimdi hattâ çalışmak için vakit bulamıyordu.

Arkadaşları, dostları bir gün rahat bakmıyorlar, zayıf iradesinden istifa ederek biraz sefahate bile alıştırıyorlardı.

---

73 insandan kaçan

O yaz, hem eserini bitirmek, hem de annesiyle kardeşini görmek için (Seydiköy)'e gitmeğe karar vermişti. Saip Paşa, kıyametler kopardı, İstanbul'a telgraf üstüne telgraf yağdırdı: "Nur-i didesi, medar'ı iftiharı" Kenan'ı pek göreceği gelmişti! İhtiyar dayısını çiğneyip geçmek vicdansız bir hareket olurdu. Genç sanatkâr dayısının bu ısrarlarına mukavemet edemedi. Arzuyu reddederse "kibirli, nankör" diyebileceklerini düşündü.

Mamafih Bozyaka'yı, senelerce mahrum ve sönük hayatını sürdürdüğü yerleri şimdiki mesut ve pürhayat gözleriyle bir kere daha görmeyi pek de istemiyor değildi.

III

Vapur üçüncü düdüğünü çalmış, yolcularını selâmetlemeye gelenler asma merdivenin dibinde kaynaşan sandallara inmişlerdi.

Münir Bey biraz ötede Cavidan'la konuşan Kenan'a seslendi:

– İki dakika daha gecikirsek vapurda kalacağız... Haydi Kenan...

Prens Vefik, genç adamın elini sıktı, hararetli bir samimiyetle:

– Haydi genç san'atkâr, dedi. Sohbetinizin mabadına iki ay sonra devam edersiniz... Çalışınız operanızla büyük muvaf fakiyet kazanacağınızı ümit ederim... Bu kışı İstanbul'da ge çirmek istiyorduk... Fakat eserinizin ilk temsilinde hazır bu lunmak vazifesi çıktı. Kenan Bey muvaffakiyetine iştirak bir seyahat zahmetine değer değil mi Cavidan?..

Genç kız tatlı bir tebessümle:

– Elbet baba, dedi, bunlar söylemeden kararlaşan şeylerden...

Sonra elini Kenan'a uzattı.

– Eseriniz hakkında bize ara sıra birkaç satırla malûmat verirsiniz değil mi?..

Genç adam Cavidan'ın elini öptü, gülerek onun cümlesini tekrar etti:

– Bu da söylemeden kararlaşan şeylerden değil mi efendim...

Münir Bey asma merdivenden inerken arkasındaki Kenan'a yavaşça:

– Kenan... Arkamda sevinçten raks mı ediyorsun? dedi, ikimizi de denize düşüreceksin...

Vapur yavaş yavaş açılmaya başlamıştı. Kenan pervane dalgalarının içinde batıp çıkan sandalda hâlâ mendil sallıyordu.

Münir Bey memnun ve müstehzi bir tebessümle:

– Allah mübarek etsin Kenan, dedi, inşallah hayırlı dölün döşün, senin gibi san'atkâr, zevcen gibi şık çocukların olur...

Kenan kızararak gülüyor, anlamamış gibi "niçin?" diye soruyordu.

Münir Bey yandan vuran bir dalganın ıslattığı pantolonunu mendiliyle kurulayarak:

– Bana ağız yapmaya lüzum var mı çocuğum? dedi.

– Hayır... Yalnız... Temin ederim ki hiçbir şey konuşulmadı..

– Evet... Bu da "söylemeden kararlaşan şeyler" nev'inden...

Münir Bey daha ciddî ve ağır bir sesle devam ediyordu:

– Fevkalâde bir vak'a olmazsa bu işe olmuş nazarıyla bakabiliriz... Paşa sarahaten[74] bir şey söylemedi. Fakat senden memnun... Dikkat etmedin mi? San'at nebalet ve asaletini hiç bir asaletle kabil-i kıyas görmediğini kaç defa tekrar etti... Kız cağıza gelince... Onu tabiî sen benden daha iyi hissettin... Hâ sılı iki günde ikisinin de kalbini kazandın... Bu izdivaca hiç bir mâni yok... Mamafih benim fikrimi öğrenmek istersen ben sizler kadar taraftar değilim... Benim başka türlü mü lâhazalarım var... Muhitleriniz tamamıyla ayrı... Zevkleriniz de tabiî öyle... Prenses Cavidan'ın esasen fena bir ruhu yok... Fa kat fazla işlemek gayretiyle bu ruh üzerinde fazla kuyumculuk etmişler... Sana gelince... Ben de amma lüzumsuz şeyler söylü yorum... Beni dinlemiyorsun bile... Gözün, aklın başka yerde... Herhalde bahtiyar olmanı temenni ederim... Dayın bu hava disi öğrenince kimbilir ne kadar memnun olacak...

– Rica ederim, ona hiçbir şeyden bahsetmeyiniz...

– Tabiî... Şimdi Bozyaka'ya beraber dönüyoruz, değil mi Kenan?

– Hayır ben yarın geleceğim... Bu gece Karşıyaka'da Roditi'lere davetliyim...

– Sen her gece davetten davete gezersen ne vakit çalışacaksın?

---

74 açıkça

– Bu son Münir Beyefendi... Yarından itibaren gömleğimi giyip işe başlıyacağım...

– İnşallah diyelim de öyle olsun...

Sandal Pasaport önündeki rıhtıma yanaşmıştı. Kenan çevik bir hareketle dışarı atladı, elini Münir Bey'e uzattı.

*
* *

Son Karşıyaka vapuru Kordon'dan uzaklaşırken gece olmuştu. Menemen ovalarından doğru serin, hafif bir rüzgâr esiyor, mini mini dalgalarda hâlâ sönmeyen gurup aydınlıkları körfezde ince, kızıl yollar açıyordu.

Kenan hafifçe sarhoştu. İki üç arkadaşıyla beraber Karamer'de birkaç bira içmişti.

Küpeşte parmaklığına dirseklerini dayamış, yüzünü İzmir'e çevirmişti. Kordon'un şaşaalı gece hayatı yavaş yavaş parıldamaya başlıyordu. İçinde renkli kâğıt fenerleriyle nadide bir Çin estampına benzeyen bir gazinoda kendi parçalarından birini çalıyorlardı. Kenan bu besteyi ilk defa işitiyormuş gibi derin bir hazla dinliyor, rüzgârlar içinde dağılan en küçük parçaları zaptetmek ister gibi başını uzatıyordu. Vapur uzaklaşmış, gazinodan bir renkli ziya hayali, musikisinden vehim gibi müphem[75] bir nefes kalmıştı. Kenan, hâlâ o noktadan gözlerini ayıramıyordu. Bu defa daha yakında bir başka keman sesi ihtizaz etti. O da aynı parçayı çalıyordu.

Genç adam başını çevirdi. Keman çalarak dilenen kor bir ihtiyardı. Arkasını güverteye çıkan merdivenin parmaklığına dayamış, kocaman şapkasını yanında duran bir çocuğa vere-

75 belirsiz, bulanık

rek uzun kır saçlarını rüzgâra dağıtmıştı. Çatlak, yorgun bir kemandı. Doğru dürüst akort bile edilmemişti. Böyle olduğu halde Kenan bu ihtiyar dilencide bir san'atkâr ruhu sezdi.

Merdivenin üstüne asılmış bir fener, yüksek, buruşuk alnını aydınlatıyor, sönük gözleriyle başka bir âleme bakıyormuş gibi başını kaldırarak çalıyordu. Ara sıra yorgun bir tavırla yayını indiriyor, derin bir nefes aldıktan sonra tekrar başlıyordu.

Bu biçare, bir ihtiyar körün kırık, maharetsiz kemanıydı. Fakat Kenan, kendi bestesinin bu kadar derin bir rüya ve aşk ile dolu olduğunu bu geceye kadar fark edememişti.

Yanında birisinin derin derin nefes aldığını işitti. Matem elbiseleri giymiş yaşlıca bir kadındı. Beyaz bir mendille görünmeyen yüzünün görünmeyen gözlerini siliyordu. Daha ötede beyaz bıyıklı, uzun boylu bir adam yorgun bir fütur ile kollarını yanına bırakıverdi. Biraz evvel pür neşe gülüp söyleyen açık renk elbiseli iki mektep kızına dikkat etti. Onlar da şimdi summuşlardı. Biri sarışın başını arkadaşının omuzuna bırakıyor, ağır bir melâl ile karanlığı seyrediyordu. Kenan, tekrar alîl sanatkâra baktı. Fenerin donuk hâlesiyle hemen hemen ruhaniyle şen ihtiyar, sefil başını ziyade kaldırıyor, dudaklarında pür hayal bir genç tebessümü titriyordu.

Kenan gittikçe artan sarhoşluğu içinde kendi kendine düşünüyordu: "Bu biçare de bir gün genç oldu... Belki o vakit gözleri görünüyordu... İhtimal, onun da Leylâ'sı vardı... İhtimal, o da benim gibi Leylâ'sının gözleri için ağlamıştı. Kimbilir hayatı ne acılarla doludur... Fakat bu dakikada mes'ut olduğuna şüphem yok... Gözleri görmüyormuş, ne çıkar? Benim de saatlerce karanlığa kapandığım, saatlerce kendimi ihtiyari bir körlüğe vakfettiğim oluyor... Hayalimin dünyasını daha güzel görmek için etrafımdaki dünyanın ışıklarını mahsus söndürmüyor muyum? Bu dakikada bu biçare mes'ut oluyor... Ona bu saadeti ben verdim... Kaybettiği dünyayı görüyor, sevdiklerini görüyor, Leylâ'sını görüyor... Hayatının gözyaşlarıyla akıtamadığı zehrini benim musikimle akıtıyor... Sade o mu? Bu matemli ihtiyar kadınla bu küçük mektep kızlarını da bu dakikada ben mes'ut ediyorum... Bu kadının kaybettiği her kim ise, su çiçekleri gibi narin bir kız mı? Bir kazaya kurban gitmiş bir delikanlı mı, ömrünün en güzel zamanlarını kollarında geçirdiği bir müşfik koca mı, her kim ise şimdi onu görüyor, onunla yaşıyor... Bu küçük mektep kızlarını ben mes'ut ediyorum. Dünyada belki hiç göremeyecekleri hayalî sevgilileri bu dakikada ben onlara gösteriyorum... Ömürlerinin saadeti belki bu dakikada benim gösterdiğim rüyadan ibaret kalacak..."

İhtiyar kemancı artık susmuştu. Sahil yaklaşıyor, Karşıyaka rıhtımından denize dökülen ışıklar vapurun kenarlarında yüzüyor, çarkların dövdüğü dalgacıklar içinde bir yıldız kaynağı köpürüyordu.

Kenan hâlâ kendini bu müteheyyiç ve sarhoş hülyadan kurtaramıyordu: "Bu saatlerde dünyanın kimbilir kaç memleketinde yaşıyorum., nice insanlar benim seslerimle gülüyor: Ağlıyor, seviyor, mes'ut oluyor... Kendim de artık yaşamaya, mesut olmaya başlıyorum. Seviyorum, sonra çekinmeden sevdiğimi söyliyebiliyorum. Gerçi saadet bana biraz geç geldi... İçimde birçok şeyler yıkılıp harap olmuş... Büyük hislere artık kabiliyetim yok... Leylâ'yı sevdiğim zamanlardaki vefa ihtirası kalmadı... Sevdalarım biraz sehâbelere benziyor, kalbimi akıcı bir ziya iziyle parlattıktan sonra sönüp gidiyor... İzmir'e geldiğim gün Nimet Hanım'ı Bozyaka'daki bağda misafir buldum. Yüzüne bakar bakmaz bu genç, zarif ve bedbaht kadını sevmeye başladım. Bu kadar güzel, ince bir zevceyi kocasının nasıl ihmal ettiğine hayret ediyorum. Hem de kemal-i safvetle...

Ertesi akşam Münir Bey'in köşkünde Prenses Cavidan'a tesadüf ettim. Prenses'in muhteşem güzelliği karşısında Nimet Hanım birdenbire silik bir hâtıra oldu... Nişanlım gözüyle baktığım Prensesi, iptilâya benzeyen bir aşkla seviyor, bu genç kızdan ayrılırsam nasıl yaşayacağımı kendi kendime soruyorum. Hem de kemal-i safvetle...

Şimdi misafir gittiğim evde beni bekleyen Matmazel Lilyan'ı bu açık elâ gözlü çapkın İtalyan artisti düşünüyorum... Zavallı Cavidan'a daha şimdiden ihanet ediyorum... Evet, içimde derin sevdalara, büyük ihtiraslara kabiliyet kalmamış... Anlıyorum ki Leyla beni vaktiyle çok yıkmış, kalbimi harabeye çevirmiş... Sevda şimdi kalbimden dudaklarıma çıktı... O artık birini ötekinin unutturduğu buselerle bir nağme, bir tebessüm gibi yalnız dudaklarımda yaşayacak... Mamafih belki mesut olmak için de asıl çare budur: Sevdayı dudaklardan öteye bırakmamak, zehir gibi kalbe inmesine meydan vermemek."

IV

Saip Paşa Bozyaka'daki bağının bir köşesine, asıl binadan epeyce uzak bir mesafede, güzel, küçük bir köşk yaptırmıştı.

Ara sıra vali, defterdar, kumandan gibi büyük adamları bağda ziyafete, mehtap eğlencelerine davet eder, onları hususi dairede ağırlardı. İzmir gazetelerinden biri bir gün "merasim dairesi" diye bu köşkle eğlenmişti. Saip Paşa'nın istihzayı anlamadığını bilakis pek hoşlandığını gören ahbapları, dalkavukları o günden sonra küçük köşke bu ismi vermişlerdi.

Merasim dairesi yüksekçe bir yerdeydi. Hem Kızıllçullu taraflarını, hem Arapderesini, hem de Kokaryalı tepeleri üstünden körfezin küçük bir parçasını görüyordu.

Saip Paşa, "gözbebeği, medarı iftiharı" Kenan'a bu merasim dairesini vermişti. Köşkün silinip süprülmesine bizzat nezaret etmiş, Kenan'ın haberi olmadan Karantina'daki konaktan bir oda takımıyla piyanoyu getirtmişti. Hizmetçilere, çocuklara şiddetli emirler veriyor, "Kenan Bey'i rahatsız ettiğinizi işitmeyeyim... Mühim bir hava çıkarıyor... Huzur-ı fikre ihtiyacı vardır... Bütün dünyanın gazeteleri yine resmini basacak, hatta bu köşkün de fotoğrafını basacaklar... Adet böyledir" diyordu.

Onun bu telaşını gördükçe "Paşa Dayı... Sizin bu hakkınızı nasıl ödeyeceğim" diye eğlenen Kenan'a "Pek kolay evlat... İnşallah işini bitirdikten sonra bir belediye marşı tertip edersin" diye cevap veriyordu.

Kenan işe başlamak için acele etmiyor, şimdilik bol bol eğleniyordu. Şımarık, yaramaz, serseri çocuklara dönmüştü. Elleri ceplerinde ıslık çalarak dere tepe dolaşıyor, kirizma yapan bağcılara yardım ediyor, ince bağ yollarında keçi yavrularını kovalıyordu.

Bağdaki çocukların elebaşısı olmuştu. Türlü yaramaz, gürültülü oyunlar çıkarıyor, kaydıraklara, saklâmbaçlara, esir almacalara onlardan çok zevk ve hırsla kendini veriyordu.

Bir gün yine peşine bir sürü çocuk takmış, Şem'i Dedeye yeni bir azizlik etmeye gitmişti. İhtiyar derviş bu aralık "şaka bertaraf Kenan, dedi, ben sana hayret etmeye başladım oğlum... Küçükken kuzu gibi usluydun... Sesinin çıktığını duymazdık."

Kenan fütursuzca omuzlarını silkti:

– Vaktiyle o küçüklerin babaları, analarıyla oynayamadım, dedi, şimdi kendileriyle oynuyorum, dedeciğim... Hevesim içimde mi gömülüp kalmış nedir ben de bilmiyorum...Galiba çocukluğumun acısını çıkarıyorum...

Bunları söylerken yavaş yavaş yüzüne, sesine bir hüzün çöküyor, gözleri Arapdere Boğazı'nın derinliklerine doğru dalıp gidiyordu. Birdenbire silkindi; bir cebr-i nefes ile tekrar eski neş'esini bularak:

– Haydi küçükler gidiyoruz, dedi.

Kenan'ı yalnız küçükler değil, büyükler de seviyor ondaki bu genç, müteheyyiç yaşamak zevki yüzüne, sözüne anlaşılmaz bir cazibe veriyordu.

Çocuklarla çocuk olan Kenan gençlerle konuşurken hayat ve sevda ile dolu bir genç oluyordu. Nimet Hanım ile olan macerası umulmaz bir sür'atle ilerliyordu. Genç kadın bütün vakar ve temkinini unutuyor, Kenan'a mazlum bir çocuk teslimiyeti gösteriyordu.

Bir sabah Nimet Hanım "Merasim Dairesi" nin kapısına gelmişti. Kenan'dan bir kitap istiyordu.

Genç adam:

– Niçin içeri girmiyorsunuz? diye sordu.

Nimet Hanım gayriihtiyarî güldü: "Nasıl olur?" diyecekti. Fakat utandı.

– "Münire beni bekliyor da" dedi.

Kenan çapkın bir cür'etle gülüyordu, ellerini beline dayıyarak:

– Vah vah ne kuvvetli sebep... Ne büyük mazeret, diye eğlenmeğe başladı.

Bu defa Nimet Hanım da cesaretlendi:

– Asıl maniyi biliyorsunuz da niçin soruyorsunuz, dedi.

Kenan daha ziyade yaklaşmıştı:

– Asıl maniyi biliyorum, fakat doğru bulmuyorum, dedi, benden korkuyorsunuz değil mi?

Nimet Hanım yarı şaka, yarı ciddî hafif bir hiddet ve hayret feryadı kopardı:

– Sizden mi?.. Niçin?..

– Kimbilir... Belki meselâ zorla sizi öperim diye...

Bu beklenilmez bir küstahlıktı. Genç kadın, kıpkırmızı kesildi hiddetle:

– Kenan Bey rica ederim, dedi.

Genç adam korkmuyor, ehemmiyet vermiyordu. Aynı çapkın fakat sevimli küstahlıkla genç kadını bileklerinden tuttu, süratle yanağından öpüp bıraktı:

– Görüyorsunuz ki bunda korkulacak bir şey yok... dedi.

Bu o kadar seri ve o kadar delicesine tuhaf bir şey olmuştu ki Nimet Hanım Kenan'a acı sert bir şey söylemek istediği halde becerememiş, asabi bir kahkahayla gülerek oradan uzaklaşmıştı.

O ağaçların arasında kaçarken Kenan da gülüyordu. Sonra yavaş yavaş bu tebessüm söndü; elleri cebinde düşüne düşüne içeri girdi:

– Hayat ne acaip şey... Vaktiyle şu karşıki ağaç kümesinin içinde Leylâ'dan ayrılmıştım... Onu bir defa kollarıma alsam senelerce mes'ut olacağımı biliyordum... Bunu yapmadım... Mahrum, biçare bir genç çocuğun bu hareketi çirkin bir küstahlık olurdu... Şimdi âdi bir sokak delikanlısı gibi hareket ettim, çardaktan bir salkım üzüm koparır gibi hiç tereddütsüz bu genç kadına tecavüz ettim... Kızıyor gibi göründü... Fakat eminim ki kızmadı... Demek muvaffakiyet her şeye hak veriyor.

Güneşe karşı pancurları sımsıkı kapalı duran loş odaya girmişti. Piyano üstünde duran kemana baktı, ona bir arkadaş gibi hitap ederek: "Bozyaka'da sıkılmıyacağız, dedi, bu güzel genç kadınla bir iki aylık bir macera var... Her saadet gibi bunu da sana borçluyum... Teşekkür ederim."

V

Bozyaka'nın her türlü üzümünden tattınız Kenan Bey... İstanbul'un Kınalı Yapıncak'ından istemez misiniz?

Bir ikindi vaktiydi. Çocuk, büyük, sıcaktan bağın bir köşesindeki çitlembiklerin altına kaçmışlardı. Burası Kırkçamlar yolu üstünde âdeta bir küçük koruydu. Yazın her yer yandığı vakit orası serin ve yeşil kalırdı.

Kırkçam'lar'dan doğru daima bir hafif rüzgâr eser, geniş ağızlı bostan kuyusu burasını daimi bir rutubet içinde bulundururdu. Zaten bağın sebze bahçesiyle kuraklığa hiç yüzü olmayan (Misk çekirdeksizleri) buradan su alırdı.

Garip ile Kerem –bağın emektar eşeği ile bir çocuk gibi sevilen yavrusu– münavebe ile kuyunun etrafında dönerler, taş oluklardan buz gibi soğuk bir su akardı. O gün kuyu başı her zamandan ziyade kalabalıktı. Ağaçtan ağaca kurulmuş bir salıncakta kucak kucağa iki bebek uyuyor; serin hasırlara yarı uzanmış tazeler örgü örüyor; mendil, başörtü kenarları işliyor; daha ötede söz anlamayan afacan bir çocuk sürüsü ördek gibi çamurlara batıp çıkıyordu. Kuyunun yanında mini minicik bir taş havuz vardı ki sular oradan oluklara dağılır, üzümler orada soğurdu.

– İstanbul'un Kınalı Yapıncak'ından istemez misiniz Kenan Bey?..

Bu suali Nimet Hanım gülerek sormuştu. Dolabın ağır iniltilerini dinleyerek yavaş yavaş gözlerini kapayan Kenan başını çevirmeden cevap verdi:

– Rica ederim bana artık üzümden bahsetmeyiniz Nimet Hanımefendi...

Nimet Hanım daha manalı bir surette gülüyordu:

– Benim Kınalı Yapıncak'ımı görürseniz söylediğinize pişman olacaksınız...

Kenan hafifçe doğruldu, başını çevirdi. Nimet Hanım'ın yanında beyaz kısa etekli, açık yakalı on dört, on beş yaşlarında ufak tefek, sarışın bir kız çocuğu vardı.

Küçük kız gülmemek için dudaklarını ısırıyor, ince bileklerini Nimet'in elinden kurtarmaya, kaçmaya çalışıyordu.

Kenan'ın döndüğünü görünce kıpkırmızı kesildi, Nimet'in bileğini yüzüne siper etmek istedi.

Genç kadın onu bırakmıyor, zorla Kenan'ın yanına getiriyordu:

– Kınalı Yapıncak'ım kemanınızın âşıklarından Kenan Bey... Sizinle görüşmeyi çok istiyor ama utanıyor...

Nimet Hanım küçük kızın bileklerini bırakmıştı. O artık kaçmaya çalışmıyordu. İmtihana girmiş korkak bir talebe gibi başı önünde gözleri yerde duruyor, kirpikleri, dudakları titriyordu.

Kenan ona ürkek bir çocuktan fazla ehemmiyet vermeyerek güldü:

– Ne güzel küçük hanım bu, dedi, misafir mi?

– Hayır... Bağ komşumuz Şükrü Bey'in akrabası... Şu sar maşıkların arkasına gizlenmiş, bizi seyrediyordu. Usulcacık yaklaştım, kuş avlar gibi yakaladım.

Kenan tekrar sordu:

– Küçük hanım İzmirli mi?

– Hayır... İstanbullu... Eviniz Kanlıca'da değil mi Lâmia?

Lâmia potinlerinden birinin sivri ucuyla bir toprak kümeciğini düzlemek için inat ediyordu. Başını Nimet Hanım'ın bulunduğu tarafa çevirdi, yine gözleri önünde, ancak işitilebilir bir sesle fısıldadı:

– Hayır... Paşabahçesi...

Kenan bu defa doğrudan doğruya Lâmia'ya sordu:

– Ne vakitten beri İzmir'desiniz Lâmia Hanım... Daha uzun zaman kalacak mısınız?.. Pederiniz valideniz İstanbul'da mı?..

Nimet başıyla Kenan'a manidar bir işaret etti, bu bahse devam etmemesini anlattı. Sonra küçük kızın yerine cevap vererek:

– Lâmia şimdilik İzmirli oluyor!.. dedi. Annesini, beybabasını kaybetti... Mamafih, amcası Şükrü Bey onu bir baba gibi seviyor. Nişanlısıyla evleninceye kadar burada kalacak...

Kenan hafif bir kahkaha ile:

– Ay küçük hanım nişanlı mı? dedi. Bu bahtiyar kim Lâmia Hanım?

Lâmia daha ziyade utanmıştı. İki elini Nimet'in omuzuna koydu, yüzünü bileklerinin arasına gizleyerek şikâyet etti:

– Off... Nimet Abla...

Genç kadın onun kalın, sıkı bir örgü ile örülmüş sarı saçlarını, güneşten yanmış açık ensesini eliyle sevdi, sonra çenesinden tutup zorla yüzünü kaldırarak:

– Kınalı Yapıncak'ın nişanlısı bu sene mektepten çıkmış bir mülâzim, dedi, şimdi Trabzon taraflarında... Birkaç seneye kadar yüzbaşı olacak... Kınalı Yapıncak'ım da o vakte kadar kemale gelecek. Artık düğünü burada yaparız değil mi Lâmia?

Öteki tazeler de söze karışıyor, hep birden Lâmia'yı utandırıp eğleniyorlardı. Kenan onlardan uzak duruyor, hafif bir gülümsemeyle Lâmia'ya bakıyordu. Nazlı bir siması, açık yeşil süzgün gözleri, uzunca hassas bir burnu vardı. Güneş nazik, şeffaf cildine yaldızlı bir yanıklık vermiş, yanaklarının gözlerine yakın yerlerine hafifçe çil basmıştı.

Nimet Hanım artık uykudan uyanan, biraz ötede annelerinin memesinde akşam kahvaltısı eden bebeklerin boş salıncağına oturmuş; Lâmia'yı yanına, hemen hemen dizlerine almıştı. Onun çenesi, dudakları, yanaklarıyla bebek gibi oynayarak söylüyordu:

– Bu küçük İstanbul kızına bayılıyorum, Kenan Bey... Ne şirin değil mi? Niçin ona Kınalı Yapıncak dediğimi tabii anladınız? (Parmağıyla gözlerinin altına, kirpiklerine dokunuyordu) Şu çillere bakın... Kadınlar bundan ölüm gibi korkar... Halbuki Lâmia'nın yanaklarına ne kadar yaraşıyor İstanbul'un şeffaf derileri kırmızımsı beneklerle lekeli kınalı yapıncaklarına benziyor...

Kenan güldü:

– Ah bu Bozyaka bağları, dedi, teşbihleri bile üzüm üstüne...

Kerem, dolabın iniltileriyle kendini bir ağır hülyaya kaptırmış gibi dalgın dalgın düşünüyor, teneke oluklardan taş havuza dökülen köpüklü sular içinde soğuktan bulanmış renk renk salkımları sarı kehribar kümeleri, allı yeşilli donuk necef mahşerleri kaynaşıyordu.

Nimet Hanım'a bir salkım misk çekirdeksizi vermişlerdi. Genç kadının artık üzüm yemeğe tahammülü kalmamıştı. Onu zorla Lâmia'ya yedirmeye uğraşıyor, salıncağın üstünde bir boğuşmadır gidiyordu. Küçük kızı sımsıkı kapadığı dudaklarını açmaya mecbur etmek için burnunu sıkıyor, gıdıklayarak güldürüyordu. Nihayet Lâmia isyan etti. Onun da haline göre kuvveti vardı. Hatta o da zorla Nimet Hanım'a üzüm yedirdi.

Boğuşmaları bittiği vakit genç kadın tekrar Lâmia'yı yanına aldı, alnına düşmüş bir küçük saç tutamını düzelterek:

– Benim tuhaf bir merakım vardır Kenan Bey, dedi, karşımdaki insanlara bakarken Allah'ın onlardan her birini ne yapmak için yarattığını düşünürüm... Bu bana bir güzel eğlence olur... Meselâ tramvaydayım değil mi? Karşımdaki kadınlara birer birer bakarım... Şunu Allah her sene evinin kedileriyle beraber doğurmak için, şunu uzun kollarıyla ipe çamaşır sermek için, şu kocakarıyı gelinlerini çekiştirmek, onlardan dayak yiyip inkisar[76] etmek için, bu hanımı mütemadiyen kocasını kıskanmak, gözetlemek, her gece kavga çıkarmak, bayılıp ağlamak için yaratmış diye eğlenirim... Bizimkilerden meselâ Cemil Bey'i yük arabalarına üzüm sepetleri yerleştirmek, hamallarla kavga etmek; Kâzım enişteyi daima hoşafla pilâv yiyip oruç tutmak, Hâfız Eşref Efendi'yi iri kırmızı burnuyla daima nezle olmak, ismini söylemeye lüzum olmayan... Âşnâyı bir koltukta oturup tavuk gibi kabarmak için dünyaya gelmiş sanırım...

Kenan, gülerek sordu:

– Ya zevciniz Veysel Bey'i?..

Nimet Hanım, kollarını yanına bıraktı, dudaklarını büktü:

– Doğru söylüyorum... Yalnız onun niçin doğduğunu, neye yaradığını anlamadım...

– Peki ben?..

Nimet Hanım hafif bir istihza ile:

– Siz malûm... Bütün cihan söylüyor... Dünyaya yeni bir âhenk getirmek için...

– Eğlenmeyiniz Nimet Hanım!

– Peki ya ben Nimet Abla?..

---

76 *darılmak, kırılmak*

Bunu derin bir safvetle Lâmia sormuştu. Geldiğinden beri hemen ilk defa konuşuyordu.

– Bu bahsi zaten senin için açmıştım Kınalı Yapıncak... Sonra lafı uzattım, başka mecraya sapıyorum. Seni Allah nazlı, şık bir oyuncak olsun diye yaratmış Lâmia... Vücudunda, küçük yüzünde hiç ciddi bir şey yok... Hep oyuncak, hep süs... Sade alnın biraz ciddi görünüyor... İnce kaşlarının üstünde hafifçe kabarmış geniş bir alın... Fakat oraya da bu incecik saç kıvrımları musallat olmuş... Hatta bunlara saç bile demek doğru değil... Kuştüyü gibi ince, beyaz şeyler... İşte bu alındaki ciddiyeti de onlar bozuyor.

Güneş Ilıca tepelerinin arkasına inmiş, tepeler yavaş yavaş gölgelenmeye başlamıştı. Bir genç hanım ağaçlardan birine asılı yeldirmesini aldı:

– Ortalık serinledi, artık gitmiyor muyuz? dedi.

Akşam üstleri bu saatlerde arkadaki yoldan Kırkçamlar'a çıkmayı, ortalık kararıncaya kadar orada vakit geçirmeyi âdet etmişlerdi.

Kırkçamlar yüksek bir tepenin üstünde asırlardan kalmabir çam ormanıydı.

Bu ihtiyar ağaçların iri, çatlak gövdeleri göz alıcı yüksekliklere uzuyor, tepelerinde güneşe karşı yeşil şemsiyeler açılıyordu.

Bu tenha koru, Bozyaka kadınlarının bir bahçesi gibiydi. Tazeler yeldirmelerini atarak top, köşekapmaca, körebe oynuyorlar; çocuklar durmadan dökülen, yerleri deniz gibi kaplayan sararmış çam iğnelerinin içinde yuvarlanırlardı.

O akşam Lâmia'yı da beraber almışlardı. Kenan ile Nimet Hanım en arkadan geliyorlar, Kınalı Yapıncak biraz önlerinde yürüyordu. Nimet Hanım ona işittirmemek için yavaş sesle Kenan'a anlatıyordu:

– Bu çocuğa asıl muhabbetim merhametten geliyor... Lâmia, nazlı bir İstanbul kızı... Üç sene evvel annesini kaybetmiş... İstanbul'da yakından kimsesi yokmuş... Şark kazalarından birinde kaymakam olan babası yanına aldırmış... Bu mini mini çocuk, iki sene babasına âdeta bir anne gibi bakmış... Geçen sene adamcağız bir kazaya uğramış... Kızcağız oralarda yalnız kalmış... İzinli bir zâbitin yanına katarak buraya, amcası Şükrü Bey'in yanına göndermişler... Çocuk mahrumiyet içinde... Şikâyet etmemekle beraber anlıyorum ki hiç mes'ut değil... Amcasının çocuklarına âdeta dadı gibi bakıyor... Böyle olduğu halde yengesi yine şikâyet ediyor, onu evde fazla görüyor...

Lâmia şimdi epeyce uzaklaşmıştı. Kenan lâkayt bir nazarla ona baktı:

– Zavallı çocuk... Acınacak hal, dedi, yalnız artık onun hikâyesine nihayet verelim.

– Sizi müteessir mi ediyor, Kenan Bey? Kenan sesini daha ziyade alçalttı:

– Onun için değil Nimet Hanımefendi... Bu mânâsız Kınalı Yapıncak'ın hikâyesinden herhalde çok daha ehemmiyetli şeylerimiz var... Onlardan bahsetmeyelim mi?

Nimet sahte bir şikâyetle:

– Ooof Kenan Bey, dedi, uslanmayacaksınız... Size o kadar rica ediyorum dinlemiyorsunuz... Kocalı bir kadına ne fena şeyler söylüyorsunuz...

Kenan yavaş yavaş bir tabiat hükmünü almaya başlayan şımarıklığıyla güldü:

– Sizin kadar fevkalâde bir kadının yanında uslu durursam evvelâ siz bana gülersiniz, ahmak diye yüzüme bakmazsınız... Nimet Hanım rica ederim vadediniz... Bu akşam mehtapta bahçeye çıkarsınız değil mi?

– Mehtap gece yarısından sonra doğuyor...

– Bende onun için bu kadar rica ediyorum ya...

Lâmia yol kenarında sarı sayvanlı, fes rengi tuhaf bir çiçek bulmuştu. Onu vermek için Nimet Hanım'ı bekliyordu. Kenan hafif bir asabiyetle yavaşça:

– Ah Nimet Hanım, dedi, bu çocuğu da nereden musallat ettiniz...

*
* *

Kenan Kınalı Yapıncak'a âdeta düşman olmuştu. Nimet Hanım bu çocuğu hiç yanından ayırmıyor her gittikleri yere götürüyordu.

Bir gün yine Kırkçamlar'a gitmeye hazırlanıyorlardı. Genç adam açıktan açığa şikâyet etti:

– Ne derseniz deyiniz, bu kızı artık çekemiyorum, dedi, aramızda mütemadiyen bir karaçalı demiyeyim, fakat bir sarı diken gibi...

Nimet Hanım gözlerinde çapkın bir tebessümle Kenan'a baktı:

– Zekisiniz, Kenan Bey, fakat kurnaz değilsiniz, anlamıyorsunuz, ben Lâmia'yı mahsus yanımıza alıyorum.

– Niçin?..

– Çünkü o olmasa yalnız gezmemize mânâ verirler... Biz de bundan korktuğumuz için yalnız gezemeyiz... Meselâ şimdi bu saatte yalnız başımıza Kırkçamlar'a gidebilir miydik? Lâmia'nın bir iyiliği daha var... Zavallı çocuk, pek ziyade sâf... Hiçbir şey sezmiyor. Pek fevkalâde olarak hissetse bile söylemeyeceğinden eminim.

Lamia bu cihetten iyi bir arkadaştı. Daima beraber bulunduğu halde onlara pek az sokuluyordu. Bazen bir yolda yan yana yürürlerken daha yavaş gitmek ihtiyacını duyarlardı. Lâmia, o vakit onları beklemeden, hatta başını çevirmeden yoluna devam ederdi. Bazen etrafını dikenler, çalılar sarmış bir "ağaç dibinde otururlardı. Küçük kız bir şey söylemeden onlardan ayrılır, karşıki setlerde çiçek toplamaya giderdi.

Kırkçamlar tepesi dik meyilli bir bayırla bir sel çukuruna inerdi. Yağmur zamanlarında burada bir küçük dere peyda olur, aşağıdaki şehit mezarlığından geçerek (Kızılçul) çayına akardı. Bayır birbirine kol vermiş taze, sık çam fidanlarından bir koru halini almıştı. Bugün Nimet ile Kenan bu yoldan dereye inmek istemişlerdi. Çamlar o kadar sıktı ki Kenan Nimet Hanım'a yol açmak için taze dalları kırmaya, yaprak yığınlarını kucaklayıp iki yana ayırmaya mecbur oluyordu.

Dere serin bir çağıltıyla akıyordu. Çam diplerinden süzülüp gelirken hafif bir reçine kokusu, yağlı bir yeşillik almış gibi görünen sularda ellerini yüzlerini yıkadılar.

Ara sıra arkalarındaki koru hafifçe hışıldıyor, çam kokularıyla ağırlaşmış sıcak, sarhoş edici nefesler geliyordu.

Kenan ile Nimet, devrilmiş bir ağaç kütüğünün üstüne yan yana oturmuşlardı. Artık Lâmia'dan çekinmeye bile kuvvet bulamıyorlardı. Kenan bir şey söylemeden Nimet Hanım'ın bileklerini okşuyor, genç kadın bu ağır hava içinde yorgun bitap görünen başını arkadaşının omuzlarına bırakmak, uyumak ister gibi yavaş yavaş gözlerini kapıyordu.

Kınalı Yapıncak'ta bugün tuhaf bir saygısızlık vardı. Karşılarında oturuyor, gözlerini onlardan ayırmıyordu.

Kenan, yavaş yavaş asabileşiyordu. Nihayet bir çare düşündü. Küçük kızın gözlerine bakmaya cesaret edemeden mahçup bir gülümsemeyle:

– Lâmia Hanım, dedi, derenin öte tarafında sarılı, eflâtunlu bir tuhaf çiçekler görünüyor... Nimet Hanım'a bunlardan bir demet yapmak isterdim. Fakat ihtiyarım yavrum... Yoruldum... Sen tazesin... Nimet Abla'na bu çiçeklerden bir küçük demet hediye etmek istemez misin?

Aradan bu kadar gün geçtiği halde Lâmia hâlâ Kenan'la konuşmaya cesaret edemiyordu. Bu güzel keman çalan adam onun için yarım ilâhtı. Ona sakinane hizmet etmekten büyük bir zevk alıyordu. Böyle olduğu halde Kınalı Yapıncak bugün ona itaat etmiyor, onları yalnız bırakmaktan korkuyor gibi Nimet Hanım'ın yüzüne bakıyordu.

O da hafif bir tereddütle kızararak Kenan'ı tasdik etti:

– Pek memnun olurum, Lâmia, dedi.

Küçük kız istemeye istemeye yerinden kalktı. Tereddütlerle yürüyor, bir taştan ötekine atlamaya cesaret edemiyormuş gibi duruyor, sık sık arkasına bakıyordu. Derenin öte tarafına geçtiği vakit birdenbire aklına bir şey gelmiş gibi döndü, korunun bir noktasına doğru seslendi:

– Çoban bak koyunlarından birkaçı şehit mezarlığına doğru gidiyor...

Lâmia bunu söyledikten sonra birdenbire hafiflemiş gibiydi. Artık onlara bakmıyor, çalıların içinde ceylân gibi atlayıp sıçrıyordu. Kenan ile Nimet Hanım, Lâmia'nın seslendiği yere baktıkları vakit hafifçe titrediler. Ağaçların arasından bir çobanla ak sakallı bir bağcı kendilerine bakıyordu.

Kenan, genç kadının ellerini bıraktı:

– Lâmia bizi bilmeden bir tehlikeden kurtardı, dedi. Nimet Hanım sararmıştı:

– Hayır Kenan Bey, diye cevap verdi, Lâmia onu bilerek yaptı. Şimdi anlıyorum... Tehlikeyi farkettiği için bizi yalnız bırakmak istemiyordu.

– Demek bu küçük kız sizi sevdiğimi biliyor.

Genç kadın bir şey söylemeden önüne baktı.

Lâmia kolunda bir küme çiçekle geri döndüğü vakit hafifçe topallıyordu. Etekleri, elleri toz içindeydi.

Nimet Hanım endişeyle sordu:

– Bir şey mi oldu Lâmia?..

Kınalı Yapıncak gülümsedi:

– Hayır ehemmiyetli bir şey değil, dedi, eteğime çalı takıldı, düştüm...

Lâmia ayağını incitmişti. Bundan başka bir çalı dikeni sol bileğini baştan başa çizmiş, kanatmıştı.

Kenan baba şefkatiyle:

– Vah yavrum, dedi. Bak nelere sebep olduk?..

Lâmia masum bir minnetle Kenan'a güldü.

– Ne ziyanı var efendim... Sizin eliniz gibi keman çalmıyor ya...

Nimet Hanım küçük kızı kolundan tutarak yürümesine yardım ediyor, bazı dik yokuşlardan onu hemen hemen kucağında çıkarıyordu.

Kenan'a bir zamandan beri garip bir hodgâmlık[77] gelmişti. Kendine ait olmayan her şey gibi başkalarının elemine, ızdırabına bigâne kalıyordu.

Böyle olduğu halde bugün bu çocuğa içinin sızladığını duydu, "Ne garip bir adam oluyorum... Bazen dünyanın elemi beni hissiz bırakıyor... Şimdi de böyle ağlayan zayıf sinirli bir kadın gibi hiç ehemmiyetsiz bir şeye acıyorum" diye düşündü.

*
* *

Lâmia her şeyi biliyordu. Bir akşam yengesiyle beraber Saip Paşa'nın bağına misafir gitmişti. Mehtap olmadığı için çardak ta, etrafına pervaneler üşüşmüş bir asma lâmbanın ışığında oturuyorlardı.

Nimet Hanım o gece fazla solgundu. Bir köşede sakinâne oturuyor, söze karışmıyordu.

Bir aralık ne olduğunu sordular. Yorgun bir tavırla:

– Sinirlerim rahatsız... Başım ağrıyor... Bu gece uyuyamamaktan korkuyorum... dedi. Sonra dalgın bir gülümsemeyle ilâve etti:

– Küçükken ara sıra böyle hastalanırdım. Bir Çerkez dadımız vardı. Güzel sesiyle bana ninniler, türküler söylerdi... Onun sesi acılarımı, ağrılarımı hafifleştiriyor gibi gelirdi.

Lâmia o gece odasında lâmbayı söndürdükten sonra pencereyi açmıştı. Bir his ona "Kenan bu gece mutlaka güzel bir şeyler çalacak" diyordu. Küçük kız bu hissinde aldanmamıştı. Sekiz on dakika sonra keman başladı. Genç bestekâr bu gece

77 *bencil*

alaturka çalıyordu. Uzun, ağır bir taksimden eski bir ninniye geçti. Kenan bu sade, yekahenk besteye –ölmüş bir annesinin hâtırası gibi– müessir, yakıcı bir güzellik veriyordu.

Durgun, karanlık bir geceydi. Ağaçlarda yaprak bile kımıldamıyordu. Gölge yığınlarına benzeyen kulelerde sesler kesilmiş, ışıklar sönmüştü.

Lâmia hayalinde bu ışıksız kulelerden birinin açık penceresini görüyordu. Nimet Hanım karanlığın içinde daha solgun, beyaz görünen yüzünü çıplak kollarına dayamış, bu güzel keman sessini dinliyordu. Ninni bir peygamberin duası gibi tesir ediyor, Nimet Abla'sının acıları, ağrıları yavaş yavaş sükûn buluyordu.

Artık şüphesi kalmamıştı. Kenan ile Nimet birbirlerini seviyorlardı. Bu sevda Lâmia'ya bir "Leylâ - Mecnun" masalı gibi güzel görünüyor, genç kalbinde sevinçle karışık bir rikkat uyandırıyordu. Öyle zannediyordu ki kendisinin de bu güzel masalda bir vazifesi vardı. Onların birbirlerini sevmelerini evvela o istemişti.

Kenan'ı ilk gördüğü gündü. Nimet Hanım gizli bir şey söylemek için yüzünü Kenan'a yaklaştırmıştı. O yanaklarında hafif bir pembelik sözlerinde canlı bir hararetle söylüyor, genç adam, sözlerden ziyade onları söyleyen dudaklara dikkat ederek dinliyordu.

Lâmia belli etmeden onları seyretmişti.

Kenan'ın tatlı esmer yüzü, halâvetli mavi gözleri karşısında ablasının beyaz çehresi, siyah parlak gözleri ne güzel görünüyordu. Küçük kız hemen onları birbirine yaraştırmış, "Nimet Ablam Kenan Bey'i sevse ne iyi olur" diye dönmüştü.

O yaştaki kızların fazla saf, savruk edâlarıyla hiçbir şeyin farkında değil gibi göründüğü halde en küçük hareketlerini, sözlerini, bakışlarını kaçırmıyor; hayalindeki aşk romanını günden güne işleyip güzelleştiriyordu.

Şimdi artık şüphesi kalmıyordu. Kenan bu gece Nimet Hanım için bu kemanı çalıyor, hasta ablası bunu biliyordu.

Vakit geçiyor, keman bir türlü susmuyordu. Lâmia'nın sevincine biraz da hüzün karışmaya başlamıştı. Sevmek güzel şeydi. Fakat ne yazık ki bu masal da ötekiler gibi hicranla, ayrılıkla, belki ölümle bitecekti. Nimet Hanım kocalı bir kadındı. Kenan'la evlenmesine imkân yoktu. Bu güzel sevdayı ölünceye kadar birbirlerinden gizleyeceklerdi. Lâmia yaşına nispetle fazla saf bir çocuktu. Onun fikrince bir erkek sevdasını bir genç kıza, beyaz duvağını açtığı gece söyleyebilirdi. Sevda, hayatın yalnız o gecesine mahsus bir saadetti. İnsan o gecede ömründen bütün nasibini alır, ertesi sabah güneş doğduğu vakit artık Allah'tan isteyecek bir şeyi kalmazdı.

O akşamdan sonra macera, Kınalı Yapıncak'ı daha çok meşgul etmeğe başlamıştı. Evde iş görürken onları düşünüyor, amcasının çocuklarını eğlendirirken zihni bu sevdayla meşgul oluyor, gece gözlerinde onların birbirlerine bakışan hayalleriyle uykuya dalıyordu.

Yine bir gece penceresinden Kenan'ın keman çaldığını dinliyordu. Gayriihtiyari gözlerinden yaşlar akmaya başladı: "Yazık ayrılacaklar... İki ay bile kalmadı... Nimet Hanım evine, Kenan Bey kimbilir nerelere gidecek... Birbirlerini göremeyecekler." diyor, başını pencereye dayayarak "Nasıl dayanacaklar? Nimet Ablam bu güzel sesleri dinlemeden, Kenan Bey'i görmeden nasıl yaşayacak?" diye hıçkırıyordu.

Her gittikleri yere onu da götürdükleri için pek memnundu. Onları gücendirmek, sevdalarının havasından uzak yaşamak korkusu kalbini titretiyordu.

Bir akşam Kırkçamlar'da fazla gecikmişlerdi. Yola çıktıkları vakit ortalık epeyce kararmış, ay doğmuştu.

Lâmia elinde Nimet Hanım'ın şemsiyesiyle önden yürüyor, onların arkada gittikçe adımlarını yavaşlattıklarını hissediyordu.

Kınalı Yapıncak başını çevirmiyordu. Fakat onların arkadan vuran ay ışığıyla yola düşmüş gölgelerini görüyordu. Gölgeleri gittikçe birbirine yaklaşıyor, Kenan'ın kolu Nimet Hanım'ı belinden sarıyor, genç kadının başı arkadaşının omuzuna düşüyordu. Bir yol köşesinde büsbütün durdular. Gölgeler soldaki metrûk bir kulenin yıkık duvarı üstüne bir sinema levhası vuzûhuyla[78] aksetmişti.

Lâmia Kenan'ın Nimet Hanım'ı bileklerinden tutarak göğsüne doğru çektiğini genç kadının bitap bir teslimiyetle arkaya düşen başını tekrar tekrar öptüğünü gördü. Küçük kız bir şey belli etmemeye çalışarak yürürken eli ayağı titriyor, bu buseler kendi yüzüne, kendi dudaklarına dokunmuş gibi heyecanlı isyanlar, heyecanlı ürpermelerle için için sarsılıyordu.

Bağ kapısında onlardan ayrılırken yüzlerine bakmayı hiç istemedi. Nimet Ablası biraz evvelki buselerle yanmış gibi sıcak dudaklarıyla onu öptüğü vakit titreyerek gözlerini kapadı.

Lâmia o gece geç vakte kadar uyuyamadı. Kenan ile Nimet'e karşı birçok temiz, nazik hisleri incinmiş, kırılmıştı.

---

78 belirgin, açıklık

Onlara hem darılıyor, hem acıyor, hem iğrenmeye benzer bir şey hissediyordu.

O gece artık onlarla beraber gezmemeye karar vermişti. Fakat ertesi sabah penceresinden giren taze aydınlıklar içinde her günkü gibi şen ve sâkin uyandı; o gün Nimet Hanım'la Kenan'ı göreceği saati her zamankinden daha sabırsızlıkla bekledi. Beraber gezmeye çıktıkları vakit onlardan biraz uzak durmaya başlamıştı. Fakat kalbi, zihni hep onlarla meşguldü. Küçük kızın bu yazını hep bu aşkın hikâyesi dolduruyor; ağır bir sevda havası içinde dalgın, mesut yaşıyordu. Bu aşk ona yalnız saadet değil biraz da iftihar veriyordu. Kimsenin bilmediği bu güzel sırrı o biliyordu. Sonra daima onlarla beraber bulunmakla bu sevdayı himaye ettiğine kaniydi. Çobanla bağcının onları dudak dudağa görmesine o mâni olmamış mıydı? Bir gün çitlembiklerin altındaki kuyu başında onları yalnız bırakmak için çocukları peşine takıp yolda top oynamaya götürmemiş miydi?

Evvelâ ihtiyatsızlıkları için onlara çok kızıyordu. Hattâ bir gün Nimet Hanım'la açıktan açığa konuşmayı aklından geçirmişti. Fakat sonradan onlara hak verdi. Ne yapsınlar, birbirlerini seviyorlardı. Bir zaman sonra ayrılacaklardı.

Lâmia ayrılık gününü aklına getirdikçe ağlayacak gibi oluyordu. Öyle sanıyordu ki bu keman sustuğu gün Bozyaka da öksüz kalacak; gecelere ağır, yeknesak bir melal düşecek; Arapderesi bir çöl; gökyüzü ıssız; her yer, herşey bomboş kalacak... Niçin Nimet Hanım Veysel Bey'le evlenmeden Kenan'ı tanımamıştı? Onların birbirlerini almaları ne güzel bir şey olacaktı.

Lâmia bazı günler çocukça bir hülyaya kapılıyordu: Paşabahçe'sine benzer bir yerde iki komşu yalı tasavvur ediyordu. (İki senedir hâlâ İzmir'e alışamamıştı. Paşabahçe'sindeki eski yalıları günden güne hayalinde güzelleşiyordu. Onun fikrince insan oradan başka yerde tam bir surette mes'ut olamazdı.) Bu iki yalıdan birisinde kendisi gelin oluyor, nişanlısı Nâzım'a varıyordu. Ötekine de Nimet Hanım'la Kenan yerleşiyorlardı. Hergün her saat birbirlerini görüyorlar, âdeta akraba oluyorlar, ölünceye kadar ayrılmıyorlardı.

Kenan yine her gece keman çalıyor, onların birbirlerine olan sevdası günden güne artıyordu. Lâmia bu güzel sevdanın zevalini hiç aklına sığdıramıyordu. Küçük kızın bu hülyası bu kadarla da kalmıyordu. Kenan ile Nimet'in esmer güzel yüzlü, mavi gözlü, parlak beyaz dişli bir oğlu, kendisinin Nimet Hanım'a benzeyen bir kızı oluyor, bunlar büyüdükleri zaman birbirlerini seviyorlardı.

Kınalı Yapıncak bütün günlerini onlara ait düşünceler, tahayyüller[79] içinde geçiriyor, kulağında hep bu güzel kemanın sesi, gönlünde hep bu sevdanın heyecanlarıyla uyuyup uyanıyordu.

VI

Kenan bir akşam üstü Şem'i Dede'nin kulesinden dönüyordu. Komşu bağlardan birinin kapısında lâcivert çarşaflı bir hanım gördü. Duvarın üstünden yola sarkan kocaman bir

79 *hayal*

incirin gölgesinde duruyor, geniş yapraklı dallardan birini güneşe siper etmek ister gibi yüzüne doğru çekiyordu.

Kenan bu lacivert çarşaflı hanımın Lâmia olduğunu ta yanından geçerken fark etti.

Kınalı Yapıncak küçük pembe yüzünde mahcup bir tebessümle ona gülüyordu.

Genç adam gülerek ona doğru yürüdü:

– Az kaldı sizi tanıyamıyordum Lâmia Hanım. Çarşafa girince birdenbire büyük bir küçük hanım oldunuz... Mübarek olsun efendim...

Lâmia ona bakmaya cesaret edemiyordu. Titreyerek:

– Ben zaten geçen sene çarşafa girdim efendim, dedi, bu sabah yengemle İzmir'e indik de...

– Bu sıcakta çekilmez şey...

– Evet efendim... İlle düğün evini göreydiniz... Pek sıcaktı efendim... Hattâ bir hanım bayıldı...

– Siz düğüne mi gittiniz?

– Evet efendim... Sonra çarşıya da uğradık...

– Demek bu şıklık onun için Lâmia. Gelin hanım bari si zin gibi güzel miydi?

Kınalı Yapıncak daha ziyade kızardı. Kirpikleri, dudakları titriyor, başını yanına çeviriyordu.

– Ne vakit geldiniz?

– Hemen şimdi efendim, ben arabadan sizi gördüm...

– Niçin burada duruyordunuz...

Lâmia bir parça tereddüt etti, sonra gözlerini önüne indirerek utana utana cevap verdi.

– Sizi bekliyordum...

– ! !

– Selam getirdim de efendim...

– Kimden?

Lâmia, çok utanmasına rağmen gülmekten kendini alamadı, hâlâ bırakmadığı incir dalını yüzüne siper ederek:

– Nimet Hanım'dan efendim, dedi.

Bu sözün Kenan üzerinde bir tesir yapacağına kaniydi. Onda göreceğinden emin olduğu heyecanla kendi titriyor, gözkapakları sık sık açılıp kapanıyordu.

– Teşekkür ederim Lâmia Hanım... Nimet Hanım'ı nerede gördünüz?

– Peştemalcılarbaşı'ndan geçiyorduk efendim... Onlar Güneşli Mağazası'ndan çıkıyorlardı... Öyle göreceğim gelmişti ki efendim...

Lâmia bugün ilk defa Kenan'la uzun uzun konuşmaya cesaret ediyordu.

Nimet Hanım'ın bir hafta evvel Manisa'dan kaynanası ile görümcesi gelmişti. Genç kadın onlar gidinceye kadar Karşıyaka'daki evinde oturmaya mecburdu. Bu vak'a Lâmia için büyük bir felâket olmuştu. Yalnız Nimet Abla'sını kaybetmiyordu. Artık Kenan'ın yanına gelmeye de cesaret edemiyor bu saygısız misafirlerin çabuk Manisa'ya dönmeleri için gece gündüz dua ediyordu.

Lâmia'nın İzmir'den getirdiği haberler bundan ibaret değildi. Arabada gelirken söyleyeceği sözleri birer birer hazırlamıştı. Öyle haberleri, öyle müjdeleri vardı ki Kenan nazarındaki ehemmiyetini büyütecek, onu kendine bu güzel sevdanın bir mahremi gözüyle bakmaya mecbur edecekti. Güneşli Mağaza'nın önünde Nimet Ablası'nı nasıl gördüğünü anlatırken mahsus sözü uzatıyor, onun sualler sormasını bekliyordu.

Fakat Kenan fazla bir şey sormadan sözü değiştirmişti. Lâmia onun utanması ihtimalini düşündü:

– Nimet Abla'nın ne vakit geleceğini biliyor musunuz, dedi, yarın değil öbür gün... Cumartesi akşamı... Müjdem için bana ne vereceksiniz Kenan Bey?

İlk defa onun ismini söylüyor, ilk defa ondan bir şey istemeye cesaret ediyordu.

Bu çocuk sadedilliği ile Kenan'ı eğlendirmeğe başlamıştı. Lâmia gittikçe cesaretleniyor, ağlamaya hazırlanan çacuklar gibi dudakları, göz kapakları titreyerek devam ediyordu:

– Nimet Abla'nın geleceğine ne memnun oldum, Kenan Bey... Ben herşeyi biliyorum... Korkmayın kimseye bir şey söylemem... Kaç gündür ikinize de öyle acıyorum ki... Dün ge ce dikkat ettim... Odanız karanlıktı... Lâmbanızı yakmadınız, keman çalmadınız... "Kenan Bey Allah esirgesin hasta mı aca ba?" diye korktum...

Lâmia derin bir safvetle bunları söylerken Kenan gülmemek için dudaklarını ısırıyordu. Çünkü onlar adamakıllı gemi azıya almışlar, cüret ve cesareti delilik derecesine getirmişlerdi. Pencerelerin karanlık, kemanın sessiz kaldığı evvelsi geceyi onlar "Buca" da bir otelde beraber geçirmişlerdi.

Galiba Nimet Hanım da Lâmia'nın safvetiyle bir parça eğlenmişti:

– Kenan Bey'in kendisi gibi kemanını da çok göreceğim geldi... Bu gece o ninniyi çalmasını rica et... Benim tarafımdan sen dinlersin, demişti.

Lâmia bu arzuyu Kenan'a söylerken sevincinden titriyor, Nimet Hanım için çalınacak kemanı dinlemek vazifesi ona adeta gurur veriyordu.

O gece erkenden odasına çekilmişti. Lâmbasını söndürdü. Penceresini açtı Nimet Hanım için çalınacak ninniyi beklemeye başladı. Fakat saatler geçiyor, keman bir türlü başlamıyordu. Kenan o gece Münir Bey'in bağına gitmiş, gece yarısından sonra yorgun bir halde köşke döndüğü vakit vadini hatırlamıştı.

Lâmia da bunu unutmuş göründü. Kenan'ı tekrar gördüğü vakit hiçbir şey söylemedi. Bu güzel sevdanın tarihinde ilk bir inkisar-ı hayal,[80] ilk bir ukde olarak içinde kaldı.

VII

Eylül bitmek üzereydi. Bağlar hâlâ bir temmuz sıcağıyla yanıyor, yalnız gece yarısından sonra ortalığa nemli bir serinlik çöküyordu.

Kenan artık avareliği bırakmıştı. Eseri günden güne ilerliyor, ona umduğundan ziyade neş'e ve ümit veriyordu. Bilhassa geceleri çalışıyordu.

Zaten küçük yaşından beri gecenin Kenan üzerinde bir garip tesiri vardı. Gündüzleri daima biraz uyuşuk, yorgun, emelsiz bulunur, karanlıkta yanan ilk ışıklarla beraber canlanmaya, yaşamaya başlardı.

80 hayal kırıklığı

Artık her gece bir bağda toplanan komşuların davetine gitmiyor, çoluk çocukla beraber kırlarda dolaşmıyordu. Geç vakitlere kadar köşkün önündeki çardakta yahut bağın tenha bir köşesinde kendi kendine sigara içiyor; gece yarısından sonra çiğ yağmaya, bağlardan belli belirsiz serin bir toprak kokusu gelmeye başladığı vakit odasına giriyordu.

Çardağın seddine açılan pencerelere Saip Paşa renkli camlar taktırmıştı. Kenan bu camları daima açık tutar, odasında yalnız piyanoya ışık veren kalın abajurlu bir lâmba yakardı.

Kenan bazen sabah aydınlıkları lâmbasını söndürünceye kadar çalışıyordu. Işığın etrafına pervaneler parlak yeşil kanatlı gece böcekleri toplanıyor, yarı aydınlık duvarlara vuran büyümüş, titrek gölgeleri odayı sessiz bir hayatla dolduruyordu.

Genç sanatkâr bu zararsız gece böceklerini pek seviyordu. Bazen gülümseyerek düşünürdü: "Odam gönlüme benziyor. İlerleyen yaşıma rağmen orada da daima böyle sessiz bir hayatın raşeleri var. Orada da böyle gözlerin bir renkli vehmi sanılacak kadar hafif şeyler mütemadiyen çırpınıyor, titriyor, bir gizli ateşte nazik kanatlarını yakıyor. Odam gönlüme benziyor, bağın "Kuzgun" isminde ihtiyar bir köpeği vardı. Gündüzleri "Kerem" ile beraber çocukların halim cefakeş bir arkadaşı olan "Kuzgun" geceleri korkunç bir bekçi kesilir bağın arkasındaki ince yoldan insan geçirmezdi.

Kuzgun Kenan'a çok alışmıştı. Geceleri onun kapısı önündeki çardaktan ayrılmıyordu. Kenan bazı geceler ihtiyar köpeğin birdenbire yerinden fırladığına, uluya uluya arka yola doğru koştuğuna dikkat etmişti. Kuzgun bir daha geri dönmüyor, yalnız ara sıra –gündüzleri çocuklarla oynarken yaptığı gibi– kesik, müşfik sesler çıkarıyordu.

Genç adam bunu merak etmeye başlamıştı. Bir gece odasından çıktı. Köpeğin gittiği tarafa doğru yürüdü. Daha on adım gitmemişti ki hayretle durdu. Kütüklerin arasındaki tek bir zeytinağacının altında beyazlı bir kadın hayali duruyor, Kuzgun onun ayakları dibinde kesik kesik uluyordu. Herhalde yabancı değildi. Öyle olsa köpek bağa girmesine müsade etmeyecekti.

Kenan biraz ilerleyince bu beyazlı kadının Lâmia olduğunu gördü. O da Kenan'ı tanımıştı. Telâş etmiyor, yanına gelmesini bekliyordu.

– Lâmia Hanım bu vakit burada ne yapıyorsunuz?

Kınalı Yapıncak bu gece hiç ürkmeden cevap verdi:

– Sizi dinlemeye geldim Kenan Bey... Uykum kaçtı da...

– Korkmuyor musunuz?

– Hayır... Niçin korkayım?

– Size darılmazlar mı?

– Burası yabancı yer mi? Hem bu saatte kim görecek? Herkes uyuyor...

Herkesin uyuduğu bu saatte tek başına bağlarda dolaşan bu küçük kız çocuğuna Kenan'ın içinde sebepsiz bir acıma geliyordu. Bir baba şefkatiyle sordu:

– Peki sen neye uyumuyorsun çocuğum?

Lamia yaşından umulmayacak ağır mütehassis[81] bir ciddiyetle cevap verdi:

---

81 duygulu

– Ben musikiyi uykudan ziyade seviyorum, Kenan Bey... Birkaç geceden beri ne güzel bir şey çalıyorsunuz...

– Bellibaşlı bir şey çalmıyorum ki... Çalışıyorum.

– O daima tekrar ettiğiniz parça ne güzel... Şimdiye kadar böyle şey duymadım... Uzaktan dinlemeye doyamıyorum... İçimden öyle geliyor ki başımı piyanoya dayayım da o parçayı bir su gibi içeyim...

Lâmia ince yüzünü masum bir hararetle yeşil gözleri bitap bir vecd ile kapanıyordu.

Kenan'ın hayret ve rikkati gittikçe büyüyordu. Hafifçe titreyen bir sesle:

– Lâmia Hanım, dedi, o kaç geceden beri tekrar tekrar çaldığım şey eserimin en güzel parçası... Ömrümde bir kere daha içimden bu kadar güzel bir feryat doğacak mı? Bilmiyorum... Fakat şimdi asıl merak ettiğim bu değil. Siz bunu nasıl anladınız? Bu yaşlanmış, acı görmüş, ıstırap çekmiş insanlara mahsus musikîyi Kınalı Yapıncak'ın sade, pürüzsüz ruhu nasıl anladı?

Kenan biraz utanarak sustu. Bunlar bir kız çocuğuna söylenecek şeyler miydi? Yavaş yavaş o biraz müstehzi yaşlı adam vakarını alarak:

– Haydi Lâmia Hanım, dedi, gidip yatınız. Uykusuzluk renginizi saarartır, Kınalı Yapıncak buruşuk yapraklara döner sonra...

Lâmia "neme lazım" demek ister gibi hafifçe omuz silkti, sonra korkak bir rica ile:

"Müsaade eder misiniz bir kere daha yakından dinleyim," dedi.

Kenan gülerek muvâfakat etti:

– Peki Lamia Hanım... Geliniz de sevdiiniz şeyi bir kere başından sonuna kadar çalayım...

Küçük kız sevincinden uçuyordu. Teşekkür etmek için kelime bulamıyor, yeşil gözlerinde nihayetsiz bir minnetle Kenan'a bakıyordu. Kütüklerin arasından yanyana köşke doğru yürüdüler. "Kuzgun" hafif hafif uluyor, kuyruğunu sallayarak arkalarından geliyordu.

Kenan camlı kapıyı açarken bir lâhzalık bir tereddüt geçirdi. Lâmia ne de olsa bir genç kız sayılırdı. Bu saatte onu yalnız olarak odasına almak doğru değildi. Fakat bu tereddüt uzun sürmedi. Kendi aklına gelen şeyden kendi utandı: "Ben hemen hemen bu çocuğun babası olacak yaştayım" diye düşündü.

Lâmba kalın donuk abajurunun altından piyanonun dişlerini aydınlatıyor, yarı aydınlık duvarlarda pervanelerin, yeşil kanatlı gece böceklerinin büyümüş gölgeleri titriyordu.

Kenan bir şey söylemeden piyanonun önüne geçti, Lamia'nın sevdiği parçayı yavaş yavaş çalmaya başladı. Küçük kız ayakta duruyor, biraz evvel söylediği emeli tatmin etmek ister gibi başını hafifçe piyanoya dayıyordu.

Kenan parçayı bitirdiği vakit başını çevirdi. Lâmia hâlâ sarışın başını piyanodan kaldırmıyor, yeşil gözlerinde yorgun bir istiğrak ile ona bakıyordu. Kenan'ı dinlerken ağlamış, kızarmış çilli yanaklarındaki yaşlar daha kurumamıştı.

Kenan onun bu donuk aydınlık içinde âdeta beyaz görünen açık sarı saçlarını okşamaktan kendini alamadı, neşeli bir rikkatle güldü:

– Lâmia Hanım... Döktüğünüz bu birkaç damla göz yaşını eserim için bir uğur sayıyorum... Öyle ümit ediyorum ki beni yine beğenecekler...

– Beğenmemek mümkün mü Kenan Bey... İnsan sizin musikinizi dinlerken ölmek istiyor...

Lâmia bunu söylerken titriyor, bu güzel sesler içinde ölmek zevkini duyar gibi gözlerini kapıyordu.

Kenan gülerek onu tehdit etti:

– Sakın bir daha bu sözü ağzından işitmeyeyim... Dilini koparırım yaramaz, dedi.

Lâmia da artık gülüyor, gitmeye hazırlanıyordu.

Kenan onu bağın kenarına kadar teşyi[82] ederken eseri için daha fazla malumat verdi:

– Bunu şimdi anlamak mümkün değil Lâmia, dedi, böyle bir piyano, bir tek keman size bir fikir veremez. Onu orada adedi yüze yaklaşan en mükemmel musiki âletlerinden, en güzel sanatkârların güzel seslerinden dinlemek lâzım... Burada tasavvur etmeniz bile mümkün değil... Haydi çocuğum... Artık güzel uyuyunuz...

Lâmia çitin üstünden kendi bağlarına atlamıştı. Kenan'dan ayrılacağı vakit derin derin içini çekerek:

"Yazık... Bunu ne Nimet Ablam, ne ben dinleyemeyeceğiz..." dedi.

Kenan hemen içeri dönmek istemedi. Arka üstü boylu boyuna toprakların üstüne yattı, yıldızlara baka baka rabıtasız şeyler düşünmeye başladı: "Bu çocuğa acıyorum... Bu geceki hiçten vak'a bana tuhaf bir hüzün verdi... Zavallı Kınalı

---

82 geçirmek

Yapıncak odamdaki ışığın karanlıklardan çekip getirdiği o sessiz gece böceklerine benziyordu... Piyanoya başladığım vakit belki uyumak üzereydi, belki de uyuyordu. Gecenin içinden gelen bu sesler onu uyandırdı, ne istediğini, ne yaptığını bilmeden –tıpkı o gece böcekleri gibi– bu seslere doğru gelmeye başladı... Yeşil yaldızlı kanatlarını lâmbanın ateşinde o kadar derin bir şevkle yakan böcekler gibi bu küçük mahlûk da musikinin ateşinde yanmak istiyordu. Bu daha yeni yaşamaya başlayan küçük kız ölümden bahsettiği vakit içim sızladı... Zavallı Lamia..."

*
* *

Lâmia o geceden sanra âdet etmişti. Bağlarda sesler kesilip ışıklar söndükten sonra kuleden çıkıyor. Kenan'ı dinlemeye geliyordu.

Genç adam evvelâ bunu hoş görmemişti. İnsanlar tuhaftı. Lâmia'nın onun için ehemmiyetsiz bir komşu kızından başka bir şey olamayacağım anlamazlar, belki dedikodu yaparlardı. Fakat bunu bu saf çocuğa söylemek anlatmak şöyle dursun, aklından böyle bir şey geçirdiğini hissettirmekten bile utanıyordu

Mamafih Lâmia o geceden sonra odasına gelmemişti. Çardaktaki hasır kanapeye oturuyor, Kuzgun'un başını dizlerine yatırarak saatlerce çalgı dinliyordu.

Kenan ara sıra fasıla verdikçe bir sigara yakıyor penceresinin pervazına oturarak Lâmia ile konuşuyordu. Küçük kız, ona iyiden iyiye alışmıştı. Artık çekinmiyor; hayatını kalbini bir büyük ağabey emniyetiyle ona söylüyordu. Bir gece konuşmaları bir dertleşme halini almış, Lâmia ona gizli ve derin sevgilerinden (annesinden, babasından, Paşabahçe'deki yalılarından) bahsetmişti. Buna sâkin gecenin içinde birdenbire çardakları hışırdatan, yerlere birkaç kuru yaprak düşüren geçici bir rüzgâr sebep olmuştu. Kenan yine pencerenin yanında sigara içiyordu. Lâmia gözlerini kapayarak başını rüzgârın geldiği tarafa çevirmiş, saf ve mahsun bir gülümseme ile:

– Ne güzel... İstanbul'umun rüzgârı, demişti.

Kenan gülerek:

– İstanbul'un rüzgârı mı?

Genç adam artık ona "sen" diye hitap etmeye başlıyordu.

– İstanbul'un ayrı rüzgârı mı var?

Lâmia derin bir safvetle başını salladı:

– Elbette Kenan Bey... Oranın denizi, rüzgârı bile başkadır... Burada hatırları kalır diye başkalarına söylemiyorum... Fakat siz anlarsınız... Yalımızdayken akşamları Boğaz'dan serin, hafif bir rüzgâr gelirdi... Ben onu dünyanın hangi yerinde olsa tanırım... Biz o vakit ne mesuttuk... Kardeşim, annem, beybabam sağdı... Hepsi birden ne taze öldüler... Beni bu kadar yalnız bırakmalılar mıydı?

Dizinde uyuyan Kuzgun'un başını okşuyor, hafifçe boynunu bükerek yeşil gözleriyle Kenan'a gülümsüyordu:

– En çok kardeşim Fâhir'e acırım... O benden iki yaş küçüktü... Bana çok benzerdi ama yaramazdı... Bebeklerimi kırar, dolaplarımı karıştırır, bana hiç rahat vermezdi... Bir iki kere zavallıyı dövdümdü bile... Bir kere beybabam bize cam kutular içinde süslü şekerler getirmişti... Fahir kendininkileri hemen yiyiverdi: "Bitirme sonra vermem... ağlarsın" dedim. Dinlemedi. Ben mahsus kendi şekerlerimi sakladım. Akşam üstü deniz kenarına gittiği vakit yemeye başladım... Fahir bana yalvarıp ağlıyordu... "Oh olsun" diye eğleniyordum... Sonra daha başka zalimlik de yaptım Kenan Bey... "Maskaralık eder beni güldürürsen sana bir şeker veririm" dedim... Kardeşim hem ağlıyor, hem o güzel yüzüyle tuhaflıklar yapıyordu... Bakın ben ne fena kızım Kenan Bey... Ondan sonra da vermedim... Bir abla böyle şey yapar mı? Fâhir'i bir gün mektepten hasta getirdiler... Kardeşim bir hafta sonra tifodan öldü... Hastalığında beni yanına bırakmak istemiyorlardı... Ben fırsat buldukça odaya giriyor: "Fâhir iyi ol da sana kendi gündeliğimle hergün o şekerlerden alacağım" diyordum. Annemle beybabama da çok acıyorum ama onlara sonradan içime dert olacak bir şey yapmamıştım... Galiba ben bunun için çocuk nazına o kadar çok tahammül ediyorum... Amcamın çocuklarına bilseniz ne iyi bakıyorum... Vakıa bu benim vazifem... Öyle değil mi Kenan Bey? Evlerinde oturuyorum... Herhalde amcam hele yengem bana bakmaya mecbur değil... Bana ettikleri iyilikleri ödemek için bir şey yapmalı değil mi? Semiha ile Fikret'e dadı gibi bakıyorum. Ne isterlerse yapıyorum... Kimin öleceği belli olmuyor ki Kenan Bey... Sonradan hicran çekmektense...

*
* *

Yazın son mehtabı bütün şaşası ile tepeler, kuleler, ağaç kümeleri, kaya yığınları, gökyüzünün esmer sedeflere benzeyen zemini üstünde –hudutlarının bütün çizgileriyle– intişam ediyor, Bozyaka açık kurşunî renkte bir kabartma resmi andırıyordu.

Ayışığının sıra sıra uzanıp giden çıplak bağlarda –suya aksetmiş ışıklar gibi– âdeta çalkandığı, derinleştiği görülüyordu.

Kenan, Lâmia'nın nazik gölgesini çardakta görmeye iyiden iyiye alışmıştı. Öyle sanıyordu ki o varken daha kolay çalışıyor, daha güzel şeyler buluyordu. Lâmia'nın bazı halleri Kenan'a kendi çocukluğunu hatırlatıyordu. O da vaktiyle Salı Tekkesi'ndeki ihtiyar binbaşının udunu dinlerken gözlerini kapar, böyle titreyerek sararırdı. Hayatlarındaki müşabehet[83] sadece bundan ibaret de değildi. Küçük kız yine bir gece ona babasından bahsetmişti:

– Ben şarka gittiğim vakit on iki yaşındaydım. Öyleyken beybabama annem gibi bakıyordum... Orada hizmetçilerimiz vardı. Yemeğimizi pişirirler, çamaşırımızı yıkarlardı... Ben beybabamın gömleklerini, mendillerini kendi elimle ütülemek için inat eder, kahvesini elimle pişireyim diye erkenden uyanırdım... O da bana annemden bahsederdi... Sağ olsaydı belki şimdi İstanbul'a dönmüş. Paşabahçe'sindeki yalımıza yerleşmiş olurduk... Beybabam ara sıra jandarmalarla teftişe çıkardı... Bir gün bir dereden geçerken atını akıntıya kaptırmış. Sular onu beş dakikalık bir yere kadar sürükleyip götürmüş... Değirmenciler yetişip kurtarmışlar ama iş işten geçtikten sonra... Sular zavallı babamı bir kayaya çarpmış başını göğüs kemiklerini fena halde zedelemiş... On gün kadar hasta yattı... Doktor arkadaşları çok çalıştılar... Öldüğü güne

83 benzeyiş

kadar ben de hastahanede kaldım, geceleri sabahlara kadar ben onu bekliyordum... Nihayet bir gece ağırlaştı... Beni zorla dışarı çıkardılar. Ben o kadar müteessir olduğum halde o gün de beybabama analık ettim. Ağlayarak sandıkları açtım, bir ölü için ne lazımsa kendi elimle bulup çıkardım. Onu bana son bir defa göstermek istemiyorlardı. Bir kaymakam doktor bey vardı. Ayaklarına kapandım. Halime acıdı, beni elimden tutarak beybabamın yatağı yanına götürdü. Yüzüne bakamadım. Sade ayaklarını öptüm.

Lâmia'nın sesi titriyor, gözleri yaşla doluyordu. Kenan onun sarı saçlarını derin bir şefkatle okşadı: "Çok gençsin kızım, unutursun," dedi. Sonra, mahzun ve dalgın bir tebessümle ilave etti:

– Sen hiç olmazsa son bir defa ayaklarını öpebilmişsin... Ben, kendi babamın nerede ve nasıl öldüğünü bile bilmiyorum.

VIII

Teşrinievvel ortalarına doğru idi. İlk yağmurlar yağmış, göçler artık başlamıştı. Bağlarda sabahlara kadar ayrılık eğlenceleri yapılıyor, çıralar yakılıp çalgılar çalınıyordu. Buna rağmen Bozyaka'ya ağır bir melal-i işret[84] ve ahenkle geçmiş düğün geceleri seherlerinin mahzunluğu yorgunluğu çökmüştü.

Ağaçlar yapraklarını dökmüş, korular, sel çukurları şilirsiz bir çıplaklık almıştı. Kurumuş çardaklarda sararmış hevenk-

84 sıkıntı

ler sallanıyor, bir büyük yangından çıkmış gibi siyah ve harap görünen yapraksız kütükler soluk güneşin altında sıra sıra uzanıp gidiyordu.

Bağların sonbaharı Kenan'da çocukluğunun müzmin ve yorgun füturunu uyandırmıştı. Eseri bitmiş, İstanbul'a dönmesine birkaç gün kalmıştı.

Gündüzleri caddeye çıkan büyük kapının yanında saatlerce oturuyor, çamurlu yollarda inleyerek geçen yüklü öküz arabalarını, tekerleklerin bıraktığı izler içinde çürüyen yaprakları seyrediyordu.

*
* *

– Kınalı Yapıncak da öteki üzümler gibi bana bugün biraz sararmış göründü... Nesi var acaba?..

Çitlembiklerin içindeki kuyu başındaydılar. Kerem yine ağır ağır başını sallayarak dönüyor, küçük taş havuzda son üzümler soğuyordu. Lâmia mini minilerden birini Kerem'in sırtına bindirmişti. Düşmesin diye çocuğu belinden tutuyor, dalgın dalgın düşünerek yürüyordu...

Küçük kız da doğrudan doğruya cevap vermedi. Yeşil süzgün gözlerini Kenan'a çevirdi:

– Yarın sabah biz de İzmir'e dönüyoruz Kenan Bey dedi.

– Demek artık birbirimizi göremiyeceğiz...

– Evet öyle...

Lâmia, bir şey sormak istiyor, tereddüt ediyordu. Nihayet cesaret etti:

– Gelecek sene yine gelirsiniz değil mi Kenan Bey?

– Şimdiden bir şey söyleyemem... Belki işlerim müsaade ederse...

– Peki Nimet Hanım... Birbirinizi kimbilir ne kadar göreceğiniz gelecek... Muhakkak gelirsiniz diyorum Kenan Bey...

Kenan çocuğun bu sadedil hayaline dokunmak istemedi:

– Evet zannederim ki geleceğim, dedi.

– Ona mektup yazacaksınız değil mi?

– Elbette...

– Bana da tabiî selâm yazarsınız...

– Elbette Lâmia...

– Nimet Hanım çok üzülürse ben onu teselli ederim... Merak etmeyiniz Kenan Bey...

– Birkaç gündür sizi görmüyordum.

– Biraz hastaydım... Sonra hazırlık vardı... Biliyorsunuz ki benden başka evde işe yarayacak kimse yok... Kenan Bey size büyük bir ricam var...

– Pek mi büyük...

– Nimet Hanım için bir gece... O ninniyi çalacaktınız... Aklınıza geldi mi? Unutmuştunuz... Bu gece o ninniyi çalar mısınız?

– Peki, Lâmia... Fakat bunu onun için değil, senin için çalacağım... Onu dinleye dinleye uyursun değil mi?..

– Teşekkür ederim... Yarın sabah size vedaya gelirim Kenan Bey...

– Çok güzel olur... Şöyle böyle epeyce eski bir arkadaş olduk Lâmia Hanım...

*
* *

Kenan, ertesi sabah öğleye doğru uyanmıştı. Odasının pencerelerini açtığı vakit sarı bir kordela parçasıyla pancurun kenarına bağlanmış bir küçük kır menekşesi demeti buldu. Kimin bıraktığını derhal anlamıştı. Lâmia'ya ettiği vaadi o vakit hatırladı telaş ile elini başına götürerek: "Vah zavallı küçük, dedi, ninnisini çalmayı unuttum. Kim bilir bana ne kadar kırılmıştır."

Biraz ilerde ihtiyar bir bağcı toprak kazıyordu. Kenan pencereden ona seslendi:

– Hüseyin Ağa, acaba sen biliyor musun komşu Şükrü Beyler İzmir'e indiler mi?

– Sabahleyin erkenden gittiler beyim... O küçük hanım buraya geldi. Sana selam bıraktı.

Kenan küçük menekşe demetini koklayarak:

– Vah biçare Lâima'cık, dedi, kırk yılda benden bir şey isteyecek oldu...

Çiçekleri ne yapacağını bilmeyerek elinde evirip çeviriyordu. Sonra bir sandalyenin üstüne çıktı, demeti duvardaki yüksekçe bir çiviye iliştirdi.

IX

Kenan'da o sabah ağır bir sersemlik, müziç bir yarım baş ağrısı vardı. Bir zamandan beri sabahları neşesiz ve yorgun uyanıyor geç vakitlere kadar yataktan kalkamıyordu. Odasının deniz tarafındaki pencerelerini açtı. Boğazda yine o sabah sis vardı. Öğle zamanı yaklaştığı halde Anadolu yakasındaki tepeler hâlâ açılmıyor, suların üstünde yer yer duman kümeleri sürükleniyordu.

Kenan yüzünü, açık göğsünü boğazın rutubetli rüzgârına verdi, vücudundaki kırıklığın verdiği bedbinlikle:

– İstanbul'un baharı bir şeye benzemiyor, dedi, Haziran girdi, hâlâ havalar açamıyor... Duman sade benim başımda değil... Boğaz da her sabah öyle uyanıyor...

Hep kabahat İstanbul'un geciken baharında, havalarındaki ittiratsızlıktaydı.[85] Kendisinin günahı hiç kusuru yoktu. Sabahlara kadar musiki ile, işretle, kumarla, kadınla geçirdiği geceler kaale alınmaya değer miydi? O sene Kenan için en büyük muvaffakiyet senesi olmuştu. Operası umduğu muvaffakiyeti kazanamamıştı. Fakat ona belli başlı sanatkârlar arasında bir mevki vermişti. Kışın bir kısmını Fransa'da, bir kısmını İtalya'da geçirmiş, Nisan ibtidâsında İstanbul'a dönmüştü.

Prens Vefik Paşa müstakbel damadına Rumeli Hisarı'ndaki küçük yalısını tahsis etmişti.

Kenan'ın Teşrîn-i sânî ibtidâlarında[86] Cavidan'la düğünü olacaktı. Baba kız, o mahut miras davası için şimdi yine Mısır'da bulunuyorlardı. Üç seneden beri türlü şekiller alarak uzayıp giden bu komedya bir yarım muvaffakiyetle bitmek üzereydi. Mamafih bahar gibi yazdan da istifade edememeleri, bu güzel mevsimi orada ziyan etmeleri pek muhtemeldi.

Kenan operanın ilk oynandığı gece Prenses Cavidan'la nişanlanmışlardı. Bu izdivaç çoktan kararlaşmıştı. Bilmeyen

85 birbirine benzemeyen
86 başlangıç

yoktu. Fakat Kenan o geceye kadar ne Vefik Paşa ile ne de hatta Cavidan ile bu meseleye dair hiçbir şey konuşmamıştı. Genç kızla olan en samimi ve hissi hasbi hallerinde bile nazik ve hürmetkâr bir arkadaşlık hududunu hiçbir zaman geçmemişti.

O gece opera bittikten sonra Vefik Paşa, Kenan ile birkaç sanatkâr arkadaşımı "supe"ye davet etmişti. Zihninde hiç olmazsa Kenan'ın operası kadar kuvvetli bir tesir yapacak bir program hazırlamıştı. Arkadaşlarının genç bestekâr hakkındaki mütalaalarını, tenkitlerini birer birer dinledi. Sonra dirseklerini masaya dayadı Kenan'ın musikisi için uzun bir konferans verdi ki, şu sözlerİe bitiyordu: "Eserin derece-i kıymeti hakkında aramızda ihtilâf olabilir. Fakat şu noktayı tasdikte ittifak edebiliriz ki Kenan bizim aramızdan, insanlar arasında çıkmış, yarım ilâhlar âlemine girmiştir. Bizim isimlerimize şeref veren mutantan elkap, hattâ bazılarımızın başını tezyin eden dünya taçları onun san'atkâr alnını süsleyen iklil yanında kuru kelimelerden, birkaç parlak taş kırıntısından başka bir şey mi?"

Mendilini ağzına götürerek hafif hafif öksürüyor, asıl müessir parçayı söylemeye hazırlanıyordu: "Kenan Bey, muvaffakiyetiniz için size kıymetli bir yadigâr vermek isterim. (Parmağını şakağına götürerek kaşlarını kaldırıyor, gözlerini derinleştiriyordu) Düşündüm düşündüm, kızımın küçük, muazzez elinden daha kıymetli bir şey bulamadım. Kan ve hanedan asalet ve nebaletinin sanat asaletine olan bu cemile ve bergüzarını kabul eder misiniz?"

Kendi hareketinin ulviyeti karşısında kendi titriyor, gözleri sulanıyor, biraz evvel dudaklarını sildiği mendille şimdi kızaran burnunu siliyordu.

*
* *

Prens Vefik ile kızı Mısır'da kaldıkları müddetçe Kenan, Hisar'daki yalıda oturacak, bir esere çalışacaktı. "Siyah Yıldızlar" ismini vermeyi düşündüğü bu opera yine şarka ait kanlı bir masaldı. Altay eteklerinde muhayyel bir Türk Hanlığı'nda korkunç bir ihtilâl çıkıyor, hükümdarı çarmıha geriyorlar, on bir erkek çocuğunun gözlerine mil çekiyorlardı. Bu haileden yalnız en küçük şehzade kurtuluyordu. Çünkü onu henüz kesilmemiş uzun saçlarına bakarak bir kız çocuğu sanıyorlardı. Dadısı birçok seneler şehzadeyi sakladıktan sonra sırrın meydana çıkmasından korkuyor, eline bir asâ vererek onu huduttan çıkarıyordu. Eserin asıl mevzuu küçük şehzadenin derbeder ve avare hayatıydı. Tek başına Hint'i İran'ı dolaşıyor, senelerce yaylalarda çobanlarla, tekkelerde rintlerle yaşıyor, nihayet İran içlerinde yeni bir muhayyel memlekete geliyordu.

Küçük şehzade sırrını hâlâ saklıyordu. Ölümden korkmuyordu. Çünkü yaşamaktan bir zevk duymamıştı. Onu her dakika takip eden bir korku vardı ki kardeşlerinin âkıbetine uğramak, "Siyah Yıldızlar"ını, yani gözlerini kaybetmekti.

Küçük şehzade bu yeni memlekette çobanlıkla yaşamaya başlıyor, ihtiyar bir kadının koyunlarını yaylaya götürüyordu. Bir gece yoluna devam ederken karşısına baştan başa vahşî sarmaşıklarla kaplanmış büyük bir duvar çıkıyor. Yoldan geçen bir dervişe bunun ne olduğunu soruyor. İhtiyar adam bu kocaman kale duvarlarının arkasında bir saray ile bir bahçe olduğunu söylüyor. Hükümdar güneşten bile kıskandığı on iki zevcesini burada muhafaza edermiş.

Küçük şehzade garip bir cazibeye tutuluyor, her gece bu duvarın karşısına gelerek saatlerce düşünüyor.

Bir karanlık gecede duvarın bir tarafında beyazlı bir kadın farkediyor. Küçük şehzade bunu evvelâ bir gece hayaleti zannediyor. O bir hayalet değil padişahın en küçük zevcesidir. Ne o muhteşem masal sarayı, ne o güneş girmediği için bütün çiçekleri renksiz açan bahçe tatmin edememektedir. Duvarın bir köşesine sellerin açtığı gizli bir rahneden her gece böyle dünyaya çıkıyor.

Parlak "Siyah yıldız" lı çobanla soluk yüzlü sultan arasında derin bir sevda başlıyor.

Birçok geceler gökyüzünün yıldızları yukarıdan dünyanın en güzel bir aşkını seyrediyorlar. Sevda onların gözlerini öyle bürümüştür ki bir gece karanlıkta yavaş yavaş hareket eden, yavaş yavaş etraflarını saran uzun mızraklı gölgeleri göremiyorlar.

Çoban tehlikeyi fark ettiği vakit iş işten geçmiştir. Fakat o şimdi bir çoban değildir. Sevgilisinin büyük bir tehlike geçirdiği bu dakikada damarlarındaki eski dûrdide[87] cengâver kanı birdenbire tutuşan bir hükümdar çocuğudur. Asâsını mızrak gibi kullanıyor, sevgilisini o gizli duvar deliğinden kaçırıncaya kadar uğraşıyor.

Ertesi günü çobanı hükümdarın karşısına çıkarıyorlar. Tehditler, işkenceler kâr etmiyor, küçük şehzade sevgilisi-

87 uzağı gören, ileri görüşlü

nin hangi sultan olduğunu vahşî bir inatla saklamaktadır. Onu karanlık bir hücreye kapıyorlar, günlerce düşündükten sonra bir çare bulunuyor.

On iki sultanı birer birer çobanın önünden geçireceklerdir. Sevgilisini gördüğü zaman mutlaka kendini tutamayacak, bir feryat veya bir hareketle değilse bile hiç olmazsa gözlerinde titreyecek bir lema ile sırrını meydana koyacaktır.

Küçük şehzade bir gece bu kararı haber aldığı vakit ölü gibi sararıyor. Fakat hiçbir şey söylemiyor.

Ertesi sabah Ay Bahçesi'ne büyük bir kalabalık toplanıyor, şehzadeyi çiçeklerle kırmızı güvercinlerle süslenmiş bir çarmıhın karşısına getirip oturtuyorlar. Sultanlar birer birer önünden geçirilmeğe başlanıyor. Hangisinin mücrim olduğu anlaşılırsa derhal çarmıha gerilecektir. Sultanlar beyaz ipek örtülerinin içinde titreşerek birer birer çobanın önüne geliyorlar, uzun boylu bir Arap birer birer yüzlerini açıyor.

Hükümdar iki kor ateşi gibi parlayan gözlerini çobanın gözlerine dikerek beklemektedir. Her yeni örtü açıldıkça gözyaşlar ile ıslanmış, korku ile solmuş güzel yüzler meydana çıkıyor. Fakat çoban hepsine ayni sakin çehre, ayni dalgın nazarlarla bakıyor.

Hükümdar ruh işlerinde tecrübeli bir adamdır: "Bu çobanı bulduğunuz yere bırakın... Siz bir gece hayaleti görmüş olacaksınız... Zevcelerimden hiçbiri kabahatli değil... Bu genç çoban onlardan birinde sevdiğini tanımış olsaydı mutlaka sırrını ifşa edecekti. Bu benim yaptığım en kanlı işkencelerden daha ince bir tecrübeydi" diyor. Sultan geçirdiği tehlikeye rağmen ertesi gece yine aynı duvar deliğinden dışarı çıkıyor, çobanı ayni ağacın dibinde buluyor... "Buradan kaçalım... Beni nereye istersen götür..." diyor. Çoban ulvi bir peygamber sükun ve tevekkülile gülüyor, gözlerinde hâlâ o dalgın bakışla: "Artık kaçmamıza imkân kalmadı... Sen yolları bilmezsin... Ben seni sevk edemem... Seni karşımda gördüğüm vakit gözlerimin sırrımızı gizleyememesinden korktum, dün gece zindanımda kendi elimle gözlerime mil çektim... "Siyah yıldızlar'ım artık söndü görmüyor!" diyor.

*
* *

Kenan bir gün evvel nişanlısından mektup almıştı. Genç kız eserin neresine geldiğini soruyor, bitmiş parçaların notasını istiyordu. Kenan hemen yazdığı cevapta operanın ilerlediğini temin ediyordu. Fakat notaları göndermemek için müsaade istiyor, bunu şöyle izah ediyordu: "İlhamınızdan doğan bu parçaların sizin üzerinizde yapacağı ilk tesir bence çok mühimdir. Onları benden başka birisinden dinlerseniz bu tesiri kaybetmemden sorkuyorum. Biraz sabretmek, eserimi kendimden dinlememek onun yapacağı ilk tesiri güzel yüzünüzde seyretmek saadetini benden esirgemezseniz minnettar olurum."

Kenan bu satırları yazdıktan sonra hem gülmüş, hem de utanmıştı. Çünkü daha doğru dürüst bir tek parça bile vücuda getirememişti. Eğlenirken o kadar canlı ve hararetli olan Kenan iş başına gelince tuhaf bir isteksizlik, ağır bir rehavet duyuyordu. Hayatı gibi zevki, tabiatı da garip istihaleler[88] geçiriyordu.

88 *değişim, bir halden bir hale geçiş*

Eskiden kalabalığın düşmanıydı. Şimdi onsuz yapamıyor kalabalık gürültü onu güneş gibi açıyor, canlandırıyordu. Daha küçük bir çocukken kendi ihtiyariyle bütün haklarından feragat etmişti. Şimdi her güzel şey için kendisinde bir hak, her zevk için bir sönmez arzu bulunuyordu. Taze Boğaz havasının bir türlü defedemediği o yarım baş ağrısı bu sabah ona bedbin, neşesiz şeyler düşündürüyordu: "Saklamaya ne lüzum var... Arsız bir 'sonradan görme'ye dönüyorum... Hayatım gerçi eğlenceli, fakat kibar değil, temiz değil... Tabiatımda itidal[89] yok... 'Ya hep, ya hiç' diyorum... Bir tarz hayatı değiştirmek lâzım... Gerçi eğlenmek, yaşamak benim hakkım... Fakat hiç olmazsa bunu bir nizama sokmalı... Çalışırken olsun zihnim, kalbim serbest kalmalı... İki aya yakın bir zamandan beri işe başlamak istiyorum... Olmuyor... İçimden bir şey gelmiyor... Halbuki ben sönmüş bir adam değilim... Herhalde İstanbul'un tesiri var... Çalışılacak muhit değil vesselâm..."

O gün de çalışamayacağını anlamıştı. Kendisine bir meşguliyet bulmak için kütüphanesini düzeltmek istedi: Eski oturduğu evden gelen kitaplarını hâlâ yerleştirmeye vakit bulamamıştı. Mecmuaları karıştırıyor, kitapların tozlarını silkiyor, lüzumsuz kâğıtları gazeteleri yırtıp atıyordu... Bir büyük nota defterinin arasından sararmış bir mektup zarfı düştü. Üstünde eski evinin adresi yazılıydı. Avrupa'da bulunduğu zaman gelen bu mektup, kâğıtların arasına karışmış, kaybolmuştu. Kenan merakla zarfı yırttı. Bir İzmir kartpostalına solmuş bir mürekkep, bozuk ince bir kadın yazısıyla şu

89 orta, ortalama

satırlar yazılmıştı: "Kenan Bey, dün bir İstanbul gazetesinde sizin için bir havadis okudum. Operanız Avrupa'da oynanmış. Pek beğenmişler. Ben size söylememiş miydim? Yazık ki ne o ne de ben göremedik. Geçen gün paşa dayınızın Karantina'"daki konağına gitmiştik. Bir müjde verdiler. Siz bir prensesle evleniyormuşsunuz. Tebrik ederim. Artık bu sene gelmenizden ümidi kestim. Lâmia.

Bu soluk mektup parçasından bir parça yaz güneşi, bir nefes bağ kokusu geliyor gibiydi. Kenan'ın hasta, neşesiz gözlerinde bir hafif ziya uyandı. Lâmia'nın çilli ince yüzünü, süzgün yeşil gözlerini daha iyi hatırlamak için gözlerini kapayarak: "Ah zavallı Kınalı Yapıncak, beni unutmamış" dedi.

Geçen sonbahardan beri Lâmia'yı ikinci defa aklına getiriyordu. Bir defa da operasının oynandığı gece onu hatırlamıştı Lamia'nın sevdiği parça çalınmağa başladığı vakit Kenan gayriihtiyarı gözlerini kapamış, gece böceklerinin sessiz raşelerle[90] dolu odasını, yeşil gözlerinde bitap bir meftuniyet[91], çilli yanaklarında yaşlarla başını piyanoya dayayan Kınalı Yapıncak'ı görmüştü.

Kenan elindeki mektubu bir masa üstüne atmıştı. Lüzumsuz kâğıtları yırtmaya, kitapları birer birer kütüphane raflarına yerleştirmeye devam ediyordu. Fakat bu mektubun uyandırdığı hayal onu sardıkça sarıyor, Bozyaka bağlarını, açık kurşunî mehtapları, yeşillikler içinde kaybolmuş ince yolları, Arapderesi, Kırkçamları'yla görüyor, Şem'i Dede'nin yegâne melul neyini, Keremin ağır ağır çevirdiği bostan dolabının iniltisini işitiyordu.

---

90 titreyiş
91 tutkunluk

Kenan masanın üstünde duran küçük mektubu bir kere daha okudu: Ah "Kınalı Yapıncak, dedi, başıma iş açtın... İzmir'i tekrar görmek hevesini bende öyle kuvvetle uyandırdın ki dayanamayacağım... Belki bu daha hayırlı olur... Beyhude yere aradığım ilhamı ihtimal orada bulacağım... Anlaşıldı ki burada rahat çalışamayacağım... Anneme telgraf vermeli... Nafile buraya gelmesin... Ben birkaç güne kadar onu Bozyaka'larında bulurum."

X

Yaz o sene erken gelmiş, bağ hayatı mevsiminden evvel uyanmıştı. Bozyaka'ya hergün Kâtipoğlu yolundan akın akın yük arabaları, karuçeler geliyor, beyaz, pembe, mor yeldirmeler, çocuk haykırışmaları, kahkahalar, türküler bağları şenlendirmeye başlıyordu.

Dokuz ay sisler yağmurlar içinde magmum bir inzivaya gömülüp kalan kuleler birer birer tahta pencerelerini açıyor, et raflarını saran yeşillik kümelerinde gecelerin geç vakitlerine kadar yaldızlı ışıklar oynaşıyordu.

Lâmia o kış İzmir'de pek sıkılmış, Bozyaka'ya gidecekleri zamanı -günleri küçük parmaklarında saya saya- beklemişti. İlk günlerde çok eğlenmişti. Güneşten evvel uykudan uyanarak bağ yollarında dolaşmış, başka arkadaş bulamadığı için amcasının çocuklarını alarak Kırkçamlar'a gitmiş öğle saatlerinde ağaç altlarında, toprakların üstünde yatmıştı.

O sene Bozyaka'da en iyi dostları Kerem ile Kuzgun'du. Bu mazlum çehreli eşekle altın sarısı gözlü ihtiyar bağ köpeğini anlaşılmaz bir ruh alâkasıyla seviyordu. Kerem yine çitlembiklerin içindeki bostan kuyusunun etrafında –mütehaylil bir sabırla– çilesini doldurmaya başlamıştı.

Lâmia küçüklerden birini onun sırtına bindiriyor, bir kolunu düşmesin diye çocuğun beline geçiriyor, öteki eliyle Kerem'in yüzünü, kulaklarını okşayarak adımlarını onun ayaklarına uyduruyordu. Bu ona bir rüya içinde bilmediği yerlerde gezmek vehmini veriyordu. Kerem durduğu vakit bir uykudan uyanmış gibi oluyor, ne kadar zaman yürüdüğünü hatırlamıyordu.

Akşam üstleri de guruba doğru Kuzgun'la beraber bağın kenarına gidiyor, duvarın yıkık bir parçasına oturarak köpeğin başını dizlerine alıyor, tozlu yollar kararıncaya kadar bekliyordu.

"Merasiın Köşkü"nün kapalı pancurlarını çiçekli sarmaşıklar bürümüştü Lâmia ara sıra çiçek koparmak bahanesiyle köşkün etrafında dolaşıyor, orada bulunduğu dakikalarda –türbeleri ziyaret edenler gibi– mahzun bir tahayyüle düşüyordu.

Burası onun gözünde geçen seneki o güzel yaz sevdasının mezarıydı. O sevda şimdi Leylâ ile Mecnun'un sergüzeşti gibi uzak, eski bir masal olmuştu.

Şükrü Bey'in İkiçeşmelik'teki evinde geçen donuk, yağmurlu kış ayları küçük kızı bu masalın tesirinden kurtaramamıştı.

Havalar daima kapalı, evin içi bir akşam üstü gibi loştu. Çamurlu sokaklardan araba gürültüsü eksik olmaz, sabahtan akşama kadar satıcı sesleri evden çıkmazdı.

Lâmia ev işleriyle meşgul olmadığı vakit pencerenin yanına oturuyor, kafeslerin boğduğu, kalın Şam perdelerinin ağırlaştırdığı donuk aydınlıkta saatlerce dantel örüyordu. Amcasıyla yengesi, ondaki tebeddülü fark etmişlerdi. Fakat küçük kızın ne olduğunu bir türlü anlayamıyorlardı. Mahzun değildi; çünkü ara sıra her zamankinden ziyade güldüğünü işitiyorlardı. Hem de tâ yüreğinden gelen müşfik, ihtizazlı billûr gibi berrak kahkahalarla... Hasta değildi. Bilâkis taze bir çiçek gibi günden güne açılıyor, renkleniyor, gözlerinin soluk, açık yeşilinde –içlerinde güneş işlemiş zümrütler gibi– hâreli parıltılar titreşiyordu.

Hatta mesut bile görünüyordu. Perdelerin ağır gölgelerine hafif bir aydınlık veriyor gibi görünen sarışın başında tentenesinin ince örgülerinde kaybolmuş gözlerinde hiç sönmeyen bir tebessüm vardı.

Kınalı Yapıncak, o sene ruhunda Bozyaka bağlarının yazından biraz ışık, bir parça sıcak getirmiş gibiydi.

Bu mesut hülya havası içinde saatlerce kendini unutuyor, tentenesinin ince ağlarında Bozyaka'yı –kayalarda parlayan güneşleri, çardakları tarayan ay ışıkları; titrek sarı yollara yıkık kule duvarlarına düşen gölgeleriyle– görüyordu.

Nimet Hanım'a hediye edilmek için geniş bir "gipür" yaka başlamıştı. Bu yakanın kendinden icat ettiği modeli garip bir binbir gece masalıydı: Çardakların oymalı kafeslerinden asma yaprakları, üzüm salkımları sarkıyor, çam tepelerine doğmuş ayların etrafında pervaneler, uzun kanatlı gece böcekleri titriyor, salkımlarla dolu havuzlara sular akıyordu. Bu efsanenin bir köşesinde bir de keman resmi vardı.

Lâmia bu örgü ile meşgulken Kenan'ın bazı parçalarını hatırlıyor, başkalarının işitmesinden korkar gibi hafif, hemen

hemen deruni bir sesle onları tekrar ediyor, bazen tentenesinin üstüne kirpiklerinin ucundan bir damla yaş düşüyordu.

Yakayı bitirdiği zaman eniştesinden iki gece izin istedi; Nimet Hanım'ın Karşıyaka'daki evine misafir gitti. Bugünü aylardan beri sabırsızlıkla beklemişti. Nimet Abla'sının Kenan Bey'i kimbilir ne kadar göreceği gelmişti. Ondan bahsetmeye kimbilir ne kadar ihtiyacı vardı? Zavallı kadın etrafındakilerden kimseye sırrını açamazdı ki...

Karşıyaka vapurunda Nimet Hanım'ı göreceği dakikayı düşündükçe kalbi tatlı bir heyecanla eziliyordu. Evin bir köşesinde başbaşa verecekler, iki gün iki gece hep onu konuşacaklardı.

Küçük kıza öyle geliyordu ki, Kenan'dan bahsetmekle onu bir parça aralarında yaşatmış olacaklardı.

Nimet Hanım'ın o gün birçok misafiri vardı. Genç kadın Kınalı Yapıncak'ını büyük bir sevinçle karşıladı. Bütün öteki hanımları ihmal ederek hep onunla meşgul oldu. Fakat gece yarısına kadar bir dakika yalnız kalamadılar.

Nimet Hanım daha çok semirmişti. Eskisinden çok daha ziyade şen, lâkayt ve mes'ut görünüyordu. O mütemadiyen gülüp söylerken Lâmia gizli gizli ıstırap çekmeye şüphelenmeye başlıyordu. Acaba ablası Kenan'ı unutmağa mı başlamıştı? Fakat buna nasıl imkân tasavvur edilirdi? Kenan'ın esmer yüzü, mavi gözlerinin tebessümü, beyaz parlak dişlerinin busesi nasıl unutulurdu? Küçük kız bunu derin bir safvet ve hayretle kendi kendine soruyor, neticede kendi şüphelerinden utanıyordu. Nimet Abla'sı onu yine seviyordu. Fakat ne yapsın? Evli bir kadındı. Sırrım saklamaya, ağlarken dudaklarıyla gülmeye mecburdu.

Yatma vakti geldiği zaman Nimet Hanım bir şamdan yaktı: "Haydi Kınalı Yapıncak... Seni odana götüreyim" dedi. En üst katta beyazlarla döşenmiş güzel küçük bir odaya çıktılar. Nihayet beklenilen dakika gelmişti. Lâmia derin bir heyecanla sarsılıyordu. Nimet Hanım'ın yüzüne bakmaya cesaret edemiyordu.

Genç kadın şamdanı bırakmıştı:

– Sen yorgunsun küçüğüm... Güzel güzel uyursun... Yarın sabah erken kalkmak lâzım... Çünkü seni gezmeye götüreceğim... Bu gece göreceğin rüyayı unutma... İnsanın ilk yattığı evde gördüğü rüya mutlaka çıkar... Allah rahatlık versin...

Nimet Hanım kapıya doğru yürümüştü. Lâmia şaşkın bir telâşla:

– Abla, dedi.

– Ne var Lâmia... Niçin öyle titriyorsun kızım?..

– Bana hiç söyleyeceğin yok mu?

– Sende tuhaf bir hal var...

– Abla... Kenan Bey sana mektup yazıyor değil mi?

– ! ! !..

– Kenan Bey'i unutmadın değil mi Nimet Abla!

Titreyen elleriyle Nimet'in bileklerini tutuyor, yeşil gözlerinde derin bir ıstırap ile onun yüzüne bakıyordu.

– Niçin bunları soruyorsun Lâmia?..

– Ben sizin bütün sırlarınızı bilmiyor muyum? Seni teselli etmek istiyorum abla!..

Kınalı Yapıncak'ın dudakları titriyor, uzun kirpikleri yaşla doluyordu.

Bu o kadar çocukça bir şeydi ki, Nimet Hanım kendini tutamadı. Kahkahalarla gülerek onun kızarmış yanaklarını öptü:

– Ne tuhaf çocuksun...

Lâmia bu kahkahalarla yüreğinde nazik bir şeyin kırıldığını hissediyor, genç kadına karşı müphem bir kin duymaya başlıyordu.

– Demek Kenan Bey'i unuttun Nimet Abla?...

Nimet Hanım, gittikçe şaşırıyordu.

– Hayır Lâmia... Unutmadım... Kenan Bey'i daima hatırlayacağım...

– Bir parça uykunu feda edemez misin Nimet Abla?

Genç kadın yine gülüyordu:

– Peki çocuğum nasıl istersen...

Beyaz karyolanın kenarına yan yana oturdular. Lâmia evvelâ ona hediye getirdiği dantel yakayı verdi. Genç kadın bu örgüyü çok ince ve güzel buldu: "Aferin Lâmia... Bu âdeta güzel bir resim" diyordu. Bu dantelde anlayamadığı bazı şekiller vardı. Lâmia bunlardan birini izah ettiği vakit kahkahalarla gülmekten kendini alamadı. Bu güzel yaz efsanesinde "Kerem" ile "Kuzgun"un eksik kalmasına küçük kızın gönlü razı olmamış, garip şekilli yapraklar arasına birisinin sevimli uzun kulaklarını, ötekinin kesik kuyruğunu sıkıştırmıştı.

Lâmia gittikçe artan bir hararetle bu eski aşk masalını anlatırken Nimet Hanım onun hafızasına hayret ediyor ara sıra gülerek:

– Ne iyi hatırlıyorsun Lâmia... Bak ben bunu unutmuştum diyordu.

Bu unutulan küçük vak'aların her yeri Kınalı Yapıncak için bir ayrı ıstırap, bir inkisar-ı hayal oluyordu.

Kınalı Yapıncak o gece bir türlü uyuyamadı. Perdeleri açık penceresinden İzmir'in yıldız kümelerine benzeyen aydınlıklarına bakıyor: "Zavallı Kenan Bey... Nimet Hanım'ın bu kadar kalpsiz bir kadın olduğunu haber alırsa çok üzülecek" diye düşünüyordu. Karşıyaka'dan âdeta hasta döndü, bu ilk inkisar-ı hayalin hüznü –müzmin bir hastalık gibi– aylarca ruhunun içinde süründü.

*
* *

Temmuz girmişti. Lâmia bir akşam yine Kuzgun'la beraber bağda dolaşıyordu. Caddede bir araba gürültüsü işiterek kapıya koştu. O gelinceye kadar araba geçmişti. Yola iyiden iyiye basan akşam karanlığı içinde iki gölge gördü. Münir Bey'i iri vücudundan tanımıştı. Ötekini Kenan'a benzetti, birdenbire yüreği hopladı. Acaba o muydu? O ise mutlaka araba Saip Paşa'nın kapısı önünde dururdu. Bu ümidin beyhude olduğunu bildiği halde kapıda bekliyor, gözlerini yoldan ayıramıyordu. Araba komşu bağın önünde durmadan geçti, biraz sonra bir köşe başında Münir Bey'in köşküne giden yola saptı.

Küçük hafifçe göğüs geçirdi: "O değil dedi, zaten bir daha buraya gelmeyecek ki..."

Lâmia o aksam erkenden odasına çıkmıştı. Hava çok sıcak olduğu için camlarını açık bırakarak yatağına uzandı. Mehtap yoktu. Pencerenin önüne dallarını sarkıtan çardaklara bir ateşböceği bulutu çökmüştü. Arapdere tarafından ara sıra esen sıcak bir rüzgâr bu bulutun bir parçasını odaya atıyor, uyku iptilalarının yarım sarhoşluğu içinde gülümseye

gülümseye gözlerini kapayan küçük kızın saçlarına, yüzüne ateşböcekleri düşüyordu. Ne kadar uyuduğunu bilemiyordu. Birdenbire gecenin derinliğinden gelen ağır bir keman sesiyle uyandı. Acaba bir rüya mıydı?

Kınalı Yapıncak uyku sersemliğiyle bir türlü bunu tayin edemiyor, bu güzel rüya seslerinin sönmesinden korkar gibi gözlerini kapıyordu. Yavaş yavaş kendini topladı. Yatağında doğrularak düşünmeye başladı. Akşam Münir Bey'in arabasında gördüğü gölge mutlaka Kenan'dı. Zaten bu kemanı ondan başka kim çalabilirdi?

Kenan yine o eski ninniyi çalıyordu. Lâmia bir sonbahar gecesi bu ninniyi sabahlara kadar gözlerinde yaşlarla bekleyerek uyumuştu. Küçük kıza öyle geliyordu ki, şimdi aynı seslerle aynı uykudan uyanıyor, ateşböcekleriyle dolu oda yükseliyor, havalara karışıyor, göklerin yıldızlı bir parçası oluyor.

XI

O akşamüstü vapurdan çıkan Kenan, Kordon'da Münir Bey'e tesadüf etmiş, onun arabasıyla Bozyaka'ya gelmişti. Bağdakilerin haberi yoktu. Münir Bey bundan istifade ederek Kenan'ı yarı zorla kendi köşküne akşam yemeğine götürmüş, gece yarısına kadar salıvermemişti.

Saip Paşa, köpeğin havlamasından bağa bir yabancı girdiğini anladığı vakit yatmak üzereydi. Elinde lâmba ile pencereden sarkarak "kim o?" diye seslendi. Kenan'ı tanıyınca "vay nur-i aynım, sermayei iftiharım evlâdım... Sen mi geldin?" diye âdeta bağırıp ağlamaya başladı.

Çocuklara varıncaya kadar bütün köşk yeniden uyandı. Odalardan gecelik gömleklerinin üstüne atkı, manto, hattâ eteklik atmış dağınık saçlı kadınlar, patiska entarili, çıplak ayaklı erkekler çıkıyor, Kenan'ın bu beklenilmez dönüşü için adeta şenlik yapıyorlardı.

Saip Paşa onu ikide birde kucaklıyor: "Be oğlum... İnsan bir telgraf da mı vermez... Ben, seni vapurdan almak için alimallah istimbotlar tutacaktım" diyordu.

Melek Hanım daha gelmemişti. Fakat bir iki güne kadar Seydiköyü'nden hareket edeceğine dair o gün bir mektubunu almıştı.

Kenan bu kavuşma merasimini mümkün olduğu kadar kısa kesti, yorgunluğunu bahane ederek "Merasim dairesi"ndeki odasına çekildi. Buraya hiç dokunulmamış, eşya geçen seneki halinde bırakılmıştı. Kenan köşkün renkli camlarını, pancurlarını –atöşbeceklerinin yağmurları içinde göklere karışmış gibi görünen geceye– açarken çocuk gibi seviniyor: "Ne iyi ettim de geldim... Ben bu derin, temiz tahassüsleri başka nerede bulacaktım?" diyordu.

Unutulmuş eşyayı yerlerinde buldukça çocukça bir rikkat hissediyor, duvardaki resimlere bakıyor, piyanonun üstündeki biblolara ellerini sürüyordu.

O gün geleceğini bilmedikleri için hazırlık yapmamışlardı. İhtiyar bir hizmetçi alelacele içerideki yatak odasının tozunu alıyor. Kenan'la konuşa konuşa köşkün içinde dolaşıyordu. Kadın bir aralık elinde lâmba ile kapıdan giriyordu. Kenan duvarın bir noktasında kuş kanatlarına benzeyen ince bir gölge kımıldadığını gördü. Dikkat etti. Lâmia'nın son ayrıldıkları sabah sarı bir kordelâ parçasıyla penceresine bağladığı kır menekşesi demetini tanıdı. Ona da dokunmamışlardı. Çiçekler kurumuş, birkaç siyah yaprak iskeleti kalmıştı.

Kenan birdenbire küçük kıza verip de tutamadığı vaadi hatırladı. Büyük bir vicdan borcu ödeyen bir adam hafifliğiyle piyanonun üstündeki keman kutusunu aldı.

Yalnız Kınalı Yapıncak'ın ninnisini çalıp kesmek istediği halde kendini tutamıyor; âşık bir dağ çobanı gibi havadan havaya atlıyor; sade, masum, sanatsız, fakat bir gönül gibi hudutsuz rüyalar, doyulmaz iniltilerle dolu şeyler çalıyordu.

Lâmbanın ışığı etrafında yine pervaneler titreşiyor, yarı aydınlık duvarlarda yeşil kanatlı gece böceklerinin sessiz vehimleri tekrar uyanmaya başlıyordu.

Yol yorgunluğundan ve fazla tahassüsden bitap bir halde kemanı bıraktığı vakit karanlığa baktı: "Ah Bozyaka, dedi, ben çocukluğumun, ilk gençliğimin bütün emel ve tahassüsünü buraya gömmüştüm... Bir gün onları bu kadar zenginleşmiş olarak geri vereceğini ümit eder miydim?"

XII

İki gün Kenan'a uzaktan, yakından sürü sürü misafirler geldi. Genç adam sabahtan gece yarısına kadar bir saat yalnız kalamadı. Bunların arasında sade Lâmia yoktu. Kenan birkaç defa onu çocuklara sormuş; fakat doğru dürüst cevap alamamıştı.

Ona üçüncü günün akşamına doğru bağın arkasındaki ince yolda tesadüf etti. Gülerek yolunu kesti:

– Ne kadar ayıp Lâmia Hanım... Bu ne vefasızlık... Eski arkadaşa bir "hoş geldin" de mi yok?

Lâmia ona bakmaya cesaret edemiyor, dudağını ısırarak mahcubâne gülümsüyordu. Gayet yavaş:

– Yengemin vakti olmadı da efendim... Gelecektim, dedi.

– Geçen sene daima yengenizle mi gelirdiniz? Size çok sitemler hazırlamıştım ama cesaret edemiyorum...

Sahte bir tereddütle Lâmia'ya bakıyor, biraz eğlenerek gülüyordu.

– ! ! ? ?

– Lâmia Hanım'a tabii "Kınalı Yapıncak" kadar nazım geçmez... Bu sene Bozyaka'da Kınalı Yapıncak'ı göremediğime çok teessüf ediyorum.

Lâmia Kenan'ın ne demek istediğini anlayamıyor, onunla beraber gülüyordu.

Genç adam aynı lâtife edasıyla devam etti:

– Kınalı Yapıncak çok değişmiş... Güzel kocaman bir genç kız olmuş... Artık onunla eskisi gibi şaka etmeye nasıl cesaret edilir?

Lamia daha ziyade kızardı. Bir lâhza gözlerini onun gözlerine kaldırarak:

– Benimle eğleniyorsunuz, Kenan Bey, dedi.

Kenan şuh, şımarık kahkahalarından biriyle güldü:

– İşte Lâmia Hanım'ın, dediğim gibi kocaman, güzel bir genç kız olduğuna bir alâmet daha... İstiyor ki karşısında gayet hürmetkâr, merasimperver olsun... Hakkı da yok mu? Mademki Lâmia Hanım yetişmiş bir küçük hanım oldu... Şaka bertaraf Lâmia Hanım hakikaten sizi beklenilmez dere cede büyümüş, değişmiş gördüm... Nazmi Bey... Nişanlınızın ismi Nazmi değil miydi?

– Nâzım efendim...

– Evet, evet, Nâzım Bey'i bu sene de görmediniz değil mi? Kimbilir o gelince nasıl şaşıracak, sevinecek?.. Benim böyle güzel nişanlım olsa dünyayı yıkarım...

Kenan şen, oynak bir hararetle devam ediyor:

– Bu kadar güzel olacağını tahmin edemezdim kızım... Geçen sene halinde tuhaf bir cılızlık, bir solukluk... Nasıl anlatayım hani buruşuk tozlu bazı çiçekler vardır... Onlarınki gibi bir solukluk vardı... Bu sene pırıl pırıl bir şey olmuşsun... Bahar şenliği gibi bir şey... Biraz büyücek ağzından başka bir tebessüm hâlâ mahcup, ürkek gözlerinde başka bir pırıltı... Rengin başka, kaşların başka... Hele Kınalı Yapıncak'lar... Havuzdaki sudan yeni çıkmış gibi... Onları tarife girişirsem uzun sürer. Karşıdan gelen şu iki büyük hanım beni sana ilân-ı aşkeden bir çapkın sanır... Bizim hâlis, vesvesesiz ahbaplar olduğumuzu ne bilsinler? Haydi Lâmia... Sık sık bekliyorum...

Kenan ellerini ceplerine soktu. Islık çalarak Arapde'ye doğru gitmeye başladı.

XIII

Yazın en sıcak günü... Bağlarda yaprak bile kımıldamıyor... Kulelerin tahta kepenkleri kapalı, göz alıcı bir pırıltıyla uzanıp giden yollar bomboş... Sıcak ve aydınlığın âdeta havada ihtizaz ettiği görülüyor... Tepeler, ağaçlıklar yarı solmuş resimlere benzemiş... Karşıdaki kayalar damla damla eriyip akıyor gibi...

Sel çukurlarının, su birikintilerinin üstünde hafif dumanlar tütüyor...

Yanımda sada olarak yalnız çitlembikler içindeki bostan dolabının zahmetli, yorgun iniltisi; teneke oluklara dökülen suyun hafif serin sesi var.

Yaprakların toprağa serdiği hareketsiz gölgelere karışan güneş parçaları yer yer beyaz yaldız döküntüleri gibi parlıyor.

"Kerem" dalgın, büyük gözlerinin hiç tükenmeyen rüyası içinde yine ağır ağır dönüyor. Küçük çitlembik korusunda Lâmia ile iki küçük amcazadesi, bir de Kenan'dan başka kimse yok.

Semiha ile Fikret üstüne hasırdan bir tente uydurulmuş bir hamak içinde koyun koyuna uyumuşlar...

Kenan'la Lâmia küçük havuzun taş kenarlığında yan yana oturuyorlar...

Konuşmuyorlar... Ortalıktaki ağır sükût onların üstüne de çökmüş gibi... Lâmia yüzünü havuza çevirmiş, çıplak bileklerinden birini ara sıra suya sokuyor; sonra onu ıslatan suyun damla damla toplanıp parmaklarından düştüğünü seyrediyor... Zihni dalgın, gözleri yalnız bununla meşgul gibi...

Kenan da elini yanındaki teneke oluklardan birine uzatıyor, bir parça su alıyor, sür'atle Lâmia'nın yüzüne, saçlarına serpiyor...

Kınalı Yapıncak ürküyor, ürperiyor, birdenbire uykudan uyandırılmış bir çocuk gibi şaşkın bir hayretle gözlerini Kenan'a çeviriyor... Bu şaka için birbirlerine gülümsüyorlar fakat yine bir şey söylemiyorlar... Lâmia tekrar havuza dönüyor, bileğini suya sokarak eski oyununa başlıyor.

Bu sefer Kenan da başını çeviriyor onun güneşten yaldızlı bir pembelik almış boynunda hafif çiller, yanaklarında uzun sarı saçları kaşlarının tüylerinde titreyen su damlalarını seyrediyor.

Sol bileğine dayanarak havuza eğiliyor, köpüklü suların içinden bir salkım rûy-i nigâr[92] çıkarıyor... Onun dalgalı pembe teninde su damlacıkları var... Dudaklarıyla bir iki üzüm koparıyor, sonra hafif yana eğiliyor; salkımı Lâmia'nın dudaklarına uzatıyor... O tekrar irkiliyor, başını geri kaçırmak istiyor... Fakat sonra ürkek bir gülümsemeyle dudaklarını açıyor, avuçta yem yedirilen bir kuşun yavrusu tereddütleriyle birer birer üzüm tanelerini yemeye başlıyor...

Kenan bir türlü gözlerini ondan ayıramıyor, Lâmia, bu haliyle çok güzel! Sivri ince çenesi, uzunca hassas burnu, ince sarı kaşları, hafifçe çıkık geniş alnı ne sevimli ve zarif!

Sarışın başının sıkı mücellâ[93] örgüsünden kurtulmuş kuş tüyü gibi hafif, hemen hemen beyaz saçlar ince halkalarla alnında kıvrılıyor, görünmez gümüş tellerle iliştirilmiş gibi mütemadiyen titriyor. Hâlâ biraz evvelki damlalardan ıslak duran yanakları dudaklarına sarkan ıslak üzümler gibi taze...

Kenan'ın parmaklarından üzüm salkımı düşüyor; sakin, telâşsız, hiçbir şey düşünmeden, söylemeden Lâmia'yı göğsüne doğru çekiyor... Genç kızda, biraz evvel ıslandığı zamanki kadar küçük bir titreme. O kadar...

---

92 pembe taneli üzüm
93 parlak

Kenan onu alnından, gözlerinden, sonra ıslak yanaklarından, sarı çilli Kınalı Yapıncak'larından tekrar tekrar öpüyor... Lâmia, dudaklarında mecalsiz bir nefes, vucudunda sıcak bir uyuşuklukla gözlerini kapıyor, başını Kenan'ın omuzuna bırakıyor.

Kerem birçok defalar etraflarında dönüyor, sonra birdenbire duruyor. O vakit onlar da bir uykudan uyanır gibi silkiniyorlar...

Lâmia hafif bir hareketle kendini Kenan'ın kollarından kurtarıyor... Genç adam yine bir şey söylemiyor... Artık birbirlerine bakmıyorlar...

Kınalı Yapıncak hamakta uyuyan küçükleri alıyor, başı önünde, uzun müddet sıcak ve kapalı bir odada kalmış çiçekler gibi soluk ve yorgun uzaklaşıyor...

Kenan hafif hafif ıslık çalıyor, havuzun kenarından kireç parçalarını kopararak suya atıyor.

*
* *

Bu vak'adan sonra Lâmia iki gün ortadan kaybolmuştu. Kenan, yaptığını düşündükçe kendi kendine kızıyordu: "Ben sahiden fena adam oluyorum... Sevk-i tabiyyesi ile hareket eden izansız hayvanlara benzedim... Ne bulursam hallediyorum," diyordu.

Üçüncü gün geç vakit bir akşam gezintisinden dönüyordu. Bağın kapıya yakın bir köşesinde, başka kadınlar arasında Lâmia'yı gördü; yolunu onlara doğru çevirdi.

Kınalı Yapıncak hafif bir hareketle eğilmiş, belli etmeden yüzünü yanındaki hanımın yeldirmesine siper etmişti.

Kenan gayet tabiî bir sesle:

– Ne o Lâmia Hanım.. Dargın mıyız dedi.

Genç kız başını kaldırmaya cesaret edemeden güldü:

– Niçin efendim? diye cevap verdi.

Kenan onunla daha ziyade meşgul olmadı. Boş bulduğu alçak bir bağ iskemlesine yorgun yorgun oturdu, ötekilerle konuşmaya başladı. Ara sıra ona da sualler soruyor, kesik, kısa cevaplar alıyor.

O akşam ayrıldıkları vakit meselenin artık kapandığına, yavaş yavaş unutulacağına kanaat etmişti. Hakikaten de öyle oldu. Lâmia tekrar ona alışmaya başlamıştı. Sade konuşurken eskisi gibi yüzüne bakmaya cesaret edemiyordu o kadar...

Karanlık geceler geçmiş, yazın en güzel mehtabı yine olanca şaşaasıyla doğmuştu. Gökyüzü tekrar sabahlara kadar maviye çalan esmer sedeflerin berrak parıltısıyla için için aydınlanıyor, kulelerin, koruların, kayalıkların açık kurşunî gölgelerini –yine bütün ince hudutlarıyla– gökyüzüne çiziyordu.

Mehtabın on beşinci gecesi Saip Paşa birkaç komşusunu Kırkçamlar'da akşam yemeğine davet etmişti. Yemek için lâzım olan şeyleri bağcılar gündüzden küçük el arabalarıyla taşımışlardı. Biri Saip Paşa'nın hacıdan hocadan yaşlı ahbapları için asıl meydana, biri de kadınlar için kuytuca bir köşeye iki kır sofrası kurulmuştu. Rakı içen gençler çamlığın aşağıdaki sel çukuruna yakın daha kuytu bir köşesine çekilmişlerdi. Orada çalgı çalıyorlar zeybek oynuyorlar, kıyametleri koparıyorlardı.

Kenan yemekte dayısının yanındaydı. Saip Paşa bu sevgili çocuğu bir saat görmese duramıyordu. Aşağıdaki rakı sofrasında ne kadar çok şişe boşahyorsa burada da o kadar çok kase, sahan, sini boşalmıştı.

Gevezeliğiyle meşhur bir ihtiyar alay müftüsü yemek ağırlığından kıpırdanmaya mecali kalmamış misafirlere bitip tükenmez cin, cadı, keramet hikâyeleri dinletiyordu.

Kenan yemekten sonra Şem'i Dede'yle beraber uzakça bir ağaç altına çekilmişti. İhtiyar arkadaşıyla eski günleri konuşuyordu.

Bir aralık aşağıdaki gürültü çoğalmış; kahkahalar, bağrışmalar çılgınca bir şiddet almıştı.

İri yapılı bir bağcıdan izahat alan Saip Paşa, Kenan'a seslendi:

– Kenan bak oğlum... Hâfız Feyzi eşek oynatıyormuş... Dünyanın başka yerinde göremezsin. Git oyunun bu çeşidini de seyret...

Şem'i Dede başını sallayarak:

– Haydi evlât hakikaten zahmete değer, dedi.

Kenan sofranın yanından geçerken alay müftüsü kalın çatlak sesiyle, yeni bir hikâyeye başlamıştı:

– Allah rahmet eylesin, vaktiyle Filibe'de bir Derviş Hidayet vardı... Hâşâ minelhuzur[94] merkepleri değil yılanları oynatırdı... Yılan oynar mı? Alimallah telli pullu rakkaselerden iyi göbek atar... Bir gün...

Topal Hafız tuhaflığı ve mukallîdliğiyle[95] meşhur bir bağcıydı Bozyakalılar "Kambersiz düğün olmaz" darbımeselini "Ha-fızsız eğlentinin çekiver kuyruğunu" şekline çevirmişlerdi. "Eşek oynatmak", Topal Hafız'ın son senelerde icat ettiği bir tuhaflıktı. Uzunca bir sopanın ucuna biraz asma yaprağı ile birkaç salkım üzüm bağlayarak eşeğine binerdi.

94 *huzurdan*
95 *taklitçi*

Hayvan üzüm salkımlarını burnunun ucunda hissettiği vakit burnunu kaldırmaya, üst dudağını oynatmaya başlardı. Tam ağzını açtığı zaman salkımlar iki tarafa sallanır, hayvan da başını, açık, titrek dudakları arasında bir garip iştah gülümsemesiyle iki yana sallayarak "gerdan kırar" dı.

Sonra değnek uzanır, salkımlar yürümeye başlardı. Eşek de ayakları üzümlerin "âheng-i reftarına"[96] uydurarak onları takip ederdi. Nihayet üzümler yavaş yavaş havaya kalkardı'. Yalnız başını kaldırmakla onlan yakalayamayacağını gören hayvancağız iki arka ayağı üzerinde yükselir, kolları havada, başını sallayarak köçek gibi kırıtmaya, titremeye başlardı. Topal Hafız'ın büyük bir maharetle idare ettiği bu garip raks, böylece devam ederken çalgı çalar, defter döver, "yaşa Hâfız" nidaları ayyuka çıkar, hatta bazen eşek bile nevmîd feryatlarla bu ahenge iştirak ederdi.

Topal Hâfız bu gece fazla olarak "sanatkâr"ını süslemiş, başına bir al krep, boynuna sarı bir başörtüsünden kocaman bir fiyonk bağlamıştı. Kenan uzakça bir yerden bu oyunu seyrederken, kulağına hafif bir kahkaha geldi. Başını çevirdi. Biraz ötede Lâmia'yı gördü. Genç kız daha iyi görmek için kocaman bir taşın üstüne çıkmıştı.

Birbirlerine başlarını salladılar, güldüler:

– Güzel değil mi Lâmia Hanım?

Kınalı Yapıncak pek eğlenmişti:

– Bundan güzel şey olur mu efendim? diye cevap verdi.

Kenan gülerek ona yaklaştı:

---

96 uyumlu gidiş

– Teşbih münasebetsiz düşecek ama; Bozyaka'nın mehtabı... Bu kadar güzel bir gece... Zannederim ki birkaç senede ancak bir defa gelir...

Çamlar daha yüksek, koru daha geniş görünüyor ay ışığı koyu kurşunî gölgelerin derinliğinde beyazlı gece hayaletleri gibi dolaşıyordu.

Kenan ağaçların arasından uzakta yaldızlı bir beyazlık alan ovayı gösterdi:

– Mehtapta böyle ağaç gölgeleri altında kapanıp kalmayı anlamıyorum, dedi, ister misiniz biraz sizi yollarda gezdire yim Lâmia Hanım?

Genç kız başını önüne eğdi:

– Siz bilirsiniz, dedi.

Bir seneden beri hayatında esrarlı bir ehemmiyet alan bu adam ne söylese, ne istese böyle cevap verecekti.

Yıkık bir duvar kenarından yola atladılar. Kenan biraz evvel mehtabın en açık ve parlak göründüğü, ova tarafını göstermişti. Fakat hiçbir şey söylemeden aksi tarafa, bağa dönen ince yollardan birine saptılar.

Evvelâ hızlı yürüyorlardı. Sonra yavaş yavaş adımları hafifledi. Birbirlerine çok yakın yürüyorlar, fakat vücutları hiç birbirine sürünmüyordu.

Kenan ona Avrupa'dan, İstanbul'dan bahsediyor, Lâmia cevap vermeden dinliyordu.

Bir köşe başına vardıkları zaman Kınalı Yapıncak birdenbire durdu.' Yeşil gözlerinde mahcup bir tebessümle Kenan'a bakıyor, bir şey sormak istiyordu:

– Bir şey söylemek istiyorsunuz Lâmia Hanım...

Genç kız korkak bir tereddütle:

– Burasını hatırlıyor musunuz Kenan Bey, dedi.

Kenan başını çevirerek etrafına bakıyor, ne demek iste diğini anlamaya çalışıyordu:

– Geçen sene de bir akşam buradan bağa dönmüştük... Siz onunla arkadan geliyordunuz.

Genç adam müphem surette hatırlamaya başlıyordu. Gülerek:

– Evet, dedi, galiba hatırlıyorum...

– İhtimal ki geçen sene de aynı geceydi Kenan Bey... Burası yine böyle aydınlıktı... Ağaçların gölgesi yine şu yıkık kulenin duvarına kadar geliyordu.

Başını omuzuna meylettiriyor, yeşil gözlerinde hem şen, hem mahzun bir hayalle duvara bakıyordu. Daha ziyade yürümeye kuvveti kalmamış gibiydi. Kollarını yanına bırakıyor, küçük vücudu ağır bir yorgunlukla çöküyordu.

Kenan ara sıra bu mazlum tavırlı küçük kıza karşı duyduğu sebepsiz rikkat ve merhametin yine kalbinde uyandığını hissetti:

– Yorgun görünüyorsunuz Lâmia Hanım... Bir parça dinlenelim mi? diye sordu.

Kınalı Yapıncak söylemeye cesaret edemediği bu arzuyu keşfettiği için minnettar bir bakışla:

– Siz bilirsiniz? dedi.

Yıkık bir bağ duvarının taşları üstüne, karşı karşıya oturdular. Lâmia yeldirmesini Kırkçamlar'da bırakmıştı. Başörtüsü açık boynuna düşüyor, yandan vuran ay ışığının içinde saçları daha sarı, yüzü daha beyaz ve mâsum görünüyordu.

Kenan onunla konuşurken bir şeye dikkat etti. Lamia ikide birde başını hareket ettiriyor, gözucuyla karşıki duvara bakıyordu. O da belli etmeden yan gözle oraya baktı. Ay ışığı başlarının gölgesini duvara aksettirmişti. Lâmia başını hafifçe hareket ettirdikçe gölgeler yaklaşıyor, yüzleri birbirine dokunuyordu.

Genç kızın hangi hisle deminki sözleri söylediğini, hangi hâtırayı uyandırmak için orada durduğunu o zaman anladı. Yine kuyu başındaki gibi hiçbir şey söylemeden bileklerini tuttu, onu göğsüne doğru çekti. Lâmia bu sefer yorgun bir isyanla çırpındı. Vücudu baygın bir takatsizlikle Kenan'ın kollarına düşerken başını arkaya atıyor, saçlarının ince kıvrımları, geniş beyaz alnında canlı şeyler hassasiyetiyle titriyordu.

Kenan onun yeşil gözlerinin iki iri yaş damlasıyla bulandığını gördü, rüyasında ağlayan çocuklar gibi sönük bir sesle: "Yapma Kenan Bey... Yazık bana" dediğini işitti. Buna rağmen onu daha kuvvetle kollarında sıktı, tekrar tekrar dudaklarından öptü.

Aynı yoldan Kırkçamlar'a dönerlerken Lâmia... Yavaş yavaş ağlıyordu. Kenan tamamıyla eski sükun ve itidalini bulmuştu. Onu teselli etmeye çalışıyor:

– Bunda ağlayacak birşey yok Lâima... diyordu, bir buseden ne çıkar... Sen daha cahil küçük bir kız olduğun için buna fazla ehemmiyet veriyorsun... Bana darılmadın değil mi!..

O hâlâ ağlayarak:

– Hayır efendim, diyordu.

– O halde ağlama Lâmia... Bak hâlâ ağlıyorsun...

– Artık ağlamıyorum efendim...

Bunu söylerken daha kuvvetle hıçkırıyordu.

Kırkçamlar'a gelmişlerdi. Çalgı, ahenk, kahkaha, gürültü hâlâ devam ediyordu.

– Haydi Lâima... Sen artık kadınların yanına git... Yarın öğleden sonra kuyu başına gelir misin?

– Siz bilirsiniz efendim...

Ayrılacakları zaman onu kolundan tutup bir kere daha öpmekten kendini alamadı.

Lâmia ağaçların arasında kaybolduğu vakit Kenan yolun kenarına oturdu, bir sigara yaktı. Kendi kendine gülümseyerek düşünüyordu: "Zavallı Kınalı Yapıncak... Ah ben bu çocuğa ne kadar acıyorum... Halbuki hiç sebep de yok... Ne söylersen ne istersen hep "siz bilirsiniz" diye cevap veriyor... Fakat ben de ne şerir ne berbat adam oldum yarabbi!.. Bir genç kızla... Hattâ buna genç kız bile denmez... Bir kız çocuğuyla bu kadar oynamak fena, tehlikeli bir hareket... Adam sen de... Görülüyor ki dünya böyle... Pislik dünyanın kuruluşunda, bizim mayamızda... Herkesten iyi olacağım diye kendimi muazzep edecek ben mi kaldım?.. işkence etmekte mâna yok...

XIV

O geceden sonra aralarında hiçbir sevdaya benzemeyen anlaşılmaz bir gönül sergüzeşti başlamıştı. Kenan hergün onu bağda yahut kuyu başında görüyordu. Fakat hemen hiç yalnız kalmıyorlar, bunun için vesile de aramıyorlardı.

Kenan evvelâ kendi hareketini ayıplamış, "hemen hemen kızım olacak yaşta bir çocuk kalbiyle bu kadar oynamak hem günah, hem tehlikeli... Bundan vazgeçmeli" diye düşünmüştü.

Fakat bu pişmanlık uzun sürmemiş, o yeni hodgâm ve hafif felsefesiyle kendisini çabucak teselli etmişti: "Adam sen de... Bunda ne benim, ne onun kabahatimiz var... Tabiat hükmünü yapıyor, o kadar... Lâmia da ötekiler gibi bir kız çocuğu... Kedi yavruları gibi sevilmek, okşanmak ihtiyacını hissediyor... Yalnız bu tahassüsler onun için çok yeni... Bu sebepten belki biraz fazla buhran geçiriyor... Diğer cihetten ben de çalışmak için ruhumun sükûnunu dağıtmayacak hafif, tatlı, ılık bir tahassüse muhtacım... İşi bu kararda bıraktıktan sonra hiçbir tehlike yok... Yaz aylarıyla beraber bu da tabiî geçecek, bir tatlı hâtıradan başka izi kalmıyacak.. O kadar..."

Lâmia'yı başkalarının yanında gördüğü zaman ona hemen hemen şefkatle bakıyor, bir daha çocukluk, ihtiyatsızlık etmemek için kendi kendisine söz veriyordu.

Fakat yalnız kaldıkları vakit bütün bu kararlarını unutuyor; genç kızı kollarına almaktan bir türlü kendini menedemiyordu. Bir akşam üstü araba yolunda gezmeye çıkmışlardı. Bir aralık Lâmia ile yalnız kalan Kenan:

– Lâmia Hanım bu sene siz benim musikimi geçen senekinden daha az seviyorsunuz... dedi.

Genç kız güldü:

– Mümkün mü efendim?..

– Geçen sene bazı geceler Kuzgun'la beraber odamın önündeki çardağa gelirdiniz. Bu sene hiç gelmediniz... Bir gece yine gelsenize...

Bunu şaka gibi söylemişti Lâmia'nın bu olmayacak şey için telâşlanmasını unutarak gülmesini bekliyordu.

O bilâkis her zamanki mazlum itaati ile başını eğdi:

– Nasıl isterseniz efendim, dedi.

Kenan'ın yüreği çarpmaya başladı. Söylediği şey için hemen hemen pişman olmuştu. Biraz şaşkın ve mütereddit[97] sordu:

– Ne vakit... nasıl?

– Ne vakit isterseniz efendim...

Kenan birkaç saniye düşündü. Ağır bir tavırla "bu doğru olmaz Lâmia Hanım" demek istiyordu. Fakat zayıf iradesi buna mâni oldu. Dudaklarından hemen hemen gayriihtiyarî bir kelime düştü: "Bu gece".

Kenan o akşam erkenden odasına çekilmişti. Çok asabiydi. Lâmbasını yakmadı. Karanlıkta mütemadiyen gezinerek sigara içiyordu, içinde korku, telâş ve hicap ile karışık bir heyecan vardı. Asıl korktuğu şeyi kendisinden saklarsa bir tehlikenin önü alınacakmış gibi mütemadiyen kendini aldatmaya çalışıyordu:

"Hiçbir tehlike yok... Yaşlı başlı adamım... Lâmia yine geçen seneki gibi bu çardakta biraz oturup gidecek... Fakat ya gören olursa... Asıl bundan, yalnız bundan korkuyorum... Kimbilir ne çirkin şüphelere düşerler... Ah Lâmia, ne ihtiyatsız çocuk..."

Mehtap zamanı geldi. Kulelerin pencereleri birer birer sönüyor, bağlara derin bir sükûn çöküyordu. Saate baktı. Gece

---

97 *kararsız*

yarısını yarım saat geçiyordu. "İhtimal gelmez... Yaptığı işin tehlikeli bir hareket olduğunu elbette düşünmüştür," dedi. Fakat bu ümit de ona başka neviden bir azap ve asabiyet veriyordu. Lâmbasını yaktı. Bu gece bu perişanlıkla çalışmasına imkân yoktu. Cavidan'a uzun bir mektup yazmaya başlamak istedi. Birkaç günden beri onu ihmal etmişti. Fikirlerini nişanlısına vakfetmekle bu fena asabiyetten kurtulacağını umuyordu. Fakat ilk kelimelerde kalemi durdu. Ona söyleyecek bir şey bulamıyordu.

Bir kere daha bahçeye çıkmak, Lâmia'nın gelmeyeceğinden emin olmak istedi. Bağ bomboş ve karanlıktı. Yalnız ağaç tepelerini hışırdatan yüksek bir rüzgâr esiyordu. Kütüklerin içinde yürümeye başladı, Lâmia'nın geleceği küçük kapıya kadar gitti. Gelen giden yoktu. Şükrü Bey'in kulesindeki aydınlıklar da sönmüştü. "Lâmia şimdi uyumuş olacak... İsabet oldu, çok isabet oldu" diye düşünerek geri dönüyordu. Bağ şimdi ona daha karanlık görünüyor; Bozyaka'dan eski ümitsizlik günlerinin rengine, kokusuna benzer bir his alıyordu. Sık bir ağaç kümesinin yanından geçerken hafif bir gürültü, yaprakların içinde kanat çırpıntısına benzer bir ses işitti. Başını çevirince ta yakınında Lâmia'yı gördü. Genç kız yaprakların içinde büzülüyor, üşümüş insanlara mahsus bir titreyişle kollarını göğsü üstünde kavuşturuyordu.

Kenan hayretle ve heyecanla:

– Burada mıydınız Lâmia Hanım? dedi. Genç kız cevap vermek istedi. Fakat sesi çıkmadı. Ta içinden gelen bir üşümeyle dişleri birbirine çarptı. Kenan onu ürkütmekten korkuyor gibi yavaş yavaş yanına yaklaşmıştı. Buz gibi soğumuş elini tuttu:

– Niçin öyle titriyorsunuz? Lâmia gayet yavaş cevap verdi:

– Bilmiyorum efendim...

Başını önüne eğiyor, bu vaziyette Kenan onun yalnız parlak sarı saçlarını görüyordu.

– Ne kadar evvel geldiniz Lâmia Hanım?

– Epeyce oldu efendim...

– Ben sizi... (içeride demeye cesaret edemiyordu) Orada bekliyordum... Niçin gelmediniz?

– ....

– Niçin buraya gizlendiniz?

– ....

– Korkacak bir şey yok... Geçen sene de böyle gelirdiniz... Hatırlıyor musunuz?

Kenan bunları söylerken gülümsüyor, sesine lâkayt bir emniyet vermeye çalışıyordu.

Genç kız başını kaldırmadan:

– Müsaade eder misiniz gideyim efendim? dedi.

– Nasıl isterseniz Lâmia Hanım...

Böyle söylediği halde genç kızın titreyen parmaklarını elinden bırakmıyordu. Öteki eliyle çenesini tuttu, yüzünü kendine doğru kaldırdı.

Lâmia'nın düşük omuzlarında, gölgelere boğulmuş çehresinde, daha derin ve koyu görünen yeşil gözlerinde yorgun bir mağlûbiyet vardı. Bu çehre, bu gözler Kenan'a garip bir baş dönmesi veriyordu. Kendini bu tesirden kurtarmak ister gibi gözlerini ondan ayırdı, etrafına bakmaya başladı.

Bulundukları yere o vakit dikkat etti. Burası vaktiyle Leylâ'dan, ilk sevdiğinin busesini reddettiği ağaçlıktı. Biraz evelki hırçın, hemen hemen vahşi asabiyeti sükûn buluyor, gönlünde o mahrum ve biçare on yedi yaşının mahzun, mağrur feragati yeniden uyanmaya başlıyordu.

Hâlâ Lâmia'ya bakmıyor, hafifçe titreyen parmaklarıyla onun çenesini, alnını, saçlarını okşayarak düşünüyordu: "Kendimden beyhude yere şüphe ettim... Hemen hemen bir çocukken o kadar sevdiğim Leylâ'yı burada kendi ihtiyarımla kollarımdan bırakmıştım... Ne kadar düştüğümü farzetsem bu saf genç kıza benden bir fenalık gelecek kadar alçalmadım."

– Gece karanlık Lâmia... Yollarda kimseler yok... Haydi seni gezdireyim... Korkma... Yanında ben varken sana kimseden, hiçbir şeyden zarar gelmez.

Bu ses Kenan'ın her vakit şen, canlı, asabî bir ahenk, hafifçe müstehzi bir rikkatle söyleyen sesi değildi. Onda şimdi yorgun, mahzun bir tatlılık vardı.

Genç kız bu fevkalâdeliği hissetmiş gibi gözlerini onun yüzüne kaldırdı. Kenan'ın yüzü, gözleri de sesi gibiydi. Keskin çizgili asabi esmer çehresi, cüretkâr parıltılı mavi gözleri halîm bir şefkatle gülümsüyordu.

Lâmia bir seneden beri karanlık, anlaşılmaz cazibesinden kendini kurtaramadığı bu genç adamı hiç bu kadar mazlum ve sade görmemişti. Fenalık etmeyecek elleri sevk-i tabiisiyle takdir eden bir kedi yavrusu munisliğiyle başını Kenan'ın omzuna bıraktı:

– Nasıl isterseniz Kenan Bey? dedi.

*
* *

O akşamdan sonra bir garip gece hayatı yaşamaya başladılar. Herkes uyuduktan sonra Lâmia odasını içeriden kilitliyor, pencereden çardağa, oradan arka bahçeye atlayarak Kenan'ı bulmaya geliyordu. Evdekilerden hiç çekinmiyor bir gün bu oyunun meydana çıkacağını aklına bile getirmiyordu.

Karanlığın içinde kolları Kenan'ın yüksek omuzlarına asılı saatlerce dolaşıyorlar, dikenlerle dolu kurumuş sel çukurlarından geçiyorlar, yol kenarlarında, ağaç altlarında oturuyorlar, dik bayırlara tırmanıyorlardı. Kenan evvelâ korkmuştu. Fakat sonradan ona da bir pervasızlık gelmişti. Beklenilmez bir tesadüf, bir tehlike karşısında ne yapacağını bile düşünmüyordu. Derin düşünse bu gece gezintilerini bırakmaktan başka çare bulamıyacaktı. Halbuki şimdilik onlardan vazgeçemez, gece, karanlık ve tehlikenin hemen hemen acı bir lezzetle zenginleştirdiği bu yeni tahassüslerden kendini mahrum edemezdi. Hattâ günden güne cür'et ve cesareti artıyordu bile... Bir gece Lâmia'yı Kırkçamlar'ın öte tarafındaki sık koruya indirmiş, kucağına alarak akar suyun üstünden geçirmiş, tâ Kızılçul'a yakın yerlere götürmüştü. Bir gece de yine aynı yoldan şehit mezarlığına kadar inmişlerdi. Yıkık, kırık taşlarla dolu kabristanın taş seddi kenarında Lâmia korkudan ağlamaya başlamış, Kenan onu dizlerinin üstüne almış, mütemadiyen gözlerinden, dudaklarından öperek onu teskine çalışmıştı.

Bu karanlık, derin, mütereddit teheyyüclerle sarsılarak odasına döndüğü zaman piyanonun önüne geçiyor, gecesinin geri kalan saatlerini "Siyah yıldızlar" ına hasrediyordu.

XV

– Ne dedin Kınalı Yapıncak... Beni hiç mi unutmayacaksın? Saçlarının sarı telleri birer birer ağarıncaya kadar beni kalbinde mi saklayacaksın? Bunlar cahil dadı, sütnine masallarına mahsus yanlış, gülünç fikirler çocuğum... Sevdayı size ne fena, ne yanlış öğretiyorlar? Biz biribirimizi seviyoruz sanma Kınalı Yapıncak... Ben senin için güzel bir keman sesinden başka bir şey değilim... Nasıl ki sen de benim için bir tatlı yaz rüyâsından ibaretsin... Bu sevda değil Kınalı Yapıncak... Biraz ince bir gönül eğlencesi, bir heyecan oyuncağı... Bunda hiçbirimizin kastı, günahı yok... İlk defa seni nasıl kollarıma aldığımı aklına getir... Bu söğütlerin akar sulara eğilmesi, asmaların çardaklara tırmanması, gece böceklerinin lâmbanın ışığına üşüşmesi gibi düşüncemiz, irademiz dışında oldu... İçimizden böyle geldi, ne yapalım?.. Biz birbirimizi sevmiyoruz Lâmia... Fakat bu gönül oyuncağı bütün bir yaz bizi sevdadan ziyade mesut etti. Kışın yaklaştığını, ayrılığın yaklaştığını düşündükçe üzülüyorsun, gözlerin muztarib[98] bir korku ile doluyor... Benim zavallı cahil Kınalı Yapıncak'ım... Bilmelisin ki, bu geçici yaz sergüzeştine bütün güzelliğini, bütün tadını veren yakında ayrılmak, belki artık birbirimizi hiç görememek kanaatinden başka bir şey değil... Bu üç aylık küçük eğlence bütün bir hayatı baştan başa kaplayan uzun, derin sevdalardan daha tatlıdır...

Hislerin de insanların gibi renksiz, abus ihtiyarlıkları, sefilane ölümleri var... Bizim mâsum sergüzeştimiz ihtiyarlamadan

---

98 rahatsız, sıkıntılı

ölecek Kınalı Yapıncak... Mezarlarına gözlerinde doyulmamış bir rüyanın bakiyesini, dudaklarında yarım kalmış bir busenin raşesini götüren genç ölülere benzeyecek... İleride senin de, benim de başımızdan belki daha uzun, daha ciddî sevdalar geçecek... Fakat bu yangınlar kalbimizin ne kadar yerini yakarsa o kadar büyük harabeler bırakacak ve sönecek... İhtiyarlığımızın tesellisiz günlerinde bu eski sergüzeşti hatırlıyacağız... Senin kulağına on altı yaşının yazından bir hazin keman sesi gelecek... Ben karakış ortasında bir yaz çiçeği... Daha iyisi, terütaze bir Kınalı Yapıncak koklamış gibi olacağım...

Kenan muğlâk ruhunun buhranlarını, hayalinin alil inceliklerini, yeni yaşamaya başladığı sonradan görme hayatının cılız, şımarık, muzır takallüslerini bu saf çocuk ruhuna bir zehir gibi damla damla akıtarak devam ediyor:

– Sevdayı bin türlü kayda esir ediyorlar, muayyen bir ömrü olan bir hissi zorla hapsetmeye çalışıyorlar, hep aynı şeyi sevmek için müebbet vefa yeminleri veriyorlar... Daima aynı şeyi sevmek, aynı hâtıraya bağlı kalmak ne fena... Bir keman düşün ki hep aynı sesleri tekrar ediyor... Bir rüya tasavvur et ki her gözlerimizi kapadığımız vakit aynı renklerle, şekillerle uyanıyor...

Ben de bir zamanlar senin gibi çocuk oldum Kınalı Yapıncak... Ben de bir zaman yaklaşan ayrılık günlerine senin bu güzel yeşil gözlerinin mustarip korkuyla baktım... Ben de bir aynı saadeti, bir aynı heyecanı mezarıma kadar kalbinmde taşıyacağıma inandım... Bütün bunlar çocuk vehmi Lâmia... İnsanın bu etrafımızdaki topraklardan hiç farkı yok... Bakıyorsun bir gün bütün arzuları sonbahar yaprakları gibi dağılmaya başlayor, içinde herşey ölüyor, herşey kuruyor... Artık ümidi kesiyorsun... Bundan sonra bahar, hayat, saadet bitti diyorsun... Fakat üç ay sonra herşey yeniden canlanmaya başlıyor... O kuru toprak eskisinden daha güzel baharlarla süsleniyor.

Genç kızın ateş gibi yanan yanaklarını avuçları içine alıyor, yüzünü yüzüne yaklaştırıyor, onun derin bir ıstırap ile büyümüş yeşil göz bebeklerine ateşli gözlerinin mavi zehirini dökmekte devam ederek söylüyor:

– Sevdayı size kalpte doğup ölen bir şey diye öğretiyorlar Kınalı Yapıncak... Ne fena, ne yanlış bir fikir... Sevdanın kalble hiçbir alâkası yok... Sevda yalnız dudaklarda doğup yaşadıkça bir saadet olur... Onun dudaktan kalbe zehir gibi işlemesine meydan vermemeli... Ben çiçeklere "toprağın sevdası" derim Kınalı Yapıncak... Onlar da toprağın dudağında birer buse olarak açılıp sönüyorlar... Hangisi toprağın kalbine gitmeyi düşünüyor?

Biz biribirimizi sevmiyoruz Lâmia bana inan küçüğüm... Sade küçük bir sergüzeştle gönlümüzü, gözlerimizi, dudaklarımızı eğlendirdik... O kadar... Bir hâtıra için dökeceğin üç beş damla yaşı ıstırap sanma... Şimdi kendi dudaklarınla bana cevap ver... Beni sevmiyorsun değil mi Lâmia? Bu sadece mâsum bir gönül eğlencesinden ibaret...

Lâmia yrgun başını Kenan'ın bileğine dayıyor, gözlerinden iki iri yaş damlasıyla içini çekiyor:

– Ben bundan sonra sade bu eğlence için yaşamak istiyorum Kenan Bey...

XVI

Kenan bir sabah, yüreğinde müphem bir sıkıntı ile vaktinden evvel uykudan uyandı, kapalı pancurların aralıklarında hergünkü gibi güneşin yaldızlı çizgileri parlamıyordu. Dışarıda titrek, soluk mavi bir aydınlık vardı. Pencerelerin önüne sarkan asma yaprakları telâşla çırpınıyor, kuvvetli bir rüzgâr akıntısı içinde uçan kuş kafileleri hissi veriyordu.

Penceresini açarken yere ayaklarının dibine bir hasta arı düştü. Havada ıslanmış bir toz kokusu, bir kuru yaprak lezzeti vardı.

Kenan mâsum, çocukça bir yeis ile "eyvah sonbahar geldi..." dedi.

Bağların sararmaya, yaprakların dökülmeye başladığına, yeşillikler içinde gizli yolların, meydanların yavaş yavaş açıldığına o sabaha kadar dikkat etmemişti. Etrafındaki manzaranın ufku birdenbire genişlemiş görünüyordu. Şu karşıki taş kuleler, Arapderesi'ne inen ince yol, uzaktaki harap su değirmeni dün seçilebiliyor muydu? Kenan aynı değişikliği ruhunda hissediyordu. Bir gün evveline kadar kalbi ve hayatı doluydu. Başa hafif bir dönme veren sıcak üzüm kokularıyla dolu bu bağ yazının tahassüsleri, yeni eseriyle yeni macerasının hiç sönmeyen heyecanları ruhunu sarmış, hiçbir eski duygunun, hiçbir uzak hâtıranın oraya sokulmasına imkân bırakmamıştı.

Bu sabah oradan da bir sonbahar havası geçmiş gibiydi. Kenan düşen, sararan, kırılan şeyler arasında çocukluğunun renksiz günlerini görüyor, müzmin melâllerinin acısını duyuyordu.

O gün bir türlü canlanamadı, akşama kadar serseri serseri bağlarda dolaştı, Arapderesi'ne inerek tâ "Zeybekler Pınarı"na kadar gitti. Bir kaya kenarına arka üstü uzandı, saatlerce havada dolaşan hafif bulut kümelerine gözle bakılabilecek kadar şiddetini kaybetmiş güneşe baktı.

Lâmia'yı üç günden beri görmüyordu. Genç kızın şiddetlice bir boğaz nezlesinden yattığını söylüyorlardı. Akşam üstü köşke dönerken Şükrü Bey'in bağı önünden geçti, kapıda gördüğü bir kız çocuğuna Lâmia'yı sordu. O gün daha iyi olduğunu, mamafih daha evden çıkamadıklarını haber aldı.

Gece komşu bağlardan birinde yine eğlenti vardı. Delikanlılar sabaha kadar çalıp oynıyacaklar, rakı içeceklerdi.

Kenan o gece erkenden odasına girmek, yatmak istiyordu. Fakat Saip Paşa onu rahat bırakmadı, zorla eğlentiye sürükledi: "Bu geceki fevkalâde bir âlem, diyordu, orada bütün Bozyaka... Sensiz içime sinmez."

Bağda yalnız Bozyaka değil şehirden de birçok ehemmiyetli davetliler vardı. Misafirler evvelâ takım takım çardaklara, ağaç diplerine ayrılıyorlar, biraz fazla resmî eğleniyorlardı, fakat gece yarısına doğru Topal Hafız'ın eşeği ud ve kemanla yeni bir çiftetelli oynamağa başlayınca kahkahalar coştu, meşaleler daha kuvvetle parlamaya başladı, teklif tekellüf[99] bir tarafa bırakıldı. Büyük küçük herkes kardeş, can ciğer oldu. Rakımın tesiriyle büsbütün kızaran al yanaklı bir ceza reisi bir köşede "sen benim biraderi canberaberim değil

99 özenme

misin?" diye bağırarak Şem'i Dede'nin yanaklarını öpüyor, ihtiyar malmüdürü ile bir kolcubaşı karşı karşıya ikitelli oynuyorlar, bir başka sarhoş "yaşayın bre... Topal Hafız'ın eşeğine taş çıkarttınız" diye avaz avaz haykırıyordu.

Kenan, bu gürültüye uzun müddet tahammül edememişti. Dayısına görünmeden oradan kaçtı, arka yoldan yavaş yavaş bağa döndü.

"Merasim Köşkü"ne yaklaştığı vakit kulağına hafif bir öksürük sesi geldi. Hayretle başını çevirdi. Lâmia büyük siyah bir pelerine sarılmış olduğu halde çardağın bir köşesinde duruyordu.

– Sen misin Lâmia... Burada ne arıyorsun yavrum?

– Siz beni çağırmadınız mı efendim?

– Ne vakit? Kim söyledi?

– Bu akşam Hatice'ye söylemişsiniz efendim...

Kenan yavaş yavaş onun yanına gitmişti. Yanağını okşayarak gülümsedi:

– Doğru söylemiyorsun Lâmia... Ben başkalarıyla sana böyle bir haber gönderebilir miydim ya?.. Hatice'ye senin nasıl olduğunu sordum... O kadar...

– Ne bileyim Kenan Bey... Beni göreceğiniz geldi sandım...

Kenan'daki neşesizlik, asabiyet birdenbire geçmiş gibiydi. Hâlâ yanağını, çenesini okşamaya devam ederek:

– Tabiî seni göreceğim geldi... Fakat bu senin sıhhatin kadar mühim değil... Tamamıyla iyi olman için bir gece, iki gece daha bekliyebilirdim...

Lâmia sakin bir cesaretle:

– Evet ama ben istemedim, dedi.

Sonra bu sözlerinden utanmış gibi başını Kenan'ın göğsüne koydu.

Genç adam hafifçe eğilerek onun saçlarını öptü:

"Bu çocuk bana ümidettiğimden fazla alışıyor... Ayrıldıktan sonra galiba birkaç ay üzülecek... Ne fena diye düşündü.

Lâmia bu düşünceye cevap verir gibi hafifçe içini çekti: "Birbirimizi göreceğimiz günler çok az kaldı değil mi Kenan Bey... Bu kadarcık bir hastalığa ehemmiyet vermeyiz artık... Hem ben sahiden iyi oldum... Hiçbir şeyim yok."

– Evet ama geceler rutubetli Lâmia... Yeniden hastalanabilirsin... Haydi git yavrum...

– Aşağı bağda ne güzel eğleniyorlar... Yol kenarından biraz orasını seyretmek istiyorum...

– Orasını seyretmek istemiyorsun yaramaz... Beni de beraber götürmek için bahane arıyorsun... Fakat sahiden üşürsün Lâmia ... Bak ellerin ateş gibi yanıyor... Sonra bu gece ortalık tenha değil... Bizi belki gören olur...

– O halde izin veriniz de biraz daha çardakta durayım... Siz de pencereyi açarsınız...

Kenan daha ziyade mukavemet edemedi. Asabiyetini gizlemeye, sesine lâkayt bir eda vermeye çalışarak: "Orası olmaz fakat istersen beş dakika odama misafir olabilirsin" dedi. Sonra acele acele ilâve etti:

– Geçen sene de bir defa gelmiştin...

Lâmia'nın cevabını beklemeden kapıdan girmişti. Bir hamlede sofayı geçti, karanlıktan korkuyor gibi asabî bir telâşla lâmbasını yaktı. Sonra dışarıdan görülmek tehlikesine karşı penceresinin renkli camlarını indirdi. Fakat bunu yapar yapmaz pişman oldu.

Etraftaki ağaçlar, gece, kapalı pencereler bu odaya tehlikeli bir yalnızlık, gizli bir aşk yuvası mahremiyeti veriyordu. Hafifçe titreyen elleriyle tekrar camları açtı, pencere arasına sıkışan bir perde ucunu bir türlü becerip çıkaramıyor, telaşa düşüyordu.

Lâmia odaya girmemişti. Kapı aralığının yarım karanlığında duruyor, saçlarında kızıltılı bir aydınlık yanıp sönüyordu.

Kenan pencerenin yanında, gecenin serin havasından ayrılmayarak:

– İçeri girsene Lâmia, dedi, yabancı gibi duruyorsun... Çekinecek bir şey yok... Yalnız piyanonun siperindekı sandalyeye otur... Dışarıdan gölgeni farketmesinler...

Bu sözleri sert bir asabiyetle kesik kesik söylüyordu.

Lâmia onun gösterdiği yere geçti, fakat oturmuyor, piyanonun köşesine büzülüyor, üşüyor gibi titreyerek pelerinini omuzları, göğsü üzerinde sıkıyordu.

Aralarındaki sükût uzadıkça Kenan'ın asabiyeti artıyor, göğsünde hafif bir tıkanıklık, kulaklarında derinden derine bir uğultu hissetmeye başlıyordu.

Kenan bu sükûtu, kendisinin pencereden ayrılmaktan korkuyor gibi olan vaziyetini, Lâmia'nın kalın pelerini içinde gittikçe daha ziyade büzülmesini gayritabiî buldu. Ona yeniden, hemen hemen sert bir emirle:

– Oturunuz Lâmia Hanım, dedi.

Asabi adımlarla odanın içinde dolaşıyor, "ne fena bir saatim... Ah bu Lâmia... Çok ihtiyatsız şey... Ne vardı gelecek" diye düşünüyordu.

Piyanonun üstünde o günlerde Cavidan'dan gelmiş bir mektubun zarfı duruyordu. Kenan eline aldı. Genç kızın o mektupta yazdığı sözleri birer birer hatırlamaya çalışıyor, nişanlısına ait hayalleri uyandırmaktan sükûn ve teselli umuyordu. Fakat bu saatte bu mektup onun kalbine hiçbir şey söylemiyor, Civadan'ın hayali karanlık bir müze dehlizinde iyi seçilemeyen bir yabancı resmi gibi onu hissiz bırakıyordu.

Bundan ümit kestiği vakit en eski hâtıralarından çare umdu. Yine Leylâ'yı hatırlamak, çocukluğunun mahzun ve mağrur feragatini kalbinde canlandırmak istedi. Bu ondaki fena asabiyeti daha ziyade arttırmaktan başka bir işe yaramadı. Bu mahrumiyet hâtıraları ona boğuk bir kinden başka bir şey veremiyor, içinden gizli bir zulüm hissi uyandırıyordu.

Lâmia şimdi oraya, piyanonun köşesindeki alçak koltuğa oturmuştu. Başını önüne eğiyor, saçlarının sarı dalgalarından, pelerinin kalkık yakasından çıkan boynunun beyaz çizgisinden başka bir yeri görünmüyordu.

Kenan da bir koltuğa oturdu. Burası çok derin, yumuşak, sıcaktı. Odadaki derin sükûtun içinde Lâmia'nın nefes aldığını işitir gibi oluyor, gittikçe artan garip bir rehavet içinde iradesinin yavaş yavaş iflâs ettiğini hissediyordu.

Sesine mümkün olduğu kadar sükûn ve tatlılık vermeğe çalışarak: "Lamia Hanım" dedi. "Haydi artık gidiniz" diye devam edecekti. Fakat birdenbire kalbi çarparak sustu

Genç kız itaat ettiği, kapıya doğru yürüdüğü halde gayriihtiyarı yerinden fırlayacağını, bir hamlede onu kolları içine alacağını anladı. Son bir ümitle ona nişanlısından, o sene Erzurum'dan gelmesi memul[100] olan mülâzim Nâzım'dan bahsetmek istedi. Lâmia'nın bir başkasına ait olduğunu hatırlatan bu sözler belki onu bu fena asabiyetten kurtaracaktı, kesik kesik söylemeye başladı:

– Birkaç aya kadar belki Nâzım Bey gelir değil mi Lâmia Hanım... Seni bu kadar değişmiş, güzelleşmiş görünce kimbilir ne kadar beğenecek... İnşallah çok mesut olacaksınız... Nâzım seni çok sevecek... Sen de tabiî...

Devam edemeyerek sustu. Nâzım'ın hâtırasını uyandırmakla daha büyük bir tedbirsizlik etmişti. Mariz hayali gözlerinin önünde hırçın bir aşk ve ihtiras sahnesi canlandırıyor, Lâmia'yı ilk defa bir başkasının kollarında görüyordu. Bu hayal birdenbire onu çıldırttı, çenesinde hafif bir titreme ile "Lâmia yanıma gelmez misin?" dedi.

Genç kız hafif bir tereddütle ayağa kalktı. Bu garip bir ateşle yanan mavi gözlerin cazibesi içinde sarsılarak ona doğru bir adım attı.

Tam bu dakikada dışarıdan bir sesin "Kenan... Kenan" diye bağırdığını işittiler. Genç adam yerinden fırladı, bir hamlede lâmbayı üfledi. Dayısı geliyordu. Boğuk bir sesle:

"İçeriki odaya geç, Lâmia... Gürültü etme" dedi, sonra pencereye giderek Saip Paşa'ya cevap verdi. Belediye Reisi eğlentiden dönüyordu. Yeğeninin birdenbire ortadan kaybolmasını merak etmişti.

Kenan:

– Bir şeyim yok Paşa Dayı... Biraz başım ağrıyordu da... dedi.

---

100 umulan

Paşa çardağın önüne kadar gelmişti:

– Lâmbanın yandığını gördüm. Kenan daha yatmamış olmalı, dedim.

– Şimdi yatıyordum Paşa Dayı...

– Allah rahatlık versin çocuğum... Orada kepazeliği pek fazla arttırdılar.

Çalgı yeniden delicesine bir gürültüye başlamıştı. Kahkahalar, kestane fişekleri şiddetiyle gecenin içine dağılıyor, karşı ağaçlar meşalelerin aleviyle tutuşmuş gibi görünüyordu.

Kenan dayısının uzaklaşmasını beklerken kendini bir fena kâbustan kurtulmuş sanıyordu. Tehlike artık geçmişti. Lâmia'yı simdi emniyetle evine gönderebilirdi. Lâmbayı tekrar yakmayı ihtiyatsız buldu. Karanlıkta yatak odasının kapısını açarak:

– Haydi Lâmia Hanım, dedi, artık gidiniz...

Genç kız bir köşede ayakta duruyor, karanlıkta yalnız sarı saçları farkediliyordu. Tereddütle kapıya doğru yürümeye başladı. Kenan ona yol vermek için biraz yana çekilmişti. Lâmia birdenbire bir sandalyeye çarparak sendeledi, pelerininin bir ucu omuzundan düştü. Kenan onu tutmak ister gibi gayriihtiyarî kollarını uzatmıştı. Genç kızın çıplak kolu onun koluna dokundu, yumuşak saçları ılık bir nefes gibi yüzüne, dudaklarına süründü.

Genç adam son bir mukavemet gösterdi; çıplak kolu kapamak için pelerinin düşmüş ucuna sarıldı. Fakat telâşla öyle sert bir hareket yapmıştı ki, pelerin büsbütün genç kızın omuzlarından kaydı; Lâmia'nın yaprak gibi titreyen hummalı hasta vücudunu birdenbire kollarının içinde buldu.

Lâmia bir müdafaa sevkitabiîsile çırpınıyor, kendini kurtarmaya çalışıyor: "Bırakınız beni Kenan Bey... Bırakınız... Gideceğim" diyordu. Sonra mehtap gecesindeki gibi gözlerinde iki büyük yaş damlasıyla "yazık bana Kenan Bey" diye yalvardı.

Genç adam onu daha kuvvetle kollarında sıktı, hemen hemen vahşi bir sesle: "Çok geç Kınalı Yapıncak... Çok geç" dedi.

*
* *

Karanlıkta gölgelerden farkedilmeyen kuru kütüklere takılmamaya çalışarak bağın arka kapısına doğru gidiyorlar... Kenan anut, vahşi bir sükût içinde başını öne eğmiş... Lâmia'nın yüzü pelerinin yakası içinde saklı, onun biraz arkasından yürüyor, ara sıra hafifçe öksürerek yavaş yavaş ağlıyor.

Arkadaki ince yola çıkıyorlar. Lâmia Kenan'ı orada bırakıyor, çitlerin alçak bir yerinden kendi bahçelerine atlıyor, başını çevirmeden ağaçların arasında uzaklaşmaya başlıyor... Düşmüş omuzlarında, hafifçe sallanan yürüyüşünde yorgun kırık bir ümitsizlik var...

Çitin kenarına gelen Kenan yavaşça:

– Lâmia Hanım! diye arkasından sesleniyor... Genç kız duruyor, fakat başını çevirmeye, ona bakmaya cesaret edemiyor. Kenan soğuk bir vakar, kindar bir istihfaf ile: "Ağlamanız lüzumsuz... Vazifemi tabiî takdir ediyorum... Yarın benimle görüşmeye geliniz" diyor.

Genç kızın cevabını beklemeden bağa dönüyor. Topuklarıyla yerlere vurarak, eline tesadüf eden yaprakları koparıp dallan kırarak köşke geliyor. Odasına girdiği vakit kendini zaptedemiyor, piyanosuna sert bir yumruk indiriyor hırçın bir ümitsizlikle "hayatımı yeniden kırdım... İstikbalim mahvoldu" diye inliyor.

XVII

Kenan o gece uyumadı. Mütemadiyen odasında gezinerek sigara içti. Cavidan ile beraber bütün o parlak istikbal ümitlerini gömmek, hayatını mânâsız ehemniyetsiz bir küçük kıza bağlamak lâzım geliyordu.

Bu ölüm gibi kati bir mecburiyetti.. Başka hiçbir çare, hiçbir yol yoktu. Bu mecburiyet, Kenan'ın hodgâm kalbini hırçın asabiyetlerle dolduruyordu. Sabaha kadar bir kararsızlık buhranı içinde kendi kendisiyle didişti: Nihayet gün ağarırken mücadeleden bitap düştü. Sinirleri son derece yorgundu. Esmer yüzüne bir bakır kırmızılığı çökmüş, kanlanmış gözlerinin altı çürümüştü. Ümitsiz bir fergatle masasının önüne oturdu, Cavidan'a bir mektup yazmaya başladı:

"Sevgili Cavidan'ım

Sana ilk defa "sen" diye hitaba, ilk defa teklifsiz söz söylemeye cesaret ediyorum. Ben bu samimiyeti daha sonraya, sana zevcem diyebileceğim o mesut, güzel günlere saklamak istiyordum. Fakat talihim buna müsade etmedi. Talihsizliğim, tedbirsizliğim beni bir uçuruma sevk etti. Cavidan sana "nişanlım" demek hakkını kaybetmiş bulunuyorum beyhude yere çırpındım, isyan ettim... Kurtulmama imkân yok. Hayatımı kendi ellerimle kırdım... Buna müstehak olduğum için şikâyet etmiyorum. Fakat bundan daha büyük bir korkum var: Sana da bir fenalık etmiş olmak korkusu... Bu maceranın, mesut hayatında acı ve siyah bir nokta olması endişesi... Şüphesiz, beni unutacaksın... Yüksek zekân, rakîk kalbine hükmetmesini bilecek; bu kadar sefil, adi bir adamın, sevilmeye değer bir yeri olmadığına elbette kendi kendini ikna edeceksin. Bana gelince Cavidan, bugünden sonra başlayacak sefil, siyah mağmum hayatımın, yalnız bir tesellisi olacak en mesut faslında sana "nişanlım" demiş olmak saadeti.

Seni uzaktan uzağa daima seveceğim Cavidan. Ne nispette bedbaht olursam bu sevda o kadar artacak.

Bu zaruri ayrılığa sebep olan vak'a hakkında tafsilat vermeyeceğim... Hatta bunu başka yerden de öğrenmek isteme... Çünkü bir zaman "nişanlım" dediğin adamın ne düşmüş bir mahlûk olduğunu anlayarak utanacak ellerini yüzüne kapayacaksın...

Tabiî artık dünya gözüyle birbirimizi görmeyeceğiz. Bir yerde tesadüf bile etsek elbet sen başını çevireceksin. Ben sefil gözlerimi yüzüne kaldırmaya cesaret edemeyeceğim... Onun için ölmüş, daha doğrusu kendini öldürmüş bir biçarenin son niyazı olarak şunu isteyeceğim ki..." Mektup burada bitiyor, daha ötesinde okunmaz bir yazı ile karalanmış iki üç manasız kelime ile birkaç mürekkep damlasından başka bir şey görünmüyordu.

*
* *

O gün, bağ epeyce bir telâş geçirdi. Kenan'ı öğle yemeğine çağırmaya giden bir hizmetçi onu piyanonun önünde yere yuvarlanmış bulmuştu. Üstünde hâlâ akşam elbiseleri vardı. Kendini bilmiyordu. Yüzü mütekallis[101] ve kırmızı, yarı açık gözleri cam gibi donuktu. Düşerken başını bir yere çarpmış, sağ kaşının üstünde mor bir şiş peyda olmuştu.

Civar bağlardan birinde yazı geçirmeye gelmiş bir askerî doktor evvelâ beyin hummasından şüphelendi. Fakat ertesi sabaha doğru ateş düşmeye başladı. Hasta yavaş yavaş açıldı. Nihayet doktor bunun fazla dimağ yorgunluğu, büyük bir teheyyücden mütevellid bir "ihtikan-ı dem"[102] olduğuna hastanın mutlak bir sükûn ve istirahat ile birkaç günde iyi olacağına hükmetti.

Kenan üç gün yatağında kaldı. Hemen daima bir yarım dalgınlık içinde gözlerini kapıyor, etrafındakilerle pek nadiren konuşuyordu.

Dördüncü sabah iyi uyandı. Artık yatağında alıkoyamadılar. Bu dört gün içinde çok zayıflamış, siyah bir hâle ile çevrilen mavi gözlerinin feri kaçmıştı. Çok halsiz olmasına rağmen bahçede dolaşıyor, Lâmia'yı görmeyi ümit ediyordu. Fakat genç kız o gün hiç ortalarda görünmüyordu. Nihayet sabredemeyerek onu sordu. Yengesiyle beraber dünden beri İzmir'de olduğunu söylediler.

*
* *

– İzmir'de eğlendiniz mi, Lâmia Hanım?

---

101 gergin, gerilmiş
102 kan toplanması

– İzmir'e iş için inmiştik efendim... Amcam İkiçeşmelik'teki evden çıkmak istiyor da... Ev aradık efendim...

– Hastalığımda hiç hatırımı sormaya gelmediniz?

– Sizi daima annenize soruyordum efendim... Artık iyisiniz, değil mi?

– Zaten ehemmiyetli bir şey değildi... Naciye haydi çocuğum doktor beyin köşküne git... Bana verdiği son reçeteyi kaybettim... Rica ediyor, tekrar yazsın diyor" de...

– Müsaade ederseniz ben gideyim efendim... Naciye belki beceremez...

– Hayır... Hayır... Naciye gider...

Yine kuyu başında idiler. Lâmia henüz İzmir'den dönmüş, Kenan'ın kendisini görmek istediğini haber alınca çarşazını çıkarmadan oraya koşmuştu. Ona yaklaşmaya, gözlerini yüzüne kaldırmaya cesaret edemiyor, ağaçlardan birinden sarkan ince bir dalın cılız yapraklarını birer birer koparıyordu.

Kenan ağır ve sâkin bir sesle söylemeye başladı:

– Naciye'yi mahsus gönderdim... Sizinle yalnız konuşmak istiyordum... Bir felâkete uğradık... Bunun neticesi olarak hayatımızda bazı zarurî tebeddüller[103] olacak... Artık tabiî nişanlınızdan ayrılmanız lâzım gelecek... Ben de çok acı olmakla beraber kendi nişanlımdan ayrılıyorum...

Bunu söylerken kaşlarını çatıyor, sesindeki boğuk kini gizlemek için cebr-i nefs[104] ediyordu.

– Amcanızla yüzyüze konuşmak müşkül olacak... Birkaç güne kadar İstanbul'a döneceğim... Oradan bir mektup ya-

103 değişim
104 kendini zorlamak

zar, nişanlınızdan ayrılmanız ve benimle izdivac etmeniz lâzım geldiğini söylerim... İşlerimi düzelttikten sonra da tabiî sizi İstanbul'a aldırtırım... Anlaşıldı değil mi? Artık resmen nişanlım sayılırsınız. Beyhude üzülmenize hacet kalmadı... Söyleyeceğim bunlardan ibaret...

Yavaş yavaş asabileşiyor, devam ederse acı şeyler söylemekten kendini alamayacağını hissediyor, oradan ayrılmak için bahane arıyordu.

– Kenan Bey beni ne kadar küçük, ne kadar hakir görüyorsunuz... Benim de bir genç kız olduğumu, benim de başkaları gibi bir kalbim bir izzet-i nefsim olduğunu niçin düşünmek istemiyorsunuz?

Lamia bu sözleri zaptedilmiş bir feryat ile söylemişti.

Lâmia, bu sözleri zapt edilmiş bir feryat ile söylemişti. Kenan, hayretle başını kaldırdı; karşısında büsbütün başka, büsbütün yeni bir Lâmia gördü. Yüzü kül gibi sararmıştı. Kirpikleri, dudakları titriyor, hıçkırmamak için elleriyle göğsüne basıyordu. Kenan merakla ona doğru yürüdü, "Ne oluyorsun Lâmia" diye bileklerini tutmak istedi.

Genç kız onun dokunmasından korkuyor gibi geri çekildi. Bu hareket, küçük bir isyana benziyordu.

Kenan istihfafkâr sükûnunu kaybetmemeye çalışarak devam etti:

– Ne demek istediğinizi anlamıyorum Lâmia Hanım. Sizinle ciddi bir şey konuştum. Zannederim ağır bir şey de söylemedim. Genç kız derin derin içini çekti:

– Kenan Bey, bugün bana böyle muamele etmeyiniz... Belki artık sizi görmeyeceğim, dedi.

Kenan hafifçe omuzlarını silkti, acı ve müstehzi bir tebessümle:

– Zannederim birbirimizi lüzumundan fazla göreceğiz...

Lâmia, sakin bir inat ile devam etti:

– Hayır Kenan Bey... Beni lüzumundan fazla değil hiç görmeyeceksiniz... Çünkü ben sizin zevceniz olmayacağım. Ölsem, hatta siz ölseniz buna imkân kalmadı Kenan Bey.

– Niçin... Ne oluyor... Böyle söylemek için ne sebep var?

Lâmia, sakin tabiatından umulmaz bir hırçınlıkla:

– Niçin anlamak istemiyorsunuz Kenan Bey? Ben size layık değilim... Biliyorum... Size zevce olmayı vallahi ben bir dakika aklımdan geçirmedim. Kenan Bey, darılmayacağınıza söz verirseniz bir şey söyleyeceğim.

– Darılmam... Söyle...

– Sizi odanızda hasta buldukları vakit feryat etmeye başladılar... Herkesle beraber ben de oraya koştum... Yanınıza yaklaşmaya cesaret edemiyor, "Acaba benim yüzümden mi böyle oldu" diye bir köşede kendi kendimi bitiriyordum... Masanızın üstünde gözüme bir yarım mektup ilişti. Onu nişanlınıza yazmaya başlamıştınız. Belki içinde kimsenin bilmemesi lazım gelen şeyler vardı... Belki başımıza gelen felaketten bahsediyordunuz. Ele geçmesin diye onu cebime koydum. İyi olduğunuz vakit size verecektim.

Kenan kendine geldikten sonra mektubu çok aramış, nihayet o karışıklık arasında kaybolduğuna hükmetmişti. Onun ne olduğunu şimdi anlıyordu:

– Onu okudun değil mi Lâmia?

– Evvelce vallahi böyle bir fikrim yoktu... Sonra dayanamadım... Ayıp ama okudum, ne yapayım... Siz belki darılacaksınız... Ben onu okuduğuma memnunum. Şimdi sizden niçin büsbütün ayrılacağımı anlıyorsunuz değil mi Kenan Bey?

– Bunlar çocukça sözler... Bizim evlenmemiz zaruri... Kim bilir, belki inşallah mesut da oluruz.

– Benimle mesut olmanıza imkân yok Kenan Bey... Bir kere bu mektup gönlüme öyle bir yara açtı ki dünyada iyi olmaz... Sonra ben sizi nasıl mesut ederim... Ben cahil, fakir, biçare bir kızım... Bakınız, halimi ne kadar iyi biliyorum... Hangi meziyetim için beni isteyeceksiniz, bütün ömrünüzü bana vereceksiniz? Mektubunuzda çok doğru söylüyorsunuz... Benimle hayatınız sefil olur... Size gönlümden başka verecek bir şeyim yok ki Kenan Bey. O kafi gelseydi sizi herkesten ziyade mesut ederdim ama ne çare. Yazık... Islak, yeşil gözlerinde derin bir ıstırap ile uzaklara bakıyor, mahzun mahzun gülümsüyordu:

– O korktuğunuz başınıza gelmeyecek Kenan Bey... Siz, sevdiğinizle mesut olacaksınız. Ben sizi kurtaracağım... Zaten sizinle mesut olamam ki... Üç günden beri çok düşündüm... Bir uzun uykudan uyanmış gibiyim... Her şeyi anlıyorum... Sizin asıl sevdiğiniz başka... Beni sevmediğinizi, onu düşünerek üzüldüğünüzü gördükçe ben her gün eriyip biteceğim... Ya Allah esirgesin, yine hasta olursanız, ya ölürseniz? Demin bana "Hastalığımda hatırımı sormadın" diyordunuz. Size nasıl yemin edeyim bilmem... Dünyada kimse bir hastası için benim kadar üzülüp ağlamadı Kenan Bey... Gözümü kapadıkça, sizi ölmüş, o kadar sevdiğim mavi gözlerinizi kapanmış görüyor, deli gibi oluyordum. Şimdi belki artık anladınız. Ben dünyada sizin zevceniz olamam...

Daha ziyade tahammülü kalmamıştı. Kenan'ın bütün ısrarlarına rağmen, daha ziyade durmak istemedi. Yavaş yavaş ağlayarak oradan uzaklaştı. Kenan'a mahzun bir hayret çökmüştü, kendi kendine düşünüyordu:

– Bu biraz çocukça inat, beni vazifemi yapmaktan men edemeyecek... Lâmia bilzaruri zevcem olacak. Mamafih, gösterdiği feragat bana çok dokundu. Bu, acaba samimi bir his mi?

Herhalde, bu yaşta çocuklar büyük insanlardan daha temiz oluyorlar. Ben de Leyla'yı kendi ihtiyarımla kollarımdan bıraktığım vakit Lâmia yaştaydım. Zavallı Kınalı Yapıncak'ın bugünkü hali benim o vakitki halime benziyor... Ne yapalım, bir derttir başa geldi. Kendim mesut olmasam bile, bir başkasını mesut etmeye çalışırım ki bu da bir tesellidir.

XVIII

Bir hafta daha geçti, ayrılmalarına bir gün kaldı. Kenan, bu bir hafta içinde, hemen her gün Lâmia'yı görmüş, onu fikrinden döndürmek için pek çok şeyler söylemişti. Fakat söyleyen yalnız dili idi. Kalbi, hayali hep başka şeylerle meşguldü. Hayatını bu küçük Kınalı Yapıncak'a hasr etmek fikri onu gizliden gizliye hırçınlaştırıyor, kaybettiği şeyleri başka bir cazibe ve füsun ile güzelleştiriyordu. Kenan zaten yaratılıştan büyülüydü. Bir şeye alakadar olması için onu kaybetmesi, bir şeyi sevmesi için ondan ümit kesmesi lazımdır.

Lâmia Kenan'daki yeisi teamülsüzlüğü[105] pek iyi hissediyor, ısrar etmemesi için gözyaşlarıyla yalvarıyordu. Bir gün dedi ki:

– Yapmayınız Kenan Bey... Yazık bana... Size zevce olmam mümkün değil... Razı olduğum dakikada benden nefret edeceksiniz... Hiç sevilmeden yanınızda yaşamaya nasıl tahammül ederim. Mektup kibrime dokundu sanmayın Kenan Bey. Size layık olmayacağımı ben pek iyi biliyorum. Sizin bu kadarcık olsun beni sevmeniz bile benim için ne büyük teselli... Zaten o felaket olmasaydı bile ben Nazım'a varmayacaktım ki... Bir kadın, birisini severken nasıl başkasının zevcesi olur... Beni de hiç düşünmeyiniz Kenan Bey... Ben İzmir'de dul bir zabit haremi biliyorum. Beyi Menemen'de eşkıya takip ederken şehit olmuş. Bu hanım beyini çok seviyor ama Allah tesellisini vermiş... Onun artık gelmeyeceğini bile bile odası onun eşyası, yadigârları, resimleri ile dolu... Bir gün bir misafir komşu ona acınıyor, bir taze kadın için yalnız yaşamanın güç olduğunu söylüyordu. O gittikten sonra bu hanım gülerek bana dedi ki: "Lâmia Hanım... Bu kadın beni dul sanıp acıyor... Halbuki asıl dul kendisi... Çünkü kocasını sevmiyor... Halbuki ben "şehid"imi seviyorum, onu düşüne düşüne yaşadığım için kendimi ondan daha az yalnız buluyorum," ben de o hanım gibi olmak istiyorum Kenan Bey... Zevceniz olursam benden nefret edeceksiniz... Halbuki uzaktan sizi daha rahat düşüneceğim. Seveceğim... Farz ediniz ki siz de bir zaman benim zevcimdiniz Kenan Bey... Bu kadar taze dulların canı yok mu?

---

105 alışılmışın dışındaki davranış

– Hayret ediyorum Lâmia... Senin kadar sade bir çocuktan bu düşünceleri beklemiyordum.

– Ben o kadar çocuk değilim... Biliyorsunuz ki çok çile çektim... Benim kalbim, izzet-i nefsim var Kenan Bey... Israr etmek beyhude... Ölsem sizinle evlenmeyeceğim.

*
* *

Hodgam, iradesiz Kenan bir türlü kati bir karar veremiyor, Cavidan'a yazdığı yeni mektubu, postaya göndermekte tereddüt ediyordu. Mamafih Lâmia'yı terk etmek fikri ona eskisi kadar imkânsız görünmüyordu.

Mısır'dan İstanbul'a gelen nişanlısından bir akşam uzun bir mektup aldı. Sözleri gibi mektupları da daima biraz vakur ve resmi olan Cavidan, bu sefer büyük bir samimiyet gösteriyor, onun ne vakit İstanbul'a geleceğini soruyordu.

Bu mektup Kenan'ın son tereddütlerini de kırıyordu. Mamafih hâlâ kendini aldatmaya çalışıyor, "Bir mektupla bunu Cavidan'a anlatmak kaba ve adi bir hareket olacak... Onunla yüz yüze konuşarak her şeyi anlatmalı, bütün mazeretlerimi söylemeliyim" diye muhakemeler yapıyordu.

Bu son kararı Lâmia'ya da söylediği vakit genç kız birdenbire sarardı. Fakat bir şey söylemedi. Ayrılacakları gece son bir gezinti yapmaya karar vermişlerdi. Aksi gibi hava bozuktu, hafif, ince yağmur yağıyordu. Buna rağmen bağın arkasındaki ince yolda birleştiler, arkalardan dolaşarak Kırkçamlar'a kadar gittiler.

Bu karanlık, yıldızsız yağmurlu gecede Kırkçamlar'ın altı geniş bir kubbe harabesine benziyor, ağaçların arasında çürümüş yaprak kokularıyla dolu ratıp[106], sinsi bir kış rüzgârı esiyordu.

Yağmur buraya kadar inemiyor, sade yüksek dalların tepeleri hafif bir hışırtı ile mütemadiyen titriyordu.

Yeri deniz gibi kaplayan kurumuş çam iğnelerinin içinde uzun uzun dolaştılar. Daha yola çıkarlarken Lâmia Kenan'a yalvarmıştı: "Bu gece hiç ayırılıktan bahsetmeyelim Kenan Bey... Kimbilir belki gelecek sene... Yahut daha sonra yine gelirsiniz... O vakit zevceniz, çocuklarınız olacak... Sizi yine görürüm... Artık şimdiki gibi olamaz ama ne ziyanı var. Değil mi ki sizi göreceğim... Bu gece hiç ayrılıktan bahsetmeyelim... Yarın gece yine buluşacakmış gibi ayrılalım Kenan Bey." Kenan'ın muzlim bir sükûta dalmasına mukabil Lâmia mütemadiyen söylüyordu. Elleri onun yüksek omuzlarında kilitlenmiş, küçük vücudunun bütün kuvvetiyle Kenan'ın boynuna asılarak yürüyordu. Hicran-ı mazlum korkak, sükût-u Lâmia'yı dertli bülbüllere benzetmişti.

Onun kemanını ilk dinlediği, mavi gözlerini ilk gördüğü saatten itibaren başlamış uzun hülya ve sevdasını halinden, yaşından umulmaz bir incelikle söylüyor, karanlık ve yağmurlu Bozyaka'nın mehtaplı gecelerini, unutulmuş aşk saatlerini birer birer Kenan'ın hayalinde canlandırıyordu.

– Artık dönelim mi Lâmia? Vakit çok geç... Üşürsün, hasta olursun.

– Nasıl isterseniz Kenan Bey... Sade dönerken öteki yoldan gideriz değil mi? Hani bir gece Nimet Hanım'la geçtiğimiz yol... Sonra bu sene... İki ay evvel yine öyle mehtaplı

106 ıslak, nemli

bir gecede... Kenan Bey bana o kadar acımayınız... Beni de orada Nimet Hanım gibi kollarınıza aldınız...

Gittikçe artan yağmura rağmen yine kule harabesinin önünde durdu, Kenan'ı zorla ıslak taşların üstüne oturttu, ıslak sarı saçlarını onun göğsüne dayadı:

– Lâmia korkuyorum ki sen fazla üzüleceksin...

Yeşil süzgün gözlerini Kenan'ın yüzüne kaldırdı, yanağına yaşlar süzülürken dudaklarında acı bir gülümseme ile:

– Hayır Kenan Bey, dedi, biliyorsunuz ki biz birbirimizi sevmiyoruz. Bu daima söylediğiniz gibi bir gönül eğlencesi... Ne ehemmiyeti var Kenan Bey... Bu sevda kalbin sevdası değil dudakların sevdası... Birkaç damla gözyaşını ıstırap mı sayacağız. Bu gece keman çalmayı unutmazsınız değil mi Kenan Bey? Son defa ninnimi dinleyerek uyumak istiyorum.

*
* *

Lâmia çitin kenarından bahçeye atlayacağı vakit Kenan onu son bir defa kollarına aldı, buz gibi soğumuş dudaklarıyla onun gözlerine, geniş alnına bir veda busesi kondurdu. Sonra onu gecenin ve yağmurun içinde yalnız bıraktı. Artık başını çevirmeye cesaret edemiyordu. Kalbinde bir ölüm, dudaklarında onun ıslak gözlerine koyduğu son buseden kalmış acı bir gözyaşı lezzetiyle odasına döndü.

İkinci Kısım

I

Nazım'dan Şükrü Bey'e

Muhterem Eniştem,

Bir buçuk aya yakın bir zamandan beri size mektup yazamadım. Belki bana darılmışsınızdır. Mazeretlerimi söylediğim vakit bana hak vereceksiniz. Enise Teyze'me ve Lâmia Hanım'a birdenbire söylemeyiniz. Ben epeyce bir tehlike geçirdim. Bölüğümde bir eşkıya çetesi arasında vukua gelen bir müsademede sağ omzumdan ve sol bacağımdan ağır surette yaralandım. Kırk günden beri Trabzon hastanesindeyim. Şimdi hamd olsun iyiyim. Hiçbir şeyim kalmadı. Birkaç güne kadar hastaneden çıkacağım.

Size bir müjdem var. Dün alay komutanımızdan bir tezkere aldım. Yüzbaşılığa terfi-i rütbe ettiğimi ve İskenderun'a tayin edildiğimi tebşir[107] ediyor. Bu haber bana son aylarda çektiğim bütün ıstırapları unutturdu. Siz de tabiî benim kadar sevineceksiniz.

---

107 müjde

Zayıf olduğumu ileri sürerek dört beş ay tebdil-i hava istedim. Herhalde reddetmeyeceklerini ümit ediyorum. Binaenaleyh Allah kısmet ederse bir aya kadar İzmir'deyim. Tebdil-i hava müddetimi tabiî yanınızda geçireceğim. Bu müddet zarfında artık düğünümüzü de yaparız değil mi? Lâmia Hanım'ı İskenderun'a göndermek belki size güç gelir. İki üç seneden beri alıştınız. Fakat ben daha yalnız olduğum için ona sizden ziyade ihtiyacım var. Yalnızlıktan çok bıktım enişte. İskenderun'un güzel bir yer olduğunu söylüyorlar. Lâmia ile beraber orada çok mesut olacağımı ümit ediyorum. Semiha ile Fikret kimbilir ne kadar büyümüşlerdir, yaramazlık ediyorlar mı? Bakalım gördüğüm zaman ilâh ilâh...

Nazım

. . . .

Şükrü Bey'den Nazım'a

Oğlum Nazım,

Mektubunu on beş gün evvel aldım. Hemen cevap yazmakta kusur etmedim. Fakat o akşam öyle bir vak'a oldu ki bu mektubu yırtıp atmak lazım geldi. On günden beri büyük bir perişan-ı fikr içindeyim. Enise Teyze'n sana hiçbir şey yazmamamı, hakikati söylemek için avdetine[108] intizar[109] etmemi söyledi. Fakat ben bunu muvafık görmedim. Nazım, evladım, sen askersin. Süngün, kurşun, top gibi hayatın acı

108 dönmek
109 beklemek

cilvelerinde mukavim olman lazım gelir. Onun için hakikati sana olduğu gibi söylüyorum. Lâmia artık senin nişanlın değildir. Bilmeden koynumuzda bir yılan beslemişiz, bu zahiren mazlum, ağır başlı görünen kızın meğer ne sinsi, ne fena bir ruhu varmış. Talihin varmış ki bu yere bakan, müfsid[110] mahlûk zamîrindekini şimdiden meydana çıkardı. Ya maazallah zevcen olduktan sonra bu haller başına geleydi. Belki elini nahâk yere kana bulaştırır, seni zindanlarda çürütürdü.

Bu kızın geçen seneden beri halinde bir tuhaflık, bir dalgınlık, bir savrukluk fark ediyordum. Hatta bundan Enise Teyzen'e de birkaç kere bahs ettim. "Şunun üstünden gözünü ayırma" dedim. Fakat onu bilirsin ya, Allah selamet versin, pek fazla saf bir kadındır. Sözüme kulak asmadı, onu kendi haline bıraktı.

Bu sene Bozyaka'dan döndükten sonra Lâmia daha acayip bir hale girmeye başlamıştı. Günden güne zayıflıyor, gözlerinin etrafı çürüyor, haline bir zebunluk çöküyordu. Bir şey söylediğim vakit dalgın dalgın yüzüme bakıyor, çok kere cevap vermiyordu. Ben budala, "Bu çocuğa ne oluyor... Acaba hasta mı" diye düşünmeye, merak etmeye başlamıştım. Hatta bir kere doktora götürmeyi teklif ettim, reddetti. "Bir şeyim yok" diye beni kandırdı.

Nihayet on gün evvel mektubun geldi. Postacıdan zarfı o bana getirdi. Senin yüzbaşı olduğunu, düğün için bir aya kadar İzmir'e döneceğini okuduğum vakit sevincimden deli gibi oldum. "Lâmia, müjdemi isterim... Nazım mesned aldı.

110 bozan, fenalaştıran

Hazır ol bir aya kadar gelin oluyorsun" diye bağırdım. O elleriyle yüzünü kapıyor, geri geri kapıya doğru çekiliyordu. Ben, saf adam, bunu hayrete, sevince, heyecana atfettim. "Gel kaçma... Elimi öp bakayım" diye üstüne doğru yürüdüm. Zorla ellerini yüzünden kaldıracaktım. Fakat birdenbire onun yere yuvarlandığını gördüm. Yüzü ölü benzi gibi sararmıştı. Tam beş dakika limonlarla, kolonyalarla uğraştık. Enise Teyze'n bana darılıyor: "Böyle şey birdenbire söylenir mi? Sevincinden bayılmak değil insan ölür bile" diyordu. Benim yine aklıma bir şey gelmedi. O gece İkiçeşmelik Kahvesi'ne çıkmıştım. Eve döndüğüm vakit Enise Teyzeni öyle perişan bir telaş içinde buldum ki tarifi kabil değil. Ayıla bayıla bana vak'ayı anlattı: Lâmia mütemadiyen düşünüyor, sorulan suallere cevap vermiyormuş. Enise Teyzen onun bir aralık benim odama girdiğine, sonra eteğinin altında bir şey gizleyerek tekrar dışarı çıktığına dikkat etmiş. Ne aldığını merak ederek o da benim odaya girmiş, etrafa bakmaya başlamış... Her şey yerli yerinde imiş. Yalnız konsolun alt gözü aralıkmış...

Enise Teyzen bu gözde kırık av tabancamla revolverimden başka bir şey olmadığını hatırlamış, telaş ile gözü açmış, revolverimin orada olmadığını dehşetle görmüş.

Kadıncağız deli gibi olarak Lâmia'nın odasına koşmuş, silahı yastığının altından çıkarmış. Meğer bu bedbaht kendini öldürmek istiyormuş. Evvela bu niyetini inkâr etmiş, bir gece evvel odasında korktuğu için böyle yaptığını söylemiş... Fakat Enise Teyze'nin ısrarlarına dayanamamış, ağlaya ağlaya hakikati itirafa mecbur kalmış...

Bu adi, müfsid mahluğun bu sene Bozyaka'da yabancı bir adamla tanıştığını, netice olarak üç aylık hamile bulunduğunu haber aldığım vakit yeis ve hiddetten kudurdum. Bu gibi namus meselelerine ne kadar titiz olduğumu bilirsin. Ayaklarımın altına alıp ezmek, sonra gece yarısı sokağın ortasına atmak istedim. Enise Teyzen mani oldu, kendini öldürmek isteyecek derecede meyus olan çocuğun daha fazla üstüne varılamayacağını söyledi. Naçar ben de sükût ettim. Fîhakika Lâmia kendi çocuğum olmadığı için daha ileriye gitmeye hakkım da yoktu. Yeniden bir manasızlık etmemesi için birkaç gün sıkı bir nezaret altında bulundurduk.

Bu çocuğu baştan çıkaran alçağı behemehâl bulmaya azmetmiştim. Fakat tahkikatim hiçbir netice vermedi. Lâmia'yı günlerce istintak ettim. Evvela hiç cevap vermek istemiyordu. Şiddetli ısrarlarım üzerine nihayet söylemeye mecbur kaldı. Tütün kolcusu kıyafetinde orta boylu, şişman, çiçekbozuğu yüzlü bir serseri imiş. Yerini, yurdunu hatta ismini bilmediğini iddia ediyor.

Zabıtâya müracat etsem belki bir iz, bir ipucu elde edeceğim. Fakat bunun rezaletimizi âleme ilan etmek, gazetelere düşürmekten başka bir şeye yaramayacağını düşünerek sarf-ı nazar ettim.

Bu vak'adan sonra Lâmia'yı evimde alıkoyamayacağımı takdir edersin. Rezaleti örtbas etmek için onu Kütahya'daki büyük biraderin yanına göndermeyi tensîb[111] ettim. Hemen kendisine bir mektup yazdım. Allah razı olsun müsaid bir cevap verdi: "Ben onu sıkı bir baskı altına alırım. Burada onu

111 uygun görme

zevci henüz vefat etmiş bir taze dul olarak tanıyacaklar. Karım ve kızlarımdan başka kimseye bir şey söylemedim. Hatta damatlarımdan bile işi gizli tutacağım. Meyus olmayalım. Yaşı küçüktür. İnşallah bir zaman sonra ıslah-ı hâl eder. Belki ileride onu çocuğuyla beraber kabul edecek iyi bir adamcağız da buluruz" diyor. Lâmia'yı yarın yola çıkarıyoruz. Ehibbadan[112] bir jandarma yüzbaşısı onu eliyle biradere teslim edecek...

Nazım'cığım katiyen meyus olma. Gençlik hali bilirim. Belki bu kıza küçük bir temayülün vardı. Olmasa da böyle haller insanın nefsine ağır gelir. Bu tıynette bir mahluk ile zaten bahtiyar olmana imkân yoktu. Yüzbaşımızı herhalde İskenderun'a yalnız göndermeyeceğiz. Enise Teyzen faaliyete başladı. Şimdiden elimizde iki kız ile bir dul var. Kızlardan biri komşumuz. Enine boyuna güzel bir İzmir kızı. Vücudundan üç tane Lâmia çıkar. İkincisi yine bildiklerimizden Rodoslu bir tüccarın kızı. O ötekine nispet biraz zayıfça imiş ama yüzü daha güzelmiş... Üçüncüsü belediye reisi Saip Paşa'nın karısının akrabalarından Nimet Hanım isminde bir dul... Mendebur, ayyaş, kumarbaz bir kocası vardı. İki ay evvel bir gece sarhoş olduğu halde kayıkla Karşıyaka'ya giderken denize düşüp boğuldu. Enise Teyzen bu hanımın pek meth ve senâsını[113] eder. Yirmi dört yaşlarında, zengin, güzel, asil ve fevkalade namuslu bir kadınmış... Herhalde bunların yanında Lâmia'nın esamesi okunmaz. Semiha ile Fikret'i görünce pek şaşıracaksın. İlh, ilh, ilh...

Şükrü

112 ahbaplar
113 övgü

II

Enise Hanım bir gün Semiha ile Fikret'i Lâmia'ya bırakarak sokağa gitmişti. Genç kız yol hazırlığıyla meşguldü. Dikişten göz açamıyor, yengesinin çarşafını, küçüklerin çamaşırlarını yetiştirmeye çalışıyordu.

Bir aralık kapı çalındı. Pencereden başını uzatan Lâmia gron[114] çarşaflı şişman bir hanım gördü. Misafir kafesin açıldığını işiterek başını kaldırmıştı. Gözgöze geldiler. Bu, ara sıra Saip Paşa'ların evine gelen Meftune Hanım isminde yaşlıca bir kadındı. Lâmia onun için bazı dedikodular işitmişti. Hele Enise Yengesi hiç sevmezdi.

Meftune Hanım Şükrü Bey'in evine ilk defa geliyordu. Lamia hayretle kapıyı açtı.

– Enise Hanım evde mi hanım kızım?

– Hayır efendim... Biraz misafirliğe gitti efendim...

– Vah vah... Çok teessüf ettim... Çok oldu mu?

– Bir saat kadar efendim...

– Yakında gelir mi kızım?

Lâmia "gelir efendim" diyecekti. Fakat Meftune Hanım'ın beklemek için içeri girmesi ihtimalini düşündü: "Zannetmem efendim... Gideceği yerler vardı" dedi.

Misafir taşlığa girmişti:

– Uzak yerden geldim hanım kızım... Müsaade eder misiniz biraz oturayım, dedi.

Lâmia hafifçe tereddüt etti, sonra yandaki misafir odasının kapısını açarak yarım ağızla:

---

114 bir çeşit ipekli kumaş

– Buyurunuz hanımefendi, dedi.

Meftune Hanım çarşafını açarak köşe minderine yerleşti, işinin kaldığına canı sıkılan Lâmia kapının yanındaki sandalyelerden birine ilişti:

– Kahve filân istemem hanım kızım... Yalnız güzel ellerinizle bir su verirseniz memnun olurum... Enise Hanım Yengenizi öteden beri pek severim... Ziyarete gelemediğim için pek mahçuptum... Nihayet bugün yolum düştü... Aksi gibi o da evde yokmuş...

– Evet efendim... Pek sokağa çıkmaz ama...

– Bereket versin sizi buldum hanım kızım... Yengeniz bana misafir geldiği vakit siz de gelirsiniz, değil mi kızım?

Etrafları kaz ayağı gibi kırış kırış sürmeli gözleriyle Lâmia'ya bakıyor, cevap bekliyordu. Bu bakış genç kıza tuhaf geldi, müteredditâne:

– İnşaallah efendim... Gelirim, dedi.

Meftune Hanım bu cevaba hayret ettiğini gizleyemedi:

– Benim kulağıma bir şey çalınmıştı kızım... Siz galiba Kütahya'ya mı, nereye gidiyormuşsunuz...

– Evet efendim...

– Ya vah vah... Çok kalacak mısınız?

– Bilmiyorum efendim...

– Kütahya'da sıkılacaksınız... İzmir'e alıştıktan sonra insana oraları güç gelir...

– Belki efendim...

Meftune Hanım Lâmia'yı bu kadar kapalı bulmaktan sıkılmış gibiydi. Küçük bir sükûttan sonra devam etti:

– Bu yolculuğa sebep ne hanım kızım?

– Öyle lâzım geliyor efendim...

– Belki saygısızlık ediyorum ama sevdiğim insanların her hallerini merak ederim...

Lâmia hafifçe asabileşmişti.

– İzmir'in havası bana yaramadı efendim, dedi.

Meftune Hanım yalancı bir kahkaha ile güldü, gözünün birini kırptı:

– Ah sen ne şeytansın... Senin gibi gözü açık kızları can evime sokacağım gelir.

Lâmia lâubaliliğe rağmen korktuğunu, sözlerini bulmak için güçlük çektiğini anlıyordu. Müderedditâne devam etti:

– Evlâdım doğru, yanlış bilmiyorum... Kulağıma bir şeyler çalındı... Pek meraklandım... Dedim ya ben pek yabancı sayılmam... Nereden geldi bu dert başına? Ah cahil çocuk ah...

Lâmia sandalyesinde titriyor, renkten renge giriyor, kekeleyerek:

– Niçin bunları söylediğinizi anlamıyorum hanımefendi, dedi.

Meftune Hanım, kenarları oymalı bir gümüş tabakadan bir kalıp sigarası çıkarmıştı:

– Şu kibriti uzatır mısınız kızım... Berhudar ol çocuğum...

Sigarasını yaktıktan sonra Lâmia'nın kibriti tutan elini bileğinden yakaladı, onu yanına oturmaya icbar[115] ederek:

– Ne de güzel saçların varmış senin hanım kızım... Ben sen yaşta çocukları pek severim... Benim de sana benziyen bir kızım vardı da...

115 zorlamak

Demek böyle bir cahillik oldu ha... O kadar esef etme kızım... Bunlar pek çok kızın başından geçmiştir... Keşke Enise Teyze'ne bir şey açmasaydın... Ah benim daha evvel haberim olsaydı...

Onun merakını celbetmeye çalışarak, suallerini bekliyerek devam ediyordu:

– Benim haberim olsaydı hiç böyle Kütahya'lara, bilmem nerelere gitmeye lüzum kalmazdı... Birkaç gün bir bahane ile seni bir misafirliğe götürürdüm... Sonra her kız gibi telinle pulunla nişanlına varırdın... Kimsenin de aklına zerre kadar şüphe gelmezdi.

Lâmia hafif bir isyanla ellerini kurtarmak istedi:

– Ne demek istediğinizi anlamıyorum hanımefendi... Müsaade ediniz karşınıza oturayım, dedi.

Meftune Hanım sahte bir şefkatle tekrar onun yanaklarını, saçlarını okşayarak:

– Sahiden pek toy, pek şirin kız, seni Kütahya'da kimbilir ne kaba saba adamlara vermeye kalkarlar... Burada kalmanın yolunu bulsaydın ben sana ne kısmetler bulurdum...

Meftune Hanım yavaş yavaş Lâmia'nın parmaklarından birini zorluyor, kırmızı taşlı bir altın yüzük takmaya çalışıyordu. Genç kız birdenbire silkinerek kendini kurtardı:

– Ne yapıyorsunuz hanımefendi? dedi.

– Korkacak bir şey değil kızım... Yadigâr bir yüzük... Hem pek yakından tanıdığın birinden...

– Kimden?

Meftune Hanım bir kere yutkundu, sonra:

– Yabancı değil... Namık Beyden... dedi...

– Feriha'nın babası Namık Bey mi?

– Öyle ya... Vak'ayı o da haber almış, pek teessüf etmiş... Bu yüzüğü yadigâr gönderdi.

Namık Bey elli yaşlarında zengin bir kereste tüccarıydı. Enise Hanım onun Uzunyol'daki evine sık sık misafir gider, karısı Makbule Hanım'ı kardeş gibi severdi. Namık Bey'in kızı Feriha ile Lâmia'nın arası da pek iyi idi. Bu şımarık kibar kızı Lâmia'yı ara sıra evine davet eder, onu akşama kadar alıkoyardı.

Namık Bey kibar tavırlı, şen bir adamdı. Kızının arkadaşına pek alâkadar olur, Lâmia'ya ara sıra küçük hediyeler verirdi. Acaba bu yüzük de o hediyeler nevinden bir şey miydi? Öyle olsa mu Meftune Hanım'la göndermeye ne lüzum vardı.

Lâmia hafif bir şüphe ile ihtiyar kadının yüzüne baktı:

– Bu hediyeden Feriha'nın haberi var mı?

– Hayır kızım... Sakın sen de Feriha'ya bir şey söyleme...

– Niçin hanımefendi?

Meftune Hanım tekrar gözünü kırparak güldü:

– Olmaz kızım... Sonra Feriha başka şüphelere düşer...

– Ne şüphesi?

– Lâmia Hanım pekâlâ anlıyorsun ama beni üzmek istiyorsun civanım... Namık Bey öteden beri seni pek beğenir... Kütahya'ya gideceğine pek esef etti... Gitmeden bana da Allahaısmarladık desin diyor... Dinle beni kızım... Sen yarın öğleden sonra bazı arkadaşlarıma "Allahaısmarladık" a gideceğim diye yengenden izin alırsın... Ben seni köşedeki eczanenin önünde araba ile beklerim... Namık Bey de bizi benim Değirmen Dağı'ndaki evde bekler... Yarım saat, bir saat görüşürsünüz... Bugün sana bir çift elmas küpe almaya gitti... Onları da yarın verecek... Oldu değil mi kızım? Namık Bey'e ne cevap vereyim?

Lâmia kapının yanında ayakta duruyor, düşmemek için önündeki sandalyeye tutunuyordu. Yüzü mum gibi sararmıştı. Sönük bir ses, acı bir tebessümle cevap verdi:

– "Lâmia Namık Bey Allah'tan korkmuyor mu, diyor" kızı var diyor..." deyiniz hanımefendi... Bu kadar yeter...

Meftune Hanım birdenbire şaşırdı, bir şeyler söylemek istedi. Lâmia oda kapısını açmıştı:

– Buyurunuz hanımefendi, dedi, yengem neredeyse gelir... Sizi görmesin daha iyi...

İhtiyar kadın kapıdan çıkarken tuhaf bir bakışla Lâmia'ya baktı, dudaklarını bükerek:

– A kızım, mademki bu kadar titiz huylu imişsin... Şu tütün kolcusuna da biraz dikbaşlılık etseydin de bu haller başına gelmeseydi ne güzel olurdu, dedi.

*
* *

Lâmia bu vak'ayı teyzesine anlatırken nefretinden titriyor, gözleri dolu dolu oluyordu. Enise Hanım beklediği kadar kızmadı. Mahzun ve dargın bir tavırla:

– Biz seni keyfimizden mi Kütahya'ya gönderiyoruz? dedi. Senin halinde bir kızı evde barındırmak mümkün değil... Ah Lâmia kendini de bizi de ateşte yaktın...

III

Üçüncü çan çalmıştı. Kondüktörler telâşlı düdükler öttürerek koşuşuyorlar, vagon kapılarını kapatıyorlardı. Lâmia, hâlâ kucağından ayrılmayan Semiha'yı pencereden Şükrü Bey'e verdi. Fikret'in elini tutan Enise Hanım, yüzünü açmıyor, kapalı peçesinin altında yavaş yavaş ağlıyordu.

Siyah çarşafın içinde daha sarı ve süzgün görünen Lâmia, olmayacak bir şeyi ister gibi korkak bir rica ile:

– Elinizi öpeyim mi amca? dedi.

Şükrü Bey, hafifçe titreyen elini uzattı, günlerden beri ilk defa onun yüzüne, gözlerine baktı. Lâmia'nın hâlâ dudaklarından ayıramadığı elini çekmeye kuvvet bulamıyor, öteki elinin parmaklarıyla, yanında ağlayan karısının omuzuna hafif hafif fiskeler vuruyordu.

Düdük öttü, tren birdenbire sarsıldı. O vakit tahammülü kalmadı. Uzun boyuyla pencereye yükseldi, Lâmia'yı omuzlarından tutup çekerek, soluk, ıslak yanaklarından öptü.

Kararmış gözleri, önünden süratle geçen vagonları görmüyor, yanında daha kuvvetle ağlayan karısına:

"Bu kızı mezara bırakıp dönmüş olsaydım, böyle yüreğim yanmayacaktı" diyordu.

Tren Karşıyaka'yı geçinceye kadar Lâmia pencereden ayrılmadı. Kadife Kalesi, Değirmen Dağı üstünden son bir defa Bozyaka'yı görebileceğini umuyordu.

*
* *

– Şu siyah çarşaflı, sarışın kız deli midir, aptal mıdır, nedir?

– Niçin?

– Başını vagonun kenarına dayamış uyuyor da onun için. Ben tren yolculuğunu etrafı seyretmek için severim. Bir saattir dikkat ediyorum... Bir kere pencereden bakmadı...

Bu sözler, on altı on yedi yaşlarında ufak tefek, yusyuvarlak bir genç kız ile herhalde yirmi ikiyi geçmiş, zayıf kumral bir taze arasında geçiyordu.

Kumral taze arkadaşının kolunu dürttü:

– Yavaş söyle, dedi. Uyumuyor, için için ağlıyor... Kirpikleri yaş içinde... Kim bilir ne derdi var biçarenin?

– Şununla, bir bahane bulup konuşalım mı?

– İlişme Makbule... Ben böylelerini rahatsız etmeye acırım...

– Konuşursak daha iyi olur... Belki teselli ederiz...

– Sen daha küçüksün Makbule... Anlamıyorsun... Kolayca teselli edilecek bir dert insanı böyle ağlatmaz...

– Ne olursa olsun... Ben bu işi pek merak ettim vallahi...

Makbule bir iki kere Lâmia'nın önünde dolaştı, sonra yanındaki pencereye gelerek dirseklerini dayadı. Söz açmak için bahane arıyor, fakat bulamıyordu.

Tren, bu esnada istasyonlardan birine yaklaşıyordu. Birdenbire hafif bir sarsıntı oldu. Şişman kız, kendini zaptedemeyerek Lâmia'nın kucağına düştü. Çıngıraklı bir kahkaha koptu, Lâmia da gayri ihtiyari gülmeye başladı. Bu vak'a, çabucak ahbap olmaları için bir vesile oldu. Kumral tazeyi de yanlarına alarak konuşmaya başladılar. Makbule:

– Gideceğiniz yer uzak mı hemşire?

Lâmia:

– Kütahya'ya gidiyorum...

Makbule:

– A... Ne güzel... Biz de oraya gidiyoruz... Yalnız mı gidiyorsunuz?

Lâmia:

– Evet...

Makbule:

– (Hayretle) Bir başınıza mı?

Lâmia:

– Hayır... Bir jandarma yüzbaşısı var...

Makbule:

– Şu acaba beybabamla bir vagonda giden keçi sakallı, kazma dişli...

Sarışın taze, kaşlarını çatarak:

– Makbule...

Makbule birdenbire kızarıp gülmeye başlayarak:

– Aman, sakın baltayı taşa vurmayalım... Beybabanız filan olmasın.

Lâmia:

– Hayır amcamın bildiklerinden... O da bir iş için Kütahya'ya gidiyor da...

Lâmia:

– Öyleyse ziyanı yok... İsminiz ne?

– Lâmia...

– Benimki Makbule... (Arkadaşını göstererek) Naciye Teyze'minki de Naciye... Naciye Teyze'me İzmir'de ameliyat yapıldı... Şimdi annesinin yanına götürüyoruz... Benim annem geçen sene İzmir'de öldü... Öteki teyzemin kocası Kütahya'da memurdur... Büyükannem orada oturur... Beybabam üç ay izin aldı... Ben Kütahya'yı hiç görmedim... Naciye Teyzem methediyor... Pek seviniyorum... Kütahya'da görüşürüz değil mi? A, işte bakın bey babam... Sizin keçi sakallı yüzbaşınızla beraber...

Tren, bu istasyonda fazlaca durmuştu. Erkek yolcular piyasa etmek için rıhtıma iniyorlar, vagonların önünde sucular, simitçiler ve portakalcılar dolaşıyordu.

Lâmia yüzbaşının yanında iri yapılı, uzun bıyıklı kıranta bir binbaşı gördü. Meşin gibi sert ve esmer bir cildi, heybetli kara gözleri vardı. Saçlarını dibinden kestirmişti. Başının kalın ensesine yakın olan kısmının derisi büklüm büklüm olmuştu. Meşin kaplı uzun kıvrık kılıcını rıhtımın taşlarında sürüyerek geçerken vagonun önünde durdu. Makbule ile Naciye'ye bir kocaman kâğıt dolusu fındık ve kuru üzüm aldı. Yüzbaşıya da gayret gelmişti. O da bir şekerli çörek Lâmia'ya ikram etti.

Binbaşı kızının yanında duran Lâmia'yı sert ve seri bir nazarla süzdükten sonra arkadaşını kolundan çekti. Konuşa konuşa uzaklaştılar.

Lâmia, yüzbaşının elini, kolunu sallayarak bir şeyler anlattığını, binbaşının sık sık başını çevirip vagona baktığını görüyordu. Genç kız onların ne konuştuklarını işitmediği halde kendinden bahsedildiğini anlıyor, yüzü ateş gibi kızarıyor, Makbule'ye söyleyeceği sözleri şaşırıyordu.

*
* *

Tren tekrar hareket etmişti. Makbule ile Lâmia kırk yıllık ahbaplar gibi senli benli konuşuyorlardı. Genç kız yavaş yavaş yalnızlığını unutmaya, tesadüfün verdiği bu arkadaşın şen gevezelikleriyle avunmaya başlıyordu.

Makbule, ona niçin öyle başını köşeye saklayarak saatlerce ağladığını sordu. Lâmia utanarak inkâr ediyor, "gözlerime pencereden duman kaçtı," diye gülüyordu.

Makbule buna inanmadı. Fakat Naciye'nin gözüyle, kaşıyla ettiği işaretler üzerine arkadaşının fazla üstüne varmaktan vazgeçti.

Akşam oluyordu. Biraz sonra tren Uşak'ta duracak, yolcular geceyi geçirmek için otellere dağılacaklardı. Makbule, bir şey teklif etti:

– Beybabama söyleyeyim de bu gece bizi bir odaya koysun... Sen de zaten yalnızsın, bir arada olursak konuşuruz... Canımız sıkılmaz, dedi.

Yarım saat sonra sarı boyalı harap bir otelin sandıklar, bohçalarla dolu loş sofasında bulunuyorlardı.

Makbule babasını bir köşeye çekmiş, ona bir şeyler söylüyordu. Lâmia, binbaşının birdenbire irkildiğine, kendi bulunduğu tarafa baktığına dikkat etti. İhtiyar zabit, kaşlarını çatıyor, başının sert hareketlerinden kızına aksi bir cevap verdiği anlaşılıyordu. Kızının isyana benzeyen bir tavrı üzerine biraz uzakta duran Naciye'yi yanına çağırdı, yüksek vücudunu onlara doğru eğerek yavaş sesle bir şeyler söylemeye başladı...

Lâmia'nın eli, ayağı titriyor, kalbi çarpıyordu. Sofanın hemen hemen karanlık olmasına rağmen peçesini indirmişti.

Makbule zihninde bir mazaret, bir yalan bulmaya çalışarak Lâmia'nın yanına geldi. Fakat kapalı peçesi içinde yavaş yavaş ağladığını görünce bir şey söyleyemedi. Sade, ellerini tutup sıktı, "zavallı kardeşim" dedi.

Lâmia, o geceyi basık tavanlı, dar bir odada yalnız geçirdi. Ertesi sabah trende Naciye ile Makbule'yi göremedi. Binbaşı, onları bir başka vagona yerleştirmişti.

IV

Lâmia'nın büyük amcası Rıza Bey bir eski süvari binbaşısı idi. Yirmi beş sene evvel bir politika meselesinden dolayı tard edilmiş, Kütahya'ya sürgün gönderilmişti.

O vakit Kütahya'da zengince bir çiftçinin kızıyla evlenen Rıza Bey bir daha İstanbul'a dönmemişti. Üç kızıyla dört oğlu vardı. Büyük kızının kocası ve çocuklarıyla beraber ev halkı bir düzineyi geçiyordu. Fazla olarak bir zamandan beri işleri de fena gitmişti.

İhtiyar adam bu kocaman aileyi beslemek için sıkıntı çekiyor, haşin, aksi tabiatı günden güne daha titizleşiyordu.

Rıza Bey Lâmia'yı çatkın ve soğuk bir çehre ile kabul etti. Karısı Huriye Hanım'ın ise Şükrü Bey'in mektubu geldiği günden beri çenesini bıçak açmıyordu.

On altı yaşında felaketlerin en fena ve reziline uğrayan bu kız kim bilir ne ahlaksız ve düzenbaz bir İzmir aşüftesiydi. Sade başlarına ağır, mesuliyetli bir yük almakla kalmayacaklardı. Belki melek gibi masum, inci gibi temiz kızlarının ahlakını bozacaktı.

Sonra uzun müddet hakikati saklamak kabil olmayacaktı. Bu işler kırmızı gömleğe benzerdi. Er geç, ya kolundan yahut yakasından görünecektir.

Lâmia'nın soyunmasına, çarşafını başından atmasına meydan vermediler. Karı koca onu karşılarına alarak nasihatler vermeye, gizli tehditler, imalarla dolu karışık şeyler söylemeye başladılar.

Genç kız yol yorgunluğundan ağırlaşmış başını önüne eğiyor, kirli otel odalarında uykusuz kalmış mahmur yeşil gözleri derin bir melal[116] ile titriyordu.

Karı koca, biri bırakıp biri alarak, hemen yarım saat söz söylediler. Rıza Bey fazla ileri gittiğini hissetti, bu zaruri tembihleri tatlı bir söz ile bağlamak istedi:

– İşte kızım... Bu tembihleri tutarsan inşallah salâh-i hâl kesb edersin. Sana belki akıllı uslu bir adam buluruz. Çocukların olur. Bu gelecek bedbaht da onların arasına karışır gider. Geçmiş günleri unutursun.

Lâmia'yı soyunmak için odasına gönderdikleri vakit Rıza Bey karısının yüzüne baktı, zayıf bir tereddütle:

– Bilmem ama bu kız bana pek fena görünmedi... Ne dersin? dedi.

Huriye Hanım dudaklarını büktü:

– Bilmem... Bana da öyle göründü ama anlaşılamaz ki... Dikkat ettin mi... İleride bir koca bulmaya çalışacağımızı söylediğin vakit hoşuna gitti... Gizliden gizliye gülümsemeye başladı... Hasılı kolay iş değil... Hemen Allah muînimiz[117] olsun.

*
* *

116 hüzün, üzüntü
117 yardımcı

Lâmia amcasının en büyüğü on üç yaşında olan dört oğluna pek çabuk alıştı. Birkaç gün içinde onlara iyi, şefkatli bir abla oldu. Bu halinde sevmek onun için en büyük bir ihtiyaç, en derin bir teselliydi.

Küçükler şımarıp nazlandıkça seviniyor, ne kadar onu üzerlerse o da onları o kadar çok seviyordu.

Fakat kızlarla bir türlü anlaşamamıştı. En büyükleri Mahmure yirmi üç yaşındaydı. Orta yaşlı, sarhoş bir vergi memurunun karısıydı. Kızların en açıkgözlü fakat en hafif ve havaisi o idi. Onu on ikişer ay fasıla ile doğmuş üç küçük çocuğunu annesiyle kardeşlerine taksim etmişti. İşi koca ayna karşısında mütemadiyen baş yapıp bozmak, yüzünü boyamak, akrabalarını toplayarak ud çalmak komşu komşu dolaşmaktan ibaretti.

Lâmia'nın geleceğini haber aldığı zaman içinden sevinmişti. Şükrü Bey'in mektubuna nazaran onu oynak, fettan, çapkın, bir kız sanıyordu.

Beklediği oyalı boyalı aşüfteye mukabil çok sade giyinmiş, o çok sakin mahçup, mahzun bir genç kız görünce inkisar-ı hayale uğradı.

Mamafih bundan da başka türlü istifade edebileekti. Beş aylık gebeydi. Evde çocuksuz kadın kalmamıştı. Dört ay sonra gelecek yeni yolcunun kendi başına kalmasından korkuyordu.

Bu Lâmia bu tehlikenin önünü almış oluyordu. Mahmure şimdiden kapı yapıyor, "Artık onu da sana veririm Lâmia'cığım. Seninkiyle beraber kardeş kardeş büyütürsün" diyordu. Öteki kızlardan biri tulum gibi şişman, balık gibi sessiz, mutaassıp, alık bir kız, en küçükleri ise hırçınlıktan yüzü kaşık kadar kalmış kuru, bücür, geveze, fettane bir şeydi.

V

Lâmia bedbaht değildi.

İlk günlerde hayli üzülmüş, bu yeni hayata alışıncaya kadar çok sıkıntı çekmişti. Fakat bu hal uzun sürmemiş; ümitsiz sevdasının yadigârlarıyla, kırık kalbinin parçalarıyla kendisine hazin teselliler icad etmişti. Tıpkı kırılmış oyuncaklarının parçalarıyla avunan çocuklar gibi...

Ümitsizliği bile ona başka neviden bir teselli olmuştu: "O"nu bir daha görmeyeceğine kanaati vardı. Ümidi olsa yine parmaklarında günleri saymaya başlayacak; saatler gün, günler yıl gibi uzayacak, kararsızlıklar içinde isteyecek, bekleyecek, perişan olacaktı.

Fakat "O" bir daha mezarlarından dönmesine imkân olmayan ölüler gibiydi.

Ölüler nasıl hazin, sakin, ümitsiz, mütevekkil bir tevekkül[118] bir perestişle[119] sevilirse bu genç kız da "O"nu öyle seviyordu. Ölülerden görülen fenalık nasıl unutulursa o da "O"nu öyle affediyordu.

İçinden ona darılmak şöyle dursun bilakis hicranları bile vardı. "O" köşkte hasta yatarken nasıl İzmir'e inmeye gönlü razı olmuştu? Küçük bir boğaz rahatsızlığı için neden onu

118 *Allah'a bırakma*
119 *tapınma*

iki gece bekletmişti? Ayrıldıkları gece niçin o kadar ağlayarak "O"nu mahzun bırakmıştı? Bunlar buna benzer küçük vak'alar yüreğine dert olup kalıyordu.

"O"nun için gözüne aldığı fedakârlıklar da bir ayrı tesellisi idi. Bir ıstıraba, bir hakarete uğradığı vakit içinden "bu acıyı da onun için çekiyorum" diye düşünüyor, bu yeni dert ona gizli ve hazin bir saadet oluyordu.

Büyük amcasının evi, haraba yüz tutmuş eski, ahşap bir bina idi. En üst katta ona minimini bir oda vermişlerdi.

Lâmia, bütün gayretini kalabalık evin içinde kendisini unutturmaya sarf etmişti. Sokağa çıkmak istemiyor, misafirlerden çekiniyor, ev işlerinden, küçüklerin gailelerinden kurtulduğu vakit mini mini odaya kaçıyordu.

Pencerelerden birinde daima sisli ve karlı bir ova parçası görünüyordu. Bu manzaranın bütün süsü uzakta göz alabildiğine uzanıp giden telgraf direkleriyle ara sıra geçen trenlerden ibaretti. Lâmia yeniden tentenelerine başlamıştı. Bu ince el işleri ruhu gibi günden güne narinleşiyor; hazin, ümitsiz sevdası kırık ümitlerini bir lisan açıklığıyla söylüyordu. Bir ay ışığı vurmuş gibi beyaz yolların kenarlarına nadide masal çiçekleri dökülüyor, yine oymalı çardaklardan üzüm salkımları sarkıyor, ağaç tepelerine doğmuş ayların fanusu etrafında pervaneler, uzun kanatlı gece böcekleri titreşiyordu.

Günler geçtikçe içinde başka bir sevinç daha uyanmaya başlamıştı. Doğacak bebek "O"nun yadigârıydı. Bu sırrı kimse bilmeyecek, belki kendisinin bile haberi olmayacaktı. Bu mutlaka mavi gözlü, esmer renkli bir erkek çocuk olacaktı. Bütün ömrünü onun saadetine vakf etmeye karar vermişti.

Bu çocuk her sene biraz daha büyüyecek, biraz daha "O"na benzeyecek, "O"nun mavi gözleri, asabi yüzü, renkli dudaklarının içinde beyaz dişleri yavaş yavaş açılacaktı. Küçük yaşında onu kemana başlatacaktı. Yirmi yaşına geldiği vakit mutlaka o da babası gibi bir büyük sanatkâr olacak, daima "O"nun parçalarını çalacaktı.

Lâmia işini dizlerinin üstüne, kollarını yanına bırakıyor; gözlerini yumuyor; bu mavi gözlü, güzel, bembeyaz dişli esmer delikanlıyı görüyor, kemanının sesini işitmeye başlıyordu.

O vakit kendi saçları bembeyaz olacaktı. Bilmiyor gibi görünerek bu güzel parçaları kimin bestelediğini soracaktı. Oğlu kim olduğunu bilmediği büyük sanatkârdan hürmet ve perestişle bahsedecek, böylece ana oğul daima "O"nu konuşmuş olacaklardı.

*
* *

Lâmia seviyordu.

Bu gizli ateş için için yanıyor, genç kızın ince, nazlı yüzü tâ ruhunun derinliklerinden gelen bir başka güzellikle aydınlanıyordu.

İlk zamanlardaki dalgın, yorgun halleri geçmişti. Bazen onun yüksek sesle güldüğünü bile işitiyorlardı. Sabahleyin odasındaki küçük aynasının karşısında sarı saçlarını düzeltiyor, hatta bazen süsleniyor. Uzun uzun kendisini seyrediyordu. Odada trenlerin dumanlarını fark ettikçe içinde bir garip heyecan uyanıyordu. "O"ndan mektup, haber gelmeyeceğini biliyordu.

Bir oyuncak daha icat etmişti. Bazı geceler yatmadan ona mektuplar yazıyordu. Beklenilen mektuplar nasıl gelmeyecekse bunlar da öyle gitmeyecek, sandığın bir köşesinde kalacaktı.

Ekseriya birkaç satırdan ibaret kalan bu mektuplar bazen uzuyor, Lâmia farkında olmadan bütün kalbini, bütün yaralarını söylemiş oluyordu.

Bu mektuplarda "O"nun ismini yazmaya cesaret edemiyordu. Bir gece kaleminden hemen hemen gayriihtiyarı bir "çocuğumuz" sözü düştü. Büyük bir ayıp yapmış gibi kızardı, ellerini yüzüne kapadı, devam etmeye cesaret edemedi. Fakat bu onun için yeni keşfedilmiş bir saadetti. Yazılarında gittikçe daha samimileşiyor, hâlâ ismini yazmaya cesaret edemediği halde "zevcim" "sevgilim benim" gibi saf hitabelerde bulunuyordu. Lâmia bedbaht değildi.

VI

Rıza Bey, bu ağır tabiatlı, sessiz, nazlı ve mahzun genç kıza evvela acımaya sonra onu yavaş yavaş sevmeye başlamıştı.

Ara sıra karısına ondan bahsediyor. "Zavallı çocuk... Belli ki safvetini, cehaletini suistimal etmişler... Herhalde bu felakete ahlaksızlığı sebebiyle uğramamış" diyordu.

Huriye Hanım Lâmia'yı umduğundan daha çok haluk[120], sakin ve çalışkan bulmuştu.

120 temiz ahlaklı

Böyle olduğu halde bir türlü ona ısınamamış, onun namuslu bir kız olduğuna hâlâ içi inanmamıştı. Rıza Bey'in Lâmia'dan bu kadar emniyet ve muhabbetle bahsetmesini hoş görmüyor "birdenbire inanıverme efendi... Belki sinsinin biridir... Ben ne uyur yılanlar bilirim ki fırsat gözlerler... Sakın yüz vermeye falan kalkma ha" diye cevap veriyordu.

Lâmia'ya fena muamele etmiyordu. Ev işlerine kızlarından ziyade yardımı dokunan, dört çocuğuna dadılardan çok emeği geçen bu genç kızdan şikâyeti yoktu. Fakat her vesile ile ona acı nasihatler vermeyi vazife addediyordu:

– Erkek misafir geldiği zaman eteğinin ucunu göstermeyeceksin ha... Senin adın dul... Olur ki akıllarına bir şey gelir.

– Ha bak iyi ki aklıma geldi... Dün Fatma Hanım'ın kızıyla bir köşede gizli gizli konuşuyordun... Kadın ters ters baktı... Tuhaf bir kadındır... Kızına fena şeyler öğretiyorsun sanır...

– Hasibe Molla, dün kapıdan çıkarken sana bir şeyler söyledi... Günahı üstüne o kadın için pek sağlam ayakkabı değildir derler... Ayağını denk al...

– Kuzum o çapkın tabur katibi neye sık sık kapımızın önünden geçiyor. Sakın pencereden falan seni görmüş olmasın...

– Lâmia kızım misafirliğe gittiğimiz vakit sen bir daha benim oturduğum odada otur... Onların hepsi kız oğlan kız... Gülerler, oynarlar, türlü münasebetsizlik ederler... Sonra senin üstüne kalır... Ne kadar olsa senin adın büyük...

Bir gün daha mühim bir vak'a oldu. Aksi bir tesüdüf, Lâmia'nın her akşam "O"na yazdığı mektuplardan birini Huriye Hanım eline geçirmişti.

İhtiyar kadın günlerce onu istintak etti: Bu mektup mutlaka komşulardan birine gidecekti. Mektup gönderilmek için yazılırdı. Bir insan deli olmalıydı ki durup dururken mektup yazsın. Bu adamın kim olduğunu söylemezse işi kocasına söylemeye mecbur olacaktı. Dayısı duyarsa kimbilir ona ne ağır muamele edecekti.

Lâmia'nın ağlayarak, yeminler ederek verdiği teminat bir türlü Huriye Hanım'ı inandıramayacaktı. En sonra hakikati söylemeye mecbur kaldı:

"Bazı geceler uykum kaçıyordu, bir daha yüzünü görmeyeceğim o yabancıya bunları yazıyorum... Ne yapayım yenge... Böylelikle kendimi avutuyorum... Az felakete mi uğradım." Bu haksız şüphe onun kalbinin, insanlığının en nazik yerinden yaralamıştı. Günlerce gizli gizli ağladı. Sonra bu acıyı da "O"nun için çektiğini düşündü. Sükûnet buldu.

VII

Karşılarındaki yeni tamir edilmiş eve kiracılar taşınıyordu. Huriye Hanım ile kızlarına o gün güzel bir eğlence çıkmıştı. Kapının önünde yük arabaları durdukça kafese üşüşüyorlar, birbirlerini itip kakarak âdeta haykırışıyorlardı:

– Amanın şunların sandıklarına bakın... Bunlar boyanmış gaz sandığı ayol...

– Şunlar da perde olacak... İnsan bunları tahta bezi diye kullanmaz...

– Ay bunlar nasıl tencere bunlar... Vallahi lazımlık sandım...

– Hele şu yatakların kirliliğine bakın... İçinde köpek yatmaz...

– Efendinin hırkasına süpürgeleri sarmışlar... Ne pis insanlar bunlar...

Lâmia odanın bir köşesinde dikiş dikiyor, ara sıra ayağının ucu ile küçüklerden birinin beşiğini sallıyordu.

Mahmure büyük bir sigara tablasını dolduran fındık kabuklarından birini Lâmia'nın başına attı. (Bazen onu dalgın gördükçe öteberi atarak ürkütmeyi âdet etmişti.)

– Ayol ne ölmeşik tazesin, dedi, keşişler gibi dünyaya mı küstün nedir? Azıcık pencere önüne gelsene... Yeni komşularımızı hiç mi merak etmiyorsun?

Eşyalar bitmiş, sıra yeni kiracıların kendilerine gelmişti.

– Şu tazenin kurumuna bakın... Pek şıllık bir şeye benziyor...

– İpek çarşaf güzel ama altında kara mutfak donu yoksa ben bir şey bilmiyorum...

– Zavallı kocakarıcığım eline kendinden ağır bir asma saat vermişler...

– Babalarının kıyafetine bakın... Cami önündeki topal dilenci on kat daha temiz...

– Aman zabitin gözlerine bakın... Lokma gibi... İnsan gece rüyasında görse korkar...

Mahmure'nin ısrarı üzerine Lâmia dikişini bırakmış, istemeye istemeye pencerenin önüne gelmişti.

Zabiti görünce hayretle "A" dedi. İki ay evvel trende tesadüf ettiği ihtiyar binbaşı idi. Tam bu esnada üst kattaki perdesiz odalardan birinde bir gramofon başlamıştı.

Lâmia başını kaldırınca binbaşının tombalak kızını gördü. Makbule kırıta kırıta oynuyor, bir yandan duvara dayanmış bir büyük aynadan kendini seyrediyordu.

Mahmure kahkahalarla gülerek: "Aman pek hoşuma gitti... Şenlikli bir şeye benziyorlar... Yarın inşallah safa geldine gidelim..." dedi.

*
* *

Yeni komşular hakikaten şenlikli ferah insanlardı. Nakil ve yerleşme yorgunluklarına rağmen o akşam birçok gülüştüler, gürültü ettiler. Perde yerine pencerelere iliştirivermiş yatak çarşafları üzerinde dağınık saçlı kadın gölgeleri boğuşuyor, birbirini kovalıyordu.

Her akşam yatsı namazını kılar kılmaz hemen uykuya yatan Huriye Hanım o gece pencereden ayrılmıyor: "Pek eğlendim vallahi, karagöze gitmiş gibi oldum" diyordu.

Bir aralık yine gramofona başladılar, "Konyalı", "Aman Adanalı" türkülerini üst üste belki yirmi defa çaldılar.

Rıza Bey ailesi iki gün içinde yeni komşularla canciğer ahbap oldu.

Lâmia binbaşının trendeki muamelesini unutmamıştı. Yeni komşulara gitmiyor, onlar geldiği vakit yorgunluk yahut iş bahane ederek odasına kapanıyordu. Makbule Lâmia'nın niçin çekindiğini anlamıştı.

Naciye Teyzesiyle beraber Mahmure'ye misafir geldiği bir gün onun odasına çıktı, hiç mukaddemeye lüzum görmeden:

– Niçin benden kaçtığını anlıyorum, dedi, beybabamdan çekiniyorsun değil mi? Vallahi ondan izin aldım... Bak hem benim bir ayım kaldı... Sonra İzmir'e gideceğim...

Lâmia kızarıyor tereddüt ediyor, verecek cevap bulamıyordu.

Karşısındaki ile boğuşmadan beş dakika konuşamayan tombalak Makbule onu kollarının arasına aldı, tuhaf bir teklifsizlikle gülerek yanağını öperek onu sarsmaya, tehdit etmeye başladı. Nazlanırsan bildiklerimi söylerim... Karışmam ha, diyordu.

Lâmia bu saf, şen ve delişmen kızla ahbap oldu. Mahmure ile beraber ara sıra ona gidip gelmeye başladı. Hatta bir defa taşlıkta ihtiyar binbaşıya tesadüf etti. Kaçmak istedi. Makbule azizlik etti, onu eteğinden tutarak zorla babasının elini öptürdü.

Makbule'nin en büyük zevki gramofon çalarak kantolar, köçek havaları oynamaktı.

Bazen Mahmure de ona uyuyor, aynı havayı tekrar tekrar çalarak karşı karşıya oynuyorlardı.

VIII

Bir gün Mahmure dolapta tozlu bir plak kutusu gördü:

– Bunları niye hiç çalmıyoruz? diye sordu.

Makbule "onlar bir şeye yaramaz, dedi, babam ucuz bulmuş da almış... Kimisi kırık, kimisi biçimsiz şeyler..."

Mahmure onları merak etmişti. Bir bez parçasıyla tozlarını siliyor, birer birer gramofona koyuyordu.

Plaklar hakikaten bozuktu. Kimisinden karışık, sızıntılı hafif bir inilti geliyor, kimisi düzgün bir orkestra parçasıyla başlarken birdenbire sesi değişiyor, boğazlanan hayvanlar gibi kulak yırtıcı meşum bir sesle haykırmaya başlıyordu.

Mahmure her plağı üç beş kere döndürdükten sonra durduruyor, yerine bir başkasını koyuyordu.

Bir tanesinden rüyada işitilmiş sesler kadar hafif, eski bir hâtıra kadar bulanık ince bir keman sesi gelmeye başlamıştı.

Mahmure o plağı da durdurmaya hazırlanıyordu. Bir el birdenbire bileğini yakaladı:

– Onu bırak Abla...

Mahmure, başını çevirince Lâmia'yı gördü. Genç kızın çehresi birdenbire değişmişti. Gramofonun borusundan sert, soğuk bir dağ rüzgârı eser gibi bütün vücudu titriyor; rengi soluyor, gözleri kapanıyor, sarı ince saçları alnına dökülüyordu.

Mahmure gramofonu unutmuştu. Onun buz gibi soğuyan bileklerini tutarak "Ne oluyorsun Lâmia?" diyordu.

Lâmia "hiçbir şey yok... Hiçbir şey yok" diye kendini toplamaya çalışıyor, başını öte tarafa çeviriyordu. Yüzü telâşla onu kolları arasına almak isteyen Makbule'nin omuzuna düşmüştü. Daha ziyade dayanamadı, başını arkadaşının omuzuna bırakarak için için ağlamaya başladı.

Unutulan plak hâlâ dönüyor, genç kızın iki yaz evvel başını "O"nun piyanosuna dayayarak dinlediği parçayı tekrar ediyor, o müebbeden sönmüş yaz ve mehtap rüyasını, bu eski hatıralar kadar silik, rüyada duyulmuş sesler gibi hafif keman sesiyle tekrar uyandırıyordu.

Bu bozuk, silik gramofon plağı, Lâmia için umulmaz bir saadet oldu. Makbule'ye gideceği günleri sabırsızlıkla bekliyor, aynanın karşısında özene bezene süsleniyor, bir sevda mülâkatına gider gibi kalbi derin heyecanlarla titriyordu.

O sene Kütahya'da şiddetli bir kış vardı. Hava daima kapalı ve bulanıktı. Dışarda kâh uzun yağmurlar yağıyor, kâh fırtınalar inildiyor, bazen pencerelerin kafesleri karla vuruluyordu.

Plak dönmeye, kemanın mezarların ötesindeki başka dünyalardan gelir gibi uzak ve rüyalı sesi inlemeye başlayınca yağmur diniyor, rüzgâr susuyor, penceredeki karlar dökülüyor, odada ılık bir yaz havası esmeye başlıyordu. Lâmia solgun ince yüzünü avuçları içine alıyor, yarı kapalı yeşil gözlerine Bozyaka'nın kurşunî mehtaplarını, beyaz seherlerini, oymalı çardaklarından elenen yaldızlı güneşleri doluyordu.

Kerem yine çitlembiklerin altında ağır ağır dönüyor, Kuzgun yine ihtiyar başını eteklerine sürüyor, vücudu yine yavaş yavaş "O"nun kollarına düşüyordu. Genç kız yorgun bir istiğrak içinde kendini bu kollara terk ediyor, başını "O"nun göğsüne bırakıyor, küçük elleriyle omuzlarına sarılıyordu.

Böylece "O"nun kucağında, mehtabın beyaz hayaletlerle doldurduğu çam korularında dolaşıyor, akar suların üstünden geçiyor, Çobanyıldızı doğarken etrafı çalılarla örtülü ince yollardan dönüyordu.

Gözlerinde "O"nun mavi gözlerinin zehri, dudaklarında "O"nun busesinin ateşiyle bu uykudan uyandığı vakit vücudu bir sevda ve ihtiras mücadelesinden kurtulmuş gibi yorgun, üzgün bulunuyordu, fakat ruhu rüyada annesini görmüş bir öksüz gibi mesuttu.

Bu saadet, bahara kadar devam etti. Havaların ısınmaya çiçeklerin açmaya başladığı günlerden birinde büyük bir felaket oldu. Afacan bir çocuk kaza ile plağı yere düşürüp kırdı. "Zaten iyi değildi... Ehemmiyeti yok.. Canı sağolsun" dediler.

Lâmia bir şey söylemedi, fakat ölü gibi sarardı. Bu kırılan kendi kalbiydi. "O"nu artık büsbütün kaybetmiş oluyordu.

IX

Nisan girmişti. Bir akşam aşağı sofada yemek yiyorlardı. Mahmure'nin kocası Rasih Efendi birdenbire yumruğunu masaya vurdu:

– Artık bu kadarına tahammül edilmez... Bu külhanbeyleri başımı belâya sokacaklar, diye bağırdı.

Yüzü kızarıyor, şakaklarının damarları fırlıyordu. Çocuklar korkmuş, kadınlar şaşırmıştı.

Rıza Bey kaşlarını çatarak sordu:

– Ne var, ne oluyor?

Rasih kayınbabasından çekinir, ona daima hürmetle söz söylerdi. Buna rağmen asabiyetle:

– Ne olacak... Duymuyor musunuz söyledikleri türküyü? dedi, ben mutlaka bir rezalet çıkaracağım...

Birkaç dakika evvel birkaç delikanlı piyasadaki türkülerden birini söyleyerek sokaktan geçmişlerdi.

Mahmure kocasını yine bir huysuzluk çıkarmak için vesile arıyor zannetti. "Sana ne... Herkes türkü söylemek için senden izin alacak değil ya... Hem bunda ne fenalık var?" diye söylenmeye başladı.

Rasih hiddetle: "Sen sus, dedi, bilmediğin şeye karışma... Elbet bir sebep var ki kızıyorum."

Rıza Bey tekrar sordu:

– Ne var Rasih... Fena bir şey mi söylüyorlar...

Rasih başıyla kadınları ve çocukları gösterdi:

– Fazla söylemem kayınpeder; dedi, bir daha geçtikleri zaman söyledikleri türküye dikkat edersiniz... Şimdiye kadar kimsenin farkında olmadığına hayret ediyorum.

Havlusunu hiddetle sofranın üstüne atarak dışarı çıktı.

Lâmia, Rasih Efendi'nin bu sözleri söylerken tuhaf bir nazarla kendisine baktığını fark etmişti. Kimseye bir şey söylemedi. Fakat kalbine bir şüphe girmişti. Sarhoşu bu kadar kızdıran türkünün mutlaka kendisiyle bir alâkası vardı. Genç kız ertesi gün türküyü on üç on dört yaşlarındaki iki çocuğun ağzından işitti:

"Kolcu başının sırtındadır abası
Küçük hanımın karnındadır dâdâsı
Kolcu başı bu çocuğun babası
Aman küçük hanım nasıl kıydın zabite
Şanlı zabit benzer miydi o ite."

*
* *

Huriye Hanım'ın dediği gibi "al gömlek"i nihayet meydana çıkmıştı. Kütahya Rıza Bey'e İzmir'den misafir gelen taze dulun hikâyesini çoktan öğrenmişti. Gizli bir dedikodu halinde aylardan beri dillerde dolaşan bu vak'a nihayet bu adi ayaktakımı türküsüyle açığa vurmuş oluyordu.

Bu vak'asız hayatsız küçük şehrin masal ihtiyacı vak'ayı günden güne telleyip pulluyor onu pür heyecan bir sergüzeşt romanı şekline sokuyordu.

Genç kızın dışarı çıkmaması şehre büsbütün merak olmuştu. En umulmayacak kimseler sokaktan geçerken pencerelere bakıyorlar, seyir yerlerinde onu araştırıyorlardı.

Lâmia'ya evde herkes dargın gibiydi. Rıza Bey artık onun yüzüne bakmaktan çekiniyor, Huriye Hanım daima yeni mânalı acı sözler söylüyor, Mahmure bile ona karşı soğuk durmaya başlıyordu.

Hele Rasih Efendi'nin titizliği günden güne artıyordu. İlk geldiği zaman Lâmia'ya en tatlı muamele eden o idi; şimdi ona anlaşılmaz bir asabiyet ve nefretle söz söylüyor, bazen kaba imalardan bile çekinmiyordu.

Yalnız Makbule ona sadık kalmıştı. O şimdi babasıyla beraber ayrı bir evde oturuyordu. Binbaşı İzmir'e döneceği vakit Mamuratü'l-Aziz'e[121] tayin edildiğine dair bir emir almış, bunun üzerine canı sıkılarak tekaüdünü istidâ etmişti.

Lâmia bir şeye hayret ediyordu. Kemal Bey dört beş ay evvel kızının kendisiyle bir vagonda yol arkadaşlığı etmesine razı olmamıştı. Halbuki şimdi onların birbirlerine gelip gitmelerini hoş görüyor, hatta Lâmia'ya tesadüf ettikçe gönlünü alıyor, bir baba şefkatiyle tatlı sözler söylüyordu.

Uğradığı fena muamelelerle, hayatının ve gönlünün melûl yalnızlığına karşı genç kızın iki zayıf tesellisi kalmıştı:

---

121 Malatya

Makbule'nin arkadaşlığı... Sonra geceleri odasına kapanarak "O"na yazdığı mektuplar...

Şimdi hep "sevgilim" diye başladığı bu saf mektuplar günden güne ince, hassas bir samimiyet alıyor, Lâmia günün bütün acılarını, bütün şikâyetlerini ona söylüyordu. Sonra bu hazin şeylerle onu üzmüş olmaktan korkar gibi mektubunu daima bir teselli sözüyle bitiriyordu: "Bunların ne ziyanı var... Mademki beni aylarca kemanının güzel sesleriyle uyutup uyandırdın... Mademki birçok geceler beni mehtaplarda gezdirdin... Mademki çok yakın bir zamanda senin canlı bir yadigârını kollarımda taşıyacağım... Bu acıların ne ehemmiyeti var" diyordu. Mektuplarına daima "Senin Kınalı Yapıncak'ın" diye imza atıyordu.

*
* *

Mayıs sonuna doğru bir akşam Lâmia "O"na şu mektubu yazdı:

"Bir haftadan beri sana mektup yazmadım. Çok hastaydım. Hep ölüm tehlikeleri geçirdim. Sonra bu bir hafta içinde beni hiç yalnız bırakmadılar. Odamda yatan ihtiyar bir komşu hanım biraz evvel uyudu. Sürüne sürüne lâmbanın yanına kadar gittim... Sana bu birkaç satırı karalıyorum. "Mebrure" yüzünde mavi yemenisiyle yatağımda uyuyor. Mebrure'nin kim olduğunu anladın değil mi? Ben sana benzeyen bir erkek çocuk bekliyordum. Senin ismini vermek için bahaneler hazırlamıştım, ümidim boşa gitti. Mebrure'yi pek o kadar sevmiyorum. Fakat çok acıyorum. Zayıf, küçük, böcek gibi bir bebek..."

X

Bir gece Rasih Efendi mutâdi hilafına eve geç geldi. Kendini bilmeyecek derecede sarhoştu. Sokaklarda düşmüş, fesini kaybetmiş üstü başı toz toprak içinde kalmıştı.

Anlaşılmaz bir azgınlığı vardı. Avlunun taşları üstüne boylu boyuna uzanarak köpek gibi uluyor, "Ben bittim, mahvoldum. Bu ev bana haram olsun. Kayınpederi çağırın. Ona iki çift sözüm var" diye bağırıp çağırıyordu.

Rıza Bey söylene söylene odasına çekilmişti. Böyle coşkun taşkın zamanlarda damadıyla karşılaşmak istemez, büsbütün yüzgöz olmaktan korkardı.

Huriye Hanım ile Mahmure birçok uğraştıktan sora onu sürükleye sürükleye odasına çıkardılar.

Lâmia onun orta kattaki odasında yarım saat kadar bağırdığını, karısına anlaşılmaz bir şeyler söylediğini hatta bir aralık ağladığını işitti. Sonra yavaş yavaş sesler kesildi, eve derin bir sükût çöktü.

Lâmia henüz lâmbasını söndürmüş, yatağına girmişti. Kulağına merdivenlerden hafif bir terlik sesi geldi. Biraz sonra kapısı açıldı, Mahmure elinde bir mumla içeri girdi. Genç kadının saçı başı dağılmış, yüzünde bir damla kan kalmamıştı. Lâmia hemen yatağından fırladı: "Ne var... Ne oldun?" diye sordu.

Mahmure elinde mum ile kapının yanına çömeldi. Bütün vücudu titriyor, dişleri birbirine çarpıyordu.

Lâmia tekrar sordu:

– Ne oluyorsun... Sana bir şey mi yaptı?

O büyük bir zahmetle “bittim... Evim barkım yıkıldı” diyebildi, sonra yüzünü Lâmia’nın yatağına kapatarak hıçkırmaya başladı.

Lâmia yeniden lâmbasını yaktı. Mahmure’nin çıplak omuzlarını bir yün atkı ile örterek onu mindere oturttu.

Bu, korku, yeis ve hiddetle karışık bir sinir ağlamasıydı. Biraz sonra kendine geldi. Kesik kesik anlatmaya başladı:

– Lâmia’cığım senden hiçbir şey saklamayacağım... Ben birkaç aydan beri bir jandarma çavuşunu seviyorum. Hani ara sıra sokaktan geçen uzun boylu, kıvırcık saçlı, çakır gözlü çavuş... Benden evvel de Hanife Molla’nın gelini sevmişti... Beni ayıplamazsın değil mi? Senin de başına geldi... İnsan gönlüne hükmedebilir mi? Bir cahilliktir oldu. Evvelâ birbirimize uzaktan işaret ediyorduk... Nihayet bir gün ben onun annesinin evine uğradım... Aksi kocakarının hamama gideceği tutmuş... Çavuşum evde yalnızmış... Beni zorla elimden tutup içeri çekti... Düşün, bıçaklı tüfekli koca eşkıyaları tutup hapse sokan aslan gibi bir jandarma çavuşu... Benim gibi zayıf bir kadın ona karşı ne yapsın?

O günden sonra sık sık birbirimizi görmeye başladık. Ben gece yarısı usulcacık bahçeye iniyor, bahçe kapısında onu bekliyordum... O dışarıda ben içerde beş on dakika konuşuyorduk... Tehlikeli bir şey ama çavuşumla görüşmek için başka çare yoktu... Nihayet evvelsi gece çavuşumun yine aksilik damarı tuttu, kapıyı itti, zorla içeri girdi. Dev gibi erkeğe karşı ben ne yapabilirdim? Öyle değil mi? Beş on dakika sonra çavuşum dışarı çıkarken Ebe Adile Hanım’ın oğlu Memduh ile burun buruna gelmesin mi? Ne hale girdiğimi sen düşün... Ben de hemen yarı yarıya sokağa çıkmıştım. Ellerimi yüzüme kapayıp içeriye kaçtım... Bu akşam bizimki Memduh ile beraber meyhanede imiş... İnsafsız çapkın kocama her şeyi haber vermiş... Evim barkım yıkıldı, bir paralık oldum...

Hikâyeyi anlatırken biraz sükûn bulan Mahmure yeniden ağlamaya hazırlanıyordu. Lâmia heyecan ile sordu:

– Söylediğini nereden haber aldın?

– Bu gece o kadar çok içmesinin sebebi bu... Sonra sarhoşlukla ağzından bazı sözler kaçırdı... "Bak sana ne oyunlar oynayacağım... Hele bir sabah olsun" dedi.

– Belki başka bir şeye kızmıştır...

– Hayır Lâmia... Kocam her şeyi biliyor... Daha başka şeyler de söyledi: "O bahçe kapısı önünde senin canını çıkaracağım" diye boğazıma sarılmak istedi. Kendimi zor kurtardım. Bereket versin sarhoş. Kıpırdanacak hali yoktu... Yarın Rasih beni boşayacak...

Çavuşum filân gibi yakışıklı adam değil ama onda da gözüm var... İlk gördüğüm erkek o oldu... Bu kadar sene bir yastığa baş koyduk... Bundan başka çocuklarım da var... Ya hele o rezalet... Babam mutlaka beni öldürür...

Lâmia çok müteessir olmuştu. Onunla beraber ağlamamak için kendini zor zaptediyor: "Ah Mahmure neye böyle çocukluk ettin..." diyordu.

Genç kadın, teessürüne, göz yaşlarına rağmen hafifçe gülümsemekten kendini alamadı:

"A kardeş halden bilmez gibi söyleme... Sen neye nişanlının üstüne kolcubaşıyı sevdin... Gönül bu... Söz anlar mı?" dedi. Lâmia mahzun mahzun önüne baktı, cevap vermedi.

Mahmure'nin gizli bir maksadı vardı. Ara sıra göz ucuyla Lâmia'ya bakıyor, söze nereden başlayacağını bilemiyordu.

"Allah rahatlık versin Lâmia... Ben gidiyorum" dedi. Sonra sesinde yalancı bir ihtizâz ile ilâve etti: "Gel seni bir kere öpeyim... Belki artık birbirimizi görmeyiz... Hakkını helâl et Lâmia'cığım!.."

Genç kız hayretle gözlerini kaldırdı:

– Niçin... Ne oluyor... Kocanın sana bir... Fenalık etmesinden mi korkuyorsun?

– Hayır Lâmia'cığım... Onun için değil... Allahaısmarladık Lâmia...

– O halde ne var?

– Daha fazla söyleyemem. Allahaısmarladık. Artık hayat bana haram oldu...

Mahmure kapıya doğru yürümüştü. Gideceği vakit bir kere daha döndü. Sesinde yine o yalancı ihtizâz ile:

– Anneme, kardeşlerime söyle... Çocuklarıma iyi baksınlar, dedi.

Lâmia birdenbire onu bileklerinden yakaladı, zorla elinden mumunu aldı:

– Senin fena bir fikrin var Mahmure... Bana söylemiyorsun... Dünyada bırakmam... Ne yapacaksın...

Genç kadın onu böyle müteessir gördüğüne memnundu. Israrlarına mukavemet edemiyor gibi:

– Söylemek istemiyordum ama mademki bu kadar üstüme varıyorsun... Peki... dedi, ben kendimi öldüreceğim... Bu lekeyi ölümden başka bir şey temizlemez... Şimdi kendimi kuyuya atacağım...

Lâmia hafif bir feryat kopardı, titreyen kollarıyla onun boynuna sarılarak yalvarmaya başladı:

– Allah aşkına bu fikrinden vazgeç Mahmure Abla... Ben de senin gibi kendimi öldürmek istedim... Olmadı... Şimdi vazgeçtiğime pişman değilim... Allah tesellisini veriyor... Hem belki kocan her şeyi bilmiyor... Kendine değilse dört çocuğuna acı...

– Hayır Lâmia'cığım... Bu rezalet başka türlü temizlenmez... Bırak beni... Ölmek daha iyi... En küçük çocuğumu sen al... Mebrure ile beraber büyütürsün...

Lâmia, yeisinden, heyecanından ağlamaya başlamıştı:

– Yapma Mahmure Abla... Belki bir çare buluruz... Rasih Bey'i kandırırız...

Mahmure saf amcazadesinin bu dakikasını ve bu sözünü bekliyordu. Meyûsane omuzlarını silkti:

– Kocamı kandırmak için bir çare var ama o da imkânsız...

– Nedir o çare?

– Bahçe kapısında çavuşla konuşan kadının "ben" olmadığımı söylemek, ispat etmek...

– ! ! !

– Söyledim ya... Buna çare yok... Evin içinde kardeşlerimle senden başka taze yok... Kardeşlerim kızoğlan kız... Hem parmak kadar çocuklar... Sen ise zaten kendi derdin başından aşkın...

Lâmia önüne bakarak susuyor, derin derin düşünüyordu.

Mahmure:

– Gerçi bu kabahati üstüne alacak kimse için hiçbir tehlike yok. Öyle ya kocam, çavuşla konuşan kadının ben olmadığımı anlayınca tabiî memnun olacak... Baldızları yahut bir başkası için de ne kadar olsa canı sıkılır ama herhalde kimseye bir şey söylemez... Rezaleti mutlaka örtbas eder...

Lâmia yüzünü elleri içine saklamış, gözlerini kapamıştı. Ne düşündüğünü, ne duyduğunu anlamak kabil değildi.

Mahmure, endişeli bir nazarla ona baktı, sonra sesinde yine o yalancı facia ihtizâzı ile tekrar vasiyetlerine başladı:

– Lâmia'cığım annemi, kardeşlerimi teselli etmek vazifesi sana kalıyor... Ah evlâtlarım... En çok onlara acıyorum... Dört çocuk kolay değil...

Lâmia soluk yüzünü kaldırdı, yeşil gözleriyle saf bir merhamet, yorgun bir feragatle:

– Peki ablacığım... Kolcu gibi jandarma çavuşunu da ben sevmiş olacağım, dedi.

XI

Ertesi sabah Rasih Efendi bahçedeki büyük ceviz ağacının altında oturuyordu. Akşamki müfrit sinir yorgunluğu onu ezmiş, hasta etmişti. Yüzü sapsarı, gözlerinin akı kıpkırmızı kesilmiş, gözkapakları şişmiş ve morarmıştı.

Mahmure ile Lâmia biraz ötede yan yana alçak mutfak iskemlelerinde oturuyorlardı.

Rıza Bey'in küçük kızı Zübeyde, fevkalâde bir şeyler geçtiğini hissetmişti. Koku almış bir av köpeği gibi sinsi sinsi dolaşıyor, oralardan ayrılmak istemiyordu.

Mahmure onu yanına çağırdı:

– Haydi kızım... Bana yardım et... Halıları silkeceğiz, dedi. Sonra başıyla Lâmia'ya işaret ederek oradan uzaklaştı.

Rasih Efendi ara sıra kesik kesik öksürüyor, parmaklarıyla şakaklarını sıkarak "Başım çatlayacak" diyordu.

Lâmia uzun bir tereddütten sonra ayağa kalktı, titreye titreye söze başladı: "Enişte... Mahmure Abla'nın kabahati yok... Ona darılmayınız..." Geceden beri zihninde hazırladığı kelimeleri bulamıyor, gözlerinin önünde kıvılcımlar uçuyor, kulakları uğulduyordu.

Rasih hafifçe canlandı, kaşlarını çatarak:

– Öyle bir şey söyledi ama inanmıyorum, dedi.

Lâmia kesik kesik devam etti:

– İnanınız enişte... Mahmure Ablam doğru söylüyor... O gece çavuşla... Bahçe kapısında konuşan... Bendim enişte... Beyhude onun günahına girmeyiniz...

Rasih cevap vermiyor, kanlanmış gözlerinin dik, garip bir nazarıyla ona bakıyordu.

Lâmia artık cesaretlenmişti. Fedakârlığının gittikçe artan ateşiyle devam ediyordu:

– Benim gibi bir kızdan niçin umulmasın enişte... Biliyorsunuz ki geçen sene de... Öyle değil mi? Çavuşu ara sıra görüyordum... Yeter değil mi enişte... Fazla söylemeye hacet yok...

Rasih hâlâ o dik ve garip nazarla bakarak:

– Ne vakitten beri bu münasebet devam ediyor?

– Bilmem... Bir ay galiba... Belki daha ziyade...

– Ne vakte kadar devam edecek?

– Hiç... Artık bitti...

– Onu zannetmiyorum... Sen kolay kolay uslu oturacak bir kıza benzemiyorsun... Nesini sevdin o palabıyık miskin herifin... Nesini sevebildin söyle bana?..

Rasih yerinden kalkmış, Lâmia'nın ta yanına gelmişti. Biraz evvelki sönük, hasta gözleri garip bir ateşle parlamaya, yorgun yüzü canlanmaya başlıyordu. Bir hayvan hırıltısına benzeyen kısık bir sesle:

– Söyle nerelerde görüşüyordunuz... Melûn seni nasıl ele geçirdi... Demek biz eşek gibi horul horul uyurken sen onun kollarında...

Devam edemedi. Sık sık başını çevirerek aralık mutfak kapısına bakıyor, onun bileklerini yakalamak içn avuçlarını kapıyordu.

Lâmia bu garip heyecandan korkarak bir adım geri çekildi, sert bir sesle: "Enişte..." dedi.

Rasih birdenbire kendine geldi, tekrar eski yerine döndü. Fakat kendini tutamıyor, çavuş için acı, ağır şeyler söylüyordu:

– Mutlaka o aşağılık herifin gırtlağına sarılacağım... Bir daha buradan geçtiğini görürsem geberteceğim...

– Bunu yapmanız doğru olmaz enişte... Beni öldürmek mi istiyorsunuz?

Rasih acı istihfafkâr bir kahkahayla güldü:

– Ben değil... Sen beni... Yani bizi, ailemizi öldürmeye kasdetmişsin... Ayağını denk al Lâmia... Bir daha birisine baktığını, bu dudakların birisine güldüğünü hissedersem seni öldürürüm... Haydi artık orada durma... Gözüme görünme...

XII

Jandarma çavuşu davası etrafa yayılmadan örtbas edilmişti. Lâmia artık Rasih Efendi'nin yüzüne bakmaya cesaret edemiyor, bucak bucak ondan kaçıyordu. Fakat Rasih bir türlü bu meseleyi unutmuyor, hiddeti, asabiyeti günden güne eksileceğine bilâkis artıyordu. Sokakta bir ayak sesi işittiği zaman pencereye gidiyor, bazı geceler geç vakit yatağından kalkarak bahçeyi dolaşıyordu.

Lâmia'ya olan muamelesinde karar yoktu. Ekseriya onu gördüğü vakit başını çeviriyor, hiddetle kaşlarını çatıyor, söz söylerken kindar bir istihfafla dudaklarnı büküyordu.

Sözlerinde daima acı, hakaretâmîz[122] imalar vardı. Yemekte mutlaka fırsat düşürerek vicdansız, ahlâksız kadınlardan bahsediyor, böylelerini kör işkembeci bıçağıyla kesmek, taşa gömmek lâzım geldiğini söylüyordu.

Ara sıra Lâmia'yı tenha bir yerde, bahçede yahut sofada kıstırıyor: "Ben yine bir şeyler seziyorum... Sen galiba uslu oturmuyorsun" diye istintaklara başlıyordu. Lâmia bazen masumâne yeminlerle kendini müdafaa ediyor, bazen de hiddetleniyor, ağlıyordu. Rasih o vakit hemen tavrını değiştiriyor, biraz evvelki muamelesine hiç benzemeyen bir tatlılıkla onu teskine çalışıyor; böyle ağlamaması, kendisini mazur görmesi için yalvarıyordu. Hatta fazlaca sarhoş olduğu bir gece: "Halimden anlamıyorsun!" diye sakil sakil ağlamaya başlamıştı. Lâmia onun halini çoktan anlamıştı. Fakat derdini kimseye söylemiyor, geceleri gizli gizli ağlamaktan başka elinden bir şey gelmiyordu.

---

122 hakaretle karışık

Bütün ihtiyatlarına rağmen günün birinde korktuğuna uğradı. Evde çamaşır yıkanıyordu. Huriye Hanım kızlarıyla beraber mutfakta meşguldü. Lâmia bahçede yıkanmış çamaşırları seriyordu. Rasih Efendi o gün hastalığını bahane ederek evde kalmıştı. Uyuyor, uyanıyor, tekrar yatıyor, pencereleri kapıyor, sofada ıslık çalarak dolaşıyordu.

Mahmure mutfak kapısından Lâmia'ya bir tepsi uzattı:

– Kuzum kardeşim... Eniştenin yemeğini götürüverir misin? dedi.

Lâmia elinde tepsi ile yukarı çıktığı vakit Rasih minderin kenarında iskambil falı açıyordu. Onu görünce birdenbire ayağa kalktı, şaşkın bir tebessümle:

– Yemek mi getirdin, dedi. Teşekkür ederim... Teşekkür ederim... Şu masanın üstüne koyuver.

Lâmia tepsiyi bıraktıktan sonra çıkıyordu.

Rasih acele acele:

– Dur Lâmia... Sen bana yemek getirdin... Ben de sana elma vereyim... dedi.

Lâmia hafif bir tereddütle cevap verdi:

– Teşekkür ederim fakat çamaşırlar kalacak...

O ısrar ediyordu:

– Olmaz olmaz mutlaka...

Rafta duran kocaman bir elmayı soymaya başlamıştı.

– Siz zahmet etmeyin... Ben aşağıda soyarım...

– Ne zahmet olacak...

Elma birdenbire Rasih'in asabî parmaklarından fırladı, kerevetin altına yuvarlandı. Lâmia hafifçe güldü:

"Ne yapalım, kısmetim yokmuş" diye kapıya doğru yürüdü.

Rasih seri bir hareketle onun yolunu kesti, kolunu kapıya gererek:

– Niçin böyle daima benden kaçıyorsun? dedi.

Lâmia birdenbire şaşırdı:

– Ben mi kaçıyorum... Ben mi... Niçin kaçayım enişte? diye kekeledi.

Rasih onun ellerini tutmaya çalışarak:

– İnsafsız kız, dedi, halimden anlamıyor musun... Beni öldürmeye mi kastettin?

Lâmia korkudan, heyecandan bembeyaz kesilmişti. Geri geri pencereye doğru giderek:

– Enişte kendinize geliniz, dedi, ben size ne yapıyorum...

Rasih âdeta morarmıştı. Asabi parmaklarıyla kendini boğmak ister gibi ellerini boynuna götürüyor, adım adım yaklaşıyordu. Boğuk, kısık bir sesle:

– Beni öldürüyorsun... Senin için kuduruyorum... Ne olur beni de mesut et, dedi.

Lâmia'nın gözleri büyümüş, saçları ürpermişti:

– Enişte üstüme gelirseniz kendimi pencereden atarım... Kanıma girersiniz, dedi.

Rasih daha ziyade yaklaşmaya cesaret edemedi, yere yatmak, ayaklarına kapanmak ister gibi hareketler yaparak yalvarmaya başladı:

– Lâmia halime acı... Artık tahammülüm kalmadı... Ben de insanım... Ben o kolculardan, çavuşlardan aşağı adam mıyım... Merhamet et bana... Billâhi bu evde kimsenin ruhu duymaz... Sen de kadınsın... Senin de sevilmeye ihtiyacın var... Elâlemin ipsizleriyle başını derde sokacağına beni tercih et... O çavuşun seni kollarına aldığını düşündükçe aklım başımdan gidiyor... Billâhi katil olacağım...

Yüzü, gözleri korkunç bir ihtirasla yanıyor, göğsünden boğuk hırıltılar geliyordu.

Zübeyde'nin türkü söyleyerek yukarı çıkması Lâmia'yı bu müşkül mevkiden kurtardı. Rasih birdenbire odadan fırladı, halindeki perişanlığı baldızına göstermemek için yukarı kata çıktı.

XIII

O günden sonra bu evde yaşamak Lâmia için tahammül edilmez bir azap oldu. Rasih çılgın bir inatla ve ısrarla onu takip ediyor, işin meydana çıkmasından korkmuyordu.

Lâmia mümkün olduğu kadar ondan kaçıyor, geceleri çocuğuyla beraber erkenden odasına çekilerek kapıyı kilitliyordu.

Fakat bütün bu tedbirlere rağmen Rasih yine onu ara sıra yalnız görmeye muvaffak oluyordu. Bazen kandan, ölümden bahsediyor, bin türlü tehditlerle onu korkutmaya çalışıyor, zelîlâne[123] yalvarıyor, hatta ağlıyordu.

Lâmia da bir gün ona yalvarmış, evlerine sığınmış bir biçarenin bu kadar üstüne düşmek günah olduğunu söylemişti.

Fakat Rasih'e söz anlatmak mümkün değildi: "Kolcuyu çavuşu istedin de beni niye istemiyorsun... Onlara var da bana niye yok" diye kuduruyordu.

---

123 alçalarak, alçakça

Lâmia bazen Huriye Hanım'a halini anlatmayı düşünüyor. Fakat buna cesaret edemiyordu.

Evdekiler duyarlarsa en ziyade kendisini ayıplayacaklar zannediyordu.

Hele Mahmure'ye karşı adeta vicdan azabı duyuyor, o bir şey sezecek diye yüreği titriyordu.

Nihayet bir akşam daha fena bir vak'a oldu. Onu merdiven aralığında sıkıştırmaya muvaffak olan Rasih kudurmuş bir hayvan gibi üstüne saldırdı, zorla kucağına almak, öpmek istiyordu.

Lâmia bin müşkülât ile kendini kurtardı. Entarisinin kolu baştan başa yırtılmış, saçlarına takılan küpesi kulağını kanatmıştı.

*
* *

– Yenge size bir şey söyleyeceğim...

Huriye Hanım elindeki süpürgeyi pencerenin kenarına vurarak tozunu silkti, sonra ellerini beline dayadı:

– Söyle kızım...

Lâmia küçük bir tereddütten sonra, önüne bakarak:

– Beni geçenlerde bir telgraf memuru için istediklerini söylemiştiniz... Hatta iyi bir adam diyordunuz...

Huriye Hanım dikkatle ona bakıyordu.

– Evet kızım... İyi ama yaşlı ellilik bir adam... Sonra üç tane çocuğu da var... Biliyorsun ya ben zaten pek razı gelmiyorum...

Lâmia kapıya dayanmıştı. Görünen bulut kümelerine bakarak zayıf bir sesle:

– Yaşlı olduğu daha iyi yenge... Eğer o bey hâlâ beni istiyorsa ben razı oluyorum...

Huriye Hanım birdenbire şaşırmıştı:

– Aman Lâmia bu ne tuhaf şey kızım, dedi, ilk söylediğimiz zaman istemedin, hatta ağlamaya başladın... Bence Muhlis Efendi eli ekmekli adam... Burma bıyıklı delikanlılardan iyi ama senin de üstüne varmak istemedik... Öyle ya geçinecek sensin... Nemize lâzım... Biz... Belki fakir olsun da genç olsun, dersin diye düşündük...

– Ben Muhlis Efendi'yi asıl yaşlı bir adam olduğu için istiyorum yenge... O vakitten sonra çok düşündüm... Benim gibi biçare bir kadın genç kocayı ne yapacak... Ben, onun çocuklarına elimden geldiği kadar bakarım... Eğer o da Mebrure'yi kendi evlâtlarından ayırdetmeyeceğini vaat ederse... Söz veriniz olsun bitsin...

Huriye Hanım, tereddüt ediyordu:

– Peki ama, bu iş bana merak oldu kızım... Sen hiç kocaya varmayacağım diye inat ediyordun...

– Evet ama... Sizin üstünüze de yük olup kalamam ya...

– Biz seni Allah bilir kendi evlâtlarımızdan ayırdetmiyoruz... Mahmure ne ise sen de osun...

Lâmia mahzun bir tebessümle:

– Bu sözünüz için teşekkür ederim yenge, dedi, müsaade ediniz ben de vaktiyle evimi barkımı bileyim...

– Bana kalırsa biraz daha bekleyelim Lâmia... Belki daha gönlüne göre bir şey buluruz... Seni başımızdan atmış gibi olmayalım..

– Hayır yenge... Onu aklınıza getirmeyiniz... Bu yaşlı başlı Muhlis Efendi'den daha gönlüme göre bir şey olmaz...

Huriye Hanım'ın birkaç samimî sözü üzerine şımarıyor, bir parça kalbini açmak ihtiyacına mukavemet edemiyordu:

– Benim yaşımın küçüklüğüne bakmayınız yenge... Çok çektim. Dünyada, hiçbir şeyde gözüm yok... Eğer bu Muhlis Efendi iyice bir adamsa onu bir... Baba gibi seveceğim... Çocuklarını kendi evladım gibi büyüteceğim... Siz amcamın da müsaadesini alırsınız değil mi yenge?

XIV

Telgraf kâtibinin birçok şartları vardı. Komşularından bir ihtiyar kadın her gün Rıza Bey'in evine geliyor, Lâmia'yı karşısına alarak ağır, çiğ bir lisanla bu şartları sayıyordu:

"Bak kızım... Müslüman dinî aşikâr... Açık açık konuşalım... Sen başka dullara benemezsin... Ne kadar olsa adın çıkmış... Her erkek başından böyle bir kaza geçmiş, dile düşmüş bir kadını almaya cesaret edemez... Bu adamcağız ne kadar olsa gün görmüş... Diyor ki "kadın baht işidir... Ne olacağı bilinmez... Kızoğlan kız alırsın... Senesine kalmaz baştan çıkar, kötü olur... Başı açık fâhişe alırsın... Tövbekâr olur, namaz niyazdan baş kaldırmaz, eteğinin ucunu kimseye göstermez... Ben sevap işlemesini severim... İnşallah bana yâr olur... Geçmişi unutur, güzel güzel geçinir gideriz..." İşte kızım sen de iyi düşün... Eğer bir evin bir hanımı olmak, rahat rahat yaşamak istersen bu adama var... Yok eğer başka fikrin varsa... Olabilir ya, insanlıktır bu... "Ben bir kere bellibaşlı bir adamın karısı olayım... Sonra bildiğim gibi oynarım" gibi bir şeyler aklına geliyorsa bu işten vazgeçelim... Doğru söz acı olur kızım... Böyle söylediğime darılma... Muhlis Efendi yaşlıdır ama öyle düşkün bir erkek de değildir... Burma bıyıklılar adama kolay ekmek yedirmiyor kızım... Onlar bir hafta, on gün adamın yüzüne gülerler... Heveslerini aldılar mı çeviriverirler yelkeni... Hoş sen benden daha iyi bilirsin ya... Kimbilir o kolcu herif de sana ne diller dökmüştür."

Lâmia bu nasihatleri cevap vermeden dinliyor, ihtiyar kadın ne söylerse başıyla tasdik ediyordu. Bütün emeli bir rezalete meydan vermeden bu evden kurtulmaktı.

Rasih bu izdivaca mâni olmak için çok uğraşmış, hatta bir defa kayınpederiyle kavga etmişti. Her zamandan ziyade içiyor, vara yoğa hiddetleniyor, evde önüne gelene sataşıyordu.

Bir sabah Lâmia Rıza Bey'e kahve götürüyordu. Rasih sofada karşısına çıktı. Meyus ve sakin bir tavırla: "Seninle ehemmiyetli bir şey konuşacağım, dedi, bir parça bahçeye gel."

Lâmia birisinin üzerlerine gelmesinden korkuyor, yan gözle merdivene bakarak: "Çekilin rica ederim," diye yalvarıyordu.

Rasih sakin bir inatla onun yolunu kesmekte devam etti: "Yemin ederim korkacak bir şey yok Lâmia... Sadece bazı şeyler söyleyeceğim... Çekinme... Gelmek istemiyorsan burada konuşalım... Görürlerse de umurumda değil"

Yukarı sofada birisi geziniyor, kapısı aralık duran karşı odada Rıza Bey öksürüyordu. Lâmia, çaresiz razı oldu: "Peki... Geleceğim" dedi.

Rasih'te bu sabah her zamanki vahşi asabiyetten eser yoktu. Bilâkis yüzü soluk, gözlerinin beyazı sapsarı, tavırları yorgun ve korkaktı. Kesik kesik öksürerek söylenmeye başladı:

– Sana karşı çok kusurlarım oldu Lâmia... Terbiyesizlik ettim, kabalık ettim, ahlâksızlık ettim, ne dersen de... Fakat elimde değildi... Sevmek, kıskanmak ne demek olduğunu bilmezsin... Dün akşam sokakta o Muhlis Efendi'ye tesadüf ettim... İçimden öyle geldi ki boğazından tutayım, tavuk gibi boğayım... Onun karısı olmanı aklıma sığdıramıyorum... Lâmia bu gece sabaha kadar uyumadım... Deli olacağım... Karım, çocuklarım bana yılan gibi görünüyor... Bir şeye karar verdim... Mahmure'yi boşayacağım... Benim nikâhlı karım ol... Hayatımı sana feda edeyim... Sensiz yaşayamayacağım...

Yavaş yavaş heyecanlanıyor, gözleri ateşlenmeye, şakaklarının damarları şişmeye başlıyordu.

Lâmia sakin bir sesle cevap verdi:

– Ayaklarınızı öpeyim enişte... Beni daha fazla üzmeyin... Karınız, çocuklarınız var... Artık benim yakamı bırakın... Biliyorsunuz ki buna imkân yok...

– Seni o Muhlis Efendi'ye bırakmayacağım... İkinizi de...

Rasih yine tehditlere başlamıştı. Lâmia onu daha ziyade dinlemeden oradan ayrıldı.

XV

O gün bütün ev halkı düğüne davetliydi. Huriye Hanım'ın zengin bir koyun tüccarı olan büyük kardeşi, torunlarını sünnet ettiriyordu. İhtiyar tüccar, düğünün parlak olması için hiçbir fedakârlıktan çekinmemiş, bütün Kütahya'yı davet etmişti. İki günden beri evinin önündeki meydanlıkta kazanlar kaynıyor, çifte çifte davullar dönüyordu.

Birkaç günden beri yine boğazından rahatsız olan Lâmia'yı evde iki çocukla yalnız bırakmışlardı.

Telgraf kâtibiyle evlenmesine bir hafta kalan Lâmia bu son günlerde çok bozulmuştu. Uyku uyuyamıyor, yemek yemiyor, etrafındakilerle konuşmuyordu.

Yüzü süzgün ve solgun, dudakları kansız ve kuru idi. Günden güne gözlerinin yeşili bile soluyor, ateş yanında kalmış çiçekler gibi yanık bir renksizlik alıyordu. Zaman zaman yüzüne bir humma ateş basıyor, o vakit yanaklarında, şakaklarında kırmızı lekeler peyda oluyor. Gözleri muztarip bir parıltıyla yanıyordu. Kendini tamamiyle bırakmıştı, eskiden geniş mâsum alnına, zarif ince yüzüne tatlı bir uyanıklık, taze bir canlılık veren sımsıkı örülmüş sarı saçları şimdi karışık kümelerle omuzlarına düşüyor, çehresini daha süzgün ve hasta gösteriyordu.

O gün evde ve mahallede büyük bir sükûnet vardı. Birkaç sokak aşırı olan düğün evinden ara sıra davul gümbürtüleri, boru sesleri geliyordu.

Güzel bir sonbahar günüydü. Lâmia odasının ovaya karşı olan penceresini açmış, minderin kenarına uzanmıştı.

Mahmure'nin en küçük çocuğu ile Mebrure köşedeki beşikte koyun koyuna uyuyorlardı, Lâmia halsiz başını kafesin kenarına dayıyor, beyaz, hafif, yorgun bulut kümelerini, ara sıra karşıdan geçen turna kafilelerini seyrediyordu. Gözleri yavaş yavaş kapanmış, bir yarım uyku içinde kendini unutmuştu.

Bir aralık bahçeden bir hafif gürültü gelir gibi oldu; birdenbire silkinerek gözlerini açtı, kulak verdi. Gürültü kesilmişti. Mutlaka tahta perdeden bir kedi, yahut köpek atlamış olacaktı.

Tekrar mindere uzanmaya hazırlanıyordu. Bu defa mutfak tarafından bir kapı gıcırtısı geldi. Kafesi sürerek bahçeye eğildi. Mutfak kapısı aralıktı. Bu kapı iç tarafından sürmelenmezse bazen sıkı bir rüzgârla kendi kendine açılırdı. Herhalde yine öyle bir şey olacaktı. Fakat içine bir şüphedir düşmüştü, merdivenin başında aşağıya kulak veriyor, hafif gürültüler, tahta gıcırtıları işitir gibi oluyordu.

Kendi kendine cesaret vermek için "ben de çok evhamlı oldum... Güpegündüz hırsız gelecek değil ya" diye düşündü sonra merdivenlerden inmeye başladı. Ayakları hafifçe titriyor, kalbi çarpıyordu. Taşlığa inen merdivenin başına geldiği zaman durdu. Aşağısı bir mahzen gibi serin ve karanlıktı. Bu hoş ve harap ev hiç sebepsiz onu korkutuyordu.

Aşağıya inmek için tereddüt ederken yandaki odalardan birine doğru soğuk bir raşe ile başını çevirdi, kapı aralığında Rasih'in uzun boyunu gördü. Lâmia boş bulundu, hafif bir feryat koparmaktan kendini men edemedi.

Rasih ona doğru bir adım attı:

– Korktunuz galiba... Yabancı değil, dedi, tütünümü unuttum da onu almaya geldim...

Sesinde ihtizâzlı bir kısıklık vardı. Yüzü kızarıyor, göz kapakları sık sık açılıp kapanıyordu. Lâmia elleriyle entarisinin açık yakasını kapıyor, merdivenden yukarı çıkmaya hazırlanıyordu. Cesur görünmek için:

– Neden kapıyı çalmadınız? dedi.

Rasih:

– Bahçe kapısının anahtarı yanımdaydı, rahatsız etmek istemedim, diye cevap verdi.

Lâmia ilk basamakları çıkmaya başlamıştı. Rasih merdivene doğru yürüdü, kısık bir sesle ilâve etti:

– Bahçe kapısından sade çavuş girecek değil ya...

Lâmia olduğu yerde donakaldı. Ayakları artık yürümüyor, bir basamak daha çıkarsa dizlerinin çözüleceğini, yere yuvarlanacağını hissediyordu. Rasih:

– Niçin o kadar titriyorsun Lâmia... Neden benden bu kadar korkuyorsun? dedi.

Bu korku sözü onun izzet-i nefsi ve iradesi için son bir kamçı oldu. Titreye titreye başını kaldırdı:

– Niçin korkayım... Korkacak ne var? dedi.

Rasih, başını salladı, mümkün olduğu kadar sakin bir sesle:

– Öyle, dedi, korkacak bir şey yok... Lâmia Hanım... Lâmia, sana bir kere daha teklif ediyorum... Henüz vaktimiz var... O bunaktan vazgeç... Buradan kaçalım... Kendimi sana kurban edeyim... Görüyorsun ki ben bitiyorum...

Lâmia tekrar çıkmaya davranarak:

– Evvelce de söyledim... İmkânı yok... Beni öldürseniz imkânı yok...

Rasih derin bir soluk aldı, sonra boğuk bir ihtirasla titreyerek:

– Benim de senden vazgeçmeme imkân yok... Anlıyor musun? İkimiz de ölürüz... Yahut benim olacaksın, dedi.

Yavaş fakat korkunç bir tavır ile ona doğru yürüyordu. Lâmia:

– Üstüme gelirseniz haykırırım, dedi.

– Onu yapamazsınız... Yapsan da umurumda değil... Ben zaten belâmı arıyorum...

Rasih birdenbire merdivene saldırdı. Lâmia kaçmak istedi; fakat iki basamak atlamaya muvaffak olamadan kendisini Rasih'in kollarında buldu; alt alta üst üste aşağı yuvarlandılar.

Aralarında bir dakikalık kısa, sert bir mücadele geçti.

Lâmia, beline dolanan, boynunu sıkan, nefesini tıkayan kayış gibi sert, sinirli kollardan kurtulmak için bir kere daha çabaladı. Takati büsbütün bitiyor, vücudunu ağır bir uyuşukluk kaplıyordu.

İspirto kokan bir nefes birdenbire yüzünü yaktı, dudakları bir hayvan ısırması gibi vahşî bir öpüşle kapandı, ağzına Rasih'in at kılı gibi sert bıyıkları doldu.

Lâmia o vakit, nahif vücudundan umulmayacak bir kuvvetle son bir defa çırpındı, kıvrandı; Rasih boğuk bir hırıltı ile onu zaptetmeye çalışırken sendeledi, merdiven penceresine çarptı. Kollarından biri büyük bir şangırtıyla kırılan cama geçti.

Lâmia süratle merdivenlerden fırladı, kendini Rıza Bey'in aralık duran oda kapısından içeri attı, sürgüyü sürdü. Entarisiyle gömleğinin bir kolu Rasih'in elinde kalmıştı. Sol avucunun içinde onun şakağından kopmuş bir kanlı saç tutamı vardı. Haykırmaya çalışıyor, sesi çıkmıyor, pencereye koşmak istiyor, ayakları yürümüyordu. Kapının arkasına çökeceği vakit merdivenlerde yeniden bir gürültü, bir boğuk ses işitti. Bu ona yeni bir kuvvet verdi; yandaki dolaba atılarak Rıza Bey'in revolverini yakaladı.

Sert bir tekme kapının alt tahtalarından birini söktü, bir ikincisi sürgüyü fırlatıp attı.

Lâmia revolveri sallayarak: "Gelme!.." diye haykırdı, sonra kudurmuş bir hayvan şiddetiyle üstüne atılan Rasih'e doğru iki el ateş etti.

Rasih birinci ateşte kapıya kadar geri fırlamıştı. İkincisinde kollarını havaya kaldırarak dizüstü kapı eşiğine düştü. İki elinin açık, mütekallis[124] parmaklarıyla yüzünü kapadı, bir an o vaziyette hareketsiz durdu. Sonra kocaman vücudu boşanmış bir yay şiddetiyle arkaya sıçradı, sırtüstü düştü, başı merdivenin ilk basamağından aşağı sarktı. Kurşunlardan biri sağ gözünden girip beynini parçalamıştı. Vücudu toparlanıp kalkmak ister gibi ara sıra şiddetli bir ihtilâç[125] ile sarsılıyor, açık ağzıyla büyümüş burun deliklerinden korkunç bir hırıltı, köpüklü bir kan içinde dimâğ parçaları geliyordu.

XVI

Lâmia gözlerini açtığı vakit kendini tek pencereli bir küçük odada buldu. Alçak bir kerevetin ot minderine arka üstü yatırmışlar; saçlarını çözmüşler, yüzünü boynunu ıslat-

124 gerilen
125 çırpınma

mışlardı. Bileklerini ovan asker elbiseli, beyaz sakallı bir adam: "Geçmiş olsun... Nasılsın kızım?" diye sordu, sonra arkasında yavaş sesle konuşan iki kişiye döndü: "Açıldı... Ehemmiyetli bir şey değil" dedi.

Lâmia odaya basan akşam karanlığı içinde amcasının yüzünü fark etti. Rıza Bey bu birkaç ay içinde büsbütün ihtiyarlamış, çökmüş gibiydi. Düşük beyaz bıyıkları titriyor, gözleri daha çukur ve karanlık görünüyordu. Soğuk, titrek elini Lâmia'nın alnı, saçları üzerinde gezdirdi, yarı açık göğsünü çarşafıyla örterek:

– Gözün aydın kızım... Hamd olsun kurtuldun, dedi.

Lâmia ancak o vakit hatırlayabildi. O meşum vak'ayı takip eden günlerde karakol, müstantik[126] odalarında, tevkifhane, hastahane koğuşlarında, mahkeme salonlarında, jandarma ve polis heyulaları içinde geçen o uzun ve siyah hâile süratle gözlerinin önünden geçti. Kerevetin üstünde yarı doğrularak, amcasının ellerine sarılarak:

– Ne oldum amca? dedi.

Rıza Bey'in çukur, karanlık gözlerinden sessiz yaşlar akıyordu:

– Kurtuldun kızım... Mahkeme beraatine karar verdi... Allah acıdı.

– Niçin beni buraya getirdiniz?

– Kararı dinlerken bayıldın kızın... Onun için...

Biraz evvel Lâmia'nın bileklerini ovan beyaz sakallı asker:

– Bu yaşta büyük geçit atlattın kızım, Allah tekerrüründen muhafaza etsin... dedi.

126 sorgu hakımı

Rıza Bey onun ellerini sıktı:

– Eksik olma doktorcuğum, diye teşekkür etti.

İhtiyar doktor odada bulunan öteki erkekle beraber dışarı çıktı.

Rıza Bey kerevetin kenarına oturarak başını elleri içine almıştı; dalgın dalgın düşünüyor, ara sıra göğüs geçiriyordu.

Erkenden ortalık kararmıştı. Dışarıda bulanık, kirli bir akşam aydınlığı içinde kar yağıyordu.

Bir mahkeme mübaşiri oda kapısını açtı, başını uzatıp içeri baktıktan sonra tekrar kapadı. O vakit Rıza Bey yerinden kalktı. Gizlemeye çalıştığı bir ıstırap ve tereddütle yavaş yavaş:

– Artık serbestsin Lâmia, dedi, şimdi buradan çıkacağız... Fakat maateessüf seni evime götürmeme imkân yok kızım... Yaptığın işte haksızsın demiyorum... Irzını muhafaza için acaba silahtan başka vasıta yok muydu? Bunu düşünmeye lüzum görmüyorum. Fakat ne de olsa ölen adam bizim damadımız, kızımın kocası, torunlarımın babası...

Lâmia halsiz halsiz onu tasdik etti:

– Evet... Hakkın var amca... Zaten siz isteseniz de ben gelemezdim... Yengem, Mahmure! Beni affetmeyecekler biliyorum.

Rıza Bey devam etti:

– Beraat edeceğin tahakkuk etmişti kızım... Ne de olsa amcanım... Seni yüzüstü bırakamam... Bazı teşebbüslerde bulunmuştum... Benim Hakkı Efendi isminde bir arkadaşım vardır... Vaktiyle taburumuzun imamıydı... Müslüman namuslu bir adamcağızdır... İyi bir de karısı vardır... Onunla görüştüm kızım... Şimdilik seni onun evine bırakacağım... Elbet yine bir kısmetin çıkacak... Hele şu vak'anın arası biraz soğusun... Çocuğunu da yarın oraya getirir, bırakırım... Ara sıra seni görmeye gelirim... Babandan olan maaşını da Hakkı Efendi'ye teslim ediyorum... Haydi kızım şimdi seni bir araba ile oraya götürüp bırakayım...

Kapının önüne çıkmışlardı. Rıza Bey etrafa bakınıyor, araba arıyordu. Lâmia:

– İsterseniz yürüyelim amca, oraya gidecek kadar halim var, dedi.

İhtiyar adam çatkın bir çehreyle cevap verdi:

– Sen halini takdir etmiyorsun kızım... Başından az vak'a mı geçti... Bütün halkın gözü senin üstünde. Sokakta kimse seni görmemeli...

Rıza Bey'in ricası üzerine genç bir jandarma neferi köşebaşına kadar giderek bir araba çevirdi. Kar ve soğuk gittikçe artıyordu. Yol devam ettiği müddetçe Rıza Bey, ona nasihatler verdi, faziletten, diyanetten, namustan bahsetti. Fena kadınların feci akıbetlerine dair vak'alar anlattı.

XVII

Sabık alay imamı harap bir cami meşrutasında oturuyordu. Önüne duvar yerine tahtadan perde çekilmiş dar bir bahçe evi sokaktan ayırıyordu. Basık tavanlı, küçük, karanlık odalar çilehane hücrelerine benziyor, bu dar, çıplak bahçe ile biraz gökyüzünden başka hiçbir yeri görmüyordu.

Hakkı Efendi'nin karısı altmış yaşlarında kadar, saf, çetrefil bir Çerkezdi. Gelecek misafir için temiz bir yatak ile sıcak bir çorba hazırlamıştı.

Günün heyecanlarından, yorgunluklarından bitap düşen Lâmia çorbayı içmeye kuvvet bulamadı, güç halle soyunarak kendini yatağa attı.

Ertesi sabah on iki saat süren derin, hissiz bir uykudan Makbule'nin sesiyle uyandı. Genç kız, hem gülüyor, hem ağlıyor, arkadaşının başını yastıktan kaldırarak yanaklarını, şaşkın şaşkın bakınan mahmur gözlerini öpüyordu:

– Lâmia'cığım... Neler geldi senin başına... Meğer ben seni ne kadar severmişim... "Beni Lâmia'ya götür," diye kaç defa bey babama yalvardım, ağladım... Razı olmadı... Dün o da mahkemedeydi... Akşam, müjdeyi getirinceye kadar evde meraktan deli oldum... Bu gece sabaha kadar uyumadım... Beybabama dedim ki: "Lâmia'yı mutlaka göreceğim... Beni yarın götürürsen götürürsün... Olmazsa vallahi kaçar giderim... İstersen sonra beni as..." Beybabam, ne deli olduğumu bilir... "Peki merak etme... Yarın gideriz" dedi... Beni kapıya kadar kendi getirdi... İki saat sonra gelip alacak...

Lâmia kendini bir anne şefkatine terk eder gibi başını onun göğsüne bırakıyor, okşanan kedi yavruları gibi derin bir haz ile gözlerini kapıyordu.

Tevkifhanede iken Binbaşı Kemal Bey, birçok defalar kızı tarafından onu ziyarete gelmiş, hediyeler getirmişti. Davayı merakla takip ediyor, muntazaman mahkemelerde hazır bulunuyor, avukatlarla görüşüyor, ara sıra onu görmeye geldikçe, ümit ve metanet verecek sözler söylüyordu. Lâmia bu aileye karşı derin bir minnet duymaya başlamıştı.

Makbule iki saatten ziyade bir zaman arkadaşının yanında kaldı. Bu daldan dala atlayan, bir sözü ötekini tutmayan, şen, cahil, sadedil kızla dertleşmeye imkân yoktu. Fakat Lâmia onun hoppalalıklarını seviyor, onunla beraber bulundukça hayatı güzel bulmaya, ondan müphem saadetler beklemeye başlıyordu.

Babasının bir vaadi Makbule'yi çok sevindirmişti. Durup durup onu hatırlatıyor, Lâmia'nın yorgun vücudunu kollarında tartaklayarak:

"Beybabam her zaman beni sana getirecek biz de seni sık sık davet edeceğiz," diyordu.

*
* *

Lâmia'nın hayatı bu evde, pek fana geçmiyordu. İmam Hakkı Efendi aksi tabiatlı, titiz, haşin bir Arnavuttu. Mamafih bütün zulmü karısına idi. Hayatını sessiz sedasız iş görmek ve namaz kılmakla geçiren bu mazlum kadını daima hırpalıyor, bazen kınalı saçlarından tutarak dövdüğü bile oluyordu.

Lâmia'nın kendisine acıdığını üzüldüğünü gören Fatma Hanım onu çetrefil lisanıyla teselli etmeye çalışıyor: "Ziyanı yok kızım. O erkektir, velinimetimdir... Kusuruna bakılmaz... O beni cennete sokacak... Hem efendi, Allah razı olsun, iyi adamdır," diyordu.

Sahiden de öyleydi. Karısına bu kadar hakaret ve cefa eden Hakkı Efendi başkalarına bâhusus Lâmia'ya şefkat ve merhametle muamele ediyordu. Bir tesellisi de çocuğu idi. İlk günlerde ona sadece acımıştı. Halbuki şimdi sevmeye de başlıyor, onu kucağına alarak saatlerce bebek gibi oynuyordu.

Son felâketi ona çok eskiden görülmüş korkunç bir rüya, başka bir dünyada geçmiş bir hâile gibi geliyordu. Bu vak'adan hayalinde birkaç dağınık levha, kalbinde hiç geçmeyen bir soğuk raşe kalmıştı. O kadar çalıştığı halde hatıralarını bir sıraya koyamıyordu.

Bazen hiç sebep yokken bu levhalardan biri birdenbire gözlerinin önünde uyanıyor, bulanık, uğultulu bir kargaşalığın içine düşüyordu. Kâh tevkifhanede etrafını fena kıyafetli, fena çehreli kadınlar sarıyor, kâh kapalı bir arabanın köşesinde bitmez tükenmez sokaklardan geçiyor, kâh ilk mahkemesinin kıyameti arasında ilk suale cevap vermek için bunalıyordu.

Mamafih zaman geçtikçe bu dağınık hatıralar ilk kuvvetlerini kaybetmeye, ruhu eski mütehayyil sükûnunu yavaş yavaş bulmaya başlıyordu.

Makbule, ziyaretlerini gittikçe sıklaştırıyor, her gelişinde Mebrure'ye hediyeler getiriyor, süslü gömlekler dikiyordu.

Mebrure ellerinde bir oyuncağa, bir canlı bebeğe dönüşmüştü. Çocuğu bazen top gibi minderden mindere atıp tutuyorlardı. Hele Makbule bazı coşkun zamanlarında biçareyi öyle dehşetli buselerle öpüyor, hoyrat kollarında öyle sıkıp haykırıyordu ki, Fatma Hanım, işini, yahut tesbihini bırakıyor, çocuğu zorla ellerinden alıp odasına götürüyordu.

Bir akşam Hakkı Efendi: "Yarın hazır olun çocuklar, Kemal Bey bizi öğle yemeğine davet etti," dedi.

Ayda yılda bir evinden çıkmayan Fatma Hanım atlas entarisini giyindi, büyük bir seyahate gider gibi besmelelerle sandıkları, kapıları kilitledi.

Aylardan beri ilk defa sokağa çıkan Lâmia, o gün çok eğlendi. Kemal Bey açıklık bir yerde oturuyordu. Fazla olarak evi bir güzel bahçe ortasındaydı.

– Binbaşı ile İmam Efendi bahçede nargile içerek konuşurlarken Lâmia ile Makbule de sofada gramofon çaldılar.

O günden sonra Hakkı Efendi Lâmia'nın da ara sıra Makbule'ye gitmesine izin verdi.

Kemal Bey kızının arkadaşına çok hürmet gösteriyor, sıhhatine alakadar oluyor, Mebrure'yi kucağına alarak bahçede dolaştırıyordu. Münasebetsiz Makbule bir gün yine patavatsızlık etti. Hep birden otururlarken:

– Hani beybaba!.. Sen beni trende Lâmia ile konuşturmadındı, dedi.

Lâmia birdenbire kızardı, yanında oturan arkadaşını çimdikledi. Makbule aynı zevzek tavırla:

– Yalan mı? Ne çimdikliyorsun, dedi...

Kemal Bey de fena halde utanmıştı. Hafif bir tereddütten sonra sert bir sesle:

– Lâmia Hanım'ı ilk defa görüyorduk, dedi, bu kadar ağırbaşlı, iyi ahlâklı bir hanım kız olduğunu nereden bilecektik... Halbuki sonradan daha iyi tanıdık...

Makbule yine o tatsız kahkahayla: "Ha... onun için mi sanki..." diye devam etmek istiyordu.

Fakat babasının kızmaya başladığını görerek sustu.

Odada kısa sıkıntılı bir sükûn oldu. Makbule parmaklarıyla masanın kenarında piyano çalıyor, Lâmia hâlâ gözlerini önünden kaldıramıyordu.

Kemal Bey kendini tutamayarak gülmeye başladı:

– Çok kuş beyinli kızsın Makbule... On yedi yaşına girdin... Hâlâ adam olmaya niyetin yok, dedi.

Sonra bu münasebetsizliği tamir etmek ister gibi Lâmia'yı uzun uzadıya methetti.

*
* *

Bir ilkbahar günü Makbule kolunda kocaman bir çiçek demetiyle Lâmia'ya misafir geldi. Bahçede ne yetiştiyse yolmuş, gelinciklerden, papatyalardan nar çiçeğine kadar hiçbir çeşidi ihmal etmemişti.

Sokaklarda koşmuş gibi nefesi tıkanıyor, peçesi terden yüzüne yapışıyordu. Odaya girer girmez çiçeklerini Lâmia'nın yüzüne, şişman, toparlak vücudunu köşedeki mindere attı, tıkana tıkana: "Aman bittim... Ölüyorum... Sorma başıma gelenleri" diye bağırmaya başladı.

Lâmia telâş ediyor, çarşafını çıkarmaya çalışarak "Ne oldun... Yalnız mı geldin" diye soruyordu. Makbule açık göğsünü çarşafının peleriniyle yelpazeleyerek anlatmaya başladı:

– Kendi kendime geliyordum... Yolda peşime çapkınlar takıldı... "Küçük hanım, çiçek isteriz" diye söz atmaya başladılar. Baktım ellerinden kurtulamayacağım... Birkaç tane çiçek verdim, "haydi alın da işinize gidin" dedim. Daha ziyade musallat olmaya başlamasınlar mı? Ben koşarım, onlar koşar... Hani içimden öyle geldi ki, çiçekleri başlarına çarpayım, sokak ortasında birisiyle olsun döğüşeyim... Vallahi de yapardım ama serde kadınlık var...

Lâmia gülmeye başladı:

– Beybaban seni yalnız sokağa bırakmıyordu Makbule, dedi.

– Evet ama bugün bir müsaade esti. Beybabamın misafirleri var... Bil bakalım kim, dünyada aklına gelmez.

– Ne bileyim ben?

– Dedim ya dünyada aklına gelmez... İmam Efendi ile amcan...

– Rıza Bey mi?

– Öyle ya... Kütahya'da kaç amcan var...

Lâmia hayretle sordu:

– Amcam size gelir miydi ya?

– Hayır... Beybabamla eskiden beri tanışıyor ama şimdiye kadar birbirlerine gelip gitmiyorlardı... Bugün beybabam çağırdı...

Lâmia'nın kaşları merakla ve endişeyle çatılmıştı:

– Beybaban amcamı niçin çağırdı acaba?

Makbule ellerini açtı, dudaklarını büktü, gözlerinde şeytanî bir tebessümle:

– Ben de bilmiyorum vallahi, dedi.

Sonra acele acele:

– Tövbe yarabbi... Bak yemin de ettim... Günaha girdim, diye kahkahalarla gülmeye başladı.

Lâmia ellerini onun omuzuna koydu, ciddî bir tavırla:

– Haydi Makbule... Saklama, dedi.

Genç kız daha kuvvetle gülmeye, dilini çıkararak, gözlerini kırparak onunla eğlenmeye başladı:

– Biliyorum ama söylemem... Vallahi söylemem...

Lâmia asabî bir ısrarla:

– Mutlaka söyleyeceksin Makbule... Vallahi darılırım... Yüzüne bakmam, dedi.

Makbule şimdi tereddüt ediyor, bir türlü karar veremiyordu. Bir aralık söyleyecek gibi oldu fakat yapmak üzere olduğu şeyden birdenbire korkarak, heyecanlanarak yerinden fırladı: "Söylemem de söylemem... Vallahi de söylemem, billahi de söylemem" diye uydurma bir türkü tutturarak oynamaya başladı.

Lâmia'nın iyiden iyiye canı sıkılmıştı. Kaşlarını çattı, artık merak etmiyormuş gibi: "İster söyle... İster söyleme" dedi. Makbule'nin yüzüne bakmıyor, bozulmuş yastıkları düzeltiyor, sandalyelerin yerlerini değiştiriyordu.

Makbule ona dargınlığını unutturmak için havadisler veriyor, sualler soruyordu. Lâmia onun yüzüne bakmamak için inat ediyor, suallerine sadece "evet", "hayır" diye cevap veriyordu.

Genç kız nihayet dayanamadı, hemen hemen mahzun bir tavırla:

– Lâmia'cığım söylerim ama... Vallahi beybabam duyarsa kıyametleri koparır, dedi.

Lâmia onu ellerinden tutarak mindere oturttu:

– Beybaban nereden duyacak... Ben kimseye söylemem, dedi.

Makbule kollarını arkadaşının boynuna doladı, saçlarını onun yüzüne dudaklarını çenesinin altına koyarak yavaş yavaş söylemeye başladı:

– Lâmia'cığım... Sakın bana darılma... Sen hani Muhlis Efendi diye bir ihtiyara varacaktın... O vak'adan sonra Muhlis Efendi seni almaktan vazgeçmişti... Çok müşkül vaziyette kaldın değil mi? Daima bu mezar gibi yerde kalacak değilsin ya... Beybabam seni çok terbiyeli, namuslu görüyor... Benim de seni ne kadar sevdiğimi biliyor... Geçen gün teyzemle konuşurken dinledim... Diyordu ki: "Lâmia Hanım bu evin hanımı olur... Yaşı küçük ama çok ağırbaşlı... Biz de rahat ederiz, o da rahat eder." Anlıyorsun ya Lâmia'cığım... İşte amcanla İmam Efendiye galiba bunu söyleyecek...

Başını Lâmia'nın çenesinden göğsüne indiriyor, yüzüne bakmaktan korkarak onun kucağında büzülüyordu.

– Lâmia'cığım, beybabam senin için çok yaşlı ama Mebrure'yi de evlât gibi sevecek... Bana darılmayacaksın ya...

Lâmia bunu zaten ihtiyar binbaşının muamelesinden, halinden hissetmişti. Hakikati Makbule'nin ağzından işittiği vakit hafif bir hüzünden başka bir şey duymuyordu. Sâkin bir şefkatle onun başını kaldırdı, yüzünü okşadı, derin, ağır bir sesle:

– Bunda darılacak ne var Makbule, dedi. Beybaban hakikaten böyle bir şey düşünüyorsa benim ona minnettar olmam lâzım gelir... Demek ki ben herkesin zannettiği kadar fena bir... Kız değilmişim...

Makbule bu sözleri ondan beklemiyordu, çılgın bir sevinçle:

– Demek razı olacaksın, diye haykırdı.

Lâmia yine o sakin ciddiyetle:

– Daha bir şey söylemedim Makbule, dedi, sade şunu demek istiyorum ki beybaban benim için çok bile...

Başını omuzuna meylettiriyor, süzgün yeşil gözlerini –hayatının uzun melûl macerasına bakar gibi– tâ uzaklara dikerek devam ediyordu:

– Seninle hemen hemen bir yaşta yahut pek az farklı görünüyoruz... Fakat öyle değil Makbule... Benim bu yaşta gönlüm ihtiyarladı... Benim için gece gündüz, yaz kış hepsi bir... Hiçbir şey istemiyorum... Küçüğümden başka hiçbir şey düşünmüyorum... Hayat benim için bitti... Mebrure mesut olursa ben de mesut olacağım... Genç bir adamla evlenmeyi aklımdan geçirmiyorum... Ben halde bir kadını kim ne yapsın... Hem genç adam karısından sevda bekler... Halbuki benim gönlüm şimdiden söndü... Şimdi anlıyorsun ya... Beybaban sahiden beni istiyorsa reddetmem için hiçbir sebep yok... Ben de, küçüğüm de bir yuva buluruz, kimse artık bana hakaret etmez, buna mukabil ben de elimden geldiği kadar sizin saadetinize çalışırım.

Son sözleri söylerken gözlerinden birkaç damla yaş akmıştı. Makbule birden bire hıçkıra hıçkıra ağlamaya başladı. "Abla'cığım aklına bir şey gelmesin... Ben yaşta, ben akran olmana ağlıyorum" diyordu. Lâmia onu tekrar okşayarak gülümsedi:

– İstersen bundan sonra bana "anne" de diyebilirsin, dedi.

XVIII

Lâmia sakin, ciddi, çalışkan bir ev hanımı olmuştu. Eski vak'aları yavaş yavaş unutuluyor, tanıdıklarına, komşularına kendini yaşlı bir hanımefendi gibi saydırmaya başlıyordu. Akrabasıyla da artık barışmıştı.

İzmir'deki amcası sık sık mektup yazıyor, onu kocasıyla beraber hava tebdiline davet ediyordu. Hatta bağbozumu mevsimine doğru bir ay için İzmir'e gitmeyi kararlaştırmışlar, fakat Mebrure'nin ani bir hastalığı üzerine bu seyahatten vazgeçmişlerdi.

Rıza Bey haftada iki gün Lâmia'nın hatırını sormaya geliyor, bazen karısıyla küçük kızını da beraber getiriyordu.

Lâmia evden pek az çıkıyor, komşularından hiçbiriyle teklifsiz görüşmüyordu. İlk zaman mahallede biraz dedikodu olmuştu. Binbaşı karısı olduğu için birden bire kibir getirdiğini söylemişlerdi. Fakat sonradan bu çekingen hallerini hoş görmeye, hatta beğenmeye başlamışlardı.

Lâmia kimseyi incitmiyor, büyük küçük herkesin gönlünü alıyordu. Fakat kimse ile fazla samimi olamıyordu. İçinde eski vak'alardan kalma bir ürkeklik, insanlara karşı bir emniyetsizlik vardı ki bir türlü geçmiyordu.

En büyük eğlencesi Mebrure ile meşgul olmak, kocasıyla üvey kızını memnun etmekti. Onlara öyle derin bir minneti vardı ki ne yapsa ödemeyeceğini zannediyordu. Hatta Mebrure'ye bile onların yanında fazla muhabbet ve ihtimam göstermiyordu. Öyle ki Kemal Bey'le Makbule çocuğu bazen ondan ziyade kendilerine yakın hissediyorlardı.

Haşarı Makbule o tabiatta bir kız idi ki babası kimi alırsa alsın geçinemeyecek, türlü huysuzluk, titizlik edecek, evin içini cehenneme döndürecekti. Fakat Lâmia'yı anlaşılmaz bir zaaf ile seviyor, babasından ziyade ona itaat gösteriyordu.

Lâmia on sekizini bitirmek üzereydi. Vücudu daha ziyade büyümüş, yüzü daha güzelleşmiş, cildinin ve gözlerinin rengi daha başka bir renk almıştı.

Onu çehresine mâsum bir halâvet veren açık sarı saçları, gözlerinin hiç sönmeyen sakin tebessümüyle gören komşuları kâh hayret ediyorlar, kâh kocasını ona lâyık bulmadıklarını anlatacak sözler söylüyorlardı.

Genç kadın bu imaları anlamamazlıktan geliyor, içinden onları istihfaf ediyordu.

Kendini çok yaş yaşamış, hiçbir şeyde emeli kalmamış zannediyordu. Bazen kendi kendine düşünüyordu: "Bir zamanlar ben de taze oldum... Ben de başkaları gibi sevdim... Hâlâ da seviyorum... Fakat sevdiğim benim için öldü... "O"nu artık hiç görmeyeceğim... Kocam genç yahut ihtiyar, güzel yahut çirkin olmuş bana ne... Değil mi ki iyi, namuslu bir insan... Bana yeter de artar bile..."

Lâmia hâlâ seviyor, gözlerini kapadığı vakit Bozyaka'yı, bağları, koruları, güneşleriyle, mehtaplarıyla: "O"nu uzun boyu, zarif esmer yüzüne bir garip cazibe veren mavi gözleri, beyaz dişleriyle görüyordu.

Fakat bu hülya artık ona ıstırap ve heyecan vermiyor, sâkin kalbinde hafif ve mahzun bir rikkatten başka bir şey uyandırmıyordu. Hatıraları batmış güneşlerden aydınlıklara benziyordu. Bu soluk aydınlıkları renkli bir toz gibi mazisine dağılıyor, karanlığın içinde yavaş yavaş yanıp sönüyor, bir bir unutulmuş, kaybolmuş şeyleri aydınlatıyordu. Fakat yakmıyordu.

*
* *

Lâmia'nın yalnız bir ızdırabı, bir derdi vardı: Kocasının aşkı...

Binbaşı onu bazı ihtiyar kalplerde kurumuş bir saman yığını gibi alevlenen hırçın, ümitsiz bir son aşkla seviyordu. Askerlik gaileleri içinde sevmeye vakit bulamamış, kalbiyle hiç meşgul olamamış bir adamdı. Lâmia'yı, ilk gördüğü, bu hazin iğfal macerasını ilk işittiği vakit bu çocuğa karşı nefret ve istikrâhdan[127] başka bir his duymamıştı. Sonra zamanla bu hisse biraz merhamet karışmaya başlamıştı.

Katil vak'ası Kütahya'yı alt üst etmiş, birçok kimseler gibi binbaşıyı da heyecan ve meraka düşürmüştü. Muhakemenin ilk başladığı gün o da birçok kimseler gibi orada hazırdı.

Onu siyah çarşafıyla, ölü gibi sararmış rengiyle müttehem[128] mevkiinde görünce kalbi çarpmaya başlamış, hâkimin ilk sualine "Lâmia" diye cevap verdiği zaman ömründe ilk defa gözleri yaşarmıştı.

İhtiyar binbaşı muhakemenin heyecanlı safhalarını büyük bir alâka ile takip etmiş, bir zaman sonra bu bedbaht çocuğa karşı duyduğu şeyin cinsini kendi kendisinden saklayamamıştı.

Evvelâ ümitsiz bir aşkla seviyor ona muavenet etmekten başka bir şey istemiyordu. Beraat kararından sonra Lâmia'yı kızının bir arkadaşı, sokakta kalmış bir biçare gibi evine almayı düşünmüştü. Fakat buna imkân yoktu. Nihayet uzun düşüncelerden, tereddütlerden sonra onu kendine zevce yapmaya karar vermişti.

Aklı başında, temkinli, ciddî bir adamdı. Böyle mazisi şüpheli bir taze kadından vefa göreceğini ümit etmiyordu.

127 tiksinme
128 suçlanan

Herkesin kendisine güleceğini biliyordu. Hele kalplerinin büsbütün yabancı kalacağından emindi. Fakat değil ona sahip olmak, onu birkaç gün yakından görmek bile ihtiyar kalbinin dayanamayacağı bir saadetti.

Başkalarına bu çok felâket görmüş taze kadını maddî sefaletten, hatta belki yeni bir sükûttan kurtarmak için aldığını söylemişti. Hatta ilk zamanlarda Lâmia da bunu böyle zannetmişti.

Binbaşı bu çok fazla genç zevceye karşı duyduğu mevsimsiz sevdadan utanıyor, zaafını, ihtirasını anlatacak bir kelime söylemeye cesaret edemiyordu. Bu acz ve hicap ona büsbütün kaba bir huşûnet[129] sevkitabiîsiyle hareket eden bir hayvan dürüstlüğü veriyordu.

Genç kadın haftalarca bu galiz ihtiras havası içinde sararıp solmuş, insanlığının en nazik hislerinden yaralanmış ruh sefaletinin en acısını tatmıştı.

İzdivaçlarından bir ay sonra idi. Lâmia bir gece birdenbire hastalanmıştı. Kemal Bey telâş ediyor, gece yarısı uzak bir mahallede oturan belediye doktorunu getirmek için elbiselerini giyiyordu.

Lâmia buna hacet olmadığını söyledikten sonra:

– Benim için çok yoruluyorsunuz, çok fedakârlık ediyorsunuz... Nasıl teşekkür edeceğimi bilemiyorum, demişti.

Binbaşı elini onun saçlarına koymuş, mahzun mahzun yüzüne bakarak:

– Asıl ben sana borçluyum Lâmia... Gençliğini bana vakfettin... Sana hayatımı versem minnetimin binde birini feda edemem, demişti.

---

129 kalabalık, kırıcılık

Bu ilk itirafıydı. On beş yaşında âşık mektep çocuklarına yakışan bu söz dudaklarında melûl bir samimiyet alıyordu. Lâmia bu dürüst, kaba tavırlı ihtiyar askerin kendisini ne kadar sevdiğini o vakit anlamış, ona acımaya başlamıştı. Mamafih bir türlü bu aşka alışamıyor, onu hayatın zelil bir mecburiyeti gibi kabul ediyordu.

XIX

Sıcak, karanlık bir Eylül akşamıydı. Yemekten sonra yukarı sofaya çıkmışlardı, biraz rüzgâr almak ümidiyle iki yandan pencereleri açmışlardı.

Ortadaki büyük masanın üstünde abajurlu bir lâmba yanıyordu.

Kemal Bey bir köşedeki yayvan sedirin üstüne yarı uzanmış, hem gazete okuyor, hem de kucağında uyuyan Mebrure'yi hafif hafif sallıyordu. Bir buçuk yaşına gelen Mebrure annesinden ziyade ihtiyar binbaşıya alışmıştı. Bütün nazını, kahrını ona çektiriyor, ağladığı vakit omuzuna binmedikçe susmuyor, hiç tek durmayan mini mini parmaklarıyla uzun kır bıyıklarını yoluyordu.

Akşamları kedi yavruları gibi Kemal Bey'in kucağında uyumayı âdet edinmişti. Sarı kıvırcık başını onun boynuna dayıyor, yakasını bırakmıyordu.

Lâmia masanın yanında, yüzünde sarı saçlarında abajurun kırmızı akisleri oynaşarak, dikiş dikiyordu.

Aşçı Emine Nine açık pencerelerin birinden bahçeye ışık gösteriyordu. Yaşlandıkça deliliği, yaramazlığı artan Makbule nar koparmak için ağaca çıkmıştı. Türlü münasebetsizlik ederek gülüyor, türkü söylüyordu, pencereden sofaya nar kabukları, dalları atıyor, Emine Nine'yi meraklandırıp bağırtmak için ara sıra dalları sarsarak: "Aman düşürum... Yetişin!" diye bağırıyordu.

Kemal Bey'in sert bir tekdiri üzerine ağaçtan inerken sokak kapısı çalındı. Makbule aşağı inmek isteyen nineye: "Sen gelme... Ben açarım." diye seslendi.

Kemal Bey gözlerini gazetesinden kaldırarak: "Kim acaba... Bakar mısınız Lâmia" dedi.

Genç kadın dikişini masanın kenarına bırakarak yavaş yavaş yerinden kalkıyordu. Birdenbire bahçede korkunç bir çığlık koptu. Pencereden sarkan Emine Nine elindeki şamdanı sallayarak: "Beyefendi yetiş... Birisi Makbule Hanım'ın boynuna sarıldı" diye feryat etmeye başladı. Binbaşı bir hamlede yerinden fırlamış, Mebrure'yi kucağından atarak aşağıya koşmuştu.

Lâmia'ya o vak'adan sonra garip bir göz yılgınlığı gelmişti. Ne vakit bir feryat, bir gürültü işitse birdenbire titremeye başlıyor, eli ayağı kesiliyor, vücudu soğuk bir râşe içinde kalıyordu.

Makbule'nin hâlâ devam eden feryadı, Emine Nine'nin telaşı onu o kadar korkutmuştu ki bulunduğu yerden bir adım ileri gidemedi, ellerini yüzüne kapayarak koltuğa çöktü.

Tekrar pencereden sarkan aşçı kadın, ona dönerek hayretle:

– Hanımcığım... Hele gel buraya... Makbule'ye sarılan adam misafir galiba... Bu ne iş böyle... Beyefendi de onun boynuna sarıldı, dedi.

Lâmia, yavaş yavaş kendine gelerek pencereye doğru yürüdü. Fakat bir şey göremedi. Onlar, hep birden içeri girmişlerdi. Konuşarak, gülüşerek merdivenlerden çıkıyorlardı.

Lâmia yandaki odadan birine kendini dar attı, kapıyı iterek dinlemeye başladı.

Kemal Bey yüksek sesle Makbule'yi azarlıyordu:

– Allah cezanı versin... Öyle haykırılır mı be... Aklımızı başımızdan aldın.

Lâmia, Makbule'nin şımarık bir kahkaha ile gülerek:

– Ey sen de baba... Adam azarlamak için bahane arıyorsun... Ne yapayım... Birdenbire görünce şaşırdım, kendimi tutamadım... diyordu.

Baba ile kız kavgasına yabancı bir erkek sesi de karışıyordu.

Lâmia kapıyı aralayarak dışarı baktı. Masanın yanında uzunca boylu, siyah elbiseli bir erkek duruyordu. Yüzü öte tarafa dönüktü.

Sade lâmbanın aksiyle kumral saçlarını fark etti.

Makbule'nin bu kadar sevinçle karşıladığı kocasının bu derece teklifsizce yukarı sofaya aldığı adam acaba kimdi? Karanlıkta fark edemeyeceklerini bildiği için kapıya daha ziyade yaklaştı, merakla onları dinlemeye, seyretmeye başladı. Masanın yanında ayakta konuşuyorlardı. Binbaşı ellerini onun omzuna koyarak soruyordu:

– Şimdi anlat bakalım... Hangi rüzgâr seni buraya attı... Makbule'ye darılıyorum ama ben de ondan az hayret etmedim... Ne vakit geldin Kütahya'ya?..

Bir yandan da Makbule onu kolunu çekiştirerek soruyordu:

– Halam nasıl? Bülent nasıl? Kalfa nasıl?

Misafir şen, ahenkli bir kahkahayla gülerek:

– Hanginize cevap vereğim?.. Sabredin... Soluk alayım, dedi. Bunu söylerken biraz dönmüştü. Çok genç çehreli, sarışın, matrûş[130] bir adamdı.

Mütemadiyen latife ediyor gibi seri, şen, oynak bir konuşması vardı:

– İki saat evvel otele geldim... Fakat ne yorgunluk... Sizi yarın arayacaktım... Allah'tan, evi bilen birine rast geldim... Hoş, böyle küçük memleketlerde adam bulmaktan kolay şey olmaz ya...

– Neden doğrudan doğruya bize inmedin?

– Arkadaşlarım var. Birdenbire bırakmak olmaz...

– Kütahya'da çok kalacak mısın?

– Onun orasını ancak Cenab-ı Allah bilir. İhtimal birkaç sene...

Makbule tekrar bağırıp sevinmeye, el çırpmaya başlamıştı. Binbaşı yeni bir kavga ile onu susturduktan sonra:

– Bir memuriyetle filân mı geldin Vedat?

– Memuriyetle değil dayı, tebdil-i havaya geldim.

– Tebdil-i havaya mı! Benimle eğleniyor musun?

Genç misafir, gülüyordu:

– Sen benimle eğleniyorsun dayı... Benim burada memuriyet kabul edeceğimi aklın keser mi?

– O halde...

– O halde mecburen geldim... Daha doğrusu getirdiler... Beni buraya üç beş arkadaşla beraber sürgüne gönderdiler dayı...

---

130 sakalsız

Makbule yine bir feryat kopardı. Kemal Bey, hayret ve şüphe ile:

– Sürgün mü... İmkânı yok, diyordu.

Misafir o serin ve canlı tekellümüyle[131] bir eğlenceden, bir düğünden bahseder gibi şen ve lakayt devam etti:

– Bu memlekette imkânsız şey olur mu dayı?.. Vallahi sürgün geldim canım... İnanmıyorsunuz... Böyle gülerek söylüyorum diye mi? Bu benim tabiatım... Sürgüne değil, Allah muhafaza etsin, darağacına gönderseler yine böyle yaparım... Öyle bir alây-i vâlâ ile geldik ki tarif edilmez... Yanımıza bir iki jandarma ile ehlidil[132] bir yüzbaşı vermişlerdi... Arkadaşlardan bir kısmı üzülüp düşünüyordu... Ben tabiî memnun değilim... Fakat bir şeydir başa geldi... Ne yaparsın zar zor çekilecek... Çaresiz işi maskaralığa döktüm... Bir alay, bir kıyamet ki deme gitsin... Derken benim zoraki neşem arkadaşlara da sirayet etti. Neşe, billâhi çok sıhhî şeydir dayı... Ben birçok hastalıklarımı, kahkaha ile tedavi ettim. İnsan gülmeye başladı mı kalp, ciğer işlemeye; vücut canlanmaya başlar, hatta mide, böbrekler bile düzelir... Hele sinirlerle münasebeti olan hastalıklara neşe birebir gelir... Hâsılı edebiyatçıların en büyük bir facia olarak tasvir ettikleri sürgün seyahatini biz bir düğün alayına benzettik... İstanbul'dan beş kurşun atımı uzaklaşmadan jandarmaları da kendimize uydurduk... Ya, hele o yüzbaşı ne babacan adam, yarabbi... İstasyonda teslim aldığı vakit yiyecek gibi yüzüme bakıyordu. Demin polis dairesine teslim ettiği vakit boynuma sarıldı.

---

131 konuşma
132 gönül erbabı

Utanmasak ikimiz de ağlayacaktık... Hâsıl vel mana gayet eğlenceli bir seyahat yaptık... Yolda birkaç kasabaya uğradık... Sürgün geldiğini duyan ahali işini gücünü bırakıp bizi görmeye koşuyordu. Mübarek yerlerde zevk yok, eğlence yok, hayat yok... Sürgünler gelince tiyatro yahut cambaz kumpanyası gelmiş sanıyorlar... Sürgün diye daima yol yorgunluğundan börtmüş, teessürden bir karış suratı uzamış, buruşuk elbiseli, uzun sakallı adamlar görmeye alışmışlar... Bizi görünce şaşırıyorlardı... Hâsılı sürgün değil, güya vilâyetlerden birine vali yahut mutasarrıf gidiyordum...

Misafirlerin lâkayt neşesi yalnız baba kıza değil, hâlâ kapının arasından onları seyreden Lâmia'ya da sirayet etmişti. O da onlarla beraber gülüyordu. Bu kumral gencin kim olduğunu anlamıştı. Binbaşının İstanbul'daki kızkardeşinin Vedat isminde bir doktor oğlu olduğunu biliyordu.

Makbule beş altı seneden beri görmediği halazadesinden sık sık bahseder, ona ait tuhaf hikâyeler anlatırdı.

Bu esnada gürültüden uyanan Mebrure minderin kenarına tutunarak ayağa kalkmış, minimini yumruklarıyla gözlerini kapayarak ağlamaya başlamıştı. Genç doktor birdenbire ona döndü hayretle:

– Ay bu da kim? dedi.

Fakat sualinin cevabını almadan onun kim olduğunu anladı, çocuğu çıplak kolundan tutup havaya kaldırarak:

– Sakın Mebrure dedikleri fettân bu olmasın, dedi.

Küçük hâlâ yüzünü saklıyor, uyku esnasında büsbütün kabarmış sarı kıvırcık saçlarından başka bir yeri görünmüyordu.

Binbaşı ile Makbule Lâmia'yı o vakit hatırladılar.

Kemal Bey etrafına bakınarak:

– Lâmia nereye savuştu? dedi.

Makbule:

– A sahi bak, annemi unuttuk... diye bağırdı.

Lâmia Kemal Bey'le evlendiği vakit Makbule ona "abla" diyordu. Fakat birkaç kere şakadan "anne" demişti. Bu söz ikisinin de o kadar hoşuna gitmişti ki, Kemal Bey'in itirazlarına rağmen genç kız, onu "anne" diye çağırmaya başlamıştı.

Binbaşı: "Lâmia... Lâmia..." diye sesleniyordu, genç kadın cevap vermeye cesaret bulamayarak tereddüt ediyordu.

Makbule onun odada olduğunu hissederek koştu, bileğinden yakalayarak zorla dışarıya çıkardı.

Kemal Bey tek bir kelimeyle Lâmia'yı takdim etti:

– Yengen...

Doktor Vedat, karşısında sımsıkı örülmüş sarı parlak saçları, mâsum uzun kirpiklerinin içinde titreyen cesaretsiz gözleriyle hemen hemen bir genç kız görünce şaşaladı. Hatta hafifçe gülümsemekten de kendini alamadı:

– Makbule size "anne" demekten utanmıyor, fakat ben "yengem" sıfatıyla elinizi öpmeye şimdilik cesaret edemeyeceğim, dedi.

Binbaşı Vedat'ın kollarından, huysuzlanan Mebrure'yi tekrar kucağına alarak mindere oturmuştu. Genç doktor masanın yanında biraz evvel Lâmia'nın oturduğu koltuğa Lâmia ile Makbule de pencerenin yanındaki sandalyelere yerleşmişlerdi. Kemal Bey:

– Anlat bakalım delikanlı, dedi... Kütahya'ya nefyedilmek[133] için ne yaptın?.. Sen politika ile filân uğraşmazdın galiba... Hastanede çalışıp duruyordun...

Misafir uğradığı felâketi alaylı bir masal söyler gibi güle eğlene anlatmaya başladı:

– Hiç vallahi incir çekirdeği dolduracak şey değil... Bir karagöz meselesi... Yeni yengem beni ayıplayacak ama er geç ne olduğunu öğrenecekler... Onun için çekinmeden anlatayım... Bilirsiniz ya ben öteden beri alayı, eğlenceyi biraz fazla severim... Bazen günlerce hastaneye kapanmak lâzım geliyor, herkesin derdiyle, acısıyla, yaralarıyla uğraşa uğraşa içim bağrım zehir kesiliyor... Sonra bir kere de kendimi dışarı attım mı tımarhane kaçkınına dönüyorum... Bir akşam davetli olduğum bir yerde... Karagöz oynattım...

Pek seyrek gülen binbaşı kendini zaptedemedi, gürültülü bir kahkaha ile:

– Karagöz mü oynattın... Sen mi... Koskoca doktor... O marifetin de mi var? dedi.

Vedat eğlenerek cevap verdi:

– Ne yaparsın bu memlekette insanın günü gününe uymuyor... Elden her iş gelmeli... Meselâ Kütahya'da fazla kalırsam, sonra iş bulamazsam belki karagözcülük ederim...

– Allah esirgesin... Seni reddederim...

Makbule de kahkahadan kırılıyordu. Lâmia'nın yanından kalkmış, Vedat'ın tâ ayaklarının dibine gelip oturmuştu.

Genç doktor ona doğru eğilerek:

---

133 sürgün etmek

– Merak ediyorsan bir gece de size oynatırım... Hele biraz dinleneyim; dedi, sonra devam etti:

– Ziyafette İstanbul'un belli başlı çehrelerinden sekiz on kişi ile üç beş de... Hanım vardı... Aklınıza bir şey gelmesin yaşlı başlı hanımefendiler... O gece bütün neşem, deliliğim üstümdeydi. Kendi elimle tedavi ettiğim bir sevgili arkadaşım o gün vefat etmişti. Neye hayret ediyorsunuz... Benim yüreğim ne kadar mahzun olursa deliliğim, neşem o kadar artar... Bir tabiat meselesi... Aklıma bir azizlik geldi... Hemen biraz boya ile bir parça mukavva buldum... Çabucak üç karikatür çizdim... Biraz ressamlığım vardır... Salonun bir köşesine bir de perde uydurduğum gibi her şey tamam oldu... O gece orada olanları gülmekten kırıp geçirdim... Öyle "Kınalı Kavak", "Yalova Sefası" filân oynatmıyordum... Keman ve piyano ile alafranga bir opera... "Siyah Yıldızlar" diye güzelce bir şey var... İstanbul'da pek meşhurdur... Onu alaya almaya başladım... Bestekârı da oradaydı... Bizim arkadaşlardandır. Herkesle beraber o da güldü müldü ama epeyce içerledi... Aradan bir sekiz on gün kadar geçmişti... Bir gece yine bir yere davet ettiler... Tabiî gittim... Bir de baktım ki nazırlardan biri orada... Bir alay maskara, etrafında dalkavukluk ediyor... Keyfim kaçmıştı... Sıvışmak için vesile arıyordum... Zevzeklerden biri: "Efendimiz, emredin de Vedat Bey kulunuz Karagöz oynatsın... Pek eğlenirsiniz" demesin mi? Birdenbire beynim attı. Arkadaş arasında eğlenmek için karagöz oynatmak ala... Fakat o maskaraların arasına karışmak, nazır eğlendirmek... Gayet acı bir şey söylemeye hazırlanıyordum... Fakat nazır da o budalaya uyarak: "Haydi Vedat Bey sizin marifetinizi de görelim" dedi.

Ölür müsün, öldürür müsün? "Efendim inşallah hastaneye teşrif ederseniz marifetimi görürsünüz" diye cevap verdim... Adam olana bu kadar yeterdi... Fakat o sözümün asıl mânasını anlamadı, garip küstahlıkla ısrar etti. Beni de etrafındaki kavuk sallayıcılardan sanıyor, ne hınzırcasına mağrur bir adam olduğumu bilmiyordu... Kendi kendime "Karagöz mü istiyorsun?.. Sana bir ders vereyim de öğren" dedim. Hemen yandaki odaya geçtim... Gayet uzun boylu, uzun kulaklı, uzun burunlu, uzun sivri sakallı bir karikatür çizdim... Bu nazırın tam kendi şeklidir... Sonra avanesinden birkaçını, nihayet metresi olan şişman bir Lehli karısının resimlerini yaptım... Vak'a nazırın yakın zamanlarda kahramanı olduğu bir rezaletti... Artık sükûn bulmuştum, olanca çapkınlığımla alay ediyor, ara sıra perdenin arasından dışarı bakıyordum... Seyirciler arasında bir dehşet kasırgası esiyor, nazır, işi pişkinliğe vurarak gülüyordu. Fakat o sapsarı yüzü, mütekallis dudakları, titreyen sakalıyla ne acı, ne kindar bir gülüştü yarabbi... Kendi kendime "Ey Vedat... Karagöz iyi gitti ama nazır gibi sana da pahalıya mal olacak..." dedim ve:

"Ey gaziler yol göründü yine garip serime" şarkısıyla lûbiyyata[134] hitam[135] verdim... Filhakika aradan yirmi gün geçmeden hiç yoktan bir mesele çıkardılar. Günün birinde bir tevkif, kısa bir istintak... Arkasından Karagözde olduğu gibi "Ey gaziler" türküsünü söyledik. Arkadaşlardan biri benim bu halime "Karagözün Kütahya Sefası" diyor... Vak'anın hülâsatü'l-hûlâsası bu... Mâ-badı, tefrika romanlarında

134 eğlence
135 son

olduğu gibi, yarına... Çünkü şimdi hemen gidiyorum... Geciktim... Otel kapanır da yabancı memleketlerde sokakta filân kalırım.

Binbaşı şiddetle itiraz etti:

– Ne demek... Dayının evi dururken sen otele mi gideceksin... Dünyada razı olmam... Bu beni çiğneyip geçmek demek olur... Ayıp Vedat, ayıp, dedi.

Makbule de darılıyor; antlar, yeminlerle onu alıkoymaya çalışıyordu. Fakat doktor ısrar etti:

– Olamaz... Arkadaşlarım var. Hem malûm ya, biz daha şimdilik serbest değiliz... Polis bizi otele sayımızla teslim etti... Geçtim gelir gelmez kaçtığıma filân zâhip olurlar da başıma iş açılır... Zaten bugünlerde şans gayet yolunda...

Bu sözler üzerine binbaşı ile kızı daha fazla üstüne varmak istemediler. Vedat ertesi sabah tekrar geleceğini vaadederek evden çıktı.

XX

Vedat, ihtiyar bir kadınının evinde oturuyordu. Kemal Bey onu kendi evinde alıkoymak istemiş, bunun için Makbule de çok ısrar etmişti.

Fakat genç doktor buna razı olmamış: "İstanbul'da pek avare olmuştum... Bu mecburi gurbetten istifade ederek biraz okumak, çalışmak istiyorum... Burada olursam Makbule beni baştan çıkarır, işi gırgıra, kahkahaya dökeriz," yolunda tuhaf mazeretler göstermişti.

Ayrı oturmak istemesinin asıl sebebi yeni yengesiydi. Bu kadının ne olduğunu bilmiyordu. Binbaşının adam öldürmüş bir kadınla izdivacını öğrendikleri vakit İstanbul'da epeyce dedikodu etmişlerdi. Sonra bu kadar taze karısı olan ihtiyarların her şeyden pireleneceklerini düşünmüştü.

Mamafih gösterdiği mazeretler de pek boş değildi. Vedat çok şen ve hafif görünmekle beraber çalışkan bir adam yorulmaz bir mütetebbiydi[136]. Dünyaya sırf gülüp eğlenmeye gelmiş zannedilen bu havaî gencin bazen haftalarca kütüphanesine kapandığını görenler hayret ederlerdi.

Vedat sık sık dayısının evine misafir geliyor, laubali, şakacı, munis tabiatı sayesinde Lâmia'yı da yavaş yavaş kendine alıştırıyordu.

Makbule'nin Lâmia'ya "anne" demesine mukabil, o da "kaynana" diyor, şimdiden Mebrure'ye talip çıkıyordu.

Lâmia hakkında evvelâ iyi bir fikri yoktu. İstanbul'da her sınıftan, her cinsten birçok insanla düşüp kalkmış, bundan başka mesleği, insanlar hakkında fazla bir hayale kapılmaktan onu menetmişti. Dayısının hazin bir ihtiyarlık zaafına mağlup olarak aldığı bu kadın mutlaka aşağılık bir şey olacaktı. Adiliğini, ahlâksızlığını hafif bir terbiye yaldızıyla bile süslemesini bilmeyen, kuş beyinli, serseri bir mahlûk...

Mamafih onu gördükten sonra da birdenbire fikrini değiştirmemişti.

Lâmia'nın sade, muhteriz tavırlarına, masum gözlerine inanmıyor, kendi kendine: "Sen zannettiğimden daha kurnaz ve aşüfte bir şeysin!" diyordu. "İstanbul'da olsaydın hay-

136 araştıran, araştırmacı

li muvaffakiyet kazanacaktın... Güzel komedya oynuyorsun... Ben de inanmış gibi görünerek bön bön seni seyrediyorum... Fakat hiç merak etme... Nasıl olsa foyanı yakalayacağım... Biz sana benzemez daha nicelerini gördük... Rollerini ne kadar maharetle oynasalar yine bir gün dudaklarından bir kelime, vücutlarından bir tavr-ü hareket kaçıyor ki, bütün mazilerini ayna gibi meydana çıkarıyor... Elbette seni de bir gün yakalayacağım..."

Fakat günler geçiyor, Vedat onda korkarak beklediği hallerden hiçbirini görmüyor, "acaba bu kadıncağız nadir bir istisna mı? Göründüğü kadar nezih, temiz bir biçare mi?" diye şüphelere düşüyordu. Birkaç defa mahirane suallerle onu mazisine dair söyletmeye çalışmış, fakat bildiklerinden fazla bir şey öğrenmeye muvaffak olamamıştı.

*
* *

Bir gün Kemal Bey yeğenine Kütahya Belediyesi'nden şikâyet ediyor, birkaç ay evvel belediye mühendisleriyle ettiği bir kavgayı anlatıyordu. Sözünün en ruhlu yerine geldiği vakit Vedat'ın kendisini dinlemediğini fark etti: "Vedat oğlum, dalga geçeceksen beni nafile yorma" diye darıldı.

Genç adam aşağıya kulak veriyor, Lâmia'nın ancak işitilebilir bir sesle söylediği bir parçayı dinliyordu. Hayretle:

– Tuhaf şey... Yengem bunu nereden öğrenmiş? dedi. Sonra binbaşının cevap vermesini beklemeden aşağı koştu. Büyük bir masanın üstünde dalgın dalgın çamaşır ütüleyen Lâmia onu görünce sustu. Vedat gülerek:

– Yenge siz bunu nereden öğrendiniz? dedi.

– Neyi Vedat Bey?

– Söylediğiniz parçayı... Lâmia şaşırıyor, kızarıyordu:

– Bilmem... Ben mi söyledim?

Vedat gürültülü bir kahkaha kopardı:

– Bu çok âlâ yenge... Söylediğiniz parça hani o bahsettiğim "Siyah Yıldızlar"ın en güzel yeri... Şehzade ile Sultanın ay aydınlığında konuşmaları... Siz bunu nereden biliyorsunuz?

– İzmir'den kulağımda kalmış olacak efendim.

– Bu kulakta kalmış bir şeye benzemiyor... Pek öyle anlamam ama hemen aynen tekrar ediyorsunuz...

Lâmia müşkül bir mevkide kalmıştı. Heyecanını göstermemek için çamaşır sepetinin üstüne eğilerek:

– İzmir'de iken bu parçayı besteleyen bey komşularımıza misafir gelmişti, dedi, daima bunu çalıyorlardı... Oradan aklımda kaldı...

– Ay siz Hüseyin Kenan'ı tanıyor musunuz?

Lâmia kısa bir tereddütten sonra başını salladı, mümkün olduğu kadar lâkayt bir sesle:

– Şöyle bir iki kere uzaktan görmüştüm, dedi.

– Onu ben de tanırım... Allah cezasını versin, bu derdin başıma gelmesine sebep biraz da o oldu... Öyle ya o "Karagöz" meselesi onun "Siyah Yıldızlar"ından çıktı...

Vedat, ilk geldiği gece "O"ndan ve "Siyah Yıldızlar"dan bahsettiği dakikadan itibaren Lâmia'nın gözünde başka bir ehemmiyet almıştı. Genç kadın ona arkadaşından bahsettirmek için bahaneler arıyor, sualler hazırlıyordu. Fakat Vedat'la yüz yüze geldiği vakit bir türlü cesaret edemiyordu. Onun adını söylerse gönlünün ve hayatının bütün sırları ortaya dökülecek sanıyordu.

Bu vak'a Lâmia'yı bu korku ve tereddütten kurtarmış oldu. Bazen Vedat'la yalnız bulunduğu vakit bir bahane ile "O"nun sözünü açıyordu. Hali o kadar sakin, sesi o kadar lâkayttı ki, genç doktor hiç şüphelenmiyor, arkadaşının son seneleri hakkında uzun uzun malûmat veriyordu: O şimdi eskisinden daha mühim, daha meşhur bir adamdı. Fakat "Siyah Yıldızlar"dan sonra hiçbir yeni eser verememişti. Bir buçuk seneye yakın bir zaman karısı ve kayınpederiyle beraber Avrupa'da dolaşmış, daha bu ilkbaharda İstanbul'a gelmişti. Şimdi karısıyla yalnızdı. Kayınpederi geçen sene, gülünç bir aşk macerası neticesinde Lehli bir şantözle evlenmişti. Bu rezalet bitmez tükenmez dedikodulara meydan vermişti. Mahut Karagöz gecesi bir iki güne kadar karısıyla beraber İzmir'e gideceğini söylemiş...

Vedat hiç şüpheye düşmeden bunları söylüyor, başını elindeki tentenenin üstüne eğen gözlerini uzun kirpikleri arasında yarı saklayan Lâmia lâkaydane dinliyor, örgüsünün hesaplarıyla meşgul görünüyordu.

Vedat bir gün uzun uzun Cavidan'dan bahsetmişti:

– Boylu boslu, kanlı canlı, anlı şanlı, muhteşem bir kadın... Ben, o tipten pek hoşlanmam ama, Allah için güzel... Hele bu bir iki sene içinde büsbütün güzelleşmiş... Evlendiklerinin haftasında bir ziyafet vermişlerdi. Ben de tesadüfen orada hazır bulunmuştum... Hâlâ o geceyi hatırlarım... Karı-koca, tiyatrolarda, operalarda sevda rolü oynayan büyük artistlere benziyorlardı. Kenan iyi çocuktur... Fakat onda yeni zenginin bir "sonradan görme" edası vardır ki, bir türlü üstünden atamıyor... Onu eskiden de tanırım...

Fakir, meçhul bir genç iken düşkün bir kibara benzerdi. Mühim ve oldukça paralı bir adam olunca sonradan zengin olmuş bir esnaf hali aldı... Eski muhteriz tavırları şimdiki az çok yapmacık zarafetlerine, şımarık serbestliğine bence çok müreccahtı[137]... Neyse buraları lâzım değil...

O gece herkesin gözü onlardaydı... Dediğim gibi Kenan uzun boyu, yüzüne hoş bir hususiyet veren mavi gözleri, muhteşem evzâ'ı[138] ve etvârı[139] ile bir dram "jön prömiye"sine yani "baş aşık" rolü oynayan bir aktöre benziyordu... Bu hem hoş, hem de biraz gülünç bir manzaraydı... Misafirler prenses vasıtasıyla ondan keman istediler. Tabiî derhal itaat etti... Çapkının o gece çaldığı kemanı unutamayacağım... "Sanat sevdadan başka bir şey değildir" diyenlere o gece inandım... Bitişik karanlıkça bir odaya girmişti... Pencereden mehtap giriyor, yüzüyle vücudunun bir tarafını aydınlatıyordu... Öyle şeyler çaldı ki hemen hemen bu dünya ile alâkası yoktu... Hâsılı çok kuvvetli bir sanatkâr... Karısı biraz ukâlacadır... Meselâ alaturkaya hiç tahammül edemez... Bir gece ona bir alaturka ninni çalmış... Prenses âdeta deli olmuş... Rivâyete göre kadıncağız iki ay bu ninni ile uyumuş.

Vedat devam ediyor, onların sevdalarına ait birçok şeyler anlatıyordu.

Lâmia bu hikâyeyi dinlerken heyecanını, teessürünü göstermemek için nefes almaktan korkuyor, dalgın bir hüzünle düşünüyordu: "Vedat Bey bunları söylediğine çok fena etti...

137 seçilen, tercih edilen
138 hal
139 tavır

Şimdi zorla kendimi zaptediyorum... Fakat yalnız kaldığım zaman kimbilir ne kadar üzüleceğim... Yine gecelerce uyku bana haram olacak... Demek iki ay onu benim ninnimle uyutmuş..."

Fakat o gece fazla mustarip olmadığını, teessürünün gündüzkü hafif ve dalgın hüzünden daha ileri geçmediğini hayretle gördü.

Ertesi gün kalbini büsbütün sakin bulunca düşünmeye başladı: Niçin acaba o kadar üzülmedim... Acaba onu eskisi kadar sevmiyor muyum... Buna çare yok... Ölünceye kadar bu sevdaya sadık kalacağımı, onu unutmayacağımı biliyorum... İhtimal artık bu acıya da alıştım... Onun için fazla ıstırap çekmiyorum... İnsan her şeye alışıyor... Elbette bu daha iyi...

XXI

O sene kış pek şiddetli olmuştu. Kütahya, haftalarca güneş yüzü görmemiş, sokaklar kardan, çamurdan geçilmez bir hale gelmişti. Doktor Vedat hemen her gün Kemal Bey'lere geliyor, evine gece yarısından sonra dönüyordu. İhtiyar binbaşı diline vird[140] etmişti. O geldiği zaman "Gel bakalım güneş efendi... Sen gelince eve güneş girmiş gibi oluyor" diyordu. Hakikaten de öyleydi. Onun şen, şakacı, oynak mizacı sayesinde kışın geçtiğini hiç duymuyordu.

140 ağızdan düşmeyen

Vedat'ın bir hususiyeti de çocukla çocuk, büyükle büyük olmasıydı. Makbule ile bahçede saatlerce kartopu oynuyor, Mebrure'yi omuzlarına bindirerek sofada at koşturuyor, hatta bazen mutfakta Emine Nine'ye yardıma gidiyordu.

Bir gün "Ah, Emine Nine'ciğim... Ben sana yanıyorum" diye boynuna sarılmış, şakadan anlamayan ihtiyar kadını "Eyvah namusum gitti... Gayri bu evde canıma emniyet kalmadı... Ben duramam" diye bar bar bağırtmıştı.

Geceleri binbaşı ile sobanın yanındaki sedire oturuyorlar; saatlerce dama, tavla, iskambil oynuyorlardı.

Bir gün Vedat hiç görünmedi. İki defa evine adam gönderdiler, o gün İstanbul'dan gelen bir memur arkadaşını görmeye gittiğini haber aldılar.

O akşam yatsıya doğru yine onlara uğradı. Pek şen ve memnun görünüyordu. Kardan bembeyaz kesilmiş paltosunu attıktan sonra cebinden buruşuk bir mektup çıkardı, onu muzafferane elinde sallayarak:

– Yaşasın hürriyet, dedi, İstanbul'a dönüyorum...

Bu müjde birdenbire soğuk ve acı bir tesir yaptı. Binbaşı "Etme Allahaşkına... Yok canım... Yalan söylüyorsun" diye şüphe ediyor, Makbule ellerini dizlerine vurarak çığlıklar, feryatlar koparıyordu. Vedat gürültülü bir kahkaha ile gülmeye başladı:

– Ah, ne hodgâm insanlar yarabbi, diyordu, kendi keyifleri için benim burada yıllarca sürgün kalmama razı olacaklar...

Binbaşı gülerek tevil etti:

– Yok onun için değil... Sanki birdenbire oldu da... Kimden geldi bu haber?

Vedat soğuktan kıpkırmızı kesilen yüzünü ısıtmak için sobanın kapağını açarak devam etti:

– Nüfuzlu bir meslekdaştan... Mamafih daha muhakkak bir şey değil... Siz benim o kadar kat'î söylediğime bakmayın... Malûm ya biraz mübâlağayı severim... Benim için Dahiliye Nazırı'na müracaat etmişler... O da bu işle meşgul olacağını ciddî surette vaadetmiş... Şimdilik bu kadar...

Makbule geniş bir nefes aldı, sevincini saklamaya lüzum görmeyerek:

– Hükümet adamları bol bol vaadederler ama tutan kim? dedi.

Binbaşı ile Vedat yine tavlaya başlamışlardı. Makbule her zamanki gibi başını babasının omuzuna dayayarak oyunu seyrediyordu.

Lâmia elinde dikişiyle lâmbanın yanına çekilmişti. Ara sıra gözünün ucuyla Vedat'a bakarak düşünüyordu. "Vedat Bey giderse ben de çok mahzun olacağım... Ara sıra bana "O"ndan bahsediyordu... Meğer "O"nu ne kadar seviyormuşum... Böyle sevmeseydim "O"nun arkadaşına bu kadar ehemmiyet verir miydim."

*
* *

Ertesi sabah Lâmia Makbule'de bir garip hal fark etti. Genç kız mütemadiyen onun peşinde dolaşıyor, bir şey söylemek istediği halde cesaret edemiyordu. Bir aralık Mebrure'ye çamaşır getirmek için en yukarıdaki sandık odasına çıktı. Aşağı ineceği vakit Makbule'yi yine karşısında gördü. Genç kız korkak bir tavırla:

– Abla... Lâmia Abla, dedi.

Kemal Bey'le evlendiğinden beri ona ilk defa böyle hitap ediyordu.

Lâmia dikkatle onun yüzüne bakarak:

– Sende bir şey var Makbule, dedi. Sabahtan beri dikkat ediyorum... Hiç arkamdan ayrılmıyorsun...

O birdenbire ürktü:

– Hiç... Bir şey değil... Sanki...

Lâmia yaşlı bir kadın tavrıyla:

– Haydi kızım... Ne derdin varsa söyle, dedi.

Makbule küçük bir tereddütten sonra bir cesaret hamlesiyle:

– Abla... Ben seviyorum, dedi.

Bunu o kadar tuhaf bir eda ile söylemişti ki, Lâmia gülmekten kendini alamadı, onun yanağına bir fiske vurarak:

– Hani artık Nail Bey'in adını ağzına almayacaktın... "Artık nefret ediyorum," diye yeminler ediyordun ya...

Makbule tuhaf tabiatlı bir kızdı. Her iyi ayda bir tanıdığı, gördüğü erkeklerden birini uzaktan uzağa sevmeye kalkar, Lâmia'ya uzun uzun dert yanar, "Babam beni ona vermezse vallahi billahi öleceğim" diye ağlardı.

Lâmia evvelâ titizlenmişti. Makbule'nin onu hiç saymadan böyle hafif şeylerden bahsemesi ciddî olarak benimsemeye başladığı "ana"lık gururuna dokunmuştu. Sonra bu işleri Kemal Bey'in haber alıp darılmasından çekinmişti. Fakat Makbule gibi haşarı bir mahlûkla uğraşmasına imkân yoktu. Hem de bu kadar çok kimseyi seven bu genç kızın iyi bir ciheti vardı. Hep kendi kendine gelin güvey olur, bu mütenevvi[141] bey ve efendilerden hemen hiç biri sevildiklerini bilmezlerdi. Sokakta eskaza birisi söz atacak olsa hemen dönüp tersler, haşarı bir mektep çocuğu gibi kavga ederdi. Makbule Nail sözünü işitince yüzünü buruşturdu:

– Ben Nail'den bahsetmiyorum abla, dedi, ne yapayım o miskini...

Lâmia yine gülümsedi:

– O halde o genç piyade mülâzimi Refik Bey, biliyorsun ki Refik Bey'in İstanbul'da nişanlısı var.

Makbule somurtkan bir çehreyle:

– Of, abla... Ben Refik Beyden mi bahsediyorum, dedi.

– O halde kim...

Genç kız gözlerini yere indirdi. Lâmia'nın lâcivert yün ceketinin düğmesini burup koparmaya çalışarak:

– Ben Vedat'ı seviyorum, dedi.

Lâmia, birden şaşırdı. Birisinin bu sözleri işitmesinden korkuyor gibi:

– Vedat'ı mı seviyorsun? Aman Makbule, ne yaptığını, ne söylediğini düşünüyor musun?

Makbule ağlamaya hazırlanarak onun boynuna sarıldı:

– Ne yapayım ablacığım... Gönül bu... Su gibi akıverdi gitti. Allah aşkına bana bir akıl öğret Lâmia Abla... Ne olursa senden olur... Vallahi billahi öleceğim...

Bu vakıa Lâmia'yı derin derin düşündürmeye başlamıştı. Aralık duran oda kapısını kapadı, sonra ağır, ciddî müşfik bir sesle:

– Makbule biliyorsun ki ben bir dereceye kadar senin annen de sayılırım... Herhalde bu sevda dediğin şey yine

---

141 çeşitli, türlü

ötekiler gibi gelici geçici bir şey olacak... Dur sözümü kesme... Vedat Bey bu evde hepimizin kardeşi gibi... Allah esirgesin bir şey hissederse hepimiz rezil oluruz...

Makbule hırçın bir sabırsızlıkla ayağını yere vurdu:

– Of Lâmia Abla... Anlamıyorsun. Ben yanıyorum diyorum... Ben Vedat'ın karısı olmak istiyorum... Burada güzel bir düğün... Sonra İstanbul'a gittiği vakit beni de götürür... Ah ne âlâ... Beybabamla sen de İstanbul'a misafir gelirsiniz... Vedat'cığımla sana kim bilir ne ikramlar...

Lâmia gayriihtiyarî gülerek onun sözünü kesti:

– Allah aşkına çocukluğu bırak Makbule daha ortada bir şey yokken böyle ümitlere kapılma...

– Acaba Vedat da beni sever mi dersin, Lâmia Abla?.. Pek öyle çirkin filan değilim... Söylesene Lâmia Abla... Haydi...

Lâmia'yı hoyrat kollarında hırpalıyor, zorla kucağına alıp odanın içinde dolaştırarak yalvarıyordu:

– Vedat da beni sever değil mi? Söylesene!..

– Yapma Makbule... Canımı yakıyorsun. Ne bileyim ben?

– Ablacığım benim senden yakın kimsem yok... Bunu olsa olsa sen anlayabilirsin.

– Ben mi anlayabilirim?.. Sen çıldırdın mı Makbule?

– Sen benden daha akıllısın ablacığım... Vedat'a kendimi sevdirmek için ne yapayım... Neler söyleyeyim... Neler giyineyim? Yabancı olsa kolay... Pek sıkıya gelirsen uzaktan işaret edersin... Mektup gönderirsin olur biter...

Lâmia kendini tutamayarak gülüyordu:

– Sen zannettiğimden ziyade çocuksun Makbule...

Genç kız bundan cesaret alarak daha başka türlü ricalara başladı:

– Kuzum Lâmia Abla'cığım... Sen onun ağzını arayıver... Bakalım benim için ne diyor... Nelerimi beğenmiyor... Ben de ona göre hareket edeyim... Hem belki inşallah o da beni seviyordur... Bu iyiliği bana eder misin Lâmia Abla'cığım? Ne olur... Sen birini seversen ben sana... Ay, ay, ay, bak neler söylüyorum... Tövbe tövbe... Zaten yarım aklım vardı... O da başımdan gitti...

Lâmia bu işte kendisinden muavenet beklememesini açıktan açığa Makbule'ye söylemişti. Fakat genç kız onun peşini bırakmıyor, onu zorla yalnız odalara kilitleyerek saatlerce derdini dinletiyor, ağlayıp sızlıyor, yüzünü ellerini öperek yalvarıyordu.

Lâmia'dan ümidini kesince gülünç ve tehlikeli çareler düşünmeye başlamıştı: Vedat'ın cebine mektup koymak, Emine Nine vasıtasıyla haber göndermek, açıktan açığa halazadesiyle konuşmak...

Lâmia onun böyle bir delilikten çekinmeyeceğini biliyor, bir rezalet çıkacak diye yüreği titriyordu. Kızın halindeki tuhaflığı evdekiler de anlamaya başlamışlardı. Türlü titizlik ediyor, dalgın, savruk hareketleriyle önüne gelen eşyayı kırıp deviriyor, yalnız kaldığı zaman avaz avaz bağırarak gazeller okuyordu. Vedat'a karşı ara sıra koket bir genç kız rolleri oynamaya başlamıştı. Hiç münasebeti yokken süsleniyor, gözlerine sürmeler çekiyor, tuhaf tavırlar alarak onunla ciddî bahislere girişmek istiyordu. Vedat bazen bu fevkalâdelikleri hiç fark etmiyor, bazen de alay ediyordu. O vakit, Makbule'nin cinleri başına toplanıyor, âşıkane bir tarzda başlayan bu sahneyi gürültülü bir çocuk kavgasıyla bitiriyordu.

Vedat bir zamandan beri dayısının arkadaşlarından birini tedavi ediyordu. Bir gün yemekte Makbule onun ağzını aradı:

– Mahmut Bey'in bir de ben yaşta kızı vardır... Tıpkı babasına benzer... Maymun suratlı...

Vedat güldü:

– Affedersiniz küçük hanım, dedi. Nebile Hanım'ı her gittiğim zaman görüyorum... Şeker gibi bir şey... Ya hele o baygın gözler, o boy, o endam...

Binbaşı şaka etmeye başladı:

– Beğendinse sana alalım Vedat...

Makbule birdenbire parladı. Bütün hiddetini babasından alarak:

– Aferin beybaba, dedi. Buldun buldun da o aşifteyi mi buldun... O kız boya güzelidir... Hem öyle ahlâksız fitnedir ki... Ama madem ki Vedat Bey beğeniyor... Allah mübaret etsin... Zaten erkekler hep midesiz olur...

Bir akşam Makbule Vedat'ı sokak kapısına kadar teşyi etmiş, ayrılacakları vakit "Yarın kendi elimle... Sizin için... Hurma tatlısı yapacağım... Mutlaka gelirsiniz, değil mi" diye onu davet etmişti.

Ertesi akşam yemek vakti olduğu halde Vedat bir türlü görünmüyordu. Makbule düğüne gider gibi giyinmiş, pencerenin önünde onu bekliyor, sabırsızlanıyordu. Vedat'ın Mahmut Bey'lerde olduğunu biliyordu. İhtimal yemeğe alıkoymuşlardı. Hain bu saatte Nebile ile şakalaşıyordu.

Kemal Bey sofraya oturdu: "Çocuklar Vedat gelmeyecek... Haydi biz yiyelim" dedi.

Genç kız hiddetle pencereyi kapadı, somurtkan bir çehre ile "benim başım ağrıyor... yemeyeceğim" dedi. Kapıları çarparak, topuklarını vurarak odasına çıktı, elbisesini yırtar gibi arkasından çıkarıp attı, hırsından ağlayarak yatağa girdi.

Binbaşı: "Bir zamandan beri bu kızın üstünde nemrutluk var ama anlamıyorum" dedi.

Lâmia omuzlarını kaldırdı: "Bilmem... Öyle mi?" diye cevap verdi.

Yemek bitmek üzere iken birdenbire kapı çalındı, Vedat telâşlı bir halle içeri girdi:

– Korkmakta hakkım varmış ya... Az kaldı aç kalıyordum... Efendi gevezenin biri lâkırdıya tuttu... Hani Makbule nerede...

Binbaşı cevap verdi:

– Başı mı ağrıyormuş neymiş... Bir haltı var anlamıyorum...

– Baş ağrımakla yemekten vazgeçilir mi canım... Gelsin ben onun ilâcını veririm... Nerede odasında mı...

Yukarı çıkmaya hazırlanıyordu. Lâmia ayağa kalktı:

– Müsaade edin... Ben çağırayım, dedi.

Makbule kapısını sürgülemişti. Lâmia'ya evvelâ cevap vermedi, sonra hiddetli bir sesle: "Ne var?" diye sordu.

– Haydi gel Makbule... Vedat Bey bekliyor... Darılacak sonra...

Makbule yorganı hiddetle başına çekerek:

– Darılırsa darılsın... Lüzum yok... Afiyet olsun, dedi.

Lâmia yemek odasına döndüğü vakit hafifçe gülümsüyordu.

Sadece, "uyumuş galiba!" dedi. Erkekler fazla izahat istemediler, başka şeyler konuşmaya başladılar.

Tam sofradan kalkacakları vakit kapı açıldı.

Makbule somurtkan yüzünde dargın ve mahçup bir tebessümle içeri girdi. Yeniden giyinmiş, alelâcele saçlarını düzeltmişti. Vedat onu kızarmış burnu ile kavgaya hazırlanmış bir horoz vaziyetinde görünce kendini tutamadı, kahkahalarla gülmeye başladı:

– Vay küçük hanım bu ne çehre... Bu ne hal?

Makbule hiddetlenerek:

– Ne çehreyse ne çehre... Siz kendi suratınıza bakın, dedi.

Önüne bakmadan yürürken yerdeki yemek tablasının kenarına basmıştı. Birdenbire bir sahan tabak şangırtısı koptu.

Binbaşı artık kendini tutamadı:

– Seni nemrut seni... dedi. Sana bir kötek atarsam görürsün gününü... Ne pis pis huylar peydahlandı canım... Koca mı istiyor nedir...

Tam naz edeceği zamanda Vedat'ın önünde işittiği bu şiddetli azar Makbule'nin pek azametine dokundu. Babasına cevap vermeye cesaret edemedi. Ellerini yüzüne kapayarak kendini odadan dışarı attı. Süratle yukarı çıkıyordu. Fakat merdivenin ortasına geldiği vakit sinirleri tuttu. Basamaklardan birinin üstüne upuzun yatarak tepinip çırpınmaya, acayip bir sesle: "Amanın bayılıyorum, tıkanıyorum, ölüyorum... Hay hay hay... Aman, aman, aman" diye bağırmaya başladı.

Ellerinde lâmbalarla, su bardaklarıyla hep birden koşuştular, Makbule'yi omuzlarından, bacaklarından tutarak yukarı sofaya çıkardılar.

Lâmia onun başını dizlerine koyarak yüzüne su serpiyor, bileklerini ovuşturuyor, binbaşı uzaktan lâmba tutarak: "Allah cezanı versin!" diye söyleniyor, Vedat bu hale gülmekten kendini alamıyordu.

Biraz sonra Lâmia ile Vedat yalnız kalmışlardı. Birbirlerine bakarak gülmeye başladılar. Genç adam mânalı bir bakışla:

– Ne dersiniz bu hale yenge, dedi.

Lâmia sahte bir hayretle kaşlarını kaldırarak cevap verdi:

– Bilmem... İhtimal biraz keyifsiz...

– Neden acaba?

– Kimbilir?

– Siz hiçbir şey fark etmediniz mi?

– Hayır...

İkisi de susmuşlardı. Vedat Bey, bir kâğıt parçasından kayık yapmakla meşgul görünüyordu. Lâmia ara sıra gözlerini onun yüzüne kaldırıyor, bir şey söylemek istiyor, fakat cesaret edemiyordu. Nihayet hafifçe titreyen bir sesle:

– Vedat Bey, dedi, ben Makbule'nin annesi sayılıyorum değil mi?

Genç adam başını salladı, eğlenir gibi bir tavırla:

– Şüphe mi var büyük hanımefendi, dedi.

– Ne olursa olsun onun annesiyim Vedat Bey, Makbule'yi kendi kızım gibi düşünmek benim vazifem... Onun için söyleyeceklerimi tuhaf görmeyiniz rica ederim... Şimdi ben de size sorayım... Siz de hiçbir şey fark etmediniz mi?

– Hayır... Ne gibi?

– Nasıl olur? İmkânı yok...

Vedat birbirlerinin maksadını pek iyi anladıklarını gösteren bir tebessümle:

– İhtimal, dedi, fakat mademki başladınız... Devam ediniz... Bana bir şey sormayınız...

– Benim hissettiğime göre kızım sizi... İstiyor...

– Mateessüf galiba öyle Lâmia Hanım... Bir zamandan beri bunu ben de hisseder gibi oluyorum... Siz bu işe ne dersiniz?

– Ne diyeyim... Siz de onu isterseniz pek memnun olurum... Kayınvalideniz olmayı elbette isterim...

– Şimdi de size "kaynana" demiyor muyum. Ya Mebrure?

– Rica ederim Vedat Bey... Ciddî konuşuyoruz değil mi efendim?

– Makbule ile benim izdivacımda ciddî olarak bahsetmek mümkün mü Lâmia Hanım... Buna siz imkân veriyor musunuz?

– Niçin olmasın... Biçare çocuk sizi çok istiyordu.

– Güzel ama bu kâfi değil... Bir kere ben öyle bir adamım ki... Fakat bu imkânsızlık için sebep göstermek bile gülünç...

– Öyle ama hepimiz müşkül bir vaziyette kalıyoruz Vedat Bey...

– Orası da öyle... Hay Allah cezasını versin... Bir çaresini bulup buradan kaçabilsem iş kolaylaşır ama... Bari şimdilik ziyaretlerimin arkasını keseyim...

– Nasıl olur? Dayınız şüphe etmez mi?

– Tabiî edecek... Vah vah... Adamcağızın da canını sıkacağız... Hay aksi kız hay... Mamafih başka çare de yok Lâmia Hanım... İşlerimi bahane ederek daha seyrek gelip gitmeye başlarım.

Lâmia mahzun mahzun:

– Zavallı Makbule, dedi. Kim bilir ne kadar üzülecek...

– Herhalde bu gelici geçici bir hevesten başka bir şey değil Lâmia Hanım... Sevdazede Makbule nerede?

XXII

Vedat dayısının evine pek seyrek gelmeye başlamıştı. Tıbba dair bir kitap yazmakla meşgul olduğunu söylüyor, haftada bir iki defa da bazı yeni arkadaşlarıyla beraber ava gidiyordu. Makbule kitapla avın bahaneden başka bir şey olmadığını hissetmişti. Deliliğini, titizliğini günden güne artırıyor, "Sen beni düşünmüyorsun... Sen meram etsen derdime bir çare bulursun" yolunda mânâsız şikâyetlerle Lâmia'yı daima bîzâr[142] ediyordu. Bahar yaklaştığı halde bir türlü havalar düzelmiyor, hâlâ kar yağıyordu.

Lâmia bir gün hasta komşularından birinin hatırını sormaya gitmişti. Orada tesadüf ettiği bir ihtiyar kadın söz arasında fena bir havadis verdi:

– Ayol işittiniz mi, dedi. Bu sabah bir av kazası olmuş... Hani Mardiyan Dudu'nun evinde oturan bir sürgün hekim vardır... O yaralanmış, sedye ile hastaneye getirmişler...

Lâmia hafif bir feryad kopardı, birden bire rengi uçarak:

– Sahi mi büyük hanım... Neresinden vurulmuş?.. Yarası ağır mı acaba? diye sordu.

– Bilmem ki kızım... Ben de bizim muhtarın gelininden işittim...

---

142 bıktırmak

Ev sahipleri hastaneye adam göndermeyi teklif ettiler.

Fakat Lâmia o vakte kadar sabredemeyeceğini söyleyerek sokağa çıktı. Evvelâ acele acele eve gidiyordu. Kemal Bey'le Makbule'ye kazayı haber verecekti. Fakat yolda biraz aklı başına gelince bunun doğru bir şey olmadığını düşündü. Vedat'ın yarası ehemmiyetli değilse kocasını beyhude korkutmuş olacaktı. Sonra Makbule de belki fazla meraklanacak, ayılıp bayılacak büsbütün onları şaşırtacaktı. Herhalde gitmeden evvel bir yerden malûmat almalıydı. Mardiyan Dudu mutlaka vak'ayı öğrenmiş olacaktı.

Lâmia bir köşe başında yolunu çevirdi. Vedat'ın oturduğu eve doğru süratle yürümeye başladı. Kapıya yaklaştıkça aksi bir haber almak korkusu ile yüreği çarpıyor, gözleri kararıyor, bastığı yeri bilmiyordu.

Mardiyan Dudu kocaman bir hasır yelpaze ile taşlıkta mangal yakıyordu. Aralık kapıdan Lâmia'nın girdiğini görünce şaşırdı, ellerini beline dayayarak:

– Hayır ola hanımcığım... Hayır haber inşallah?.. dedi.

Genç kadın, heyecanını zaptetmek için eliyle göğsüne basarak:

– Mardiyan Dudu... Kazayı duymadın mı? dedi.

İhtiyar kadın, daha ziyade şaşırdı:

– Ne kazası?

– Vedat Bey avda yaralanmış... Hastaneye getirmişler... Buraya da mı haber vermediler... Ne yapsak acaba?

Mardiyan Dudu bir kahkaha kopardı, sonra merdivenden yukarı seslenerek:

– Vedat Bey... Aşağıya in... Bak kim geldi? dedi.

Vedat, Lâmia'yı karlara, çamurlara batmış, heyecandan sesi soluğu kesilmiş bir halde taşlıkta görünce şaşırdı:

– Yenge sakın bizimkilerden birine bir şey mi oldu? dedi.

Genç kadın heyecandan, sevinçten söz söyleyemiyordu. Mardiyan Dudu, onun yerine cevap verdi:

– Sizi vurulmuş hastaneye gitmiş diye işitmişler...

– Ben mi? Kim çıkarmış bu lâkırdıyı? Dayım duydu mu yenge?

Lâmia, başıyla "hayır" diye cevap verdi, sonra kesik kesik devam etti:

– Misafirlikte işittim... Dayınızı birdenbire korkutmak istemedim... Doğru buraya koştum... Ah Vedat Bey, ne kadar korktum... Bu korku yanıma kalırsa çok iyi... Demek yalan söylediler...

Vücudu hâlâ titriyor, taşlığın yarım aydınlığı içinde gözleri parıl parıl yanıyordu.

Vedat gülerek cevap verdi:

– Büsbütün yalan değil... Fakat size yüzde doksan sekiz mübalâğa ile anlatmışlar... Yara dedikleri şey ehemmiyetsiz bir sıyrıktan ibaret...

Bunu söylerken elini uzatmıştı. Lâmia hafif bir feryat kopardı. Vedat'ın sağ avucu ince bir bezle sarılıydı. Bunu Mardiyan Dudu bile fark etmemişti.

Genç adam her zamanki alaycı tavrıyla devam ediyordu:

– Benim avcılığımdan ne olacak... Tüfek atarken avucumun derisini tetiğe kıstırdım... Tabiî biraz sıyrıldı, sekiz on damla kan aktı... Dönerken bir eczaneye uğrayarak biraz gazlı bez aldım... Bir parça daha gayret etseler beni "öldü" diye çıkaracaklarmış... Fakat siz hakikaten çok meraklanmışsınız yenge...

Lâmia gitmeye hazırlanıyordu. Mardiyan Dudu mâni oldu:

– O kadar yerden geldin... Biraz soluk al...

Genç kadın tereddüt etti:

– Geç kalırım... Belki evdekiler de işitmişlerdir... Dayınızla Makbule telâş ederler...

Vedat ona hak veriyor, "Evet, evet geçikmeyiniz" diyordu. Fakat Dudu ısrar etti:

– Nasıl ev sahibisin a Vedat Bey... Beş dakikacık... Sana taze çay pişirdim... Bir bardak da hanıma ikram etmeyelim mi? Hem baksana ne kadar üşümüş... Biraz elini, yüzünü ısıtsın...

Lâmia çok üşümüştü. Ara sıra dişleri birbirine çarpacak kadar titriyor, morarmış parmaklarnı nefesiyle ısıtıyordu.

Mardiyan Dudu onları kendi misafir odasına aldı, taşlıktaki mangalı da getirip bırakarak:

– Siz ısına durun... Ben şimdi çayı hazırlarım, dedi.

İhtiyar kadın, bu mini mini odayı pek hatırlı misafirlerine açardı. Bütün kıymetli eşyasıyla kocasından kalan yadigârlar burada dururdu. Vedat yırtıkları yeşil bir bezle yamanmış mor atlas kaplı bir kanepeye oturmuştu. Lâmia alçak bir tezgâh iskemlesi alarak mangal başına geçti. Ateşi gördükçe büsbütün sızlayan parmaklarını oğuşturarak, "Allah razı olsun ev sahibinizden... Donacaktım," diyordu.

Duvarlar muska şeklinde cins cins, çeşit çeşit bez parçalarından yapılmış "halılar"la örtülüydü. Mardiyan Dudu, aile fotoğraflarından gazete, kitap resimlerine kadar eline ne geçtiyse bu "halılar"ın üstüne asmış, dikmiş, yapıştırmıştı.

Vedat sesini alçaltarak söylüyordu:

– Benim ev sahibim cidden antikadır... Dünyada bu odadan daha gülünç, daha eğlenceli bir müze tasavvur edemiyorum... Hele etrafınıza bir bakın... Şu uzun saplı, kaşık gibi bir şey bir nevi kaşağı... "Rahmetlik" kocası bununla arkasını kaşırmış... Şu nal, vaktiyle anası gelin olurken bindiği katırın nalı imiş... Şu tahta kutuya büyükbabası vaktiyle altın doldururmuş... Bunları bana birer birer anlattı...

Mardiyan Dudu'nun elindeki çay tepsisiyle içeri girmesi üzerine Vedat, sözü değiştirdi, bu defa Makbule'den bahsetmeye başladı. Dayızadesinin hoppalıkları, münasebetsizlikleriyle inceden inceye eğleniyor, Makbule'nin bazı hallerini, tavırlarını öyle güzel taklit ediyordu ki genç kadın kahkahalarla gülmekten kendini alamıyordu. Mamafih yine bu fırsattan istifade ederek genç kızı müdafaaya başlamıştı:

– Ne kadar insafsızsınız Vedat Bey... Makbule fena kalpli bir kız değil... Biraz havai, biraz sadedil... Fakat siz onu istediğiniz gibi terbiye edebilirsiniz... Sonra düşününüz ki biçare sizi çok istiyor, onun üzüldüğünü gördükçe ben de üzülüyorum.

Lâmia bunları söylerken ara sıra parmaklarıyla şakaklarını sıkıyordu. Vedat Bey sözünü keserek:

– Rahatsız mısınız, dedi.

Genç kadın:

– Başımda bir ağırlık, gözlerimde bir hafif karartı var, dedi... Ehemmiyetli bir şey değil... Geçer... Biraz evvel geçirdiğim korku ve heyecanın neticesi olacak.

Tekrar Makbule'den bahsetmeye başlamıştı. Vedat da şimdi ağır ve ciddî konuşuyor, bu genç kızla niçin evlenmesine imkân olmadığını uzun uzun anlatıyordu.

Genç adam biraz evvelki neşe ve canlılığını kaybetmişti. Başında şiddetlice bir ağrı, vücudunda bir kesiklik hissediyordu. Hafifçe gerinerek:

– Ne kasvetli bir gün Lâmia Hanım, dedi. Bu saatte âdeta ortalık karardı... Ben de de sizin gibi bir rahatsızlık var... Siz biraz hafiflediniz mi?

Lâmia yine cevap vermedi. Sağ kolunu yanındaki kanapeye dayamış, alnını bileğinin üstüne koymuştu.

Bu tabiî bir oturuş değildi. Omuzları hafifçe titriyor, sol kolu yanına sarkıyordu.

Vedat müşkülatla yerinden kımıldandı:

– Yenge, rahatsız mısınız? diye sordu.

Lâmia yine cevap vermedi. Vedat ona doğru eğildi, suali tekrar ederek omuzuna dokundu. Genç kadının kolu birdenbire kanepenin kenarından kurtuldu, vücudu cansız bir şey gibi yere yuvarlandı.

Vedat ona muavenet etmek istiyor, fakat kâbus içinde gibi, eli kolu hareket etmiyordu. Şaşkın bir nazarla etrafına bakınmaya başladı, oda, bir kuyu gibi kararıp derinleşiyor, uzak, boğuk seda akisleri veriyordu. Gözleri bu karanlığın içinde mangala, tepeleme dolu kömür ateşinin üstünde hâlâ yanıp sönen hafif mavi alevlere dikildi. Neye uğradıklarını o vakit anladı, bağırmak istedi, sesi çıkmadı. Son kuvvetini toplayarak kapıya doğru birkaç adım attı. Birdenbire ayakları bir şeye takıldı. Fakat düşerken kapının topuzuna yapışmış, kolunun sert sadmesiyle[143] onu açmaya muvaffak olmuştu.

XXIV

Lâmia o gece hiç kendini bilmedi. Vücudu ateşler içinde yanıyor, ara sıra anlaşılmaz kelimeler söyleyerek sayıklıyordu.

Ertesi sabah ağır bir uykudan uyandığı vakit havayı açmış buldu. Gökyüzü ıslak menekşeler rengindeydi. Göz alabildiğine uzanıp giden karlı manzaralar üstüne parlak bir bahar güneşi dökülmüştü.

Genç kadın halsiz ve yorgundu. Fakat akşamki buhranlarından eser kalmamıştı. Bilâkis içinde bu güzel sabah gibi taze ve hafif bir şey hissediyordu.

Pencerenin yanında sessiz sedasız dikiş diken Emine Teyze'den Mebrure'yi istedi, çocuğu yatağının içine alarak saçlarını taradı. Bir aralık Makbule de odaya gelmişti. Lâmia onun boynuna sarılmasını, yatağının yanına çıkıp oturarak dünkü vak'ayı mübalâğalarla anlatmasını bekliyordu. Fakat genç kız bu sabah neşesiz ve durgun görünüyordu. Başını bir beyaz yemeni ile sımsıkı çatmıştı. Lâmia'nın sorduğu suallere tek tük cevap verdi, sonra bir iş bahane ederek dışarı çıktı.

Kemal Bey de o sabah görünürlerde yoktu. Lâmia kocasıyla üvey kızının buğün bu kadar kendisini ihmal etmelerine hayret ediyordu. Emine Nine'ye binbaşının nerede olduğunu sordu, sabahleyin erkenden sokağa çıktığını öğrendi.

---

143 vuruş

Genç kadın biraz sonra yatağından kalkmış yavaş yavaş odasının içinde dolaşarak giyinmeye başlamıştı. Bir aralık aşağıda kocasının sesine benzer bir ses işitir gibi oldu. Oda kapısını açarak kulak verdi. Onun sesiydi. Kemal Bey aşağı odada sert bir sesle kızını azarlıyordu. Makbule, cevap veriyor, fakat çok yavaş söylediği için ne dediği anlaşılmıyordu.

Lâmia bu sabah evde gördüğü işittiği şeylerden korkmaya başlamıştı. Yavaş yavaş aşağı indi, onların bulunduğu odaya girdi. Baba kız, onu görünce sustular. Makbule başını öte tarafa çevirerek odadan çıktı. Rengi biraz evvelkinden daha uçuk gözleri kıpkırmızıydı.

Binbaşı sokaktan yeni gelmiş, daha paltosunu çıkarmamıştı. Soğuk bir tavır ile "nasıl, bir şeyin kalmadı ya inşallah!" diye sordu.

Karısına bakmaya mecbur olmamak için başını pencereye çeviriyor, kaşlarını çatıyordu.

Lâmia telâş göstermemeye çalışarak sordu:

– Makbule'ye ne oldu?

– ....

– Bir şeye mi canınız sıkıldı?

– ....

– Beni korkutuyorsunuz Kemal Bey... Ne var Allah aşkına?..

Binbaşı aynı çatkın çehre, sert ve soğuk tavırla kapıya döndü yürüdü:

– Hayır... Daha sonra konuşuruz... Lâmia onun yolunu kesti:

– Hayır Kemal Bey... Görüyorsunuz ki merak içindeyim... Üzmeyiniz beni...

Kocasının anûd[144] sükûtu karşısında ne düşüneceğini bilemiyor, zihninden türlü fena ihtimaller geçiriyordu. Birdenbire Vedat aklına geldi. Emine Nine sabahleyin onun da aynı kömür kazasına uğradığını, dünden beri onun da hasta yattığını söylemişti. Sakın o daha ağır hasta olmasın? Yahut da? Bu fikir onu öyle heyecana düşürdü ki kendini zaptedemedi, gözlerinde büyük bir ızdırap ve korku ile:

– Vedat Bey, dedi, sakın Vedat Bey'e bir şey olmasın?

Kapıdan çıkmak üzere olan binbaşı, şiddetle döndü. Yüzü takallüs ederek kızarıyor, gözlerinin içi yanıyordu. Sert bir şey söyleyecekti. Fakat kendini zaptetti. Cebrî bir sükûnetle sordu:

– Artık hasta değil misin? Beni dinleyecek halde misin?

Lâmia kül gibi kesilmişti. Titreyerek cevap verdi:

– Bir şeyim yok... Buyurunuz...

– Suallerime açık cevap ver... Dün orada onun evinde ne işin vardı?

– Ne işim mi vardı? Vedat Bey elbette size söylemiştir... Dün misafirlikte işittim ki...

Binbaşı onun sözünü kesti:

– Ben onu görmedim... Bu vak'alar üzerine artık doğrudan doğruya sana soruyorum... Hiçbir şeyi gizlemeden cevap ver...

Genç kadın kocasının nasıl bir şüpheye düştüğünü o vakit anladı. Bir gün evvelki vak'aları süratle gözlerinin önünden geçirdi. Binbaşı bu şüphesinde haklıydı. Şimdi ne yapacak, kendisinin de Vedat'ın da hiç bir günahları olma-

---

144 inatçı

dığını neyle ispat edecekti? Gördüğü bunca felâketlerden sonra niçin bu kadar tedbirsizce hareket etmişti?

Vak'ayı olduğu gibi anlatırsa Kemal Bey'e biraz emniyet gelebileceğini düşündü. Gözyaşlarını, isyanlarını zaptetti. Şaşkınlık ve teessürle hiçbir noktayı unutmamak için bütün takatini sarfederek söze başladı. İkide birde ıslak ve hummalı gözlerini kocasının yüzüne kaldırıyordu. Binbaşı hissiz bir sükûnla dinliyor, fakat inanamıyordu. Sararmış dudaklarında acı bir tebessüm, pencereden dışarıya bakmakta inat eden gözlerinde meyus bir kanaat vardı. Lâmia ne yapsa onun kalbinden bu şüpheyi çıkaramayacağını anladı, hikâyesini yarıda bırakarak aczinden yeisinden ağlamaya başladı.

Binbaşı, karısının göz yaşlarının dinmesini aynı hissiz sükûnla bekledi, sonra ağır ağır söylemeye başladı:

– Lâmia... Bunlar beyhude... Seninle gayet ciddî konuşmak lâzım... Bizim evlenmemiz münasebetsiz bir şeydi... Bunu inkâr etmemeli... Bu işe razı olmakla sen bir çocuk, ben bir bunak gibi hareket ettik... Sen küçük yaşta büyük felâketlere uğramıştın... Ben ihtiyar kalbime söz geçiremedim... Hâsılı bu münasebetsiz iş oldu... Ben insaflı, namuslu adamım Lâmia... Söylemedim, belli etmedim... Fakat kendimden belki kırk yaş küçük bir kızla evlenirken ne kadar arlandığımı Allah bilir... Kütahya'da ahbaplarımın yüzüne bakamaz oldum, bir kahvede iki kişi konuşsa benden bahsediyorlar sanıyordum. Sonra seni kıskanıyordum... Hiç anlamadın değil mi?.. Çünkü bunu senden gizlemek için ne kadar cebr-i nefs ettiğimi ben bilirim... Benim üstüme bir fenalık etmenden mi şüpheleniyordum? Haşa... Onu aklımdan geçirmiyordum... Fakat dedim ya ben insaflı, mülahazalı[145] bir adamım... Gençsin, güzelsin...

Bir gün nasıl olsa gönlünü birine açıp gidecek.. Ben ölüp gittikten sonra nasıl olsa başkalarını seveceksin. Nasıl ki daha evvel de sevdin... Anlıyorsun ya ortada hiçbir şey yokken yine ben seni kıskanıyordum... Her şeyi söyleyebilirim... Ben Vedat'ın gelmesini de hoş görmemiştim... Fakat bu şüpheyi hissettirmek çok çirkin, çok ayıp bir şey olacaktı... Onun gençliği,onun güzelliği, onun şetâreti[146] beni ezip bitiriyordu... Bu iki hafta evvel Makbule ağzından bir söz kaçırdı... "Vedat Bey'in beğeneceği kadın Lâmia Abla'ma benzemeli," dedi. Kızım bu sözüyle babasının kalbine ne derin bir yara açtığını bilmiyordu. Nihayet dünkü vak'a oldu... Bir jandarma neferiyle bir ihtiyar kadın telâşla buraya koşup vak'ayı anlattılar... Vedat'la seni kömür çarpmış... Hayatınız tehlikedeymiş... Makbule bir çığlık kopardı: "Vedat'ı Lâmia öldürdü... Birbirlerini sevdiklerini biliyordum," diye haykırmaya başladı... O dakikada nasıl geberip gidemediğime hayret ediyorum... Hâsılı dünden beri Kütahya birbirine girdi. "Sürgün doktorla binbaşının karısı bir odaya kapanarak kendilerini zehirlemişler, kucak kucağa ölmek istemişler" diyorlarmış. Hakikaten kahabatiniz var mı, yok mu? Bunu bilmiyorum... İhtimal ki vak'a senin anlattığın gibidir... Tabii öyle olmasa da benim için son bir tesellidir. İhtimal ki değildir... Mamafih ne de olsa bundan sonra beraber yaşamamıza imkân kalmadı... Seni artık evimde alıkoyamam... Hatta senin gibi Vedat da benim nazarımda öldü...

145 dikkatle bakma, iyice düşünme
146 neşeli olma, şenlik

Bütün hayatımda doğru dürüst bir insan olarak kendimi tanıttıktan sonra bu yaşta bu âkıbete uğramak istemezdim... Ne çare kaderde bu da varmış... Zaten er geç bu böyle olacaktı... Saadetime esasen inanmıyordum... "Bu devam edemez, yağma yok babalık, bu kadar genç, güzel bir mahluk ilanihaye senin olamaz" diyordum... Nitekim korktuğum başıma geldi.

İhtiyar binbaşı kapının yanındaki kanepelerden birine çökmüş, başını elleri içine almıştı.

Lâmia yalvarmak, ayaklarına kapanmak istiyordu. Fakat o elinin sert bir hareketiyle oda kapısını gösterdi, boğuk bir sesle:

– Allah rızası için beni yalnız bırak, dedi.

XXV

– Lâmia Hanım birkaç dakika görüşebilir miyiz?

Genç kadın elinde çocuğuyla mezarlığın arkasındaki tenha yoldan geçiyordu. Çok dalgındı. Birdenbire ürkerek başını çevirince Doktor Vedat'ı gördü.

– Siz misiniz Vedat Bey... Birdenbire sesinizi tanıyamadım...

– Epeyce zamandan beri görüşemediğimiz için sesimi unuttunuz...

Vedat âdeti üzerine lâtife etmeye çalışıyordu. Fakat çehresi süzgün ve karışıktı. Sözleri dudaklarından dökülüyordu. Mebrure'nin kıvırcık sarı saçlarını okşadıktan sonra çekingen bir tavırla:

– Ne vakitten beri sizi görmek istiyordum, dedi, bir türlü çaresini bulamadım... Demin çarşıdan geçtiğinizi gördüm... Gizlice peşinize takıldım... Adi bir sokak çapkını gibi sizi takip ettim... Allah'tan buraya saptınız... Bu, ne hazin vaziyet değil mi Lâmia Hanım?.. Biz ki hemen hemen kardeş olmuştuk...

Vak'a gününden sonra ilk defa birbirlerini görüyorlardı. Lâmia, hem seviniyor, hem korkuyordu. Vedat onun neşeli bir tavır ile sık sık etrafına baktığını görerek:

– Sizinle burada konuşmak herhalde tehlikeden arî değil, dedi, fakat ne çare ki ben buna mecburum... Hem de artık olan oldu... Ne yapsak bu iftiradan kurtulamayacağız... Şu yoldan dönelim mi Lâmia Hanım?

Lâmia tereddüt ediyor:

– Söyleyeceğiniz uzun mu Vedat Bey? diye soruyordu.

Genç adam ısrar etti, "herhalde üç beş dakika serbest konuşmamız lâzım..."

Vedat'ın gösterdiği ince yol boş bir tarlaya çıkıyordu.

Papatyalar, gelinciklerle dolu otların arasında bir fakir çoban çocuğuyla üç beş kişiden başka bir şey görünmüyordu. Vedat biraz evvelki sözleri tekrar ederek:

– Evet Lâmia Hanım, dedi, biz ki hemen hemen kardeş gibi olmuştuk... Sizi adeta sokak çapkınları gibi takip ettim, böyle gizli gizli çayırlarda konuşmamız ne hazin değil mi? Son zamanlarda size pek seyrek uğramamın asıl sebebi Makbule değildi... Dayımın benimle olan ahbaplığınızı hoş görmediğini biliyordum... O gün kendi kendinize evime uğramak ihtiyatsızlığında bulunmanız canımı sıkmıştı... İhtimal hatırlarsınız... Dayım belki merak eder bahanesiyle hemen eve dönmenizi istemiştim... Fakat aksi Dudu sebep oldu... Bunları kendimi günahsız göstermek için söylemiyorum Lâmia Hanım... Ne de olsa bundan ben mesulüm... Dayımı görmek, ona hakikati olduğu gibi anlatmak istedim, benimle görüşmeyi reddetti... Uzun bir mektup yazıp gönderdim. Mektubu açılmamış olarak iade etti... Hülâsa sizi müdafaa etmek için hiçbir çare bulamadım... Bu on gün içinde ne kadar ıstırap çektiğimi tahmin edemezsiniz...

Lâmia mahzun mahzun gülümsedi:

– Ne yapalım Vedat Bey... Bu benim talihim efendim, dedi.

Genç adam korka korka sordu:

– Şimdi ne yapmak, nereye gitmek fikrindesiniz?

– Birkaç güne kadar İstanbul'a gideceğim Vedat Bey... Tabiî artık Kütahya'da kalamam... Kemal Bey de zaten böyle istiyor... İstanbul kendi halinde yaşamak isteyenler için daha müsait bir memleket değil mi efendim... Annemin bir ihtiyar sütninesi vardır. Galiba Beylerbeyi taraflarında bir yerde oturuyor, eğer sağsa ona yakın bir yerde oturacağım. Rahmetli beybabamdan kalan birkaç kuruş maaşımla kendimi ve çocuğumu idareye çalışacağım... Hatta mümkün olursa çalışacağım Vedat Bey... Ben çok sıkıntı çektiğim için artık korkmuyorum... Emin olunuz ki tahmin ettiğinizden ziyade sakinim... Hatta İstanbul'u tekrar göreceğimi düşününce içime bir tatlı heyecan bile geliyor...

Eliyle Mebrure'nin başını okşuyor, gözlerinde mahzun mütehayyil bir tebessümle uzaklara bakıyordu.

Hayatımı bu küçüğün saadetine vakfetmek istiyorum Vedat Bey... O mesut olursa ben ziyan olan gençliğime acımayacağım...

Vedat onu bu kadar sakin ve mütevekkil gördüğüne hayret ediyor, hatta biraz asabileşiyordu:

– Çok şey gördünüz, dedi, fakat emin olunuz ki siz daha hayatı tanımıyorsunuz... Daha gençsiniz... Mesut olabilirsiniz... Hatta kimbilir belki tekrar sevebilirsiniz...

Bu son söz Lâmia'yı hafifçe ürküttü, kızardığını hissederek:

– Sevmek mi... Ben zaten sevmedim ki, diye kekeledi.

Vedat da gülerek başını salladı:

– Bunu başkalarına söyleyebilirsiniz Lâmia Hanım... Fakat ben inanmam...

Mebrure'yi kollarından tutup havaya kaldırdı, onun küçük yüzüne, parlayan gözlerine söyler gibi:

– Şuna bakınız Lâmia Hanım, dedi. Bu kadar nadide bir süs bir tesadüften değil ancak bir derin sevdadan doğabilir. Sizin hikâyenize benim bir dakika gönlüm inanmadı zaten. Mamafih bu sözlerimi affediniz... Bir genç kadına böyle mahrem gönül meselelerinden bahsetmek saygısız bir ayıp bir hareket olur... Asıl bahsimize avdet edelim... Vaziyetiniz müşkül, düşündüğünüzden çok daha ziyade müşkül... Düşününüz ki bir leke üzerine kocasından ayrılmış bir kadınsınız...

Lâmia gülmekten kendini alamadı:

– Teşekkür ederim Vedat Bey, siz beni müteselli edeceğiniz yerde cesaretimi kırmaya mı çalışacaksınız...

Hafifçe kızardı. Sözün bu mecraya dökülmesinden memnun görünmüyor, asabiyetini gizlemeye muvaffak olamıyordu.

– Onu demek istemiyorum... Uğradığınız felâkette benim de mesuliyetim var...

– Sizin mesuliyetiniz mi? Niçin?

– Görünüşte değil fakat hakikatte öyle... Ne olursa olsun zevcenizden ayrılmanıza ben sebep oldum... Binâenaleyh her namuslu erkek gibi bunu tamir etmek lâzım... Sözü niçin uzatıp karıştırmalı... İstemeden sebep olduğum felâketi tamir etmek için benimle evlenmenizi teklif ediyorum...

Lâmia hafif bir feryat kopardı, ellerini kıpkırmızı kesilen yüzüne kapayarak:

– Ne söylüyorsunuz Vedat Bey... Bu olacak iş mi, dedi.

Vedat hemen huşûnetle:

– Namuslu insanlar için bu iş daima böyle olur, dedi.

– İmkânı yok Vedat Bey, dedi, namuslu erkek böyle yapar diyorsunuz... Sorarım size... Hiç kabahati olmayan namuslu bir erkeğin bu kadar büyük fedakârlığını temiz bir kadın nasıl kabul eder rica ederim... Artık ayrılalım Vedat Bey... İnsaniyetiniz için size teşekkür etmeyi unutmuyorum...

Lâmia bu sözlerden sonra daha fazla konuşmak doğru olmadığını hissediyor, gitmeye hazırlanıyordu.

Vedat buna mâni oldu:

– Lâmia Hanım, dedi, ihtimal sizi bir daha böyle tenha mezarlık aralarında göremeyeceğim... Birkaç gün sonra İstanbul'a gideceksiniz... Bu işi mutlaka halletmemiz lâzım... Rica ederim teklifimi kabul etmenize ne mâni var?

– Söyledim ya Vedat Bey... Fedakârlık istemiyorum...

Genç adam her zamanki lakayt, alaycı mizacından umulmayacak bir rikkat ve asabiyetle,

– Ya bu fedakârlık benim için bir saadet olacaksa Lâmia Hanım? dedi. Ya mesut bir aile yuvası kurmayı ümit ediyorsam...

– Benden elbette daha iyi daha temiz bir genç kız bulabilirsiniz Vedat Bey...

– Ya ben sizi bulabileceğim kızların hepsine tercih ediyorsam, ya bu fedakârlık sözü benim için bir bahane ise... Ya ben sizi seviyorsam?

Lâmia ne yapacağını, ne söyleyeceğini bilmeyerek titriyor, önüne bakıyordu.

Vedat, daha sakin ve ciddî devam etti:

– Madem ki bu kadar söyledim... İkmal edeyim... Siz benim üstümde çok büyük bir tesir hâsıl ettiniz Lâmia Hanım... Dayımın karısı olduğunuz müddetçe bunu kendi kendime karşı da sadece bir tesir diye izah ediyordum... Fakat mademki bu vak'a başımıza geldi... Artık bunu gizlemek için bir sebep göremiyorum... Şimdiden bana söz veriniz... Yakında İstabul'a döndüğüm zaman evleniriz... Benim hafif bir adam göründüğüme bakmayınız... Sizi elimden geldiği kadar mesut etmeye çalışırım...

Lâmia derin derin düşünmeye başlamıştı. Korkak bir tebessümle:

– Bana karşı böyle bir hissiniz olması daha büyük bir mâni değil mi Vedat Bey? dedi, benim fazla tahsilim yok... Fakat uğradığım felâketler üzerine çok düşündüm, bazı şeyleri çok iyi anladım... Size öyle bir zevce lâzım ki, sizi sevsin Vedat Bey... Lâyık olduğunuz kadar sevsin...

– Peki... Bir gün ümit edemez miyim ki...

Lâmia şüphe ile başını sallayarak cevap verdi:

– Demin Mebrure'ye bakarak benim için bir şey söylemiştiniz. Ya ben daha evvel başkasını sevdimse... Ya benim kalbimde zevcem olacak insana verecek hiçbir şey kalmadıysa...

– Bu çok fazla ciddi bir şey mi oldu Lâmia Hanım?

Vedat'ın derin bir hazin ile sorduğu bu suale Lâmia cevap vermedi, sade başını önüne eğdi. Genç adam aynı tavır ile devam etti:

– Ya ben de... Öteki zevcinizden fazla bir şey istemezsem... Ya sevilmeden size malik olmayı isteyecek kadar sizi seviyorsam?

– İmkânı yok Vedat Bey... Şikâyet etmiyorum... Fakat onun için az mı pişman oldum... Hem siz gençsiniz... Sevilmeye lâyıksınız... Siz o insanlardansınız ki bir kadın yahut bir genç kız sizi sevmeden evlenirse günah ve yazık olur... Görüyorsunuz ya ne kadar açık söylüyorum. Şimdi artık size "Allahaısmarladık" diyeceğim Vedat Bey...

– Peki Lâmia Hanım... Fakat İstanbul'a geldiğim zaman sizi görmeme müsaade edecek misiniz? Niçin açık söylemeyeyim ben hâlâ ümidimi kesmiyorum...

– Sizi bir arkadaş gibi yine göreceğim...

– O halde bir iki haftaya kadar görüşürüz...

– Nasıl sizin için yakında İstanbul'a gitmeye ihtimal var mı?

– Üstüne düşmüş olsaydım şimdiye kadar da gitmiş olurdum. Bu kadar ihmal göstermemin sebebi yine siz oldunuz Lâmia Hanım. Bunun için size yemin ederim.

İki arkadaş gibi birbirlerinin ellerini sıktılar. Vedat Mebrure'yi kucağına alarak tekrar tekrar yanaklarından öptü ve ayrıldılar.

Üçüncü Kısım

I

Anadoluhisarı, 1 Haziran

Pancurlarım kapalı, odam gece gibi karanlıktı. Bir saatten beri piyanonun yanındaki koltuğun içinde uyuşup kalmıştım. Hiçbir şey düşünmüyor, hiçbir şey hissetmiyordum. Odam gibi beynime ve kalbime de mazlum bir durgunluk çökmüştü.

Birdenbire kapım açıldı, Cavidan bir rüzgâr şiddetiyle içeri girdi. Beni o halde görünce hafif bir feryat ve hiddet çığlığı kopardı.

– Ne yapıyorsun Kenan... Ben seni giyinmiş sanıyordum... Adeta benimle eğlendiğine inanacağım geliyor...

Cavidan hazırlanmış, hatta çantasıyla şemsiyesini bile almıştı. Kapıdan giren parlak ziya sütunu içinde duruyor, odadaki durgun, karanlık uyku havası içinde hareketleri daha canlı görünüyor, sesi daha kuvvetli bir ihtizaz alıyordu. Bir zamandan beri bana tuhaf bir hal ârız oldu. Bazı böyle sessizlik ihtiyacını derin derin duyduğum, varlığımı mutlak bir adem sükûnu içine gömüp mahvetmekten zevk aldığım saatlerde sese hiç tahammül edemiyorum... Beynimin içinde gizli bir yara var gibi... En güzel ses bile bu yarayı incitip sızlatıyor...

Kendimi toplamaya çalışarak ayağa kalktım.

– Biliyorsun ki hiçbir zaman bile bile, isteye isteye seni üzmedim Cavidan... Temin ederim ki gayriihtiyarî oluyor dedim.

Cavidan, doğrudan doğruya cevap vermedi:

– Of, ne karanlık bu oda... diye şikâyet ederek pencereye yürüdü, kuvvetli kollarının sert hareketleriyle camları, pancurları açmaya başladı.

Başını çevirmeden benimle konuşuyordu:

– Elhamdülillâh hasta değilsin... Yalnız müzmin bir tembelliğin var... O kadar... Hani insan içinden kaçan, mağaralara kapanıp çile dolduran dervişlerin tembelliği... Fakat... Ooof bu pancurlar da ne ağır... Kapalı dura dura küflenmiş...Onlar da senin gibi... Elimi acıttı...

– Müsaade et ben açayım...

– Yok yok rahatsız olma... Ne diyordum... Bu müzmin bir tembellik... Bunu itiraf etmek güç... Onun için buna daha şairane, daha sanatkârane bir şekil veriyorsun... Adeta bir dehâ hastalığı... Deha, génie demek değil mi... Evet bir deha hastalığı şekli veriyorsun... Fakat dehâ hastalığından bahsetmek için evvelâ dâhi olduğunu katî olarak ispat etmeli değil misin... Sanatından şüphe ettiğim için bunları söyledim zannetme... Biliyorsun ki ona herkesten ziyade itimadım var...

O itimadı daha kaybetmedim... Keşke bu itimat bende olduğu kadar münekkidlerde de olsa... Meselâ "Siyah Yıldızlar" için o kadar acı bir tenkit makalesi yazan münekkid de... Herkes seni methederken bu adam şöyle söylemişti. Aynen aklımdadır. "Siyah yıldızlar şüphesiz yüksek eser... Fakat acaba onu bu yükseklere dehânın kanatları mı çıkardı? Yoksa muvakkat[147] bir heyecan ve ihtirastan aldığı hızla –bir havaî fişeği gibi– bir defaya mahsus olarak mı havalarda yükselip parladı? Bunu Hüseyin Kenan'ın müstakbel eserleri gösterecek... Birçok yarım sanatkârlar vardır ki ömürlerinin bazı saatlerinde fevkalâde adamlar hissini verirler fakat bir zaman sonra nam ve nişan bırakmadan sönüp giderler... 'Siyah Yıldızlar' şüphesiz güzel ve yüksek bir eser... Fakat öyle mütereddit ve dağınık yerleri, öyle nispetsiz parçaları var ki bir dehâdan ziyade bir maraz eseri olmasında beni şüpheye düşürüyor..." Bu makale için o vakitler çok canım sıkılmıştı Kenan... Fakat zaman geçtikçe münekkide hak vereceğim geliyor... "Siyah Yıldızlar"ın üstünden üç seneye yakın bir zaman geçti... Hiçbir yeni eser veremedin... Vermeye de niyet ve hevesin yok gibi...

Karımın bu sözleri beni açık pencerelerden giren Boğaz rüzgârından, denizde yıkandıktan sonra serin ve hâreli pırıltılarla odama akseden öğle güneşi aydınlığından ziyade canlandırdı. Gülmeye başladım:

– İtiraf et ki evlendiğimizden beri çalışmak için ne vakit, ne de müsait bir yer bulamadım, dedim.

Cavidan dudaklarını bükerek:

---

147 geçici

– Güzel bahane, diye cevap verdi, hem öyle diplomatça bir buluş ki beni de az çok mesûl ediyor... Öyle ya iki seneye yakın bir zaman seyahat ettik... Seni rahat bırakmadım, daima meşgul ettim... Hatta belki sana ilham da vermedim...

Zevcem heyecanlarını, infiâllerini[148], zaaflarını gizlemekte çok mahirdir, en büyük vak'aları daima mağrur bir sükûn, lâkayt bir istihfafla karşılar. Böyle olduğu halde bugün hemen hemen benimle kavgaya hazırlandığını hissediyordum.

– Böyle söyleme Cavidan, dedim, bilirsin ki büyük felâketler gibi fazla saadet de sanatkârları çok kere akamete uğratır...

O daha büyük bir asabiyetle sözümü kesti:

– Fazla saadet derken niçin öyle acı acı gülümsüyorsun? İnsan âdeta kinaye söylediğine inanacak...

– Ben mi gülümsedim Cavidan?.. Ben mi gülümsedim!

Hayretle karımın yüzüne bakıyordum. Bu "acı acı gülümseme" bugün nedense çok sinirli olan Cavidan'ın bir vehminden mi ibaretti, yoksa ben sahiden hiç farkında olmadan, istemeden böyle acı acı gülümsemiş miydim? Katiyen bilmiyorum...

Sözü uzatmak, karımla uzun bir münakaşaya girişmek için hiç arzu duymuyordum. Gayet sade sakin bir sesle:

– Maksadımı yanlış anlama rica ederim, dedim, bilirsin ki sanat en ziyade sükûn ve inziva içinde doğar... Başkalarını bilmem fakat benim için böyle... Hayatımız mesut, fakat

---

148 kızma, kızgınlık

biraz fazla gürültülü ve hareket içinde geçti... Şimdi artık İstanbul'a yerleştik... Göreceksin ne kadar ciddî çalışacağım... Herhalde henüz bitmediğime, ölmediğime emin ol Cavidan... Ben "Siyah Yıldızlar"dan çok daha güzel eserler vücuda getireceğim...

Bu sözleri sert bir kanaatle söylemiştim. Dünyada her şeye tahammül ediyorum. Fakat sanatkârlığımdan şüphe edilmesine asla...

Cavidan birdenbire tavrını değiştirmedi. Fakat: "Bilmem... Bakalım... Ben de öyle temenni ederim" derken yumuşadığını, yeniden bana inandığını hissediyordum...

– Haydi Kenan... Çabuk hazırlan... Vakit geçiyor...

– Bugün mutlaka Ada'ya gitmek lâzım mı?

– Tabiî değil mi... Söz verdik...

– Evet ama... Vücudumda bir kırıklık var... Telefon etsek, bir mazeret göstersek olmaz mı?

– İmkânı yok...

– Hem daha doğrusu ben bugün işe başlamak istiyorum...

– Ona ne şüphe... Biraz evvel başlamıştın bile... Demin odaya girdiğim zaman seni ne büyük bir faaliyet içinde buldum... Öyle değil mi?

– Eğleniyorsun... Fakat haksız... Zihnim tamamıyla eserimle meşguldü... Her sanat eserinin böyle bir hazırlık devresi yok mu?

Artık tamamıyla canlanmıştım. Ben bazı durgun ve yorgun zamanlarda dünyanın en iradesiz, en biçare bir adamıyım. Mini mini bir çocuk bile beni istediği yere çeker, götürür. Fakat hafif bir heyecanla canlandığım vakit iş değişiyor. Tavırlarım, hareketlerim, sözlerim büsbütün başka bir ahenk ve şiddet alıyor. O vakit dayanılmaz bir kuvvet aldığımı hissediyorum.

Cavidan'ı kandırmakta güçlük çekmedim, bensiz olarak Ada'ya gitmeye razı oldu. Evlendiğimizden beri ilk defa birbirimizden ayrı bir gece geçireceğiz.

Bu kısa ayrılık bana eski yalnızlık bekârlık günlerimi hatırlatıyor. O hayatın birçok acıları, mahrumiyetleri vardı. Fakat güzel yerleri de yok muydu?

Akşamüstü kendi kendime uzun bir gezinti yaptım. Sahili takip ediyordum. Kâh boyaları solmuş, kafesleri dökülmüş eski yalılar arasındaki dar sokaklardan geçiyor, kâh deniz kenarına çıkıyordum. Bu saatlerde buralarda dolaşmak insana tuhaf ihtisaslar veriyor... Yüksek harap durvarlarının yıkık taşlarında yosunlar, dikenler bitmiş eski kale bedenleri gibi, viran yalılar gölge ve sükûn içinde uyumuş... Uzun karışık dehlizlere benzeyen bu dar sokaklara hemen günün yarısında karanlık basıyor... İnsan bir gece vakti metruk bir eski zaman memleketinden geçmiş gibi oluyor... Ruhunuz eskimiş, geçmiş, sönmüş şeylerin hüznüyle dolup taşıyor... Sonra hiç beklemediğiniz bir yerde bir geçit bir menfez açılıyor... Karanlığa alışmış gözlerinize ışıkta kamaşmış gibi görünen parlak, beyaz bir kenarına çıkıyorsunuz... Karşı tepeleri renkli bir aydınlıklara boğan, uzaktaki İstanbul'un camlarını elmas yığınları gibi parıldatan son güneş ışıklarından hafif akıntılı sulara denize sürünürcesine uçan martılara kadar her yer canlı ve şen...

Böyle devam ederken Boğaziçi'nin bu Anadolu sahiliyle kendi hayatım ve ruhum arasında mukayeseler yapmakla eğleniyorum. Ne kadar birbirimize benziyorduk. Geçmiş günlerimi de tıpkı böyle görüyordum. Ya durgun, meyus, ümitsiz bir ölüm karanlığı ve hareketsizliği yahut da müfrit bir teheyyüc, çılgın, sarhoş bir şenlik... Bunun ikisini aramış bulamamış, başka insanlar gibi ruhuma sakin bir karar, mutedil bir saadet temin edememiştim...

Güneş batmış, deniz büsbütün sönmüştü. Nerelere geldiğimi bilmiyordum. Köhne bir rıhtımdan geçiyordum, taşların bazıları kopmuş, atlamadan geçilemeyen yarıklar meydana gelmişti.

Birdenbire suların canlandığını, tatlı sesler çıkararak taşlarda çırpındığını gördüm. Başımı çevirdim. Arkamdaki iskeleye bir Şirket vapuru yanaşıyordu. Akşamın sükûtu içinde tiz bir çocuk sesinin "Paşabahçe" diye haykırdığını işittim.

Olduğum yerde duraklamıştım. "Paşabahçe..." Ömrümde pek az söz, pek az ses beni bu kadar müteessir etti. Paşabahçe... Benim zavallı fedakâr Kınalı Yapıncak'ımın doğduğu, büyüdüğü yer, uzak memleketlerde süzgün, yeşil gözlerinin bir hazin ısrarla gördüğü çocukluk rüyası...

Bu mahzun akşam saatinde gönlümün bir yara gibi sızladığını hissediyordum. Kınalı Yapıncak'ın evi acaba hangisiydi? Acaba hangi taşların üstünde oynamıştı?

Bunu öğrenmek bende bir kuvvetli arzu şeklini aldı. Öyle sanıyordum ki Kınalı Yapıncak'ın oturduğu yalıyı keşfedersem fevkalâde bir şey olacak, onun kısa etekleriyle, sarı saçlarıyla, güzel çilli yüzüyle bana doğru geldiğini göreceğim... Ah Kınalı Yapıncak... Birbirimizi belki artık hiç görmeyeceğiz... Fakat seni dünyada tesadüf ettiğim en güzel, en temiz bir şey gibi hatırlayacağım... Sanatım bana çok saadet verdi Kınalı Yapıncak... Fakat hiç birisi senin bıraktığın hâtıraya benzemedi...

Kayaların arasında çıplak bacaklı bir ihtiyar balıkçı dolaşıyordu. Şüphesiz, eski bir yerli olacaktı. Acaba Lâmia'nın babasını sorsam bilir miydi? Akla gelen bu münasebetsiz şeye kendim de güldüm. Hakikaten ben gittikçe çocuk oluyordum.

Gece olmuştu. Hayli yorulmuştum. Karadan dönmek imkânsızdı. İskeleden bir sandala atladım. Ara sıra başımı çevirip bakıyordum. Paşabahçe yavaş yavaş uzaklaşıyor, karanlığa karışıyordu. Fakat ben Kınalı Yapıncak'ı aklımdan çıkaramıyordum.

Bu üç seneye yakın bir zaman içinde Lâmia'yı birçok defalar hatırlamıştım. Fakat hiçbir zaman onu bu kadar tam olarak ruhumun içinde bulmamıştım. Gözlerimin önünde en küçük mânalarına, en gizli çizgilerine varıncaya kadar bütün tafsilâtıyla çehresi, kulağımda sesi titriyordu. Dudaklarımda hemen hemen nefesini, saçlarının kokusunu buluyordum. Onu bu kadar tam olarak nasıl muhafaza etmiştim?

Evet ben Kınalı Yapıncak'ı bu üç sene içinde birçok defalar hatırlamıştım... İtiraf edeyim ki ona ettiklerimin hicranı beni en mesut, en tatlı saatlerimde zehirledi... Kendime hak vermek için kuvvetli sebeplerim vardı: "Kınalı Yapıncak basit bir çocuk, diyordum, bu tarzda felâketler bu kabil ruhlar üzerinde zannettiğimiz kadar büyük tesirler yapamaz... Biraz müteessir olduysa bile herhalde unutmuştur. İhtimal şimdi gayet mesuttur..." Bu mantık beni tamamıyla tatmin etmese bile herhalde mütemadiyen üzülmeme mâni oluyordu. Sonra insan hisleri zamanla aşınıyor, kuvvetini kaybediyor... Sonra hayatın daha başka meşgaleleri var... Bahusus[149] benim gibi gürültülü bir hayat yaşayan bir sanatkârın... Mamafih şu var ki Lâmia'nın mesut olduğuna kendimi inandırdığım halde hiçbir zaman ona dair bir şey sormaya, öğrenmeye cesaret edemedim...

Sandalın bir köşesinde gözlerimi kapamış, kendimi deniz gibi her yandan saran hatıralara terk etmiştim.

O yaz rüyasının ruhumda sinirlerimde umduğumdan ziyade izler bıraktığını şimdi anlıyordum. Cavidan'la beraber geçirdiğim bu iki buçuk senenin saadetini inkâr edersem nankörlük olur... Şen ve bahtiyar yaşıyorduk. Seyyah kuşlar gibi her mevsimi bir memlekette geçiriyorduk. Dostlarımız bahtiyarlığımıza haset ediyorlardı. Fakat hangi memlekette olursak olalım, her yaz, tam bu mevsimde, içimde müzmin bir hüzün, sebepsiz bir yaşamak yorgunluğu uyanıyordu. Çalışmaktan nefret ediyordum, yaşamaktan bîzâr oluyordum, sevmeyi sevmiyordum. Kalbimde bilinmez bir şeyin hasreti, bilinmez bir yerin dâüssılası vardı. Neyi istiyordum, neresini düşünüyordum? Bunu anlamaktan, bu hisleri fazla tahlil etmekten kendim de korkuyordum. Bu gizli buhran devam ettiği müddetçe karımı kendime yabancı hissediyordum... İçlerinde yaşamaktan o kadar zevk aldığım şık, kibar, zarif dostlarımızı terzi mankenleri gibi ruhsuz görüyor; her hallerine, her sözlerine gizli gizli asabileşiyordum...

---

149 özellikle

Bana bir köhne "Şem'i Dede"yi, bir mazlum "Kerem"i, bir... Mânasız Kınalı Yapıncak'ı düşünmek daha tatlı geliyordu. Kibar, şık eğlenceli bir hayata kavuştuktan sonra eski, mahrum günleri düşünmek anlaşılmaz bir ruh süflîliği... Fakat ne yapalım ki bu böyle...

Bu gece Lâmia'ya ait olan hatıralarımda bir hususiyet daha farkediyordum. Biçare çocuğun kendisi gibi hatıra ve hayali de insana en acı bedbaht saatlerinde yakın bulunuyordu. Bir defa İtalya'da bir araba kazası geçirmiş, birkaç gün bir hastanede epeyce ıstırap çekmiştim. O vakit kâbuslarımın içinde hep onunla konuşmuş, hep onunla meşgul olmuştum. Sonra annem öldüğü vakit de öyle... Ben annemin öldüğünü bir gece "Grand Opera"da "Faust"u dinlerken haber almıştım. Birdenbire etrafımdaki ziyaların nasıl söndüğünü, dünyanın nasıl başıma yıkıldığını unutamayacağım. Yaralı şaşkın bir hayvana dönmüştüm. Yuvarlanmamak için bir duvara dayanıyor, telgrafı avucumun içinde buruşturuyordum.

Cavidan biraz uzakta bazı dostlarımızla konuşuyordu, dudaklarında o ezeli, muhteşem ve biraz lâkayt tebessümü vardı. Bu dakikada yapılacak en doğru şey onu bir vesile ile oradan ayırmak, arabamıza atlayarak otele dönmekti. Fakat ben böyle yapmadım. İçimde birdenbire bir başka korku doğmuştu. Bana öyle geliyordu ki Cavidan yeisimin derecesini anlayamayacak, mânasız teselli sözleri söyleyecek, sabır ve mukavemet edecek... Hatta ihtimal ağlayacak... Fakat bunlar benim istediğim, beklediğim göz yaşları olmayacak... Bu belki sebepsiz, haksız bir korkuydu. Fakat bir türlü onu kalbimde yenemedim.

Kendi kendime oradan kaçtım... Bir odaya kapanarak inleyip ağlamakla geçirdiğim o gecede –tuhaf değil mi– beni yalnız Lâmia teselli etti. Öyle zannediyordum ki, bu gece onu yarım saat görmek mümkün olsa, başımı birkaç dakika onun göğsüne koysam ıstıraplarım kesilecek, bu ölüme daha metanetle tahammül edeceğim. Bunu sonradan kendi kendime başka türlü izah ettim: "Belki Cavidan'ı fazla müteessir etmekten korktum yahut da görmeye alıştığım için böyle hissettim" diyordum.

Cavidan biraz darılmıştı. Ertesi gün niçin kendisine haber vermeden operadan kaçtığımı sordu. Büyük bir sükûnetle ona kara haberi söyledim.

Bu perişan matem gecesinin yüzümde bıraktığı izleri o vakit fark etti.

Cavidan bu ölümün beni ne kadar derinden derine sarstığını belki anlamadı. Fakat terbiyeli, vazifeperver zevce gibi hareket etti, matemime nazik bir hürmet gösterdi.

....

Sandal yalımızın rıhtımına yanaşıncaya kadar bu tahayyüllerden kendimi kurtaramadım. Yorgun olmama rağmen yemek yemek istemiyordum. Erkenden odama çekildim. Yalıda bu gece mahzun bir yalnızlık vardı.

Cavidan'ın dadısı Dilnüvaz Kalfa bana kahve getirmişti. Odadan çıkacağı vakit gülümseyerek:

– Galiba gönderdiğinize pişman oldunuz, dedi, pek yalnız kaldınız...

Ben de güldüm:

– Evet öyle oldu... Pek yalnız kaldım, dedim.

İhtiyar kadın: “Allah daha uzun ayrılıklar göstermesin” diye dua ederek odadan çıktı.

Zevcemle daima beraber yaşamıştık. Evlendiğimiz günden beri bir gece bile birbirimizden ayrılmamıştık. Her evde, her ailede tesadüf edilen ufak tefek uygunsuzlukları istisna edilirse ciddî surette hiç birbirimizi incitmemiştik...

Mamafih şunu gizleyemeyeceğim ki ben bu yalnızlık hissini daima az çok duymuştum. Cavidan’ı seviyordum. Sevmemek için bir sebep yoktu. Etrafımızdakiler bizi aile saadetinin modeli addediyorlardı.

Hakikaten de öyleydi. Fakat ruhumun gizli bir köşesi vardı ki, zevcem hiçbir zaman oraya giremeyecekti.

Ben, doğuştan münzevî ve vahşî bir adam olduğum için mi bu böyle oluyordu? Yoksa ayrı ayrı muhitlerde başka türlü yaşayarak yetiştiğimiz için mi? Bunu tahlile çalışmaktan daima korktum. Hatta bu ruh yalnızlığını bile kendi kendime itiraf etmedim. Bu gece yalnızım. İki buçuk seneden beri ilk defa birbirimizden ayrılıyoruz. Aramızda iki saatlik bir mesafe yok... Ayrılalı altı saat bile olmadı... Buna rağmen kendimi Cavidan’dan o kadar uzak buluyorum ki... Hatta yalnız ondan da değil... İki buçuk senelik kendi hayatım da bana bir başkasının, bir yabancının uzaktan görülmüş, hayalî bir romanda okunmuş sergüzeşti gibi görünüyor...

Bir aralık bu düşünceleri derinleştirmekten, bu karanlık hislere kendimi fazla kaptırmaktan korktum. Eserimle meşgul olmak istedim. Fakat bu biçare eser iki buçuk seneden beri zihnimde bir ölü gibi cansız, bir taş gibi soğuk yatıyor... Evet keşke bu gece Cavidan’ı bırakmasaydım. Vakit geçirmek için aklıma bir çare geldi. Çoktan beri ihmal ettiğim bazı dostlara mektup yazmak... Fakat düşündüm ki bunlar da âdi, soğuk merasim sözlerinden ibaret kalacak, sözlerim düşündüğüm ve duyduğum şeylerin büsbütün aksi olacak...

İki buçuk sene mânasızlıklar içinde kuklalık ettiğim yetişmiyormuş gibi bu geceyi, kendi kalbimle yalnız kaldığım bu tek geceyi de böyle ziyan etmek doğru değil... Benim dertleşmeye, kalbimi bütün çıplaklığıyla göstermeye ihtiyacım var... Bu iki buçuk sene içinde bu kadar insan tanıdım... Yüzlerce dostum var. Bunların içinde meselâ bir biçare Şem'i Dede kadar beni anlayacak kimsem yok... "Şu halde bu mektubu kendi kendime yazayım." dedim. Yazıhanemin gözünden bir deste kâğıt çektim. Bu satırları karaladım.

....

Vakit hayli gecikti. Artık yatmalı. Fakat yatmadan evvel yapılacak küçük bir iş var... Bu mânasız mektubun kâğıtlarını birer birer yakmak... Bir daha böyle çocukluklar yapmamak için kendi kendime söz vermek...

*
* *

2 Haziran

Bugün geç uyandım. Cavidan'ın ancak akşama doğru geleceğini tahmin ediyordum. Hava güzeldi. Öğleden sonra yalıdan çıktım. Niyetim bir saat kadar Küçüksu taraflarında dolaşmak, sonra eve dönerek katiyen çalışmaya başlamaktı.

Heyhat ki yine serseriliğim tuttu. Çamlıca'ya doğru bilmediğim yollara saptım, bitip tükenmez yokuşlardan çıktım.

Tarlalar, bahçeler arasında saatlerce yürüdüm. Öyle ki, yorgunluktan bitap bir halde yalıya döndüğüm vakit ortalık kararmıştı. Cavidan sitem ederse yabancı yollarda kaybolduğumu söyleyecektim...

Bahçede Dilnüvaz Kalfa'yı gördüm. İhtiyar kadın endişeli bir tavırla:

– Küçük hanım gelmedi, dedi. Size bir telgraf var. Galiba ondan... Siz gittikten sonra geldi.

Telgrafı açtım. Cavidan'dan geliyordu: "Ayşe Hanımefendi bu gece de beni bırakmıyor, senin de behemehâl[150] gelmeni istiyor, bekliyoruz."

Dilnüvaz Kalfa merakla yüzüme bakarak: "Bir şey yok ya inşallah?" diyordu.

– Hayır... Bu gece de bırakmamışlar, dedim.

Bu saatten sonra benim Ada'ya gitmeme imkân yoktu. Ben de hemen cevap verdim. Gündüz evde olmadığım için telgrafı şimdi aldığımı söyledim, beni mazur görmelerini rica ettim.

Şu halde bu gece de Cavidan'dan ayrı kalıyordum.

. . . .

Dün gece kendi kendime yazdığım mektubun son satırlarında bu kâğıtları yırtmak, artık yatmak uyumak istediğimi söylemiştim. Kâğıtları yırtmaya muvaffak olamadım, onları yazıhanemin bir gözüne kilitledim. Uykum ise hiç yoktu. Karanlıkta yalının bahçesine indim. Saatlerce denizi, karşı sahillerin sönük ışıklarını seyrettim.

---

150 ister istemez

İçimde müphem, karanlık bir hicran vardı. Yeni hayatımdan ilk defa kendi kendime şikâyet ediyordum.

Neyim eksikti. Şeref, şöhret, para, hatta aşk... "Öyle ya, aşk... Mademki zevcemi seviyorum. Mademki zevcemin her türlü meziyetlere sahip bir kadın olduğunu herkes tasdik ediyor..." eksik değildi.

Bu müphem karanlık hicranı tahlil etmekten korkuyordum. Kendilerine devasız bir hastalık görmekten korkan doktorlar gibi...

Kalbimi tatmin için muhakemeler yürütüyor, yürütüyor mantıklar yapıyordum. Kendi kendime diyordum ki: "Eski sefil hayatımın bir kısmı İstanbul'da geçmişti... Burada ben çok ıstırap çektim... Şimdi İstanbul'a yeni dönüyorum... İhtimal, bu eski ıstırap hatıraları gizli gizli ruhumun içinde canlanıyor... Eski acılarımın son bakıyelerini çekiyorum..."

Müphem düşünceler içinde geçen saatler insanı vücut meşakkatlerinden ziyade yorup kırıyor. Dün gece odama döndükten sonra yük altında bunalmış bir hamal kadar baygın uyudum.

Gözlerimi açtığım vakit odada hafif bir kanat sesi vardı. Pancurlar kapalı olduğu için ziya girmiyor, odanın loş havası içinde ince bir gölge çırpınıyordu. Derhal anladım. Açık soba borusu deliğinden bir kuş yavrusu girmişti. Biçareyi sıkıntıdan kurtarmak için pencerelerden birini açmak kâfiydi. Fakat bu kuşu yakalamak, birkaç dakika elimde sevmek için haşarı bir çocuk hevesi duydum... Çırpınmaktan halsiz kalmıştı. Beni fazla uğraştırmayacaktı. Camlardan birini sürdüm. Pancurları hafifçe araladım. Zavallı hayvan kendini bu aralıklardan görünen ziyaya doğru attı. Bu ümitten bir türlü ayrılamıyor, son takatıyla çırpınıyordu. Hemen elimi uzatıp kanatlarından yakaladım. Fakat boynu pancurun aralıklarına sıkışmıştı. Daha ziyade uğraşırsam öleceğini düşündüm. Hemen pancuru açtım. Elimde biçarenin birkaç sarı tüyü kaldı.

Hiç münasebeti yokken yine Kınalı Yapıncak'ı düşünmeye başlamıştım. Neden bu çocuğu bugünlerde sık sık hatırlıyordum?

Mamafih bende yalnız onu değil bütün eski şeyleri hatırlamaya bir istidat var. Nasıl ki bugünkü gezinti de öyle olmuştu. Küçüksu'dan dönerken uzakta görünen ağaçlıklı bir yol ağzını birdenbire Bozyaka yollarından birine benzetmiştim. Birdenbire içimden öyle geldi ki bu yolu takip edersem oraya daha fazla benzeyen şeylere tesadüf edeceğim. Akşama kadar tenha yollarda yorucu yokuşlarda dolaşmama, Çamlıca'nın tâ arka taraflarında bilmediğim bir yere gitmeme sebep bu oldu.

Cavidan'ın bu gece dönmemesine canım sıkıldı. Yahut hiç olmazsa telgraf vaktinde elime geçmiş olsaydı, ben Ada'ya gitmiş olurdum.

Dün gece kendi kendime yazdığım mektubu yırtmak istememe sebep vardı: Kendi kendimle konuşmak istemiyordum. Bu hasbıhalin önünü alamamaktan, zevcem eve döndükten sonra da ona devam etmekten korkuyordum.

Bu geceyi keman çalmakla geçirmek istedim. Aklıma hep eski mânasız şeyler geldi. Vaktiyle Şem'i Dede'nin neyinden kulağımda kalmış havalar, çocukluğumda tekkede dinlediğim ilâhî parçaları, sonra Lâmia'nın ninnisi...

Nihayet anladım ki bu kuvvetli arzuya mukavemet mümkün olmayacak... Yazıhanemin önüne geçtim, dün geceki mektup kâğıtlarını çıkardım... Onlar, bir ruznamenin[151] ilk sayfaları olacak... Bunda çok tehlike var, biliyorum... Bir kere Cavidan'a söylemediğim birçok şeyleri ona söyleyeceğim... Binâenaleyh hayatımıza, daha fenası ruhumuzun hayatına bir ayrılık girecek...

Sonra okuduğum müphem, karanlık hicranları, o bilinmez şeyler dâüssılasını tahlile başlamaktan kendimi alamayacağım. Nihayet kendi kendimle edeceğim bu açık hasbıhaller, acaba bugünkü saadetim hakkında bana şüpheler vermeyecek mi?

. . . .

Harfi harfine aklımdadır. Evlendiğimiz gün zevcemin akrabalarından bir ihtiyar hanımefendi şöyle söylemişti: "Altmış yaşındayım... Şimdiye kadar çok şey gördüm... Fakat birbirine bu kadar yakışan bir çifte tesadüf etmedim... Bu çocuklar birbirlerini çok sevecekler..."

Ondan sonra aynı teraneyi yüzlerce ağızdan işittim. Herkes, bizim birbirimizi çok sevdiğimize derin surette inanıyordu. Öyle ki bu sevdaya ben de inanmaya başladım. Aylarca kendimi çılgın bir âşık sandım.

Cavidan'ın görünüşte hiçbir kusuru, hiçbir eksiği yoktu. Bir kere güzeldi. Hem de muhteşem bir surette güzel... Bir halk tabirince bir gören, bir daha görmek için başını çeviriyor; ona hayret, bana hasetle bakıyordu. Sonra zeki, zarif,

---

151 takvim, günleri gösteren yazı

terbiyeli bir kadındı. Bildiklerimiz onu nadir bir kemal nümunesi olarak zikrediyorlardı.

Senelerce ben de bu meziyetlere hayran oldum. Hatta yine de bir dereceye kadar öyleyim. Fakat bu saatte artık kendi kendimden gizlemeye muktedir değilim. Ne bu muhteşem güzellik, ne bu hayret verici meziyetler beni tamamıyla tatmin etmedi, ruhumu doyurmadı.

Zevcem güzeldi. Gözlerim ona baktıkça hayran oluyordu. Fakat ne çare ki gönlüm bu güzelliğe sâkit[152] kalıyordu. Ne yapsam onda bir güzel heykel, bir sanatkârane resimden başka bir şey göremiyordum. Meselâ Leylâ'nın yirmi senelik hâtırası, hatta zavallı Kınalı Yapıncak'ın hafif çilli... Çocuk gibi mânasız şeyler söyleyeceğim...

Zevcemin ruhuna gelince, ondan yüksek ve şâyân-ı istifade bir arkadaş güç bulunur... Sanattan politikaya kadar her şeyden kolay ve cazibeli bir surette bahseder. Herhangi münakaşada galebe[153] daima onda kalır. Vakur bir ciddiyeti, kibar bir nezaketi vardır. Hülâsa birçok kimseler ona hayrandır. Ben de öyle... Fakat o kadar... Bu yüksek kadına bir gün kendimi olduğum gibi göstermeye cesaret edemedim.

Bir gün onunla samimî, kalbî bir hasbihalim olmadı. Zaman zaman rikkatlerim, çocukça sevinçlerim, yahut küçük ehemmiyetsiz vak'alardan doğmuş hüzünlerim vardı. Kuvvetli ve yüksek adam görünmek gayretiyle bütün bunları ondan saklamak lâzım geldi. İki buçuk sene birbirimize yorucu bir komedya oynadık.

---

152 suskun
153 üstün gelme, kazanma

Sonra yeni hayatım, senelerce uzaktan hasretini çektiğim kibar, yüksek, debdebeli hayat... Bu hayatı şimdi ne yorucu, ne âdi, ne tahammül edilmez bir şey buluyorum... İlk zamanlarda gülünç bir hararetle kendimi bu âlemin içine atmıştım. Ezberlenmiş zerafetler, soğuk merasim, his ve fikir sahtekârlıkları, riyakârlığı, tasallüf, hülâsa bütün bu iğrenç şeyler arasında manken gibi, kukla gibi yaşamaktan zevk alıyordum. Fakat artık bu hayattan ve kendi kendimden iğreniyorum. Cavidan'a bunları anlatmak imkânsız... "Ben artık sakin, münzevi bir çoban ömrü yaşamak istiyorum," demeye hakkım var mı?

Bu sefer İstanbul'a gelirken çok sevindim. Burada daha sakin ve dağdağasız bir hayata kavuşacağımı umuyordum. Zevcem Şişli'de oturmamızı istiyordu. Yaz sıcaklarını bahane ettim, sonra yeni eserime çalışmak için sükûna muhtaç olduğumu söyledim. Bu yalıya yerleştik.

Ahbaplarımız, dostlarımız rahat bırakmıyorlar. Kâh günlerce onları burada kabule mecbur oluyoruz. "Meselâ üç gün evveline kadar yalıda birçok misafirlerimiz vardı," Kâh bizi çağırıyorlar. Biraz itiyadın sevkiyle, biraz da böyle lâzım geldiği için zevahiri muhafaza ediyorum. Hâlâ komedya oynuyorum. Fakat doğrusu çok bıktım, yoruldum. Fakir evlerde rastıklı mahalle karılarına keman dersi verdiğim günleri arayacağım geliyor.

. . . .

Ah Kenan! Sen buldukça bunayan bir nankörsün. Dünyaya sade şikâyet etmek için geldin... Böyle ölüp gideceksin... Şikâyetle geçen bu hayattan dünyaya belki birkaç nağme yadigâr kalacak... O kadar...

*
* *

10 Haziran

Bu akşamüstü birkaç misafirimizle beraber bahçede oturuyorduk. Söz bir aralık musikiye intikal etti. Ahbaplarımızdan bir mutasarrıf mütekaidi:

– Yeni eseriniz ne vakit Kenan Bey? dedi.

– Zannederim bu kış, diye cevap verdim.

– Ne kadar âlâ... Yine ümit ederim dünyayı velveleye vereceksiniz. Eserinizden memnun musunuz?

– Pek fena değil zannederim...

– Bu akşam misafiriniziz... Her türlü ikrama borçlusunuz... Bize beğendiğiniz parçalardan birini lütfeder misiniz?

İhtiyar mutasarrıf idare işlerinden ziyade sanattan anlayan bir adamdı. Elinden kurtulamayacağımı hissettim.

– Emrinizi ifa etmek için birkaç haftalık bir mühlet talep edeceğim... Eserim henüz pek dağınık... Korkuyorum ki, bu hal ile üzerinizde yapacağı ilk tesir... O ilk tesir ki bence çok mühimdir...

Misafirimiz gülerek sözümü kesti:

– Bu kış temsil edilmesine kuvvetle ihtimal verdiğiniz bir eser, bir fikir verecek derecede meydana çıkmıştır. Bâhusus istediğim bir küçücük parça...

Ben cevap bulamayarak sükût ediyordum. Mutasarrıf, bu defa Cavidan'a döndü:

– Hakkım var değil mi efendim... Herhalde siz de şefaat edersiniz... Kenan Bey'in bu yeni eserini nasıl buluyorsunuz... İki seneden beri çalışılan bir eser olduğuna göre mükemmel olacak değil mi efendim?..

Cavidan dudaklarının ucuyla cevap verdi:

– Güzel efendim...

– Niçin o kadar hafif söylüyorsunuz?

Zevcemle birbirimize bakıştık. Cavidan yarı dargın, yarı mahzun, hatta biraz da müstehzî bir tebessüm ile:

– Görüyorsun ki esrarımızı daha fazla saklayamayacağız zavallı Kenan'cığım, dedi.

Sonra misafire döndü:

– Kenan eserin fazla dağınık olduğunu söylüyordu... Hakikati itirafa mecburum... Zavallı şahaser o kadar dağınık ki, daha bir nağmesi notaya geçmedi...

Misafirler gülüşmeye, türlü taaccüp[154] nidaları çıkarmaya başladılar. Kızardığımı hissetmekle beraber oldukça cüret ve hararetle:

– Hiçbir beis yok, dedim, asıl büyük iş oldu bitti... Yani eser dimağımda hazırlandı... Onu bütün teferrutıyla görüp işitiyorum... Deftere geçirmek, notaya almaktan ibaret bir mini mini sa'y kaldı ki, herhalde o da bir iki aylık bir şey... Fikrimce bütün sanat eserleri böyle doğar...

Misafirlerden tatsızlığıyla maruf bir zevzek:

– İnşallah selametle vaz-ı haml edersiniz. Nevzâd kazasız belasız âlem-i şûhûda gelir, dedi.

154 şaşkınlık, şaşmış

Cavidan'ın yüzüne bakmaya cesaret edemiyor, fakat fakat zevcemin renk vermemekle beraber derin derin içerlediğini hissediyordum. Hazin bir şey ama itiraf etmeye mecburum. Cavidan bende bir insandan ziyade bir sanatkâr gördü. Kendimden ziyade eserimle alâkadar oldu. Aramızdaki o gizli anlaşmazlığın bir sebebi de ihtimal ki budur... Biraz sonra zevcemle yalnız kalmıştım. Cavidan bir parça sükût etti, sonra ağır bir tavırla:

– Görüyorsun ki artık doğmayan eserlerle eğlenmeye başlıyorlar... Ne hazin, dedi.

İstihfaf ile dudaklarımı büktüm:

– Budalalar, dedim.

– Hakları olmadığından emin misin?

– Elbette... Eskiden de benden şüphe etmişlerdi.

– Eskisi gibi olduğundan emin misin?

– Tabiî.

– Fakat zavallı Kenan'cığım... Ben seni epeyce farklı buluyorum... Seni dört sene evvel İzmir'de ilk gördüğüm geceyi hatırlıyor musun... Bana öyle geliyor ki, o vakit büsbütün başka bir gençtin...

– Yahut sen beni öyle görüyordun... O vakitler tabiî beni daha çok seviyordun...

– Bu sitem pek muvaffakiyetsiz ve haksız değil mi Kenan?..

– Sonra başka bir sebep de var... O vakit yerimde, toprağımda idim... İnsana doğduğu, büyüdüğü toprak başka bir canlılık veriyor...

– Sakın sende bir "nostalji" uyanmasın Kenan?

– Daûssıla mı? Bilmem... İhtimal...

– İstersen bu yaz bir iki ay İzmir'e gidelim... Bozyaka'da belki daha iyi çalışırsın... Tabiî orası daha sakin bir yer...

Hayretle Cavidan'ın yüzüne bakıyor, sözlerine inanmıyordum. İzmir dünyanın öbür ucunda mıydı? Bozyaka gidilmez bir rüya diyarı mıydı? Hususiyle dayım yine her sene beni davet ediyordu. Orada bir iki ay kalmaktan daha sade ve tabiî birşey yoktu. Böyle olduğu halde ben, bu ümidi, bu arzuyu âdeta içimden silmiştim. Kulaklarım uğulduyor kalbim çarpıyordu.

Cavidan dikkatle yüzüme bakarak gülümsedi:

– Bu seyahat herhalde iyi bir şey olacak... İzmir'in sözü bile hemen rengini değiştirdi.

Bir şey söylemeden zevcemi kollarıma aldım, sevinmiş çocukların yaramaz taşkınlığıyla onu saçlarından yanaklarından öpmeye başladım. Cavidan beni en hararetli sevda saatlerimizde bile daima ağırbaşlı ve vakur görmeye alışmıştı. Bu çocukça heyecanıma gülüyor:

– Bu kadar memnun olacağını bileydim daha evvel bunu teklif ederdim, diyordu.

Ben mesut olduğum dakikalarda çok söz söylerim:

– Göreceksin orada ne güzel çalışacağım, diyordum, zaten en güzel eserimi Bozyaka'da vücuda getirmedim mi? Ben biraz bülbüllere benziyorum... Onlar da topraklarından ayrıldıkları vakit susarlar, bütün nağmelerini kaybederlermiş... Sonra öyle sanıyorum ki seni orada daha başka türlü seveceğim... Biraz evvel beni değişmiş buluyordun... Oraya gittiğimiz vakit beni eskisinden daha genç, daha kuvvetli, daha canlı göreceksin...

Bu gece misafirlerimize saatlerce devam eden bir musikî ziyafeti verdim. İki seneye yakın bir zamandan beri bu kadar güzel müessir keman çaldığımı bilmiyorum. Hava sıcak, deniz sakindi. Mehtap epeyce ilerlemişti. Civardan sandallarla yalının önüne keman dinlemeye gelenler olmuştu.

Şimdi bütün ev uykuda... Yalnız benim gözlerim uyku tutmuyor, Cavidan'ı rahatsız etmemek için yavaşça odamızdan çıktım, buraya gelerek defterime bu satırları yazmaya başladım.

Çocuk gibi seviniyorum. Demek birkaç güne kadar Bozyaka'da olacağım. Yine bağlarda sıcak üzüm kokuları içinde dolaşacağım. Yabanî güller, kır menekşeleri ile dolu ince yollardan Arapderesi'ne ineceğim, yine mehtapta Kırkçamlar'a gideceğim. Yine Şemi Dede'yi mazlum "Kerem"i ihtiyar "Kuzgun"u göreceğim. Yine çitlembiklerin içindeki kuyu başında beyaz denecek kadar açık sarı saçlarıyla, hafif çilli güzel yüzüyle, süzgün yeşil gözleriyle Kınalı Yapıncak'ımı... Fakat acaba Kınalı Yapıncak orada mı, sakın nişanlısıyla evlenip başka bir yerlere gitmesin? Buna gönlüm hiç ihtimal vermek istemiyor... Bozyaka Kınalı Yapıncak'sız nasıl olur? Demek Lâmia'yı tekrar göreceğim, tekrar ona söz söyleyeceğim. Ah ne güzel... Beni gördüğü zaman acaba ne yapacak... Unutulduğumdan eminim... Mamafih kollarımda geçirdiği saatleri yine hatırlayacak... Bu eski hikâyeden artık bahsetmeyeceğiz... Öyle ya benim artık zevcem var, bir dereceye kadar sevdiğim var... Onun da tabiî öyle... O bir mevsimlik, yazlık bir rüya idi geldi geçti... Kınalı Yapıncak'la göz göze bakarken bunu hatırlayacağız... Ah bu süzgün yeşil gözlerin bakışındaki halâvet... Onların lezzetini şimdiden hissediyorum.

Her yaz nerede olursam olayım, tam bu mevsimde, bu ayda bir ağır bulut gibi üstüme çöken o müphem yaşamak yorgunluğu, içimdeki sönük, kırgın fütur acaba oralara ait bir gizli dâüssıla mıydı?

*
* *

15 Haziran

Yarın hareket ediyoruz. Bugün dayımdan mektup aldım. Bizim için Merasim Köşkü'nü hazırlattığını söylüyor, "Daha evvel haber verseydiniz köşkü daha kabil-i iskân bir hale ifrağ[155] için inşaat yapar, bir iki oda ilâve ederdim" diyor zavallı adamcağız...

Demek nihayet iki güne kadar Bozyaka'yı, Arapderesi'ni, Kırkçamlar'ı, Şem'i Dede'yi "Kerem"i, hâsılı, bütün sevdiğim şeyleri göreceğim... Sade bir tanesi müstesna: Annem, zavallı anneciğim... Annemin hayatımda ve kalbimde bu kadar büyük bir yer tuttuğunu şimdiye kadar anlamamıştım. Onun öldüğünü, "Seydiköy"ün ihtimal alâmetsiz taşsız bir mezarında çürüyüp toprak olduğunu biliyordum. Fakat aklımın bildiği bu hakikate gönlüm bir türlü inanmak istemiyordu. İçimden öyle geliyordu ki annem nahif omuzlarında yün atkısı; yorgun, hasta çehresine bir genç kız yüzü halâveti veren mâsum mavi gözleri bir teli bile ağarmamış koyu kumral saçlarıyla çardakların altında yavaş yavaş geziniyor,

---

155 dönüştürme

akşam üstleri bağ kapısının önünde, her zamanki yerinde beni bekliyor...

Zavallı kadın bir gün benim yüzümden gülmedi. Onu hırçın bir perestişle seviyordum. Bunu inkar edemem. Fena kalpli bir çocuk da değildim. Böyle olduğu halde onu üzmekte daima garip bir zevk buldum. Küskün ve münzevi gençliğimin bütün ıstıraplarından annemi mesul tuttum. Çok mağrurdum. Kalbimin yaralarını başkalarından saklıyordum. Fakat anneme kendimi olduğumdan daha bedbaht göstermek hoşuma gidiyordu. Onun benim için gizli gizli ağlamaktan kızararak, uykusuz kalmaktan mahmurlaşmış gözlerini görmekte bir vahşî lezzet buluyordum.

Evet mağrurdum. Fakat acısını, ıstırabını sakin bir tebessümle çeken şikâyet ve tazallüme[156] tenezzül etmeyen kuvvetli adamlardan değildim. Mağrurdum; fakat benliğim: aczden, zavallılıklardan, tahammülsüzlükten ibaretti. Başkalarının bana acıması nefsime ağır geliyordu. Fakat bir küçük çocuk gibi sevilmeye, acınmaya, nazlanmaya muhtaç zayıf bir yaratılışım vardı.

Onun için sade anneme nazlandım. Meselâ başım hafifçe ağrısa kendimi ağır hasta gibi gösteriyordum. Biçare, bana inanıyor, evin içinde telâşla koşup çırpınmaya başlıyor, sabahlara kadar uykusuz kalıyordu. Böyle tatlı bir şefkat ve merhamet havası içinde yavaş yavaş uykuya dalmakta ne doyulmaz bir lezzet vardı. Bunun zalimane bir hodgâmlık olduğunu biliyordum. Fakat tabiatıyla, sevilmeye anlaşılmaya, acınmaya olan marizane ihtiyaçlarımla buna mukavemet etmek mümkün değildi. Zavallı anneciğim...

156 *yanıp yakılma*

Galiba beni bütün sevenlere karşı böyle hodgâm oldum.

Bozyaka'da hâtıralarını bulacağım... Bilmem başkaları için de öyle mi? Ben eski hâtıraları tam bir surette ancak doğdukları, ait oldukları yerlerde bulabiliyordum. Manzaraların unutulmuş parçaları, âşiyânın âşinâ kokuları kaybolmuş çehrelere, geçmiş vak'alara daha başka bir kuvvet veriyor, kalbi daha derinden derine müteessir ediyor.

Annemi göremeyeceğim fakat onun dolaştığı yerlerde dolaşacağım, elini sürdüğü yerlere alnımı dudaklarımı süreceğim; oturduğu yerlerde oturacağım. Ondan en ziyade Kınalı Yapıncak'a bahsedeceğim... Niçin böyle bilmiyorum fakat içimden böyle geliyor...

Annemle Lâmia birbirlerini ne fazla sevmişler, ne de hatta iyi tanışmışlardı. Öyle olduğu halde onları bir ana kız gibi birbirine yakın zannediyorum.

Annemin öldüğünü haber aldığım gece de mütemadiyen Kınalı Yapıncak'ı düşünmemiş, o yanımda olsa daha kolay müteselli hissetmemiş miydim?

Kınalı Yapıncak'ı acaba ilk defa nerede göreceğim? Geleceğimi duymamış olmasını ne kadar isterdim. Fakat buna imkân yok... Meselâ cadde yahut bağın arkasındaki ince yolda birdenbire karşılaşıyoruz... Mamafih bundan daha iyisi var... Çitlembiklerin altındaki kuyu başında "Kerem" yine ağır ağır dönüyor... Semiha ile Fikret ağaçtan ağaca kurulmuş bir salıncakta öğle uykusuna dalmış... Kınalı Yapıncak üzümlerin soğuduğu mermer havuzun yanında... Çıplak bileklerini suya sokmuş... Yeşil gözleri dalgın... Dudaklarında o her zamanki mütehayyil tebessûm... Sarı saçları alnına dökülüyor... Yaprakların içinde bir hafif gürültü işiterek başını çeviriyor... Birdenbire beni görüyor... Kınalı Yapıncak'ın süzgün yeşil gözleri bir kere daha gözlerime tesadüf ediyor... Ah, ne güzel ne kutlu ihtisâs[157]...

. . . .

Kenan yavrum, yine çocuk olmaya, rüya görmeye başladın... Kınalı Yapıncak'ı yine göreceksin... Başka türlü olmasına imkân yok... Fakat artık münasebetiniz eskisi gibi mi ya?.. Lâmia belki evlenmiştir... Değilse bile sen artık evli barklı bir adamsın... Zevcen var, sevdiğin var... O yaz rüyası müebbeden sönüp bitti... Varsın öyle olsun... Kınalı Yapıncak ile eski bir arkadaş gibi konuşmakta da bir zevk var... Artık o macera için aramızda söz geçmeyecek... Fakat birbirimize bakarken bunu hatırlayacağız... Kınalı Yapıncak'ın gözlerinde göreceğim bu sevda hâtırası bana bütün bir aşktan daha tatlı gelecek... Birkaç sene sonra şüphesiz yine birbirimize tesadüf edeceğiz... Hayat, bazen ne güzel şey...

. . . .

Yarın hareket ediyoruz, nihayet iki gün kaldı... Fakat bu yarın sabah bana yıl kadar uzun geliyor... Bu iki gün hiç bitmeyecek gibi.

22 Haziran

Üç günden beri İzmir'deyiz. Fakat ancak bu akşam ortalık karardıktan sonra bağa gelebildik... Dünyada merasim ve

---

157 bağlılık

teşrifat kadar iğrendiğim bir şey yok... Aksi gibi de nereye gidersek bu angaryadan kurtulamıyorum... Evet, üç gün evvel İzmir'e geldik. Fakat ancak birkaç saat evvel hürriyetime sahip oldum.

Zavallı dayım hasta... Geçen sene nüzül inmiş... Ayaklarının biri tutmuyor, dili güçlükle söylüyor... Koca adam, bir sene içinde balon gibi sönmüş... Mamafih sönen yalnız vücudu... Yoksa ruhu hâlâ eskisi gibi haris ve ateşli... Bu hal ile artık belediye reisliğinde ümidi kalmamış... Fakat şimdi daha başka hülyalar peydahlanmış... Çocukları şikâyet edip duruyorlar... Karantina'daki konağın kapılarını tekke gibi açmış... Giren, çıkan, çalan kaçan belli değil... Etrafında bir sürü tufeyli var ki çocuklarının rivâyetine göre servetinin son parçalarını kemal-i âfiyetle yiyorlar... Bunların ekserisi eski belediye memurları filân... Vazifeleri yeni belediye reisi aleyhinde dedikodu yapmaktan ibaret... Gece, gündüz mütemadiyen yeni idareyi çekiştiriyor, türlü iftiralarla yeni belediye reisini batırıyorlar... Tabiî her fırsatta: "Nerede o eski günler" mukaddemesiyle dayımın medh ü senasına girişiyorlar...

Biçare adamın bütün tesellisi şimdilik bundan ibaret...

Bizim ziyaretimiz onu pek sevindirdi. İzmir'e çıktığım gün öyle bir şey öğrendim ki ârımdan yerlere geçtim. Gazetelerde benim geleceğimi ilân ettirmiş, sonra bu yetmiyormuş gibi gazetelerden birine kendi resmiyle benim resmimi koydurmuş... Ah, ne maskaralık yarabbi!..

Doğrudan doğruya Bozyaka'ya inmek istiyorduk. Dayım buna razı olmadı. Karantina'daki konakta mükellef merasim hazırlamış, birçok kimseleri davet etmiş... Öyle ya, bu vesile ile bir kere daha kendinden bahsettirmek lâzım değil mi? Sonra "prenses hanımefendi kerimesine" dayım konağını ve debdebesini göstermeden olur mu?

Neyse iki gün ardı arkası kesilmeyen bir sürü ziyaretçiye kavuk salladık. Dayımın başka bir emeli vardı:

– İlle İzmir'de kal... Ne kadar icap ederse para sarfedeyim... Gazete çıkarayım... "Reklam" yapayım... Eşimiz dostumuz eksik değil... Seni belediye reisi intihap ettirelim, diye inat ediyor, hacıdan hocadan birçok kimseleri de yalvartıyordu.

Kahkahalarla gülmeye başladım:

– Çalgıcıdan belediye reisi olur mu ya Paşa Dayı? dedim.

Adamcağız birdenbire şaşırdı, başka cevap bulamayarak:

– Tavuk hırsızı oğlundan belediye reisi olur mu? dedi, şimdiki reisin babası benim çcukluğumda vallahül'azim tavuk hırsızlığıyla geçinirdi... Hem hâşâ çalgıcı değilsin... Sen operatörsün...

– Operatör mü? Ben mi?

– Öyle ya sen opera çıkaran bir operatörsün... Çalgıcı diye kerizciye denir...

Zavallı dayımı bu son ümidinden vazgeçirmek için çok uğraştım... Son ümidi diyorum... Çünkü ben belediye reisi olursam her gün daireye gelecek, vâsi tecrübesinden istifade ettirecek, bana yalnız bir mühür basmak işi kalacak. Hülâsa tam mânasıyla belediye reisliği edecekti.

Bu sabah erkenden buraya gelmemiz kararlaşmıştı. Bu defa karşımıza Münir Bey çıktı. Benimle Cavidan'ı mutlaka köşkünde iki üç gece misafir etmek istiyordu. Birkaç gün sonra arzusunu yerine getireceğimi vaad etmek suretiyle onun da elinden kurtulduk... Fakat bizi mutlaka akşam yemeğine alıkoymak için inat etti ve birkaç saat evvel kendi eliyle bağa getirip bıraktı...

. . . .

Münir Bey'in köşkünden geç vakit çıktık... Hafif bir mehtap vardı. Küçük bir tepenin üstünden, yürüdüğümüz yolun etrafını saran çiçekler, çalı yığınları arasından bağı gördüğüm vakit, gözlerimin yaşla dolduğunu hissettim. Bu dakikanın tahassüslerini unutamayacağım.

Cavidan ile Münir Bey konuşa konuşa önümden yürüyorlardı. Geri kalmak için bahaneler arıyor, kendimi unutturmaya çalışıyor, dönüp bana söz söyleyecekler diye âdeta korkuyordum.

Bu saatte en mesut bir vak'anın en sevgili bir sesin bile beni hülyamdan uyandırmasına razı değildim.

İşte Arapderesi'ne inen yollar, işte tek bir servinin altında Şem'i Dede'nin bir eski türbeye benzeyen beyaz kulesi... İşte karşı tepede Kırkçamlar'ın hafif aydınlığı, mavi gökyüzünde irtisam[158] eden gölgesi...

Caddeye indiğimiz vakit zevcem bana döndü:

– İlk defa birbirimizi gördüğümüz yer değil mi Kenan? dedi.

---

158 resmedilme

Bir şey söylemedim, dalgın bir tebessümle başımı salladım. Cavidan bu defa Şem'i Dede'nin kulübesini gösterdi:

– Burada meczup bir dilenci vardı değil mi?

Şem'i Dede meczup bir dilenci!.. Bir kıtlık senesi el ekmeğini yememek için ölmeye razı olan gani ruhlu Şem'i Dede... Sevda ve hülyasının bir zerresini dünyanın bütün servetlerine değişmeyen ihtiyar sanatkâr... Meczup bir dilenci... Cavidan senin bu sözünü cevapsız bıraktım, çünkü ne söylesem infialimi anlatamayacaktım.

Bağın duvarı üstünde iri bir köpek havlamaya başladı. Bahçıvan onu kovalarken kendi kendime: "Eyvah Kuzgun ölmüş!" dedim, birdenbire yüreğim sızladı.

Bağ kapısı ile köşk arasındaki ağaçlıklı yolu geçerken beş altı defa durdum. Buralarda yazın ılık ve taze hayatı bütün kuvvetiyle açılmıştı. Yolun iki tarafı yine sık yapraklı dallarla örülüydü. Ağaçların arasından kuş cıvıltıları, kanat sesleri geliyor, karanlıkta görünmeyen yabanî güllerin, hanımellerinin ağır kokusu başımı döndürüyordu... İşte büyük köşkün önündeki çardak... Bir seher vakti annemin beni beklediği pencere... Nahif vücudunu kollarımda sıktığım, sabah aydınlıkları içinde daha soluk görünen mavi gözlerini öptüğüm, ilk muvaffakiyetlerle sarhoş olan başımı göğsüne koyarak ümitlerimi emellerimi söylediğim taş merdiven...

Biraz daha yürüyorum... Karanlığın içinde gözüme bir ağaç kümesi daha ilişiyor... Oradan geçerken Cavidan'dan ayrılıyorum... Bir türbe ziyaret eder gibi bir defa daha orada duruyorum... Yirmi sene evvel Leylâ'dan ayrıldığım, ilk aşkımın ilk busesini reddettiğim yer... Senelerden sonra burada bir gece bir başka genç kızı, âciz bir kuş yavrusu gibi kollarıma düşen bir kız çocuğunu daha derâguş[159] etmiştim... Zavallı Kınalı Yapıncak ne kadar titriyordu... Onu buz gibi soğumuş bileklerinden tutarak göğsüme çektiğim, dudaklarımı geniş alnında titreyen ince saçlarına...

– Kenan, niçin orada duruyorsun?

Hafifçe silkiniyorum. Cavidan biraz ileride duruyor, ne olduğumu anlamıyor...

– Hiç... Bir fikir, diyorum.

Zevcem, bu manâsız söze gülüyor. O vakit cesaret alıyorum. Ondan büyük bir şey ister gibi:

– Bir parça yanıma gelmez misin Cavidan? diyorum.

Hayretle bana bakıyor, mamafih dediğimi yaparak yanıma geliyor. Onu bileklerinden tutuyorum, yavaş yavaş göğsüme çekiyorum. Alnına dudaklarımı koyuyorum. Vücudumdan soğuk bir raşe geçiyor, bu buse dudaklarımda buz gibi donarak yarım kalıyor...

Tekrar yürümeye başlıyoruz... Ayın bir duman tabakası arkasından sızar gibi görünen hafif ziyası altında üzüm kütükleri yine göz alabildiğine uzanıp gidiyor... Bunların arasında bir gölgenin yavaş yavaş kımıldandığını görüyorum. Parmağımla bu gölgeyi bahçıvana göstererek:

– Kerem değil mi o? diye soruyorum.

İhtiyar adam, başını sallayarak cevap veriyor:

– Evet, beyim... Kerem...

Cavidan, benim için ne düşünürse, düşünsün... Bu arzuya mukavemet edemeyeceğim. Kütüklerin arasından koşar

---

159 hem kucak, kucaklamak

gibi geçerek "Kerem'in yanına gidiyorum. Hayvancağız evvelâ ürküyor, fakat sonra duruyor, dalgın sarı gözleriyle yüzüme bakıyor...

– Sen de beni tanımadın mı Kerem? Seni bulmasaydım insan dostlarımdan birçoğunu kaybetmiş kadar üzülecektim.

Kerem sözlerimi anlar gibi tatlı bir nazarla yüzüme bakmakta devam ediyor... Gözlerimle etrafı araştırıyorum, kimsenin beni görmediğine emin olduktan sora eğilerek onu yüzünden okşuyorum.

. . . .

Cavidan da benim gibi yorgundu. Hemen yatmak istiyordu. Benden evvel gelen kemanımı kutusundan çıkarmaya başladım:

– Sen soyununcaya kadar sana bir şey çalacağım...

– Evet ama sen de yorgunsun... Hem böyle gelir gelmez tuhaf olmaz mı?

– Hayır... Hayır... Bir fikir...

– Fakat bu gece sana hep tuhaf fikirler geliyor...

– Ne ziyanı var... Hani ilk evlendiğimiz vakit sana alaturka bir ninni çalıyordum... Onu ister misin?

Pencereleri açmıştım. Cavidan içeri odada elbiselerini değiştirirken ninniyi çalmaya başladım. Kemanım en eski arkadaşımdır. Sevincimi, kederimi hep onun diliyle söyledim. Gönlümün en mahrem sırlarını yalnız o bilir... Kemanımın üstüne bu gece benden ilk defa göz yaşı damlaları dökülüyordu. Zannediyorum ki yorgunluğun tesiri... Yoksa şimdiye kadar buna benzemez ne acılar gördüm... Yahut annemin matemi... Ne bileyim?

Ben bu gece bu kemanı Kınalı Yapıncak için çaldım. Başladığım vakit acaba uykuda mıydı? Öyle ise kim bilir ne hislerle uykusundan uyanmıştır? Kınalı Yapıncak'ımı şimdi penceresinde görür gibi oluyorum... Lâmbasını söndürmüş, ay aydınlığında sarı saçları ipek kümesi gibi parlıyor... Kınalı Yapıncak şimdi mutlaka hazin bir istiğrak içindedir... Ninnisini dinlerken mutlaka benimle beraber ağlamıştır... Lâmia ile beraber ağladığımıza hiç şüphem yok...

Geldiğim gün bir hoş tesadüf oldu... Çarşıda Şükrü Bey'e rastgeldim... Yanında Fikret vardı... Çocuk şimdi beş altı yaşına gelmiş... Şükrü Bey dayızadelerimden biriyle konuşurken ben de Fikret'i istintaka başladım. Elindeki paketi göstererek:

– Beybaban sana oyuncak mı aldı küçük bey? dedim.

Çocuk benim birçok suallerimden sonra öğreneceğimi ümit ettiğim şeyi birdenbire söylemesin mi?

– Oyuncak değil... Lâmia Abla'ma çorap aldık...

Fikret'i kucağıma alıp yanaklarından öpmemek için âdeta cebr-i nefs ettim.

– Lâmia Abla'nın çoraplarını beybaban mı alır?.. Onun beyi almaz mı?

Çocuk serbest bir tavırla:

– Lâmia Abla'mın beyi yok ki, dedi.

Gönlüm beni aldatmamıştı. Kınalı Yapıncak buradaydı. Hem de evlenmemişti de...

Evet Lâmia'nın beni burada birdenbire görmesini isterdim. Onun birdenbire şaşırdığını görmek hoş bir şey olacaktı. Maateessüf buna imkân yok...

İzmir'e geldiğimi duymayan kalmamıştı ki... Şükrü Bey beni görünce ilk sözü "Efendim gözlerimiz yolda kaldı... Bir haftadır bekliyoruz" dedi.

Epeyce zaman geçmişti. Ben hâlâ gözlerimde yaşlarla ninniyi çalmaya devam ediyordum. Yanımda bir hafif nefes işittim, titreyerek başımı çevirdim. Cavidan soyunduktan sonra yavaş yavaş yanıma gelmişti.

– Kenan bu gece bütün şairliğin üstünde... Bu âdi sanatsız ninniye âdeta bir sanat eseri ruhu veriyorsun...

Hem gözündeki yaş damlalarını gizlemek, hem karımın yüzüne bakmamak için başımı hafif bir hareketle öte tarafa çevirdim, yüzümü kemanımın üstüne eğerek devam etmek istedim.

Fakat bilmem neden biraz evvelki füsun dağılmıştı. O kadar güzel sesler çıkaran kemanım birdenbire elimde kaba bir tahta parçasına tahavvül[160] etmişti. Onu asabî bir hareketle piyanonun üstüne fırlattım, hâlâ Cavidan'ın yüzüne bakmaktan çekinerek:

– Haydi yatalım artık... dedim.

Zevcemin yorgunluktan gözleri kapanıyordu. Ben, soyununcaya kadar yatağın bir kenarında uyuyakaldı.

Ayaklarının ucuna basarak yatak odasından çıktım, üç sene evvel "Siyah Yıldızlar"ı bestelediğim odada bu satırları yazmaya başladım...

Ara sıra kalemi önüme bırakıyorum, Bozyaka yazlarının en güzel musikisi olan ağustosböceklerini dinliyorum; eski aşinalar gibi karanlığın içinde lâmbama gelmeye başlayan

160 dönmüş, değişmiş

pervaneleri, uzun, yeşil kanatlı gece böceklerini görüyorum... Buradaki hayatta ne doyulmaz bir lezzet var!..

Yarın Kınalı Yapıncak'ı göreceğim...

*
* *

22 Haziran

Kınalı Yapıncak'ı göremedim. Ne tuhaf şey... Lâmia, nasıl oldu da beni görmeye gelmedi?

Mamafih ben de bir an yalnız kalamadım ki... Ah bu saygısız misafirler... Beni burada da rahat bırakmıyorlar... Sabahtan akşama kadar belki on takım misafir geldi...

"Kenan Bey'e safa geldine gelemedik... Kusura bakmasın... Yarın uğrarız inşallah!" diye haber, tezkere gönderenler de başka...

Yarım saat vakit bulup Şem'i Dede'ye gidemedim. Zavallı Şem'i Dede bir felâkete uğramış... Geçen sene karısı genç bir deveciyle kaçmış... İhtiyar arkadaşım şikâyet etmiyormuş... Fakat herhalde çok meyus olduğunu tahmin ediyorum. Yarın erkenden ona gideceğim.

Akşam üstü Şükrü Bey bize uğramıştı. Yanında Fikret'le Semiha vardı... Birkaç defa dilimin ucuna geldi. Lâmia hakkında malûmat isteyecektim. Bu gayet tabiî bir şey olacaktı. Şükrü Bey'in hiçbir şey hissetmediğinden eminim. Maceraya dair küçücük bir koku almış olsa bana başka türlü muamele edecekti. Evet Lâmia'nın ne yaptığını henüz niçin evlenmediğini sormak en tabiî bir şey olacaktı. Fakat bir türlü cesaret edemedim.

Fikret'le Semiha'nın konuşmalarına dikkat ediyordum. Çocuklar sık sık Lâmia'dan bahsediyorlardı: "Üstünü kirlettin, Lâmia Ablam sana darılır... Lâmia Ablam bana salıncak kuracak..." Birkaç defa misafirlerimi bırakarak bahçeye çıktım. Bağın arka kapısı civarında dolaştım. Lâmia uzaktan olsun görünmeli değil miydi?

*

* *

23 Haziran

Bu sabah geç uyanmıştım. Yatağımın içinde tembel tembel sigara içerken Cavidan odaya girdi. Elinde bir kâğıt vardı:

– Münir Bey'den şimdi bir tezkere aldım. Bugün Buca'da at yarışı varmış... Bizi davet ediyor, iki saat sonra bizi almak için arabasıyla bağa uğrayacağını söylüyor...

Birdenbire canım sıkıldı:

– Ne münasebetsiz fikir, dedim, biz buraya dinlenmeye geldik...

Avrupa'da yarışlardan gına geldi. Öyle değil mi?

– Evet ama... Bu başka... İzmir yarışlarını görmek eğlenceli bir şey olacak.

– Adam sen de, Avrupa yarışlarının âdi bir karikatürü...

– Daha iyi dedin ya... Tabiî bu fırsatı kaçırmayacağız...

– Vazgeç Cavidan... Şayan-ı dikkat bir şey olsa ben hiç seni götürmek istemez miyim... Bak daha misafirlerden göz açamadık... Seninle güzel güzel evimizde otururuz... Sonra akşama doğru gezmeye çıkarız... Sen daha etrafı göremedin... Kırkçamlar'a gideriz... Hatta istersen seni Arapderesi'ne götüreyim...

Cavidan hafifçe omuzlarını silkti:

– Arapderesi ne şairane isim... İnsan zanneder ki bana bir cennet ziyareti teklif ediyorsun... dedi.

Zevcemin ara sıra böyle hakarete benzeyen müfrit ve kuru istihzaları vardır. Onlara hemen hemen alışmış olmakla beraber bu söz canımı sıktı. Mamafih aksi bir cevap vermedim. Sade ağır bir tavırla:

– Tabiat herkese ayrı ayrı lisanlarla hitap eder... Ben buralarda büyüdüğüm için bu yerleri başka gözle görüyorum... dedim.

Sonra bu bahsi kapatmak için acele acele ilâve ettim:

– Herhalde Münir Bey'e bir mazeret göstereceğiz değil mi Cavidan?

– İmkânı yok... Çünkü ben cevap gönderdim... Senin bu arzumu reddeceğini tahmin edemiyordum...

– Tabiî yine de aklından böyle bir şey geçirmiyorsun... Madem ki istiyorsun... Gideriz...

– Güzel ama sen böyle mektebe gitmek istemeyen çocuk gibi somurtursan bunun hiç zevki kalmaz...

Muhaveremiz tehlikeli bir ceryan alıyordu. Biraz kurnazlık etmek, karımın zayıf damarına basmak lâzımdı.

Gülmeye başladım okşayıcı bir tavırla:

– Niçin böyle söylüyorsun Cavidan, dedim, biz buraya niçin geldik?.. Benim çalışabilmem için değil mi? Ben bir münzevi gibi yaşamazsam, kalbim dünyaya ait arzulardan, endişelerden tecerrüd[161] etmezse sanatın istediği ruh sükûnunu nasıl bulurum... İster misin yine at koşusu filân diye

161 soyutlanma, ayrılma

yeniden havalanayım... Seninle güzel güzel seyranlar yapalım, eğlenceli yerlerde dolaşalım... İki ay sonra yine elimiz boş olarak İstanbul'a dönelim... Ben, kati olarak çalışmaya başlamak istiyordum.

Cavidan için bu, öyle bir sebepti ki akan suları dururdu. Hemen yumuşadı:

– Pekâlâ... Öyle olsun... Münir Bey'e haber gönderelim bari... Vah vah o da bizim için rahatsız olacak... dedi:

– Hayır bu doğru olmaz... Sen Münir Bey'le gidersin... Ben kalırım... Bu at koşularını sen hiç görmedin... Seni çok enterese edeceğini ümit ederim.

İki saat sonra Cavidan'ı Münir Bey'in arabasına bindirdiğim vakit geniş bir nefes aldım. Mektepten kaçmış bir haylaz çocuk gibi seviniyordum.

Sıcak bir öğle vaktiydi. Bağın içinde dolaşmaya başladım. Birkaç kere aradaki ince yola çıktım. Şükrü Bey'in bahçesinde kimseler yoktu. Sık ağaç kümeleri arasından güçlükle seçilen kulenin tahta kepenkleri kapalıydı.

– Lâmia bugün mutlaka gelecek... Fakat vakit pek erken... Çocukları çıkarmak için havanın serinlemesini bekliyor, diye kendimi avutuyordum.

Şem'i Dede'yi ayak üstünde görebilmiştim. Daha uzun boylu konuşmaya, dertleşmeye vakit bulamamıştık... Bir iki saat vakit geçirmek için onu ziyaret etmeyi düşündüm, caddeye çıkarak ihtiyar arkadaşımın bağına doğru yürümeye başladım.

Fakat tek servinin altındaki küçük taş kuleyi uzaktan gördüğüm vakit içimde bir tereddüt uyandı. Bugün çok mesut ve neşeliydim. Gülmeye, söylemeye, afacanlık etmeye ihtiyacım vardı. Fakat arkadaşım dertliydi. Onun matemine hürmet etmek, canım gülüp eğlenmek isterken ona hazin şeylerden bahsetmek lâzım gelecekti.

Kendi kendime: "Oldu olacak... Haydi şu günün zevkine dokunmayayım... İhtiyar arkadaşımı teselli etmek için dünya kadar vaktim var... Ben güneşin bu kadar güzel parladığı günü hayatımda pek nadir gördüm" dedim. Çitlerin üstünden boş bir bahçeye atladım, oradan Arapderesi'ne inen keçi yoluna geçtim...

Niyetim pek uzaklara gitmek değildi. Fakat yine yavaş yavaş kendimi eski hatıralara kaptırdım, onlar, beni kuvvetli bir su akıntısı gibi ta "Zeybeklerpınarı"na kadar götürdü.

Birkaç dakika orada oturmak, yosunlu kayaların görünmez yerlerinden damlayan, mağaranın muzlim derinliklerinde gizli hıçkırıklara benzeyen akisler uyandıran suları dinlemek, kırık taşların kenarından sarkan "kaya üzüm"lerinin kırmızı sayvanlarını seyretmek istiyordum. Fakat zaman hissini kaybettim, uzun bir müddet orada uyuşup kaldım. Öyle ki geri dönerken güneş Ilıca tepelerine doğru inmeye başlıyordu. Geç kalmak korkusuyla âdeta yollarda koşuyordum. Bağa vardığım vakit yorgunluktan nefesim kesilmiş, vücudum ter içinde kalmıştı.

Acele acele kuyu başına doğruldum. Bir ağaç kümesi yanından geçerken kulağıma bir çocuk kahkahası, Fikret'in sesi geldi.

– Lâmia Abla, topu bana at...

Yorgun dizlerim titremeye, kalbim daha sık sık çarpmaya başladı. Çitlembiklerin arasında gözüme bir pembe yeldirme iliști.

Ah Kınalı Yapıncak... Sana bu kadar ehemmiyet verdiğimi bilir miydin?

Lâmia tıpkı evvelsi gece hayalimde gördüğüm gibi taş havuzun kenarında oturuyordu. Yüzü öbür tarafa dönüktü. Fikret beni görünce:

– Lâmia Abla... Bak kim geldi, dedi.

Bu heyecanı tahmin edememiştim. Canım dudaklarıma gelmiş gibiydi. Genç kız lâkayt bir tavırla başını çevirdi. Yüzünü görünce bir hafif feryat kopardım: Lâmia benim Kınalı Yapıncak'ım değildi.

. . . .

Biraz sonra öğrenmiş bulunuyordum. Kınalı Yapıncak İzmir'den gideli meğer iki buçuk sene olmuş...

Şükrü Bey Fikret ile Semiha'ya bakmak için evlâtlık olarak Rumelili bir muhacir kızı almış... Bu çocuğun ismi Leman'mış... Bir türlü Kınalı Yapıncak'ı unutamayan, günde birkaç defa onu tutturup ağlayan Fikret, Leman'a "Lâmia Abla" diyormuş... Sonra... Evin içinde herkes onu öyle çağırmaya başlamış...

5 Temmuz, Bozyaka

İki hafta evvel buraya geldiğimiz vakit Bozyaka pek tenha idi. Bağ sahiplerinin birçoğu daha gelmemişlerdi. Şimdi artık civarda boş kule kalmadı.

Bu sene Bozyaka'da her vakitkinden daha coşkun ve neşeli bir hayat var. Bağlar, bahçeler renk renk kadın yeldirmeleriyle dolu, akşam üstleri yollar kalabalık birer mesire halini alıyor. Geceleri Kırkçamlar'da mehtap âlemleri yapılıyor, her akşam bir yerde toplanan gençler, sabahlara kadar çalıp çığırıyorlar...

Hâsılı Bozyaka bu sene bir bayram gibi... Herkes eğleniyor, hatta bu alaturka dekoru biraz âdi, bu insanları fazla iptidaî, bu sade eğlenceleri sefilane bulan Cavidan bile...

Zevcem dün bana diyordu ki:

– Bu kadar eğleneceğimi ümit etmiyordum... Doğrusu biraz hoş görünmek için buraya gelmeye razı olmuştum... Fakat hakikaten hoşuma gitmeye başladı.

Cavidan'ı sık sık civar bağlara davet ediyorlar. Arada sırada İzmir'e iniyor. Hatta geçen hafta iki gece Karşıyaka'da babasının eski dostlarından birinin evinde misafir kaldı.

Evet Bozyaka'da herkes eğleniyor... Sade ben sıkılıyordum... Hem de ölecek gibi... İstanbul'dan ayrıldığıma günde bin kere pişman oluyordum... Başkalarının neşesi azabımı arttırmaktan başka bir şeye yaramıyor. Bozyakagözümde bütün rengini, bütün kokusunu, bütün füsununu kaybetti. Günler bitip tükenmek bilmiyor... Bu hiç yeni bir şey getirmeyecek renksiz günlerin can sıkıntısını, yorgunluğunu ilk seher aydınlıklarıyla beraber duymaya başlıyorum. Günlerin güneşi gibi gecelerin mehtabı da sönük, cansız yürek üzücü...

Ne geceyi, ne gündüzü, ne Arapderesi'ni, ne Kırkçamlar'ı, hülâsa hiçbir şeyi sevmiyorum, istemiyorum...

. . . .

Kendimi aldatmak, avutmak için çok uğraştım. Fakat beyhude... Ben Kınalı Yapıncak'ı seviyorum... Nasıl... Niçin?

Bilmiyorum. Sade şundan eminim ki bu sevda kalbime işlemiş... Ben ölmeyince içimden çıkmayacak... Bu sevdayı evvelâ derin bir merhamet zannettim. Lâmia'nın burada olmadığını öğrendiğim günün ferdasıydı. İçimde anlatılmaz bir acı ile bağda dolaşıyordum. Tahammül edemedim, Şükrü Bey'in bahçesine gittim.

Adamcağız beni kulenin önündeki çardağa aldı. Şuradan buradan konuşmaya başladık. Teessür ve heyecanımdan renk vermemek için bütün kuvvetimi sarfederek Lâmia'yı sordum, unutulmuş bir çehreyi hayalinde bulmak isteyenler gibi gözlerimi kısarak:

– Küçüklerle beraber sarışın bir küçük hanım görürdüm efendim... Şimdi burada değil galiba, dedim.

Şükrü Bey'den Lâmia'ya dair bazı ufak tefek malûmat alacağımı umuyordum. Adamcağız ümidimden fazla samimiyet gösterdi, zavallı Kınalı Yapıncak'a ettiklerimin hikâyesini mahzun bir safvetle bana anlattı.

Bu sergüzeştin öyle yerleri vardı ki çocuk gibi ağlamamak için kendimi zor zaptediyordum. Şükrü Bey'den ayrıldığım vakit dünya gözümde simsiyah kesilmişti, içimde bir şey müebbeden kırılmıştı.

O vaziyete düşmüş bir genç kız için bütün bunlar gayet tabiî şeylerdi. Ben nasıl olmuştu da bunları aklıma getirmemiştim, üç seneye yakın bir zaman Bozyaka'da her şeyin bıraktığım halde kaldığını tasavvur etmiştim!

Evvelâ sanıyordum ki Lâmia'ya başına gelen felâketler için acıyorum, onu her yerde bunun için arıyorum... Kınalı Yapıncak'a karşı duyduğum tahammül edilmez hasret, merhametten ileri geliyor. Fakat sonra düşüne düşüne her şeyi kendi kendime izah ettim, hakikati niçin saklamalı? Öyle hodgâm bir ruhum vardı ki sevmediği şeyle alâkadar olmasına, acımasına imkân yok. Kınalı Yapıncak'ı bu kadar derin sevmeseydim onun sergüzeşti bana böyle tesir etmeyecekti, kendimi temize çıkarmak için zihnimde bin türlü bahane icat edecek, bin mantık yapacaktım. Lâmia'yı o kadar kalpsiz bir surette bırakıp gittiğim zaman böyle olmamış mıydı?

. . . .

Lâmia'yı seviyorum. İlk günlerde bir hazin kanaatin yeisine mağlûp olmamak için çok didindim, çok uğraştım. Musiki hayatımın birçok müşkül ve meyus saatlerinde beni teselli etmişti. Yine ondan şifa umdum. Bütün kalbimle kendimi yeni eserime vermek istedim. Hummalı bir faaliyetle çalışmaya başladım.

Odamdaki lâmbanın ışığını solduracak kadar aydınlık bir mehtap gecesiydi. Dirseklerimi piyanoya dayamış, başımı avuçlarımın içine almıştım. Pencerelerden giren sıcak bağ kokularıyla dolu rüzgâr nefesleri göğsümü bunaltıyor, vücuduma garip bir uyuşukluk veriyordu. Pencerenin yanında duran Cavidan bana döndü:

– Niçin öyle susuyorsun, Kenan ne bekliyorsun? dedi.

Mahzun bir gülümseme ile zevceme baktım:

– İlham bekliyorum Cavidan, dedim, piyanonun yanına gelmez misin?

Zevcem, mütehayyirâne tebessüm ederek yanıma geldi. Devam ettim:

– Piyanonun şu köşesine geç Cavidan... Bileklerini üst üste şu noktaya koy... Sonra çeneni, yanağının bir kısmını elinin üzerine vaz'et[162]...

Cavidan gülmekte devam ederek dediklerimi yapıyordu:

– Bana âdeta zihnindeki bir resim modelini taklit ettirir gibi pozlar verdiriyorsun Kenan...

Doğrudan doğruya cevap vermedim, elimle zevcemin yanağını okşayarak başını biraz yana meylettirdim. Bu vaziyette ayın ziyası yüzüne daha iyi vuruyor, kumral saçlarını hemen hemen açık sarı gösteriyordu.

– Bu vaziyette beni dinlersin, değil mi?

– Bu gülünç ve sıkıcı bir vaziyet ama mademki öyle istiyorsun... Çalışacak mısın?

– Zannederim...

Cavidan'la birbirimize bakıp gülümsüyorduk. Niyetim birkaç gündür uğraştığım yeni parçaya devam etmekti. Fakat içimden hiçbir şey gelmedi. Küçük bir tereddütten sonra eski bestelerimden birini, Lâmia'nın odama ilk geldiği gece başını piyanoya dayayarak dinlediği parçayı çalmaya başladım. Onu ikinci defa olarak tekrar edeceğim vakit pencerenin dışında bir köpek havladı. Bir rüya içinde gibi dalgın dalgın:

– Kuzgun geldi Kınalı Yapıncak, dedim.

Cavidan hafif bir hayret sedası çıkardı. Başımı kaldırarak şaşkın şaşkın yüzüne baktım. O hiçbir mânâ vermediği bu sözlere gülüyordu. Halbuki dört yaz evvel Lâmia, burada ağlamıştı. Asabî bir ümitsizlikle piyanoyu kapadım:

---

162 koymak, bırakmak

– Haydi Cavidan... Seninle dolaşalım... Bu daha iyi, dedim.

. . . .

Ben Lâmia'yı seviyorum.

Bazı gizli hastalıklar vardır. İnsan onların nerede, nasıl başladığını tâyin edemez. Yaralar öyle ince ve naziktir ki müphem, leziz heyecanlara benzer tesemmümleri[163] yeni başlayan sarhoşluklar gibi tatlı ve neşelidir; ağrılar yeri bilinmeyecek kadar sağır ve müphemdir. Zaman zaman vücudun derinliklerinden boğuk, müphem şikâyetler gelir. İçin için yiyip bitiren hastalığın bundan başka âlameti yoktur.

Benim Lâmia'ya olan aşkım işte bu neviden bir hastalık... artık hakikati kendimden saklamaya lüzum görmüyorum.

Sıcak öğle vakitlerinde çitlembiklerden birinin güneş parçalarıyla karışık gölgesi altında arka üstü uzanıyorum, başımın içine daha karanlık bir gece getirmek için ellerimle kapalı gözlerimi örtüyorum, derin derin düşünmeye başlıyorum.

Artık şüphem yok. Ben Lâmia'yı daima sevdim. O küçük, sade biçare bir kız çocuğuydu. Ben uzun mahrumiyet ve ümitsizlik senelerinden sonra gelmiş muvaffakiyet, şöhret ve saadetle sarhoş hodgâm, görgüsüz bir zavallı...

Sevda ve saadet üzerine yeni fikirlerim vardı... Henüz içine girdiğim sahte kibar muhitinin mütasallif ve mütereddi nazariyeleri... Aşk öyle bir şeydi ki mutlaka zarafet, muvaffakiyet, şöhret, servet, ihanet ile beraber giderdi. Yüksek bir insanın zavallı sade bir Kınalı Yapıncak'a gönül bağlaması,

163 zehirlenme

hayatını vakfetmesi mümkün müydü: Hayatımın tarzıyla, fikirlerimle, sözlerimle başka bir muhittin adamı olduğumu iddia ederken, benliğim, ruhum Tilkilik'teki karanlık tekkenin ilâhîleriyle, Şem'i Dede'nin neyiyle büyümüş, mahrum ve muhteriz çocuk kalmıştı. Daha on altı yaşındayken bir büyük adam tahammül ve feragatıyla Leylâ'sının ilk busesini reddeden, ruhunun mağrur ve münzevî melâlini yıllarca bu topraklarda sürükleyen bağ çocuğu...

Ellerimi gözlerimden kaldırıyor, "Kerem"in ağır ağır döndüğüne bakıyorum. Sonra tekrar gözlerim kapanıyor, dolabın iniltisini taş havuza dökülen suların berrak sesini dinleyerek düşünmeye devam ediyorum: İhtimal bu sevdanın daha başka sebepleri var. Ben daima uzak bulunduğu yerlerin dâüssılasını, elde edilmesine imkân olmayan saadetlerin hasretini çeken bir hayal hastasıyım. Acaba şimdi Kınalı Yapıncak'ı ümitsiz bir surette kaybettiğim için mi bu kadar seviyorum?

Onu belki artık hiç görmeyeceğim... Bir daha süzgün yeşil gözlerinin bana gülümsediğini görmeden, parmaklarımı geniş alnına düşen ince saç kıvrımlarına sürmeden öleceğim... Ah ne yazık...

Yattığım yerden ağır ağır kalkıyorum, havuza doğru yürümeye başlıyorum. Bir noktada Kerem'le karşılaşıyoruz. Hayvan birdenbire duruyor, büyük sarı gözlerinin anlar ve acır gibi derin bir nazarıyla bana bakıyor...

"Kerem" bu güzel sevdanın yegâne bir yadigârı gibi kaldı. Gelecek sene burada belki onu bile bulamayacağım. Dirseklerimi havuzun mermerine dayıyorum, hafif çağıltılarla köpüren sulara ellerimi sokuyorum.

Kınalı Yapıncak'ı ilk defa burada kollarıma almıştım. Havaların bulanmaya başladığı bu sonbahar gününü hatırlıyorum. Lâmia ayrılık günlerinin yaklaştığını düşünerek mahzunlaşıyor, güzel gözleri ümitsiz bir melâl ile doluyordu. O ağlamaya hazırlanırken, ben gülüyor çilli yanaklarına hafif fiskelerle dokunarak şaka ediyorum: "Bu sevda değil, Kınalı Yapıncak, diyordum, bu biraz ince bir gönül oyuncağı, dudaklarımızın bir eğlencesinden ibaret..."

O vakit benim için belki de öyleydi. Fakat bir şaka, bir yalan, bir eğlence gibi başlayan bu sevda bir gizli zehir gibi dudaklarımdan kalbime indi.

. . . .

*
* *

8 Temmuz, Bozyaka

Şem'i Dede bana bugüne kadar felâketinden bahsetmemişti. Ben de tabiî bir şey sormuyordum. İhtiyar arkadaşımın derdini tazelemek doğru bir şey olmayacaktı.

Bu akşam Arapdere'ye inen bayırlardan birinin kenarında oturuyorduk. İkimiz de ayrı ayrı düşüncelere dalmıştık. Şem'i dede birdenbire dedi ki:

– Başıma geleni söylediler değil mi evlât?

– Evet... Çok teessüf ettim.

Bu cevabı verirken onun yüzüne bakmaktan çekiniyordum.

– Sen de mi teessüf ediyorsun... Binâberin[164] bu işe teessüf etmeyen bir ben kalıyorum.

---

164 bunun üzerine

İhtiyar arkadaşım gülüyordu. Hem de kalbi ve fikri sakin insanların açık, memnun gülüşüyle...

Hayretle gözlerimi yüzüne kaldırdım. Bu Şem'i Dede ne mağrur, ne hislerine hâkim bir adamdı. Bakışımdan ne düşündüğümü anlamış gibi devam etti:

– Ben bu işi yaptığıma esasen nadimdim evlât... Başkalarına söylesem bana meczup deyip çıkarlar... Sen belki anlarsın... Bir hayalî yâr-ı vefakârım vardı ki bütün ömrümde bir gün beni yalnız bırakmamıştı... Geceleri kimsesiz kulemde sessiz sessiz dolaşır, tenha kırlarda dolaştığım vakit yanımda yürür, ney çaldığım, Hâfız veya Fuzuli'yi okuduğum zaman karşımda boynunu büker, rengini bilmediğim gözleriyle ağlardı. Evime yabancı bir kadının gelmesi bu hayalî yâr-i darıltmıştı. "Onu son nefesimde bile görmeden öleceğim," diye hayıflanıyordum.

Yabancı, bir gün beni bırakıp gitti... İlk günlerde garipsemedim desem yalan olur... Lâkin asıl yârimin yine benimle başıracağına dair alâmetler var... Karanlık ve tenha gecelerde kulenin etrafında dolaştığını, ney çaldığım, Fuzuli'yi okuduğum vakit yavaş yavaş ağladığını işitiyordum...

İçimde tahlil edilmez bir korku ile ihtiyar arkadaşımın yüzüne baktım. O yine memnun, sakin çocuk tebessümüyle gülümsüyor, artık başka şeylerden bahsetmeye başlıyordu:

– Ben düşüne düşüne kaza ve kader meselesinde şu neticeye varıyorum evlâdım... Dünya'daki felâketlerden kudreti mesul tutan, bütün kabahati nizam-ı kâinatta arayan mecnunlar var... Kudret her ruhu ayrı istidatlarla teçhiz ediyor, her birine ayrı bir yol çiziyor... Herkes kendi yolundan gitse herkes mesut olacak evlat... Böyle bir dünyayı gözünün önüne getir... Hep ayrı ayrı yollarda yürüyen, birbirlerine hiç dokunmayan birbirlerini incitmeyen hatta görmeyen yolculardan mürekkep bir uzun kafile... Hep kabahat bizde... Elde çizilmiş yollardan inhiraf[165] ediyoruz... Hep felâketler bundan doğuyor... Delil mi istersin... Gökyüzüne bak... Yıldızlara bak... Bu güzel nizamı hangi başka bir sebebe atfedersin... Bunlar da insanlar gibi kudretin çizdiği yollardan çıkmaya kalkışsalar kâinattaki kıyameti bir tasavvur et... Gökyüzleri yıkılıyor... Kehkeşanlar[166] başımızdan akıp gidiyor... Mevsimler bozuluyor...

Şem'i Dede yavaş yavaş kararan akşam semasındaki tek-tük yıldızları titrek parmağıyla göstererek devam ediyor; karışık, karanlık, esrarlı şeyler söylüyordu. Ayrıldığımız vakit ortalık tamamıyla kararmıştı. Ağır ağır bağa dönerken düşünmeye başladım:

– Bu ihtiyar münzevinin dağınık ve muğlak sözlerinde galiba bir parça hakikat var... Ruhumun bütün sükûn ve kararını alan, bu sevdiğim yerleri bana hazin bir surette renksiz gösteren sevda belki daha derin, daha umumî bir derdin bir şeklinden ibaret... Münzevî ve mahzun ruhlu bir bağ çocuğuydum, hayatımın gölge ve mahrumiyet içinde geçmesi mukarrerdi. Hiçbir şeyden memnun olmamaya mahkûmdum. Fakat burada hiç olmazsa ruhuma bir sükûn ve karar temin edebilecektim ki bu da bir dereceye kadar saadet sayılırdı.

165 sapma
166 samanyolu

Başka bir hayatın başka bir muhitin cazibesine kapıldım. Birkaç sene kendimi başka bir adam sandım, sevdiğimi, mesut olduğumu vehmettim, fakat tabiat hükmünü yapıyor. Bu sarhoşluk gecesinin sabahı başladı. O âlemin bütün avizeleri gözümde söndü. İhtimal kapalı ateşler gibi için için yandıktan sonra bugün alevlenen aşkım bu daha derin ve umumî derdin bir şeklinden ibaret...

Bağ duvarının üstünden yolun tozlarına geniş yapraklı dallarını sarkıtan ihtiyar incir ağacının altına gelmiştim. Kınalı Yapıncak bir gün beni burada beklemişti. İzmir'den geliyor, bana Nimet Hanım'ın selâmını getiriyordu. İlk uzun muhaveremiz burada geçmişti. Ara sıra benden utanıyor, şu dallardan birini çekerek geniş yapraklarıyla yüzünü örtüyordu. Ben bu çocukla mesut olabilecektim. Yazık.

12 Temmuz, Bozyaka

Dünden beri hayatımıza biraz tenevvü[167] geldi. İstanbul'dan bir misafirimiz var.

Evvelsi akşam yemekten sonra gazete okuyordum. Cavidan elinde bir mektupla odaya girdi:

– Şimdi İzmir'den bir mektup aldım... Kimden olduğunu tahmin edemezsin. Namık Behçet Bey'den... İki gün evvel bir iş için İzmir'e gelmiş... Yarın sabah bizi ziyaret edeceğini söylüyor...

Gazeteyi bırakarak:

– Ne âla, dedim, tabiî bir iki gece burada alıkoyarız... Namık Bey'e Bozyaka'yı göstermek lâzım...

---

167 çeşitleme, değişiklik

Cavidan'da hafif bir tereddüt hissettim:

– Nasıl olur... Bizi rahatsız etmez mi?

– Niçin rahatsız etsin... Namık yabancımız mı?

– Evet ama burada biraz başka tarzda yaşıyoruz...

– Hiç ehemmiyeti yok... Bahusus sen de eğlenirsin... Bugünlerde biraz rahatsızım... Söylemeye hacet yok... Tabiî farkındasın... Seni çok kere yalnız bırakıyorum... Herhalde bu ziyaret hoşuna gitti...

Yeniden gazeteyi elime almıştım. Cavidan'ın sözlerime pek inanmadığını, ara sıra göz ucuyla bana baktığını hissediyordum.

Bu Namık Behçet Bey karımın uzak akrabalarındandır. Meşhur bir fotoğraf meraklısıdır. Bu bahane ile Avrupa'da mükemmel bir kimya tahsil etmiş, malûmatlı ve değerli adamlar sırasına girmiştir.

Avrupa'da ara sıra görüştük. Bu defa İstanbul'da bize daha sık sık gelip gitmeye başladı.

Bu genç benden evvel Cavidan ile evlenmek istemiş fakat muvaffak olamamış... Kayınpederim mi razı olmamış, yoksa Cavidan mı reddetmiş, buralarını pek iyi bilmiyorum. Herhalde şurası muhakkak ki bu Namık Behçet Bey'de Cavidan'a karşı oldukça eski bir temayül var...

Son zamanlarda adamcağızın dertleri tazelenmeye başladı. Biraz budalaca bir genç olduğu için bunu anlamakta gecikmedim. Hoş bunu bilmeyen yok ya...

Namık Behçet Bey'den kuşkulanmak kendi nefsime karşı bir tenezzül, zevceme karşı bir hakaret olurdu. Onun için hiç aldırmıyor, hatta ara sıra Cavidan'la "senin sabık sevgili" diye şaka ediyordum. Bir gün yine aramızda onun sözü geçmişti. Gülerek dedim ki:

– Evlenmeniz pek hoş olacaktı... Kimbilir düğünde kaç vaziyette resmini alacaktı...

Cavidan birdenbire asabileşti:

– Rica ederim Kenan... Bu lâtifeyi bir daha tekrar etme, dedi.

Ben gülerek sordum:

– Niçin... Ne zararı var?

Zekî Cavidan bu sualimdeki mânayı anlamamış gibi izah etti:

– Beni fotoğraf modeli olarak tasavvur etmek hayalen olsun az çok gülünç bir mevkiye koymak olmaz mı?

O günden sonra bu şakayı tekrar etmedim.

Namık Behçet mektubundan bir gün sonra Bozyaka'ya geldi. Bu nagehânî[168] İzmir seyahatinin sebepleri hakkında bana uzun uzadıya izahat verdi, sonra lâkayt bir tavir ile:

– Hazır gelmişken sizi de ziyaret edeyim dedim, dedi.

Bu sözler üzerine hiç şüphem kalmamıştı. Namık Cavidan için geliyordu. Gülerek dedim ki:

– Cavidan namına sizi protesto edeceğim. Namık Bey... Onu ziyaret vazifesini bütün öteki işlerinizden ehemmiyetli addetmeliydiniz...

Namık şaşırdı, kızarıp bozarmaya başladı. Kesik kesik gülüyor:

– Şüphesiz... Şüphesiz... Elbette... Şunu söylemek istiyordum ki, diye kekeliyordu.

---

168 ansızın

Ben hâkim ve biraz müstehzi bir tavır ile:

– Bunu tamir etmek için bir çare var... Bir hafta bizde misafir kalırsınız...

Namık, gözlerini açıyor bu saadete bir türlü inanamıyordu:

– İmkânı yok... O kadar meşgulüm ki...

Ben fare ile oynayan bir kedi gibi, birden muamelemi değiştirdim:

– Çok teessüf ederiz fakat ne yapalım... Mademki bu kadar meşgulsünüz...

Bu sözler Namık Bey'e âdeta dehşet verdi, tüylerini ürpertti. Şaşkınlığını gizlemeye çalışarak:

– Yok... Gerçi o kadar mühim değil... Sonra, buraları ne güzel... Birkaç gün bu tabiat içinde yaşamak...

– O halde bir hafta... Pazarlık yok...

Misafirimiz tekrar ümidini kıracak bir şey söylememden korktu, telâşlı bir memnuniyetle kabul etti...

Cavidan misafirimizi civarda gezmeye götürüyor. Namık Bey alay alay fotoğraflar alıyor.

Ben nadiren onlara refakat ediyorum. Budala belki Cavidan'ı kıskanıyorum sanır... Hiç böyle şeye tenezzül eder miyim?

Doğrusunu söylemek lâzım gelirse ben bu Namık Behçet Bey'e minnettarım. Cavidan ile çok yalnız kalmıştım. Müzmin mahzunluklarımı, ağır tahayyüllerimi zevcemden gizlemekte müşkülât çekiyordum. Bir çardağın zayıf gölgeleri altında arka üstü uzanmak, saatlerce olduğum yerde uyuşup kalmak bugünlerde benim için büyük, dayanılmaz bir ihtiyaç... Halbuki karıma karşı üzüntülü bir muhabbet komedyası oynamaya mecburdum. Namık Behçet Bey'den Allah razı olsun... Hayırlısıyla bu cansız Bozyaka'dan bir kendimi kurtarsam... Bir daha adını anmayacağım...

*
* *

22 Temmuz

Misafirimiz gitti... Cavidan'la yine baş başa kaldık... Bu yaz biter tükenir şey değil... Sonbahara dünya kadar vakit var... Nafile tahammül edemeyeceğim...

*
* *

24 Temmuz

Çok şükür kurtuluyorum... İki güne kadar gideceğiz. Bu akşam üstü Cavidan'la Münir Bey'in köşkünden dönüyorduk. Gurubu seyretmek için tepenin yüksekçe bir noktasında durduk. Cavidan dalgın bir nazarla uzaklara bakıyordu. Sükûtumuzun çok uzadığını fark ettim:

– Ne güzel değil mi? dedim.

Zevcem hiç tavrını bozmadı, dudaklarının ucuyla:

– Evet fakat hep aynı şey, dedi.

– Sen galiba sıkılmaya başladın Cavidan?

– ....

– Hiç neşeli değilsin...

– Bunu fark ettiğine teşekkür ederim...

Bu açık olduğu kadar haklı bir şikâyetti. Zavallıyı hakikaten çok ihmal ediyordum. Mahcup ve mahzun bir tavırla:

– Benim bir zamandan beri sinirlerim hasta Cavidan, dedim, şüphesiz muvakkat bir şey... Bir zaman sonra geçecek... Yine evvelki gibi şen, canlı bir adam olacağım. Sana karşı kusurlarım oluyor... Ne yapayım... Hastalık hali... Hem mademki sıkılmaya başladın, bir iki güne kadar İstanbul'a dönmekten kolay bir şey yok...

Cavidan hayretle yüzüme bakıyordu. Ben devam ettim:

– Doğrusunu istersen ben de artık buralardan bıktım... Gecesi gündüzü, ayı güneşi hep birbirine benziyor... Evet istersen bir iki güne kadar İstanbul'a döneriz...

Cavidan memnun oluyor fakat bunu belli etmemeye çalışıyordu:

– Güzel ama ya eserin.

– Birkaç günden beri epeyce çalışıyorum... Eser hayli ilerlemeye başladı... Fakat sen de teslim edersin ki çok ruhsuz... Herhalde benden beklenilecek kıymette bir şey değil... Nafile hastalık vaktinde sanat olmuyor... Bir zaman daha bekleyeceğiz...

Zevcem bu izahatı kâfi gördü, fazla bir şey söylemedi. Bağa dönerken ikimiz de neşeliydik... Bir iki güne kadar bu cehennemden kurtuluyorum...

*
* *

26 Temmuz

Öbür gün yola çıkmamız kararlaşmıştı. Burada bizi ne kadar çok seven varmış... Herkes teessüf ediyordu. Hele dayımı kandırıncaya kadar akla karayı seçtim.

Bu akşam komşularımızdan biri beni bağına davet etmişti. Son olduğu için reddetmedim. Ne kadar iyi etmişim...

Bildiklerimden birçoğu oraya gelmişti. Bu vesile ile onlara da veda etmiş oldum.

Lâmia'nın amcası Şükrü Bey de oradaydı. Adamcağız bir aralık yanıma geldi:

– İstanbul'a dönmek üzere olduğunuzu biraz evvel evde söylediler... Pek teessüf ettim, âdeta neşem kaçtı.

Ben hafif ve lâkayt bir gülümseme ile teşekkür ettim.

Şükrü Bey devam etti:

– Yakında bizim de misafirimiz geliyor... Bugün Lâmia'dan mektup aldım... Yakında zevciyle beraber İzmir'e geleceğini, üç beş gün bizde kalacağını söylüyor... Yengesi sevincinden deli oldu... Zavallı kızı kendi evlâdım gibi severdim...

Şükrü Bey bana bu sözleri çardağın hemen hemen karanlık bir köşesinde söylememiş olsaydı ölü gibi sarardığımı görecek, mutlaka her şeyi anlayacaktı. Göğsüm tıkanıyor kulaklarım uğulduyordu. Çocuk gibi kendimi yere atmak, sevincimden ağlamak istiyordum. Ah ben Kınalı Yapıncak'ı ne kadar seviyormuşum.

Şükrü Bey ceplerini karıştırmaya başlamıştı:

– Mektubu nereye koydum acaba, diyordu, üvey kızıyla çıkardığı bir resmi göndermiş... Size göstereyim... Lâmia, ne kadar değişmiş... Adeta kocaman bir hanım olmuş...

Kalbim parçalanacak gibi çarpıyordu. Bu dakikada onun resmini görmek kendini görmek gibi bir şeydi. Şükrü Bey ceplerini ne öldürücü bir ağırlıkla arıyordu. Oturduğum yerde asabiyetten, hırçınlıktan çıldırıyor, kendi kendimi yiyordum.

Mektup bir türlü bulunamadı. Şükrü Bey:

– Bu ceplerimde yok... İhtimal pardösümün cebinde bırakmış olacağım, dedi, sonra başka şeylerden bahsetmeye başladı.

Lâmia'yı birkaç gün sonra görmek ümidi olmasaydı bu inkisar-ı hayâle tahammül edemezdim.

....

Burası çukur bir yerdi: bir yanında sakil bir duvar, öte yanında bağ sahibinin mağmum manzaralı tahta kulesi vardı. Çardak insanı boğacak kadar basık, dallardan birisine asılmış fener ölü gözü gibi sönük hasırların üstünde oturan bu adamlar isyan, istikrah verecek kadar âdi ve ruhsuzdu. Biraz evvel soğuk bayağı şeyler söylüyorlar, ne olmayacak şeyler için kaba kaba gülüyorlardı. Halbuki şimdi...

Bu umulmaz sevda müjdesini aldığım harap bağı dünyada unutmayacağım. Burada gördüğüm simaları ömrümün sonuna kadar seveceğim.

Geceyi gürültüleriyle dolduran ağustosböceklerinden daha canlı bir mahlûk olmuştum. Mütemadiyen söyledim, hem en öyle güzel, sevimli, ümit verici şeyler söyledim ki misafirler hayret ettiler. Biraz evvel çardağın karanlık köşesinde mağmum ve sukûtî adama birdenbire ne olduğunu anlayamadılar. Gece yarısına doğru meclis dağıldığı vakit Şükrü Bey'i bağının kapısına kadar götürdüm, o içeri girdikten sonra alçacık duvarın üstünden karanlık bahçeyi uzun uzun seyrettim. Demek bu ağaçların arasında Kınalı Yapıncak'ı tekrar görecektim.

Bağımızın arkasındaki ince yolda dolaşıyor, bir türlü içeri girmek istemiyordum. Bu çılgın sevinci nereye sığdıracaktım? Mehtap yoktu. Fakat gökyüzü bir peri âlemi kadar güzeldi. Bir aralık Cavidan'ın beni merak etmesi ihtimalini düşündüm. Bu gece zevcemi de seviyordum. Hem de böyle titreyen, sızlayan bir sevda ile... Mamafih bir türlü içeri girmeye kendimi razı edemedim. Ellerimi cebime soktum, ıslıkla eski havalardan birini çalarak yokuşu inmeye başladım. Kalbim, taşkın bir muhabbet ve şefkatle bunalıyor, rikkatten gözlerim yaşla doluyordu. Kırkçamlar'ın eteğindeki sel çukurlarında dolaştım. Kınalı Yapıncak'ın dört sene evvel Nimet'le beni kurtarmak için kolunu incittiği su kenarına gittim, oradan Şehitler Mezarlığı'na kadar yolumu uzattım. Bir gece onu buraya kadar getirdiğimi hatırlıyorum. Lâmia bu karanlık ve harap mezarlığın kenarında esrarengiz bir haşyetle ağlamaya başlamıştı. Onu görünmez bir tehlikeye karşı müdafaa eder gibi kollarımda sıkıyor, gözlerinden, dudaklarından öpüyordum. Şimdi hâlâ o hıçkırıkların sesini kulağımda, bu göz yaşlarıyla ıslanmış buselerin acı lezzetini dudaklarımda buluyordum.

Korkmuş bir âciz mahlûku kollarında teselli etmek ne tatlı şeydi. Bu biçâre müdafaasız mahlûku bin korku, bin tehlike içine atıp gitmiştim. Lâmia kimbilir kaç defa o geceki gibi ağladı. Niçin kalbim bu kadar uzun zaman susmuştu? Niçin ben sevdamı, saadetimi böyle yüzüstü bırakıp gitmiştim?

Buradan geri döndükten sonra yolumu çevirdim, karanlıkta bin müşkilat ile yokuşu tırmanarak Kırkçamlar'a çıktım.

Çocukluğumdan beri ben Kırkçamlar'ı bin türlü ziya ve hava içinde görürdüm. Fakat onu daima o yağmurlu ayrılık gecesinin manzarasıyla gözümün önüne getiririm. Yağmur çamların yüksek tepelerinde hazin sesler çıkarıyor, sararmış yapraklar yerleri deniz gibi dolduruyordu.

Gece vakti, hele mehtaplı gecelerde bu yerlere gelmeye gönlüm tahammül etmiyordu.

Demek birkaç gün sonra yine Lâmia'yı buralarda görmek, mehtabın içinde daha uçuk görünen sarı saçlarını... Yine fazla hayale kapılıyorum... Bu ümit, müebbeden öldü, biliyorum... Mamafih olsun... Ben buna da razıyım... Elverir ki onu bir kere göreyim...

29 Temmuz, Bozyaka

Bayramı bekleyen çocuklara döndüm içim içime sığmıyor. Sabahtan akşama kadar etrafımı neşeye, şenliğe boğuyorum.

Müjdeyi aldığım gecenin sabahı Cavidan'a bir yalan uydurmuş, İstanbul'a avdetimizi biraz daha geciktirmemizi rica etmiştim. Şimdi bu avdet bahsini büsbütün kapadık. Zevcemle âdeta bir balayı hayatı yaşıyoruz.

Bugün Cavidan'a saatlerce keman çalmış, bütün sevdiği, istediği parçaları tekrar etmiştim. Kemanı bıraktıktan sonra onun ellerini ellerimin içine aldım. Avuçlarını hafif hafif yanaklarıma, alnıma sürüyor, küçük buselerle parmaklarını öpüyordum. Bu hareketler yaşlı başlı bir adam sevdasından ziyade, okşanan bir çocuk rikkat ve muhabbetine, bir kedi yavrusu yaltaklanmasına benziyordu.

Cavidan'ın gözlerinde mesut, memnun bir tebessüm vardı.

– Yeniden balaylarımızı yaşamaya başladık. Cavidan, diye lâtife ettim.

Zevcem, dikkatle yüzüme bakarak:

– Hayır, dedi, sen beni o zaman bu kadar hararetle sevmedin. Tuhaf bir şey söyleyeyim mi Kenan... Ben senin gözlerinin hiçbir zaman böyle parladığını görmedim... Hayret ediyorum.

Ben muzaffer bir kahkahayla güldüm:

– Bu muvakkat bir hastalık... Elbette geçecek... Yine eskisi gibi şen, canlı bir adam olacağım demez miydim? Görüyorsun ya artık büsbütün iyi oldum... Seni eskisinden çok seviyorum... Buna başka bir delil de gösterebilirim... Kemanımın sesi, onun ihtizazı... Hiçbir şey benim ruhum gibi mizaç ve sıhhatimi de kemanım kadar iyi ifade etmedi... Avrupa'da talebeliğim zamanında bir genç doktorla tanışmıştım. Henüz mevki tutmamış fakat çok müsait bir adamdı. O vakit sık sık asabî rahatsızlıklarım vardı... Ara sıra ona müracaat mecburiyetinde kalırdım. Doktor nabzımı, hararetimi muayene edeceği yerde elime kemanımı verir: "Bir şey çal Kenan..." derdi. dikkatle yüzüme bakarak beni dinler, sonra hükmünü verirdi: "Yorgunsun Kenan... Sinirlerin yine üzgün... Uyumamışsın, havasız, hareketsiz oturup düşünmüşsün..." Yahut: "Bu seferki hastalığın hayalî bir şey... Hiçbir şeyin yok... Vehimden, kuruntudan ibaret..." Şüphesiz arkadaşım biraz da lâtife ediyordu... Fakat kemanımın ihtizazlarıyla kalbimin, âsabımın hareketleri arasında bulduğu münasebet büsbütün esassız değildi. Böyle devam ederse yeni eserim ümidimden güzel olacak...

. . . .

Dün Şükrü Bey'e misafir gittim... Saatlerce konuştuk... Hiçbir sohbet esnasında bu kadar dikkat sarfettiğimi, bu derece üzülüp yorulduğumu bilmiyorum.

Şükrü Bey'in sözlerini dinliyor gibi görünmek, lâzım gelen cevapları vermekle beraber bütün kuvvet ve inceliğimi ona Lâmia'yı, Lâmia'nın resmini hatırlatmaya sarfediyordum. Ara sıra ayağa kalktıkça, etrafında bir şey aradıkça yüreğim ağzıma geliyordu. Fakat bütün emeğim, bütün üzüntüm boşa gitti. İki saat beyhude yere yorulduktan sona meyusâne eve döndüm.

Vaktiyle Kınalı Yapıncak'ın bir küçük resmini, sevdaya uğramış mektep çocuklarının yaptığı gibi bir tutam saçını niçin alıp saklamadım...

. . . .

Vakit hayli geç... Cavidan içeride çoktan uyudu... Gecesıcak karanlık ağustosböcekleri mütemadiyen ötüyor... Bağa hafif bir ateşböceği yağmuru yağıyor gibi... Lâmia birkaç gün daha gecikirse tam mehtap zamanına tesadüf edecek... Acaba onu eskisi kadar sık görecek miyim? Zannetmem... Fakat ne ziyanı var... Hiç olmazsa bir kere bakışacağız, bir kere gözlerimiz birbirine tesadüf edecek ya...

*
* *

4 Ağıustos, Bozyaka

Bayırın alt başında bir çoban kaval çalıyordu. Kırkçamlar'dan yolun köşesinde iki kadın gölgesi göründü. Yaklaştıkları vakit seslerinden tanıdım. Dayımın küçük gelini Mesude ile Cavidan'dı. Biraz sonra karşımdaki duvarın yanına gelip durdular. Çoban kavalına fasıla vermişti.

Ne söylediklerini açıkça işitiyordum.

Cavidan uzaklara bakıyor:

– Merak etmeye başladım... Niçin gelmedi acaba? diyordu.

Mesude cevap verdi:

– Sakın İzmir'de kalmasın...

– Şimdiye kadar İzmir'de kalmasına imkân yok... Hem demin onu arka bağda oturan komşu ile konuşurken görmüşler...

– Kırkçamlar'da kendisini beklediğimizi biliyor değil mi?

– Tabiî... Sütnine onu beklemek için bağda kaldı... Gelir gelmez buraya gelmesini söyleyecekti... Aklıma başka şeyler geliyor... Sakın rahatsız olmasın...

– Allah esirgesin...

– Öyle de olsa haber göndermesi lâzım gelirdi... Ben bağa kadar gitmesini düşünüyorum... Zevcemin ayışığıyla karşı duvara akseden süslü gölgesi fazla asabi görünüyordu.

Mesude ona rica etmeye başladı:

– Siz zahmet etmeyiniz... Birisini gönderelim... Yahut ben gideyim...

Cavidan bir karar veremiyor, hâlâ yola bakıyordu. Nihayet geri dönmeye razı oldu:

– Kenan'ın bazı böyle garip halleri vardır... Bir şey değil, dayısı üzülecek... Sofra başında bekliyorlar...

Bağdaki kuru yapraklarda hafif bir hışırtı oldu. Bu bana bir yılan sürünmesi gibi geldi. Gayriihtiyarî yerimden kımıldandım.

Geri dönmek üzere olan Cavidan ile Mesude bu gürültüyü işitmişlerdi. Bulunduğum yere doğru bakıyorlardı. Birdenbire içime bir korku düştü. Ya beni dikenlerin içindeki bu küçük ve kuru sel çukurunun içine upuzun yatmış görürlerse? Verilecek hiçbir cevap yoktu. Tehlikenin uzaklaşmasına yardım edecekmiş gibi gözlerimi kapadım, bir ölü gibi hareketsiz durdum. Çoban tekrar kavalına başlamıştı. Epeyce bir zamandan sonra dirseğime dayanarak kalktım. Yol bomboştu. Ay ışığının altında beyaz ve parlak uzanıp gidiyor, ilerde bahçelerin koyu gölgeleri içinde kayboluyordu.

Bir saate yakın bir zamandan beri bu kuru sel çukurunun içinde yatıyordum. Kemiklerim ağrıyor, ayaklarım karıncalanıyordu. Elbiselerime dolan tozları, dikenleri silktim. Sonra ne yapacağımı düşünmeye başladım. Cavidan beni merak ediyor, dayım hâlâ sofra başında, misafirlerle beraber beni bekliyordu. Herhalde oraya gitmek lazımdı.

Ağır ağır Kırkçamlar'a doğru yürümeye başladım. Mehtabın en güzel gecesiydi. Dayım âdeti üzere bu yaz da Kırkçamlar'da komşularına bir ziyafet verecekti. Bağda bir haftadan beri hazırlık görülüyordu. Bu mehtap eğlencesi beni küçük çocuklardan ziyade sevindiriyordu. Ben Kınalı Yapıncak'ı böyle bir ziyafet gecesinde sevmeye başlamıştım. Kalbimde bir his vardı ki. Lâmia'nın bu mehtap eğlencesine yetişeceğini söylüyordu. Bu gece, ayın doğmaması nasıl imkânsızsa onun gelmemesi de bana öyle imkânsız görünüyordu.

Bugün erkenden İzmir'e inmiştim. Birçok mühim işlerim vardı. Lâmia'nın gelmediğini biliyordum. Fakat işlerimle uğraşırken, bildiklerimle konuşurken içimde gizli bir sevinç hissediyor, "gittiğim zaman onu mutlaka gelmiş bulacağım" diye düşünüyordum. Bir hayal inkisarından korkar gibi mahsus geciktim. Ben, araba ile Bozyaka'ya dönerken güneş batıyordu. Kâtiboğlu Caddesi'nde birkaç defa arabacıya dokundum, "daha yavaş gidelim, acele etme" dedim. Bozyaka yolunun denizi gören bir yerinde arabayı büsbütün dururttum. Güneş batmış, körfezin nihayetlerinde bir zayıf kızıltı kalmıştı. Rüzgâr duruyor, etrafımdaki ağaçlıklara akşamın sakin melali çöküyordu. Hiç sebepsiz benim içimdeki ümit de söndü. Artık etrafıma bakmıyor, yorgun vücudumu arabanın bir köşesine bırakıyordum.

Bağın dış kapısı önünde sütnineyi gördüm. Kırkçamlar'da beni yemeye beklediklerini, vakit geçirmeden hemen oraya gelmemi tembih ettiklerini söyledi. İhtiyar kadının kalbimden geçen şeyleri anlamasından korkuyor gibi yavaş bir sesle:

– Komşulara misafir gelmedi değil mi sütnine? dedim.

– Hayır... Kimse gelmedi...

Bağa girmeden yandaki yola sapmıştım.

Şükrü Bey'in kapısı önünden geçerken gayrıihtiyarî içeri baktım. Lâmia'nın eniştesi ile yengesi ellerinde sepetlerle üzüm topluyorlardı. Enise Hanım beni görünce başörtüsünü düzeltti, Şükrü Bey'i:

– Kırkçamlar'a mı Kenan Bey... Uğurlar olsun... Biz de birazdan geleceğiz, diye seslendi. Başımla müphem bir işaret ederek süratle geçmiştim.

Fakat gittikçe adımlarımı yavaşlatıyor, bu fırsattan istifade ederek Lâmia'yı sormadığıma pişman oluyordum. Epeyce ilerlemiştim. Birdenbire aklıma bir bahane geldi. Heyecan ve süratle geri döndüm. Şükrü Bey hâlâ kütüklerin arasında dolaşıyordu. Bu defa ben ona seslendim:

– Beyefendi biraz zahmet eder misiniz?

O kolunda bir sepetle kapıya geldi:

– Bir iki gündür galiba İzmir'e inmediniz... İstanbul gazeteleri geldi... Havadisler var... Takdim edeyim.

Pardösümün cebini dolduran bir yığın gazeteyi Şükrü Bey'e uzattım. Komşumun politika dedikodularına meraklı olduğunu biliyordum. Memnuniyetle gazeteleri aldı:

– Teşekkür ederim Kenan Bey... Güzel havadisler ha... Fakat gazetelerin bağını açmadan bu havadisleri nasıl okuduğunuza hayret ediyorum.

Hafifçe bozularak cevap verdim:

– Başka gazetelerden okudum.

– Ben de size bir salkım üzüm vereyim. Kenan Bey... Yiye yiye gidersiniz... Şehirde olmaz ama, bağ aralarında mübahtır...

Komşunun uzattığı salkımı alırken birdenbire aklıma gelmiş gibi sordum:

– Misafirlerinizden ne haber... Ne vakit geliyorlar?..

Şükrü Bey cevap verdi:

– Lâmia mı... Galiba vazgeçmişler... Dün akşam mektup aldım... Aman üzümünüzü düşürdünüz...

Şaşkın bir tavırla yere eğiliyor, tozların içinde dağılan salkımı toplamaya çalışıyordum.

Şükrü Bey gülerek:

– Ne yapıyorsunuz Kenan Bey... Başkasını vereyim, dedi, bir başka salkım uzattı, bahçelerin arasındaki dar gölgeli yollardan koşar gibi geçiyordum. Kırkçamlar'a giden caddeye çıktığım zaman karşı dağlarda ay doğuyordu. Ömrümde bu kadar hazin ve ümitsiz bir mehtap görmemiştim. Kendi kendime: "Bana dünyayı zindan ettin Lâmia" sözlerini tekrar ediyordum. Bu yeni sevmeye başlamış kız çocuklarına yaraşan sadedil, mâsum cümle bana yanık bir şikâyet mersiyesi gibi tesir ediyordu.

Bastığım yerlere bakmadan sarhoş gibi yürüyordum. Kırkçamlar'a yaklaştığım vakit adımlarım ağırlaştı. Üstüme ağır bir bulut çökmüş gibiydi. Kollarım düşüyor, dizlerim vücudumun yüküne tahammül etmiyordu.

Bir bağın önündeki eski tanıdıklarımdan ihtiyar bir jandarma mülâzımına rastgeldim. Bir iki dakika beni lâkırdıya tuttu. Bu lüzumsuz, bayağı sözleri anlamak, onlara cevap vermek öyle üzücü bir şeydi ki...

Bu tesadüf daha ileri gitmek için cesaretimi kırdı. Orada birçok lâkayt, şen insanlara tesadüf edecektim. Beni kendi kendime bırakmayacaklardı. Dinlemek, söylemek, gülmek lâzım gelecekti. Halbuki ben ömrümde ilk defa ölmeyi düşünüyordum. Üç sene evvel o güzel mehtap geesinde Kınalı Yapıncak'ı kollarıma aldığım yere gelmiştim. Oradaki harap kule büsbütün yıkılmış, ay ışığının gölgelerimizi aksettirdiği duvar bir taş yığınından ibaret kalmıştı.

Yolun öte tarafındaki kuru sel çukurunun kenarına oturdum. Zihnimde o geceden sonra geçen mehtapların hesabını yaptım. İçim anlatılmaz bir acı ile yanıyor: "Aradan tam otuz yedi mehtap geçti... Ne uzun... Ne uzun" diye şikâyet ediyordum. Gözlerim kapanıyor; derin, uzak bir ufkun içinde bu otuz yedi mehtap bir kafile gibi gittikçe daha soluk ve sönük uzanıyordu. Kimi bembeyaz karlar üstüne, kimi yapraklarını dökmüş ağaçlara, kimi taze manzaralara serpilmiş mehtaplar...

O geceden sonra otuz yedi mehtap geçmişti. Halbuki ben onu ay ışığı içinde ıslanmış gibi görünen sarı saçları, hafif çilli güzel yüzüyle, gözyaşlarıyla perdeli süzgün yeşil gözlerinin bütün sevdasıyla hâlã bağda görüyorum.

Yine başını göğsüme bırakıyor, "Bana yazık değil mi Kenan Bey" diye için için ağlıyor. Artık müsterih olabilirsin Kınalı Yapıncak... Ben asıl kendi kendime yazık ettim...

Bu sel çukuruna çalılar dökülmüş, yapraklar dolmuştu. Bu çukurun içine upuzun yattım.

Bayırın altında bir çoban kaval çalıyordu.

Bilmem hangi bedbin şairin kitabında okumuştum: "Ölüm acı bir ilaçtır, diyordu, unutmak ve artık ıstırap çekmemek için yüzümüzü buruşturarak, iğrenerek, gözlerimizi kapayarak bir hamlede içtiğimiz ilâç..." Bazı meyus saatlerimde bu şaire hak vermiştim. İnsanın ölümü gönül rızasıyla kabul etmesini aklıma sığdıramıyordum... Bu kuru yapraklarla dolu çukurda yatarken fikrimi değiştirdim. Ölüm sadece bir vasıta değildi. Kara toprağın içinde sönüp gitmekte, mahvolmakta ayrıca bir zevk, bir lezzet de vardı.

Ara sıra bulunduğum yerden kalkmak, üstümdeki kuru yapraklarla beraber bu karanlık, meşum düşünceleri de silkip atmak, ümitsizliğe mukavemet etmek istiyordum. Fakat bu ölüm vehmindeki acı cazibeden kendimi kurtaramıyordum.

Cavidan'ın Mesude ile tâ önüme kadar gelmesi bana biraz kuvvet verdi. Kırkçamlar'a doğru yürümeye başladım. Fakat ağaçların altındaki fener, çıra ışıklarını, bu ışıklar arasında dolaşan alacalı insan gölgelerini gördüğüm, haykırışmaları işittiğim vakit içime yeniden bir çaresizlik geldi.

Ne olursa olsun gitmeyeceğim. Beni çağırtmak için bağa adam göndermeleri ihtimalini düşünerek yandaki yollardan birine saptım.

. . . .

Arka yoldaki kapıdan içeri girdiğim vakit bir köpek havladı, küçük bir ahretlik kız: "Beyefendi geldi!" diye bağırarak köşke koştu. Pencerelerde fazla aydınlık, bağda fazla bir telâş ve gürültü vardı. Derhal anladım. Esrarengiz surette ortadan kaybolmamı merak etmişler, ihtimal beni aratmaya adamlar çıkarmışlardı. Bahçedekilere dert anlatmak mecburiyetinden kurtulmak için doğru köşke girdim, kapıyı kapadım.

Cavidan beni çok merak etmişti. İçeri girdiğim vakit bu merak hiddete tahavvül etti. Mamafih asabiyet göstermeye tenezzül etmiyor sahte ve biraz istihfafkâr bir lâkaydı ile hareket ediyordu.

Şüphesiz bir şey söylememi, mazeret göstermemi bekliyordu. Keşke böyle yapmasaydım. Fakat anlaşılmaz bir inatla sükût ettim. Zevcem kendini zaptedemedi. Yüzüme bakmaktan çekinerek:

– Şüphesiz şimdi İzmir'den geliyorsunuz, dedi.

Sadece "hayır" diye cevap verdim.

– Dayınıza karşı pek kibar bir muamele ettiniz...

– ....

– Kendimden bahsetmiyorum... Çünkü anlaşılmaz tabiatlarınıza artık alışmaya başladım...

– ....

– Hiçbir şey söylemeye lüzum görmüyor musunuz?

– Hayır...

Bu "hayır" sözü dudaklarımdan mümkün olduğu kadar kuru, soğuk, mütecaviz bir âhenkle dökülmüştü. Bir fenalık yaptığımı hissediyor, fakat kendimi tutamıyordum. İçimde kine benzeyen... sebepsiz, boğuk bir hiddet doğuyordu.

Cavidan bembeyaz kesilmişti. Mamafih hâlâ istihfafkar sükûtunu muhafazaya çalışıyor, dudaklarını ısırıyordu.

– Bu muamelenizi izah etmek için ya ahval-i sıhhıyenizde bir fevkalâdelik olduğunu, yahut büyük bir felâkete uğradığınızı kabul etmek lâzım...

– ....

– Cevap vermiyorsunuz...

Piyanonun üstündeki küçük vazolardan biriyle oynuyordum. Birdenbire onu yere attım, kırdım. Bu, bir kaza mıydı? Bilmiyorum... Fakat kaza ile yere düşen bir vazo böyle acı bir sesle parçalanmazdı.

Zannederim ki kasıt, yahut kaza ile adam öldüren bir insan daha fazla dehşet duyamaz.

Cavidan garip bir ihtilâç ile sarsıldı. Fakat yine kendini zaptetti. O vakur, yırtıcı istihfafiyle beni baştan aşağı süzdükten sonra içeriki odaya girdi, kapıyı kapadı.

Bulunduğum yerde taş gibi donmuştum. Zavallığımı, âdiliğimi, düşkünlüğümü bu dakikadaki kadar kuvvetle hissetmemiştim. Kendimle beraber bir başka mahlûkun hayatını da kırıyordum.

Ne anlaşılmaz, ne sefil bir muamma idim. Beni sevenlere fenalıktan başka bir şey yapmıyordum...

Bir dakika evvel içimde kuru, vahşi bir huşûnet vardı. Şimdi rikkatten pişmanlıktan eziliyordum. Zevceme hayatımı, ruhumu bütün biçarelikleri, bütün sefaletleriyle söylemeyi düşündüm. Birkaç defa kapısına kadar gittim. Lâmbanın aydınlığı gözlerimi incitiyordu. Onu söndürdüm. Fakat bu defa pencereden ay ışığı girmeye başladı. Ah bu ay ışığından ben ne kadar nefret ediyordum.

Perdeleri sımsıkı kapadım. Piyanonun kenarına kollarmı dayadım, sınıfta uyuyan bir çocuk vaziyetinde başımı üstüne koydum. Saatlerce bu halde kaldım...

. . . .

Artık Bozyaka'ya tahammül edemiyordum. Yarın sabah Cavidan'a tarziye[169] vereceğim. Hastalığımdan bahsedeceğim. Hemen İstanbul'a dönmek için yalvaracağım. Bu toprakların kokusu beni öldürecek...

*
* *

2 Teşrin-i Evvel, Nişantası

Bugün zevcemin akrabalarından bir genç kızın nişan merasiminde bulunduk. Damat Bey maruf bir diplomat... Fakat

---

169 özür

şuursuz, ruhsuz bir adam... Sonra vücudu gibi kalbi de fazla yıpranmış... Yüzündeki çizgilerin derinliğinden, rengindeki yorgunluktan, bakışındaki mağmum sönüklükten apaşikâr anlaşılıyor... Genç kız inadına terütaze, pürhayat bir mahlûk...

Merasim esnasında ikisi de mesut görünüyorlar tebriklere, temennilere hararetle mukabele ediyorlardı. Akşam üstü eve dönmek istediğimiz vakit genç kızın annesi itiraz etti:

– Ne olur bu gece bizde kalın... İnsan, ferahlı günlerinde sevdiklerini yanında görmek istiyor, dedi.

Cavidan birçok mazeretler söylüyor, hemen eve dönmek için ısrar ediyordu.

Yine zevcemin akrabalarından bir ihtiyar hanımefendi bizi müdafaa etti:

– Üstlerine varmayın... Siz sevdiklerinizi yanınızda görmek istiyorsunuz... Fakat ya onlar münhasıran[170] birbirlerini görmek istiyorlarsa... Bilirsiniz ki birbirlerini çok seven insanlara evlerinin yalnızlığından güzel şey olamaz...

Öteki tatlı bir safvetle gülerek itiraf etti:

– Asıl maksadımı söyleyeyim mi?.. Yeni nişanlanan bir kıza birbirini çok seven insanları göstermekten iyi ders olmaz... İsterdim ki Suzan'ın saadeti hakkında şüphesi kalmasın, bunları taklit etsin...

Kadıncağızın sesinde, gözlerinde zayıf bir endişe vardı. Benim gizli ıstırap ve inkisar alâmetlerini görmekte hazin bir rüsuh ve maharet kazanan gözlerim gibi onun ana kalbi de Suzan'ın mesut olmadığını hissetmişti.

---

170 yalnız birine özgü

Bu genç kız izdivaçta memnun değildi. Merasim esnasında herkes kendisine bakarken Suzan sevinçten, neşeden uçuyor gibi görünüyordu. Fakat biraz sonra yabancı gözlerin başka yerlere, başka çehrelere döndüğünü gördüğü, saadet denilen şeye artık inanmayan bedbaht bir adamın uzaktan uzağa kendisine baktığından şüphe etmediği vakit bu sahte neşeyi bir maske gibi yüzünden atmıştı. Deminden beri evin içinde dalgın ve serseri dolaştığını görüyordum.

Annesi veda vesilesiyle onu yanımıza çağırdı, küçük bir nutukla bizim saadetimizi bir kere daha tasvir etti:

– Görüyor musun Suzan... Bir gecelerini feda etmeye razı olamıyorlar, ihtiyar halalarının hatırını kırıyorlar, diye sözünü bitirdi.

. . . .

Bu sade vak'a bilmem neden bana dokundu. Bu gece defterime bu satırları yazmaya mecbur etti. Zavallı saf hanımefendi kızıyla damadının bize benzemesini bütün kalbiyle istiyordu. Gecelerimizin lekesiz bir saadet içinde baş başa geçtiğini tahayyül ediyordu. Benim iki aydan beri Cavidan'la dargın olduğumu bilmiyordu. Hayalen bizi takip etmesini isterdim. Gülüşerek, konuşarak girdiğimiz arabanın kapısı kapanır kapanmaz tebessümlerimizi ve cümlelerimizi nasıl yarım bıraktığımızı, onun bir köşeye, benim bir köşeye nasıl büzüldüğümüzü, sonra evde bir kelime söylemeden odalarımıza çekildiğimizi görmeliydi. Bir hafta, on gün belki daha uzun bir zaman sonra bu kadıncağız bizi gördüğü zaman birbirimize söylediğimiz sözleri yine çok tatlı bulacak onların araba kapısında yarım kalmış cümleden sonra aramızda teati edilmiş ilk sözler olduğunu anlamayacak...

Cavidan'la ne hazin bir komedya oynuyoruz... Zevcem, çok mustarip... Fakat mağrur olduğu için bunu göstermiyor... Etrafa karşı zevahiri kurtarmakla iktifa ediyoruz... Dargınlığımızın muayyen bir sebebi olsa barışmak çok kolay... Ona tarziye veririm, istemediği şeyleri bir daha yapmam... Yavaş yavaş münasebetimiz düzelir... Fakat çok titiz, çok fena bir adam oldum. Karımın hakkı var... Kendimden kendim memnun değilim ki o memnun olsun... Evet bugün barışmak kolay... Fakat biliyorum ki, yarın yine darıltacağım... O halde niçin bile bile ona yeni bir ıstırap hazırlamalı.

*
* *

25 Şubat, Nişantaşı

Taksim bahçesinin önüne geldiğim vakit uzakta bir saat gece yarısını çalıyordu. Hava çok fena idi. Rüzgâr gittikçe şiddetini artırıyor, yağmurla beraber sulu bir kar yağmaya başlıyordu. Cadde bomboştu, sokak fenerleri yerdeki su birikintilerine kirli, bulanık bir ziya döküyordu. Ara sıra yanımdan kapalı bir otomobil geçiyor, elbiselerimi, yüzümü çamur serpintisi içinde bırakıyordu.

Yakamdan boynuma sızan, vücuduma işlemeye başlayan sulu kar gibi buna da ehemmiyet vermiyor, yağmur ve çamur içinde bu uzun yolu yayan gitmekte bir garip haz buluyordum... Bataklıklara dalıp çıkan bir ördek hazzı...

Evimin bulunduğu sokağa dönerken bir köpek yavrusuna bastım, hayvancağız acı acı bağırıp inlemeye başladı...

İçimde bir merhamet uyandı: "Gel sana içerde âlâ bir ziyafet vereyim de ödeşelim... Hakkın kalmasın" diye köpeği kucağıma aldım.

Dilnüvaz Kalfa, beni bu kıyafette görünce şaşırmıştı. "Misafir var kalfa... Haydi ışık göster... Mutfağa gidiyoruz... Bu misafir teklifsizdir... Ne kaldıysa ver, kusura bakmaz" diye söyleniyor, yüksek sesle gülüyordum.

İhtiyar kadın müterreddit ve meyus bir tavır ile şamdanı eline aldı. Korka korka: "Beyefendi... Yavaş gülseniz; salonda misafirler var" dedi. Omuzlarımı silktim, aynı yüksek sesle:

– Şimdilik bu garip misafir hepsinden mühim, dedim.

Tam bu esnada merdivenin üst başından hafif bir gürültü işittim, başımı çevirdim. Zevcemle göz göze geldik.

Cavidan ağır, hâkim edasıyla yavaş yavaş merdivenden indi. İstifaf ile karışık bir hayretle halime bakıyordu:

– Ne oluyor rica ederim Kenan Bey?

Rüzgâr ve yağmur içinde yürüdüğüm uzun yol sarhoşluğumu hayli hafifletmişti. Zevcemin her şeye rağmen üstümdeki müessir nüfuzunu muhafaza eden hâkim bakışları beni büsbütün ayılttı:

– Hiç sanki sokakta biçare bir köpek yavrusu buldum da... acıdım...

Cavidan beni baştan aşağı süzüyordu, acı bir istihza ile:

– Rikkat-i kalbiniz ve insanî hisleriniz için sizi tebrik ederim, dedi. "Cavidan bir zamandan beri bana siz diye hemen hemen resmi bir surette hitap ediyor" fakat arzu ederdim ki bu âtıfet ve keremden daha evvel kendi şahsınız müstefid olsun... Halinize bakınız Kenan Bey... Zannederim ki siz bu kıyafetinizle biçareden daha acınacak bir haldesiniz... Köpeği lütfen kalfaya bırakınız... Kendiniz doğru odanıza çıkarsınız... Şimdi söylerim, size çamaşır getirirler...

Karımın ezici nazarları önünde mahcup ve mağlûp bir tavır ile yukarı çıkıyordum. Bir aynada kendi hayalim gözüme ilişti. O ne sefil kıyafet, ne zelilane vaziyetti. Kendimden utanmam, başımı daha ziyade önüme eğmem lâzım geliyordu. Fakat bu mağlûp ve düşkün halim bana bilâkis garip bir hiddet ve cüret verdi. Biraz evvel sönen sarhoşluğum yeniden başımı döndürüyor, gözlerimi karartıyordu.

Tam bu dakikada salondan bir ses, Namık Behçet'in sesi geldi:

– Cavidan Hanımefendi... Sizi bekliyoruz...

Bu ses beni büsbütün çileden çıkardı:

– Vay, misafirlerimiz arasında Namık Behçet Bey biraderimiz de mi var, ne âlâ... diye söylenerek salona yürüdüm...

Cavidan birdenbire önüme dikildi, kısık bir sesle:

– Ne yapıyorsunuz Kenan Bey... Kendinize geliniz, dedi.

Yaptığımın ne olduğunu pekâlâ biliyordum. Fakat zalimâne bir safvet ve hayretle gözlerimi açarak cevap verdim:

– Hiç... Gayet tabiî... Misafirlerime safa geldin diyeceğim.

– Allahaşkınıza kendinize geliniz... Sizi bu halde görürlerse rezil oluruz!..

– Mamafih ben misafirlerimi mutlaka görmek istiyorum. Hele bahusus Namık Behçet Bey'i...

– Kenan Bey... Size rica ederim...

Gözlerimi Cavidan'ın yüzüne kaldırdığım vakit harikulâde bir şey gördüm. Zevcemin gözlerinde iki iri yaş damlası vardı. Onu tanıdığımdan beri ilk defa ağladığını görüyordum. Bu iki damla yaş bana bir mucize gibi tesir etti. Haşin inadımı birdenbire kırdı, zelillane başımı eğdim:

– Affet beni Cavidan... Ben çok sefil bir adamım, dedim. Bir daha yüzüne bakmaya cesaret edemeden odama çıktım...

. . . .

Biraz evvel sofada dolaşan hafif bir ayak sesi kapının önünde durdu. Dilnüvaz Kalfa birkaç kere: "Beyefendi... Beyefendi..." diye seslendi.

Cevap vermedim. Kalfa, sızdığıma hükmederek yavaş yavaş uzaklaştı. Cavidan da ihtimal öyle zannediyor, ihtimal odasında ağlıyor.

Cavidan'ın anud bir gururu vardır. Teessürlerini, infiallerini gizleyebilmeyi bir meziyet sayardı. Fakat işin nihayetinde o da bir kadın değil miydi? Elbet onun da ıstırapları olacaktı, yalnız kaldığı vakit o da ötekiler gibi göz yaşlarından teselli bekleyecekti. Fakat biraz evvel gözlerindeki o iki büyük yaş damlasını görünceye kadar onun ağlaması ihtimalini düşünmemiştim. İhtimal beni bir zamandan beri zevcemi üzmeye sevk eden gizli, anlaşılmaz inadın içinde onu böyle teessürsüz ve çok kuvvetli zannetmenin de bir tesiri vardı.

Bu iki damla gözyaşı beni yalnız bu geceki ispirto sarhoşluğundan uyandırmadı... Öyle sanıyordum ki, daha uzun, daha ağır bir uykudan uyandım. Aylardan beri kendimi sevk-i tabiîlerime, kalbimin anlaşılmaz hareketlerine, ruhumun karanlık, esrarengiz müessirlerine bırakmıştım. Bir sarhoş gibi düşünmeden yaşıyor, içimden ne gelirse onu yapıyordum... İşte biraz evvelki vak'a beni bu daha uzun ve daha ağır uykudan uyandırdı. Çirkin ve hazin hakikatimi olanca çıplaklığı ve acılığıyla gördüğüm nadir uyanıklık saatlerimden birindeyim...

Ne oluyorum, ne yapıyorum, bahusus nereye doğru gidiyorum?..

Hakikati saklamaya lüzum yok... Evim, ocağım yıkılıyor... Vâkıa cephe hâlâ yerinde... Görünüşte hâlâ sakin ve güzel... Fakat temeller çürüdü, bütün gizli istinatgâhlar yıkıldı. Bu bina yıkılmak için vak'aların bir kuvvetli rüzgârını bekliyor...

Münekkidlerimden birinin teşbihi beni ne güzel izah ediyor, ben münzevi, mahrum, karanlık hayatında yıldızlarla müsabakaya uzanmış bir havai fişeğinden başka bir şey değildim. Karanlığın içinden birdenbire yükseldim... Renkli aydınlıklarım bir zaman yıldızlar gibi yüksek ve güzel göründü... Fakat bir sefilane acz ile eski karanlık toprağıma düşmem gecikmedi... Yeni hayatım bir zaman bana bir füsun gibi göründü. Cavidan'la birbirimize sevdiğimizi vehmettik... O bendeki sanatkârı takdir ediyordu, ben ondaki yüksek, zarif, muhteşem kadına hayrandım... Fakat ruhlarımız daima birbirine yabancı kalmaya mahkûmdu... Benim zevkim, rikkatim, hüznüm, neşem onunkinden başkaydı... O kadar çok seviştiğimizi, o kadar iyi anlaştığımızı söylerken birbirinin istediğini söylemek, istediği gibi görünmek mecburiyetinde olan iki teklifli misafire benziyorduk.

Bu ne yorucu bir şeydi. Ne kadar zaman devam edebilirdi. Hiç olmazsa bu hayata boş bir kalp ile girseydim... O da olmadı... Bende eski hayatıma ait bir gizli sevdanın günden güne artan, müzminleşen hastalığı vardı.

Bu defa İzmir'den döndüğümüz vakit komedyadan yorulmuştuk. Ben artık hastalığımı biliyordum. Aramızdaki ruh ve hayat ayrılıklarını gizlemeye kudretimiz kalmıyordu. Hiç şüphesiz, manâsız ihtilâflar, kavgalar çıktı. Aylarca birbirimizle konuşmadık. Yalnız yabancıların yanında birbirimizin yüzüne baktık. Beyhude birbirimizi incitmektense bu daha iyi değil miydi? Hem bu dargınlık benim için son bir tecrübe olacaktı: "Ayrılık kuvvetli aşkları büyütür, hasta olanları büsbütün öldürür... Bu dargınlık bir ihtiyar-ı iftirâka[171] benzeyecek... Her şey çaresiz surette ölmüş, sönmüş değilse bizi yeniden birbirimizin kollarına atacak" diye düşünüyordum. Böyle olmadı: Ben hayatımın yalnızlıkları içinde ötekini daha ısrarla düşünmeye başladım. Lâmia, bende bazı delilerin "sabit fikirleri"ne benzeyen bir şey oldu... Aklımdan çıkmıyor, gözümden gitmiyordu.

Artık vara yoğa kızan titiz, haşin, gürültücü bir adam olmaya başlamıştım. Cavidan'a karşı hiç sebepsiz gizli, boğuk kinlerim vardı...

---

171 isteğe bağlı ayrılma

O vakit ruhumla niçin barışmak istediğimi daha iyi anlıyorum... Onu gizli tazib[172] etmek zevkine mukavemet edemiyordum... Bir zaman sonra bu huşûnetim, isyanlarım da geçmeye başladı. Onun yerini kuru, zalimane soğuk istihzalar aldı. Başkalarını üzmekte, mahcup etmekte –sokak meczuplarıyla eğlenen– bir kaba hamal zevki duymaya başlıyordum.

Zevahiri muhafaza etmeye, kendimi dürüst muntazam bir adam göstermeye de artık gayret etmiyordum. Yine yavaş yavaş sefahatlere, çapkınlıklara kendimi vermeye başlamıştım. Bir gün olmayacak insanlarla delicesine kumar oynuyor, bir başka gün en âdi kadınların peşine takılıyor, zaman zaman barlara, çalgılı meyhanelere dadanıyordum... Ne sükût... Ne sükût!

Yalnız bu gece yaptıklarım ne kadar düştüğümü göstermeye kâfi... Böyle uygunsuz yerlerde tanıdığım üç beş sefih ile barlardan birindeydik... Mütemadiyen içiyor, gülüyor, alay ediyorduk...

Bir aralık çalgı susmuştu. Birdenbire aklımdan delice bir şey geçti. Sallanarak yerimden kalktım, çalgıcılardan birinin kemanını alarak çalmaya başladım. Sarhoşlar birbirine giriyor, "bravo" sesleri, el şakırtılarına, bardak tabak gürültülerine karışıyor, yarı çıplak kadınlar haykırışarak etrafımı alıyorlardı.

Çaldığım parçalardan birinin en güzel bir yerinde kemanı elimden bıraktım. "Kesme... Daha... Daha..." diye bağrışıyorlardı. kapıdan çıkarken onları işitmiyordum. Kulağımda

172 azap çektirme

dayımın tâ çocukluğumdan, ilk gençliğimden gelen ağır sesi ihtizaz ediyordu: "Kerizci... Nihayet kerizci, oldun ha!"

Demek birçok hayallerden, ümitlerden, beyhude çırpınmalardan sonra bu hale düşmüştüm öyle mi? Ben ki gönlüm istemediği vakit en sevdiklerimin hatırı için bile keman çalmayı zül saymış, daima reddetmiştim... İhtimal, dayımın dediği çıkacak... Nihayet pek sefil bir kerizci olacağım... Yahut babam gibi ben de...

. . . .

Biraz evvel soyunurken nadimane[173] karar veriyor, onları tutacağıma yeminler ediyordum. Cavidan'la tekrar barışmaya gayret etmek beyhude bir üzüntü olacak... Bu vak'alardan, suitefehhümlerden[174] doğmuş bir ihtilâf değil ki...

Benimle Cavidan'ı birbirimize bağlayan hisler, rabıtalar ölü vücutların âzası gibi çürüyor, dağılıyor, inhilâl[175] ediyor...

25 Nisan, Nişantaşı

Bugün öğleden sonra bahçede dolaşıyordum. Kapının önünde bir araba durdu. Kendi kendime: "Eyvah... dedim, bugün zevcemin kabul günü... Şimdi misafirler bastıracak... Bir alay zevzeğe kafa sallamak, çene çalmak lazım gelecek..."

Kapıyı açmaya giden hizmetçiye: "beni soran olursa sokağa gittiğimi söylersin," dedim, bahçenin arka tarafını dolaştım...

---

173 pişmanlıkla
174 anlaşmazlık
175 ayrışma

Burada metrûk bahçıvan odası yanında bir kameriye var... Etrafını sarmaşıklar, hanımeli dalları sarmış, üstüne ihtiyar bir dut ağacı sık yapraklı dallarını uzatmış...

Kendi kendime: "Burasının kapalı bir odadan farkı yok, dedim, misafirler gidinceye kadar hıfzolurum[176]."

Kameriyenin kırık tahta kanepesi üstüne boylu boyunca uzandım. Üstümdeki dalların içinde serçeler uçuyor, yağmurla dolu yapraklardan ara sıra yüzüme, ellerime su damlaları dökülüyordu.

İki saatten beri bu vaziyette yatıyordum. Kulağıma birdenbire gürültülü bir erkek kahkahası geldi.

Hemen yerimden fırladım: "Eyvah, dedim, misafirler bahçeye çıktılar... Bu tarafa gelirlerse iş fena..."

Sarmaşıklar arasından dışarı baktım. Namık Behçet Bey'di... Tanımadığım bir kadınla yedi sekiz yaşındaki kızının fotoğrafını almak için bahçeye çıkmıştı. Cavidan da onlarla beraberdi.

Namık: "O tarafta güneş var... Olmaz... Burada çıkaralım," diyor, bulunduğum tarafı gösteriyordu.

Hiddetle: "Ah maskara, dedim, her aksilik buna vergi..."

Daha beriye gelirse beni mutlaka göreceklerdi... Gürültü etmemeye çalışarak sarmaşıkları araladım, yandaki metrûk bahçıvan odasına girdim.

Biraz sonra sesleri kesilmişti. Artık çıkmaya hazırlanıyordum, fakat bu defa Namık Behçet'in sesini daha yakında işittim:

176 saklanma

"Bu kameriye ne güzel şey, Cavidan Hanım, diyordu, âdeta bir bahar yuvası... Birkaç dakika burda oturmama müsaade ederseniz bana en büyük ikramı edeceksiniz..."

Zevcem:

– Nasıl isterseniz Namık Bey, dedi, yapraklar hışırdamaya başladı. Cavidan'la misafirinin kameriyeye girdiğini gördüm.

Namık, kırık kanepeyi göstererek:

– Burada bir parçacık oturamaz mıyız, dedi.

Zevcem cevap verdi:

– Yağmurdan oturulacak hali kalmamış ki... Hem burası çok rutubetli...

– Rutubetli fakat fevkalâde şairane... Bahçenin bu kısmı bakımsız kalmış... Sizi tenkid için söylüyorum zannetmeyiniz... Bilâkis, bu daha güzel... Adeta bir mini minicik tabiî koru gibi...

Namık, uzun olduğu kadar da budala ve şairane tasvirlere girişiyordu. Bulunduğum yerde esniyor, "Ne fena beni uyutacak" diye söyleniyordum. Artık onları dinlemiyordum. Mutfağın yıkık bacasına yuva kurmaya uğraşan kırlangıçları seyrediyordum. Bir aralık Cavidan'ın sesi nazar-ı dikkatimi celbetti. Bu seste mahzun bir şikâyet ahengi vardı. Gayriihtiyari dinlemeye başladım.

– Hayatımın böyle olacağını tahmin etmemiştim... Gerçi size içyüzümüzden bahsetmek doğru değil... Fakat artık halimizi yabancılar bile hissetmeye başladı. Siz fazla olarak akrabamsınız... Kenan'ın sanatı beni aldatmıştı... "Bu kadar yüksek bir sanatkârın elbette çok yüksek bir kalbi, çok başka bir insanlığı olacak" diyordum... Ben bu ümitle hayatımı...

Cavidan, gittikçe artan bir hararetle sözlerine devam ediyor, hayatımızın bütün gizli sefaletlerini bu budala Namık Behçet'e söylüyordu.

Bu bana evvelâ biraz acı gelmişti. Kendi kendime düşünmeye başladım: "Benim bildiğim Cavidan çok mağrur bir kadındı... Nasıl oluyor da bunları söylüyor... Bahusus Namık Behçet gibi bir budalaya... Demek ki onu budala telâkki etmiyor... Hayatının bu kadar mahrem sırlarını bu kadar açık söyleyebilmek için demek ki ona bir kıymet veriyor... Sakın Cavidan bu Namık Behçet'i..."

Düşüncemin bu noktasında birdenbire durdum. Zevcemi bu mahremiyete sevkeden sebebi mutlak keşfetmek istiyor, hiçbir tavrını, sesini hiçbir ihtizazını kaçırmamaya çalışıyordum.

Onlar gittikten sonra tekrar kameriyeye döndüm, başımı ellerimin içine alarak uzun uzun düşündüm ve kararımı verdim...

. . . .

Zevcemin yatak odasında hafif ziyalı bir gece kandili yanıyordu. Cavidan yatmaya hazırlanıyor, aynanın karşısında saçlarını çözüyordu. Beni oda kapısında görünce hafif bir hayret feryadı kopardı.

Kollarımı kapıya dayadım, ağır ağır başımı sallayarak:

– Bu ne hazin şey Cavidan, dedim, beni yatak odasının daha doğrusu odamızın kapısında görünce bir yabancı, bir gece hırsızı görmüş gibi oldun... Gayriihtiyarî bir hareketle boynunu, saçlarını kapamak istedin... Halbuki benim bu odaya gelmemden daha tabiî ne olur! Sen de benim gibi düşünmüyor musun? Bu hazin hem çok hazin bir şey değil mi Cavidan?

Zevcem kendini toplamıştı. Çehresi yavaş yavaş eski vakur sükûnunu buluyor, dikkatle yüzüme, halime bakarak ne istediğimi anlamaya çalışıyordu.

Bu büyük karar bana melekâne bir sükûn ve tevekkül vermişti. İçimde telâştan, tereddütten eser yoktu. Yalnız söyleyişime biraz ağırlık, sesime belli belirsiz bir ihtizaz veren derin bir hüzün duyuyordum.

– Bir parça içeri girmeme müsaade eder misin Cavidan? diye sordum.

Doğrudan doğruya cevap vermedi, hafifçe kaşlarını çatarak:

– Ne istediğinizi anlayabilir miyim Kenan Bey? dedi.

Kapının yanındaki sandalyeye oturmuştum: "Senin saadetini Cavidan, dedim, yemin ederim ki şimdi bundan başka bir şey düşünmüyorum... Kırdığım hayatını yeniden tamir etmek... Sana ettiğim fenalıklara artık bir nihayet vermek..."

Sesim öyle kalbî bir hüzünle titriyordu ki Cavidan da samimiyetimden şüphe etmedi. Fakat bu kanaat onda hırçın bir isyan uyandırıyor, biraz evvelki sahte sükûnunu kaybettiriyordu:

– Bu kadar beni olsun anladığınıza teşekkür ederim... Fakat müsaadenizle ben de size bir şey söyleyeyim... Bazı şeyler öyle fena kırılır ki, hiçbir surette tamiri kabil olmaz.

Hafifçe elimi kaldırarak Cavidan'ın sözünü kestim, acı bir gülümseme ile:

– Müsaade et... Biliyorum, Cavidan, dedim, sözle, yeminle, teminatla, yalvarma ile bu felâkete nihayet verilemeyeceğini ben de biliyorum... O kadar çocuk değilim... Bu gece sana kati bir deva getiriyorum Cavidan...

Zevcem sık sık gözlerini açıp kapayarak yüzüme bakıyor, ne söyleyeceğimi anlamadığı halde titremeye başlıyordu.

– Bugün sen kameriyede Namık Behçet Bey'le konuşurken ben pek yakınınızdaydım... Oradaki mutfağın bir köşesinde... Sözlerinizin bir kısmını işittim.

Bu sözlerim, Cavidan'a bir kamçı gibi tesir etti, şiddetli başını kaldırdı. Mağrur, istihfafkâr bir bakışla:

– Ne güzel, ne kibar bir hareket Kenan Bey, dedi, bu necîbâne[177] tecessüsünüz[178] size acaba hangi büyük hakikati keşfettirdi?

Ben yine o mahzun sükûnla devam ettim:

– Sana ettiğim fenalığı tamir etmek çaresini keşfettim Cavidan... Bir şeyden çok korkuyordum... Her şeye rağmen beni bir parça sevmen... Bu takdirde müebbeden bedbaht olabilirdin... Halbuki şimdi artık eminim Cavidan... Bir başkasıyla mesut olabilirsin. Yeniden bir yuva yapabilirsin... gençsin, güzelsin, birçok meziyetlerin var... Niçin benim gibi alîl[179], sönük, fena, zavallı bir adamla hayatını çürüteceksin... Ben, bitkin bir adamım Cavidan... Sanatım, kemanım benim için belki sana bir hayal veriyordu... Mevcudiye-

177 soylu
178 merak
179 hasta

tim bir güzel sesten ibaret... Şimdi artık o da sustu... Geçmeyecek bir ruh hastalığıyla malûlüm Cavidan... Bu hastalık aydan aya, günden güne daha kuvvetle bastırıyor... Belki bu ayrılık benim için de iyi olur... Artık ne istediğimi anlıyorsun değil mi? Seni olsun kurtarmak ümidi benim için son teselli olacaktır.

Cavidan bir alçak iskemleye oturmuş, başını ellerinin içine almıştı. Yüzü hiç görünmüyor, gece kandilinin hafif aydınlığı dağınık kumral saçlarında titriyordu. Yavaş yavaş yanına gittim. Bir çocuk kandırır gibi tatlı okşayıcı bir sesle:

– Razı oluyorsun değil mi Cavidan? dedim.

Saçlarını okşamak, ellerini öperek yalvarmak istiyordum. Zevcemin omuzları hafif bir hıçkırıkla sarsıldı:

– Peki Kenan... Nasıl istersen? dedi.

Artık bir şey söylemeye cesaret edemedim. Karanlık sofaya çıktığım vakit bir dakika duvara dayanıp durdum. Henüz son nefesini vermiş bir hastanın odasından çıkmış gibiydim...

20 Temmuz

Bugün tünelde doktor Vedat'a tesadüf ettim. Arkadaşım beni görünce hayret etti:

– Ne garip tesadüf Kenan dedi, ben seni, İzmir'e gitti diye işitmiştim... Demek hâlâ buradasın...

– Yakında gideceğim... Fakat herhalde İzmir'den başka bir yere, diye cevap verdim.

– Nereye?

– Daha karar vermedim.

Vedat yüzüme baktı, bir şey söylemek istiyordu. Fakat nedense vazgeçti. Her zamanki lâkayt, şakacı tavrıyla:

– Herhalde serin bir yer intihâp[180] etmeni tavsiye ederim, dedi, bu sene yaz, cehennemden bir nümune... Benim bir sene bu aylarda, Romanya'ya yolum düşmüştü... Ah ne güzel azizim... Tasavvur edemezsin... Tünel onun yanında hiç kalır...

Ben güldüm:

– Bu ne güzel teşbih[181] Vedat, dedim.

O tünelin serin, râtıp[182] havasını koklayarak cevap verdi:

– Bana sorarsan bu sıcak yaz günlerinde İstanbul'un tünelden nefis sayfiyesi yoktur... Elimde olsa seferleri tatil ederim... İki baştan kapıları açarım... Fakir fukara serinlesin... Billahi ne parka benzer, ne Göksu'ya, ne Çamlıca'ya... Bu serin, karanlık havanın içinde bir aşağı bir yukarı piyasa etmek ne hoş olacak... Bugün çok yoruldum Kenan... Sıcakta çalışmak pek güç şey... Hâlâ da işim bitmedi... Yarım saat evvel hastaneden çıktım... Şimdi muayenehaneme koşuyorum... Sen nereye?

Elimle müphem bir işaret yaptım:

– Hiç... Şöyle dolaşmaya... Biraz hava almaya...

Tünel'den çıkan kalabalığa karışmıştık... Vedat beni kolumdan tuttu. Caddenin karanlıktan yeni kurtulan gözlerimize ihtizaz ediyor gibi görünen çiğ aydınlığına doğru elini uzatarak:

– Dolaşacak havayı ne güzel intihab ettin Kenan, dedi, sana bir şey teklif edeceğim... Haydi bugün ben de ipe un sereyim... Geçen gün Bomonti taraflarında yeni açılmış bir

180 seçme
181 benzetme
182 nemli

bahçe keşfettim... Daha ayak alışmadığı için kimseler gelmiyor... Fakat cenetten bir köşe azizim... Öyle güzel, öyle serin ki... Seninle bir iki bira içer, vakit geçiririz... Ne dersin?

– Peki ama biraz evvel hastalarından bahsediyordun.

– Adam, sen de... Elhamdülillah, hastalarımın içinde birgün beklemekle ölecek yok... Razı oluyorsun değil mi Kenan? Bak zaten yakında ayrılacağız... Bir nevi vedâ olur.

Zevcemden ayrıldıktan sonra çok yumuşak huylu, uysal bir adam oldum. Çocuk gibi nereye çekerlerse gidiyorum.

– Peki gidelim, dedim.

– Mamafih iki dakikalık bir işimiz var... Muayenehaneme uğrayacağız... Bir yerden bir haber bekliyorum da... Sen beni kapıda beklersin... Çıkmamla inmem bir olacak.

– Pek güzel... Sana tâbiim Vedat...

Üç beş dakika yürüdükten sonra Vedat'ın muayenehanesine geldik... Arkadaşım:

– Sen yorulma şimdi geliyorum, diye süratle merdivenlerden çıktı.

Kapının içindeki dar, loş koridorda dolaşıyor, bir fotoğraf atölyesinin resimlerini seyrederek Vedat'ı bekliyordum. Birkaç dakika sonra arkadaşım merdivenin üst başından bana seslendi:

– Kenan, bir parça yukarı çıkmanı rica ederim... Fevkalâde bir iş çıktı... Yarım saat kadar bekleyeceksin...

Ben:

– Seni rahatsız etmeyeyim... Ziyanı yok... Bir başka gün gideriz... Müsaade et, diye cevap verdim.

Vedat merdivenin yarısına kadar inmişti. Israr ediyordu:

– İmkânı yok... Yarım saat kadar bekleme odamda oturursun... İşim belki bu kadar bile sürmez...

Nâçar yukarı çıktım. Vedat beni bekleme odasına aldı, deniz tarafından iyice rüzgâr alan pencerelerini açıyor, bana kahve ısmarlıyor, sigara veriyor, önüme resimli mecmualar yığıyordu.

– Bir zamandan beri boğazını tedavi ettiğim bir küçük çocuk... İki günde bir evlerine gidiyorum... Bugün annesi buraya getirmiş... Biraz sonra gidecekler...

Vedat beni yalnız bırakarak yandaki kapıdan muayene odasına geçmişti. Mecmuaları masanın üstüne bıraktım, kollarımı pencereye dayayarak, dalgın dalgın Boğaz'ı seyretmeye başladım.

Ne kadar zaman geçtiğini bilmiyorum, fakat Vedat'ın işi uzuyordu. Bu durgun ve yorgun yaz manzarasının karşısında uyumuş kalmıştım.

Birdenbire odada bir hafif gürültü oldu, masa üstündeki resimli mecmualardan bir kısmı yere kaydı. Başımı çevirdim. Üç dört yaşlarında mini mini bir bebek gördüm. Muayene odasının aralık kapısından buraya girmiş, masa örtüsünün ucunu çekerek kâğıtları yere düşürmüştü. Yaptığından kendi de korkuyor, yan yan bakarak kaçmaya hazırlanıyordu.

Ürkütmemeye çalışarak yanına gittim, mini miniyi çıplak bileğinden tutarak:

– Ziyanı yok kızım, sana resimleri vereyim mi? dedim.

Sarı kıvırcık başını önüne eğerek yüzünü saklıyor, hiç ses çıkarmıyordu. Kollarından tutarak kucağıma almak istedim. Maksadımı hissederek yere çömeldi, bir eliyle masanın eteğine sarıldı. O vakit ben de yere, yanına oturdum, yavaşça çenesini tutarak yüzünü yüzüme kaldırdım... Bu, ince, nazik çehreli, koyu mavi gözlü, naif ürkek bir çocuktu... Hâlâ sesi çıkmıyor, titreyen gözleriyle yüzüme bakıyordu.

Tekrar kucağıma aldığım zaman hırçınlaşmadı. Pencerenin yanındaki kanepeye oturduk. Ona mecmualardaki resimleri göstermeye başladım. Çabucak bana alışmıştı. Fakat hiç ağzını açmıyordu.

Kendi kendime:

– Vedat'ın bahsettiği küçük hasta bu olacak diyor, yüzüne baktıkça hiç sebepsiz mahzunlaştığımı hissediyordum.

Bu çehre, bu gözler bende müphem silik bir eski hâtıra tesiri yapıyordu.

Bu dalgınlıktan beni Vedat'ın kuvvetli sesi uyandırdı. Arkadaşım birdenbire kapıyı açarak "Mebrure" diye seslendi.

Bizi başbaşa görünce:

– Orada mı o fettan! Ne çabuk ahbap oldunuz, dedi.

Vedat memnun bir tebessümle bize doğru geliyordu. Fakat birdenbire odanın ortasında durdu. Fevkalâde ehemmiyetli bir şey hatırlamış gibi elini alnına vurarak:

– Ben ne kadar kafasız oldum... Şimdi seni görünce hatırladım... Ayol siz birbirinizi tanıyorsunuz, dedi.

Şaşkın şaşkın ayağa kalktım:

– Kim... Kimi... Ne diyorsunuz Vedat! diye söyleniyordum. Arkadaşım cevap vermedi, süratle muayene odasına dönerek kapıyı açtı:

– Misafirim eski bir bildiğiniz Lâmia Hanım... Bestekâr Hüseyin Kenan... Görüşmek istemez misiniz?

Kapının şimdi bana daha derin ve karanlık görünen çerçevesinde siyah çarşaflı narin bir kadın gölgesi irtisam[183] etti. Bu siyahlıklar içinde evvelâ onun alnındaki sarı saçlarla, yeşil gözlerinin rengi gözüme çarptı. Çocuğu bu bir saniye içinde birdenbire kendi çocuğum olan küçük kızı kollarımdan bırakmıyor, bir adım atmaya bir kelime söylemeye kuvvet bulamıyordum.

Öyle sanıyordum ki bu şaşkınlığım uzun sürmedi. Vedat'ın sesi bende kuvvetli bir müdafaa sevk-i tabiîsi uyandırdı. Nasıl kendimi tuttum, perişanlığımı belli etmeden ona bakmaya, ilk sözleri o kadar sükûnetle söylemeye nasıl muvaffak oldum, hâlâ anlamıyorum.

. . . .

– Kütahya'da senden ara sıra bahsediyorduk Kenan... Lâmia Hanım İzmir bağlarında bir zaman komşuluk ettiğinizi, orada birçok defalar senin kemanını dinlediğini, hatta bir iki konuştuğunuzu söylüyordu... Deminden beri sen burada oturuyorsun, biz içeride konuşuyoruz da birbirinizi tanıdığınız aklıma gelmiyor...

Vedat, bahisten bahise geçerek, daldan dala atlayarak mütemadiyen söylüyordu. Ben köşede biraz karanlığa gelen bir kanepede dizlerimin üstünde Mebrure ile, Lâmia kapının yanında bir sandalyenin ucuna ilişmiş, oturuyorduk. Yavaş yavaş aydınlığa alışan hasta gözler gibi korka korka ona

---

183 resmedilme

bakmaya başlıyordum. Kınalı Yapıncak hafif çilli yüzünün gülümsemesiyle, titreye titreye bakan süzgün, yeşil gözleriyle, geniş alnına düşen ince saç kıvrımlarıyla karşımda duruyordu. Halbuki onu gördüğüme hâlâ içim inanmıyor, kendimi bir rüya içinde sanıyordum.

Göz göze bakmaya cesaret edemeyerek birbirimize mânasız, renksiz merasim sözleri söyledik.

Duvardaki asma saat beşi çaldı. Lâmia bu işareti bekliyormuş gibi birdenbire yerinden kalktı:

– Vapur vaktim geldi efendim... Müsaadenizle gideyim, dedi. Vedat'la uzun uzadıya ilâçlardan, reçetelerden bahsettiler. Arkadaşım, çocuğun iki haftaya kadar bir şeyi kalmayacağını temin ediyordu.

Ben hâlâ kucağımda Mebrure ile köşede oturuyor, ihtiyatsız bir hareket, bir söz, bir bakışla derdimi meydana çıkarmaktan korkuyordum...

Lâmia, küçük kızı almak için bana doğru bir adım attı.

Vedat, şakacı tavrıyla:

– Haspa ne çabuk alıştı, dedi. Bak Kenan sana evvelden haber vereyim... Mebrure, benim nişanlımdır... Sakın onu ayartayım filan deme... Külâhları değişiriz...

Küçüğün saçlarına bir muhteriz buse kondurmak için eğiliyordum. Cesaret edemedim. Yalnız elimle başını okşadım.

Lâmia, yüzüme bakmadan:

– Allahaısmarladık beyefendi. Tekrar görüştüğümüze memnun oldum, dedi.

Cevap vermeye değil, kısa bir teşekkür kelimesi söylemeye bile kudretim yoktu. Allah'tan Vedat söze karıştı. Lâmia'yı teşyi ederken bir iki güne kadar Beylerbeyi'ne halama uğrayacağım, diyordu, geldiğim vakit haber gönderirim... Mebrure'yi artık orada görürüm olmaz mı? Hem halam size darılıyor... Komşu olduğumuz halde hemen hiç onu ziyaret etmiyorsunuz...

. . . .

Vedat epeyce zaman dışarıda kalmıştı. Odaya döndüğü zaman memnun ve müşfik bir tebessümle Lâmia'dan bahse başladı:

– Ne melek gibi sakin, nazlı, mazlum kadıncağız... Sonra sade zevahiri altında ruhunun öyle incelikleri var ki hayret ediyorum... Ne derlerse desinler... Dünyada ıstırap ve elem kadar iyi mürebbi[184] olmuyor... Bu biçare kızın başına gelenleri biliyor musun?

Lakaydane pencereden bakarak:

– Hayır, dedim, zaten pek az tanımıştım. O vakit çocuktu.

– Zavallının başından bir iğfal faciası geçmiş... Bu küçük kızla beraber Kütahya'ya atmışlar... Orada akrabamdan biriyle evlenmişti... Sonra hiç yoktan bir mesele için ayrıldılar... Şimdi burada Beylerbeyi'nde kendi kendine oturuyor...

Aynı lakayt tavır ile:

– Ailenizle görüşmekte devam ediyor mu? dedim.

– Annem tabiî görüşmüyor... Fakat halam... Zaten annem ile halam arasında öteden beri zîddıyet vardır. Evet halam,

---

184 eğitici

Lâmia Hanım ile görüşmekte mahzur görmedi... Mamafih çok saygılı bir kadıncağız. Görüşmeye çekiniyor. Burada epeyce vakit kaybettik Kenan... Haydi artık gidelim...

. . . .

Lâmia'yı görmek için hiç ümidim yoktu... Onu bir başka dünyada yaşıyor sanıyordum... Ona bir gün, ummadığım bir yerde tesadüf etmek ihtimalini aklımdan geçirdiğimde "mümkün değil, derdim, ben bu dakikanın ihtisaslarına tahammül edemem..."

Bugün Kınalı Yapıncak'la göz göze geldiğim, birdenbire kucağımda çocuğumu bulduğum vakit muzdarip bir şaşkınlıktan başka bir şey duymamıştım. Sonra onunla karşı karşıya bulunduğum dakikalarda sırrımı meydana vermek korkusu kalbimi âdeta bir mengene içinde sıkmıştı. Fakat biraz sonra kendimi Vedat'la beraber o serin ve tenha gazino bahçesinde bulduğum vakit gönlümde derin bir neşe uyanmaya başladı. Bu neşe bir sarhoşluk gibi dakikadan dakikaya artıyordu, aylardan beri kaybolmuş o yaşamak zevkini yeniden bütün kuvvetiyle buluyordum.

Söz arasında Vedat'tan Lâmia'ya dair birçok malûmat aldım. Ayrılacağımız zaman arkadaşım ne zaman yola çıkacağımı sordu:

Gülerek cevap verdim:

– Biliyorsun ki gideceğim yer bile muayyen değil... Öyle bir fikir ve arzum var... Fakat ne vakit? Bunu vukuata bıraktım...

. . . .

Vakit geç. Uyumak istemiyorum. Bu kadar mesut bir geceyi uykuyla geçirmek günah değil mi? Lâmia'yı tekrar buldum... O eski yaz sevdasının Kınalı Yapıncak'ta hâlâ yaşadığından eminim. Onu tekrar göreceğim... İhtimal... Birkaç ay sonra hatta belki daha yakın bir vakitte... Ah, ne güzel... Hayattan beyhude yere ümidimi kesmişim...

17 Ağustos

Sıcak bir yaz günü... Bağlar öğle güneşinin kamaştırıcı ziyaları altında göz alabildiğine uzanıp gidiyor... Karşıki kayalar erimiş madenlere mahsus parıltılarla yanıyor... Su birikintilerinin üstünde dumanlar tütüyor... Kuleler pencerelerini kapamış...

Artık müebbeden benim olan Kınalı Yapıncak'ımla beraber kuyu başındayım. Sevdamızın en eski mahremi kalan Kerem yine ağır ağır dönüyor. Mebrure dört sene evvel Fikret'le Semiha'nın yattığı salıncakta uyuyor, hâlâ kapalı tuttuğu mini mini elinde ezilmiş bir üzüm salkımı var... Bir bağ mahsülü olduğu için mi acaba? Kızım üzümü çok seviyor. Kuş yavruları gibi üzümden başka bir şey yemiyor...

Bilekleri, boynu, yüzü, kıvırcık saçları hep üzüme bulanmış... Kızımı öptüğüm vakit dudaklarım yanağına yapışıyor, buseleri üzüm kokusu, üzüm lezzeti veriyor...

Mebrure biraz evvel Kerem'in vefakâr omuzunda kuyunun etrafını dolaşıyordu. Şimdi artık yorgun düştü. Sular serin çağıltılarla mermer havuza dökülüyor, Lâmia yanımda, başı omuzuma dayalı, kolları boynumda kilitli...

Dudaklarında, yarı kapalı yeşil gözlerinde gülümseyen bir rüya var... Çitlembiklerin gölgesi çilli yanaklarında oynuyor...

Yavaşça havuza uzanıyorum, suların içinden bir salkım üzüm alıyorum... Islak parmaklarımdan yüzüne birkaç damla su serpiliyor. Kınalı Yapıncak ürkmüş bir çocuk titremesiyle uyanıyor, gülümseyerek gözlerimin içine bakıyor...

Salkımı dudaklarına uzatıyorum:

– Evlenir evlenmez niçin mutlaka İzmir'e, Bozyaka'ya geldiğimizi şimdi anladın mı Kınalı Yapıncak, diyorum, başka yerde bu güzel yaz sevdasını bu kadar derin duymamıza imkân yoktu.

Lâmia beni o kadar iyi anlıyor ki cevap vermeye lüzum görmüyor, sade derin derin yüzüme bakıyor. Ben gönlümden geçen şeyleri karmakarışık söylemeye devam ediyorum:

– Geçen sene de buradaydım, Kınalı Yapıncak... Sen geçen yaz buraların halini görmeliydin... Hiçbir sonbahar senin yokluğun kadar buraları harap edememişti... Bozyaka'nın çölden farkı yoktu... Güneşler daha sabahtan yorgun doğuyor, aylar ölü yüzleri gibi sararıyordu... Ne bağlarda koku, ne ağaçlarda renk kalmıştı... Gündüz güneşlerin içinde tozlu yollarda dolaşıyor, çalılarla, kuru otlarla dolu çukurlarda yatıyor, akşamüstleri vücudum bitkin, yüzüm, elbiselerim toz toprak içinde eve dönüyordum... Ayrıldığımız o yağmurlu geceyi hatırlıyor musun Kınalı Yapıncak... Bağınızın yanında birbirimizden ayrılmıştık... Sen çitin üstünden atlamış, yavaş yavaş ağlayarak uzaklaşıyordun...

Bahçenizin karanlığı içinde sarı saçlarının bir hafif aydınlık gibi yavaş söndüğünü görüyordum... Ya seni tekrar bulmasaydım Kınalı Yapıncak, ya böyle...

*

* *

İstiğraka benzeyen bu uyuşuk tahayyülden beni bir araba gürültüsü uyandırdı. Titreyerek ayağa kalktım, yola doğru yürümeye başladım. Arabanın içinde Lâmia'nın siyah çarşafını gördüğüm vakit kalbim birdenbire burkuldu. Biraz evvel beni en çılgın hülyalara sevkeden o güzel ümidi hiç sebepsiz kaybediyordum.

Lâmia'nın rengi sapsarıydı, arabacıya para vermek için çantasını açarken elleri titriyordu.

Onu gördüğüm zaman söylemek için hazırlanmış sözlerim vardı. Fakat bir şey söylemeye değil arabadan inmesine yardım etmeye bile kuvvet bulamadım. Biraz evvel onu beklediğim ağaç altına doğru yürümeye başladık.

İlk sözü o söyledi. Çantasının zinciriyle oynuyor. Başını yana çevirerek tâ uzaklara, Marmara'ya, adalara bakıyordu.

– İlk iki mektubunuza cevap veremediğim için beni mazur görüyorsunuz değil mi efendim?.. Artık görüşmemiz pek doğru olmazdı... Üçüncü mektubunuzdan pek fazla üzüldüğünüzü anladım... Bundan başka bana pek ehemmiyetli şeyler söyleyeceğinizi yazıyordunuz... Bunun için emrinizi yaptım efendim... Buraya geldim...

Lâmia hemen hemen eski sadedil Kınalı Yapıncak, Bozyaka bağlarındaki nazlı, mazlum, müşfik kız çocuğu idi. Fakat buna rağmen öyle anlaşılmaz, tahlil edilmez bir hali vardı ki bütün cesaretimi kırıyordu. Ona söyleyecek kelime bulamıyordum.

Halbuki biraz evvel vücudunun bütün ağırlığı omuzlarımda, nefesini dudaklarımda hissettiğim hayalî Lâmia'ya neler söylüyordum. Gönlüm nasıl coşup taşıyordu. Sözlerinde ümidimi kıracak bir şey mi vardı? O da değil... Hem iki mektubuma cevap vermediği halde üçüncüsünde arzuma razı olması, benimle görüşmeye gelmesi iyi alâmet değil miydi?

Evet görünüşte ümitsizliğe düşmek için hiçbir sebep yoktu. Bütün bunları kendi kendime merak ediyordum. Fakat ne çare ki mantık başka, his başka... Uğrayacağım mağlûbiyetin ateşi şimdiden yüreğime düşmüş gibi kesik kesik söylemeye başladım. Bütün acılarımı, hicranlarımı anlattım... Fakat sesime, sözlerime istediğim harareti bir türlü veremiyordum. Vücudumdaki soğuk ürperme geçmiyor, kelimelerim dudaklarımda donuyor, sözlerim birer âdi yalana benziyordu.

Beyhude yere onun gözlerinde biraz hayal, bir parça rikkat ve merhamet arıyordum. Lâmia cevap vermiyor, hâlâ uzaklara bakarak sakinâne dinliyordu. İçimdeki o geçmek bilmeyen, kelimelerin dudaklarımda donduran râşenin sebebini yavaş yavaş anlamaya başlıyordum. Lâmia beni anlamıyordu. Ruhlarımız artık birbirine yabancıydı. Onda bir parça infial ve kin görsem sevinecektim... Çünkü bu onun hatırladığına, o eski yaz hülyasının hâlâ sönmediğine delâlet edecekti.

Vaktiyle İzmir'de idam edilen bir câninin son muhakemesinde hazır bulunmuştum. Mahkeme heyeti karar vermeye giderken müttehime[185] dikkat ediyordum. Bu hayattan bir türlü ümidini kesmeyen bir genç adamdı. Heyet bir cenaze alayı takip eder gibi meşum bir ağırlıkla avdet etti. Salonda nefes bile işitilmiyordu. Tekrar genç müttehime bakmıştım, hâlâ ümit ederek ayağa kalkıyordu. Fakat reisin söz söylemeye hazırlanan dudaklarına bakınca birdenbire ümidi kesildi. Bu genç adam öleceğine o saniye kanaat getirmişti...

Son sözümü söylemiştim, yalvarır gibi uzanan ellerim titriyordu. Aramızda kısa bir sükût hüküm sürdü. Lâmia cevap vereceği vakit gözlerimi kapadım, gülümsemeye çalışarak:

– Hacet yok... dedim.

Vücuduma muztarip bir yorgunluk çökmüştü. Lâmia gitmek üzere ayağa kalkıyordu... Son bir ümitle:

– Lâmia Hanım, dedim, gönlünüzde sevdamızdan küçük bir iz de mi kalmadı?..

Kınalı Yapıncak dudaklarının ucunda acı gülümseme ile yüzüme baktı:

– Biz birbirimizi sevmiyorduk ki Kenan Bey, dedi, o bir geçici yaz rüyası, biraz ince bir gönül eğlencesinden başka bir şey miydi? Onun kalp ile ne alâkası vardı?

Zelilane başımı önüme eğdim, cevap vermedim. Lâmia caddede bekleyen arabaya doğru yürümeye başlamıştı. Başını çevirip baktı, "Allahaısmarladık" dediğini işittim.

. . . .

Ümit olmuyor. Düşüne düşüne kendime bir teselli icat ettim. "İhtimal onun kalbinde her şey müebbeden sönmedi"

---

185 suçlanan kişi

diyordum, son sözleri söylerken, sevdamız için "Bu biraz ince bir gönül eğlencesinden başka bir şey miydi" derken dudaklarında ne mustarip bir tebessüm vardı. İhtimal için-den bana dargın... İhtimal çektiği acıların hatırası, vaktiyle o kadar huşûnetle kırdığım kadınlık gururu ona bunları söy-letti... Böyleyse her şey ölmemiş demek. İhtimal bir gün... Kimbilir... Evet ümit ölmüyor...

12 Eylül

Akşam karanlığı içinde bir ağaca dayanmış duruyordum. İskeleden çıkan son vapur yolcuları arasında Vedat'ı gördü-ğüm vakit hızlı hızlı yürümeye başladım. Süratle yanından geçiyordum. Kolumdan çekti, "Hayrola Kenan! Nereye koşuyorsun?" dedi.

Onu yeni görmüş gibi sahte bir hayretle:

– Sen misin doktor, dedim. Vapura. Aman beni tutma...

Arkadaşım gülmeye başladı:

– Beyhude yoruluyorsun, dedi. Son vapur gitti...

Bu sefer de sahte bir teessüfle ellerimi birbirine vur-dum:

– Etme Allahaşkına... Vah vah... İstanbul'a kayıkla geç-mek lâzım gelecek... Ben bir zamandan beri denizden kork-maya başladım... Mamafih ne çare...

– Burada ne işin vardı?

– Babası ölen bir arkadaşımı ziyarete gelmiştim...

– Arkadaşın nerede oturuyor?

– Şuralarda bir yerde... Mahallelerinin ismini bilmiyorum ki... Mamafih uzakça... Kayık bulabilirim değil mi?

– Mutlaka geçmeye mecbur musun? İşin var mı?

– Hayır işim yok... Fakat geçmem lâzım... Geceyi sokakta geçiremem ki... Buralarda otel filan da yoktur... O cenaze evine dönmekse mümkün değil... Binaenaleyh kayıktan başka çare yok...

– Bilâkis azizim... Bende misafir kalırsın... Seninle güzel bir gece geçiririz... Hazır mehtap da var...

– Nasıl, sen burada mısın?

– Kendi evim değil ama öyle sayılır. Birkaç günden beri Beylerbeyi'ndeyim...

– Öyle mi?

– Mamafih sana söyledim ya...

– Ne vakit?

– Evvelsi gün muayenehanede... Hatta halamın köşkündeki mehtap hakkında sana şairane bir tasvir bile yapmıştım.

Aynı sahte hayretle:

– Hatırlamıyorum, dedim.

Eskiden Vedat'la ayda, yılda bir görüşüyorduk. Hemen hemen resmî iki ahbaptık. Son aylarda münasebetimizi samimileştirmek için bütün kuvvetimle uğraşmış, birbirimizi hemen her gün görmek için birçok rabıtalar[186] icat etmiştim.

Arkadaşım devam ediyordu:

– Bu tesadüf çok iyi oldu Kenan... İstersen seninle biraz da mehtapta dolaşırız...

Sevincimi gizlemek, bir taşkınlık etmemek için dudaklarımı ısırıyor:

186 ilgi, irtibat bağlantı

– Bilmem ama... Sizi rahatsız etmekten korkuyorum.

Bu komedyayı hazırlamak için ne kadar üzülüp yorulmuştum. Dün akşam da Vedat'ı aynı yerde beklemiştim. Arkadaşım çıkmayınca gece kayıkla İstanbul'a dönmeye mecbur olmuştum. Vedat'ın halası hafif meyilli bir yokuşun başında büyük bahçeli bir köşkte oturuyordu. Demir parmaklıklı bir kapıdan gireceğimiz vakit arkadaşım beyaz boyalı bir küçük ev gösterdi:

– Lâmia Hanım burada oturur, dedi.

Lâkaydane:

– Öyle mi... Pek güzel dedim. İçeri girdik...

Vedat'ın halası yaşlı bir hanımefendi idi. Beni çok iyi kabul etti.

Yemekten sonra arkadaşım beni mehtapta gezdirmek istiyordu. Yorgunluğumu bahane ederek reddettim, bahçede hanımefendi ile oturmayı tercih ettiğimi söyledim...

Sözü öyle bir mecraya sevketmiştim ki hanımefendi musikiden bahsetmeye başladı:

– Ah Kenan Beyefendi... Sizin kemanınız fevkalâde bir şeymiş, dedi.

Vedat, meyusane başını salladı:

– Daha doğrusu öyleydi hala, dedi, fakat maateessüf bıraktı... Artık çalmıyor...

– Niçin?..

– Kenan anlaşılmaz ki... Sonra başka sebepler de var...

İhtiyar hanımefendi bu sebepleri ne olduğunu sormadı. Sade müteessir bir tavır ile başını salladı. Vedat bir zaman evvel meçhul ihtilâflar neticesinde zevcemden ayrıldığımı ona söylemiş olacaktı.

Ben bilâkis şen bir çehreyle:

– Bu gece arzunuzu yerine getirmeyi çok isterdim hanımefendi, dedim, bâhusus böyle mehtaplı zamanlarda keman çalmak benim için de bir zevk oluyor... Evde bir keman olsaydı.

Vedat hemen yerinden fırladı:

– Yaşa Kenan, dedi, sen istedikten sonra ben kemanı icat ederim... Komşumuz Nusret Paşa'larda bir keman var zannediyorum, değil mi hala?..

. . . .

Yarım saat sonra yukarıda, pencereleri mehtaba doğru açılmış bir salonda kemana başlıyordum. Evvelâ kalbimde ve parmaklarımda tereddüde, korkuya benzeyen bir ağırlık vardı. Hafifçe gözlerimi kapadım, karşıdaki beyaz küçük evi tahayyül ettim. Mebrure sarı kıvırcık başını annesinin dizine koyarak uyumuş... Lâmia büyük bir lâmbanın sarı saçlarına bir ziya hafifliği veren ışığı altında o bitip tükenmek bilmeyen elişlerinden birine dalmış... Dışarıdaki mehtaplı geceden gelen bu keman sesini birdenbire tanıdı... Kızının başını yavaşça minderin üstüne bırakıyor... Açık pencereye doğru geliyor... Artık söylemek, bir zaman evvel dilimin anlatmaya muvaffak olamadığı büyük sevdayı kemanın lisanıyla söylemek lâzım... Musiki yavaş yavaş ümitsiz bir feryat olmaya başlıyor... Yüzümü karanlığa çeviriyorum, gözlerimden kemanımın üstüne yaşlar akıyor... Şimdi çaldığım parça Lâmia'nın bir gece başını piyanoya dayayarak ağlaya ağlaya dinlediği parça... Eminim ki, bu dakikada o yine benimle beraber ağlıyor... Artık birbirimizi bulduk değil mi Kınalı Yapıncak? Seni tekrar gördüğüm vakit artık bana yabancı gibi bakmayacaksın, bu büyük sevdaya artık "dudaklarımızın ve gönlümüzün biraz ince bir eğlencesi" demeye cesaret edemeyeceksin, değil mi?

21 Eylül

Son ümidim de söndü. Her şey bitti.

O gecenin sabahı ona bir uzun mektup yazmıştım. Öyle umuyordum ki Lâmia bana mutlaka iyi bir cevap verecek. Günler geçiyor, cevap gelmiyordu. Mamafih bu son ümidi bir türlü kalbimden çıkaramıyordum.

Bugün bir bahane ile Vedat'a uğradım. Arkadaşım muayene odasında bir hasta ile meşguldü. Sekiz on dakika sonra yanıma geldi. Hem mahzun, hem memnun bir hali vardı.

– Biliyor musun Kenan, dedi, bazı saatlerde insan mesleğine düşman oluyor... Çalışmak bir işkence halini alıyor...

– Evet, dedim, bahusus insanın bir ıstırabı olursa...

Vedat şiddetle başını sallayarak reddetti:

– Hayır... Meyus insan için çalışmak bazen deva oluyor... Fakat hayatta bazı nadir saadet ve sevinç saatleri var... Mesutsun... Bu saadeti daha iyi tatmak için etrafındaki insanları da mesut görmek istiyorsun... Halbuki çaresiz bir dertle karşılaşıyorsun... Meselâ, biraz evvel muayenehanemden çıkan genç gibi mutlaka ölmeye mahkûm bir hasta senden şifa istemeye geliyor... Hakikaten doktorluk fena meslek...

Dikkatle yüzüne baktım:

– Sende bir fevkalâdelik var Vedat, dedim, yoksa âşık mı oldun...

Bunu sadece lâkırdı olsun diye söylemiştim. Arkadaşım, hafifçe kızardı. Lüzumundan fazla asabi ve müteheyyiç bir kahkahayla gülerek:

– Adam sen de... Söylediğin şeye bak, dedi.

Fazla ısrar etmedim: "Gençlik bu... Niçin olmasın?" dedikten sonra sözü değiştirdim, başka şeylerden bahsetmeye başladım.

Vedat beni dinlemiyor, asabi adımlarla odanın içinde dolaşıyordu. Nihayet önümde durdu:

– Sana bir şey söyleyeceğim Kenan, dedi, ben bir delilik ediyorum... Evleniyorum...

Uyanık, şen, alaycı, cesur Vedat kabahatli bir mektep çocuğuna dönmüştü. Mahcup bir safvetle anlatmaya başladı, şu bir kelimesini bile artık unutmama imkân olmayan sözleri söyledi:

– Artık söylememde bir beis yok... Çünkü iş katileşti... Kiminle evleniyorum, biliyor musun... Tanıdıklarından biri... Hani İzmir'de tanıdığın hanım... Lâmia Hanım... Bu izdivaç aile arasında fazla dedikodu yapacak... Çünkü eski kocası yakın akrabamdan... Fakat bu biraz da zaruri... Hemen hemen bir vicdan meselesi... Lâmia Hanım'ın ayrılmasına ben sebep olmuştum... Münasebetsiz bir dedikoduya uğramıştık... Yemin ederim ki aramızda hiçbir şey yoktu... Dışarıların dedikodusunu bilirsin... Mamafih kalbimde bir şey yoktu dersem yalan olur Kenan... Her türlü fena ihtirastan âri bir şefkat... İstersen buna bir sevda da diyebiliriz... Fakat gizli, tahlil edilmemiş bir sevda... Daha zevcinden ilk ayrıldığı zaman Kütahya'da ona izdivaç teklif etmiştim... Yani vazifemi yapmıştım... Fakat razı olmamıştı. İstanbul'a geldiği zaman da öyle inat etti... Bunu bir türlü izah edemiyordum... Beni beğenmiyor değildi... Hatta bilakis... Artık saklanmaya lüzum kalmadı... Bilakis onda bazı gizlenmeyen sevda alâmetleri bile görüyordum... Fakat bütün bunlara rağmen reddediyor, zevcem olmak istemiyordu. Sebep olmak üzere hiç değişmeyen şu sözleri söylüyordu: "Biliyorsunuz ki benim eski bir sergüzeştim var... Bu âdeta bir uzun hastalık oldu. Bugün artık hiçbir acı çekmiyorum... Tamamıyla iyi oldum sanıyorum... Fakat ya değilse Vedat Bey... Ya bu hastalık geçmediyse, birgün birdenbire nüksederse nasıl olur? Pek çok meziyetleriniz var... Bunlara rağmen hayatınızı biçare bir kadına vermek mürüvvetinden çekinmiyorsunuz... Bunlara karşı o kadın size temiz bir kalp vermezse, sizi lâyık olduğunuz kadar sevmezse yazık olmaz mı? bu hastalığın tamamıyla geçtiğinden, sizi sevdiğimden emin olmadıktan sonra teklifinizi kabul edemeyeceğim..." Görüyorsun ya Kenan... Bu kadın, ne temiz bir mahlûk... Halamda kaldığımız gecenin sabahıydı... Evden çıktığımız vakit, bir hastayı ziyaret bahanesiyle senden ayrıldım. Sen iskeleye indin, ben yandaki dar sokaktan tenha bir meydanlığa saptım... Lâmia Hanım'ın bu saatlerde tavsiyem üzerine çocuğuna güneş banyosu yaptırdığını biliyordum. Yine orada idi. Konuşmaya başladık. Senden bahsettim:

– Kemanı kimin çaldığını tabiî anladınız, dedim.

– Evet... Tanımamak mümkün mü?

Ben devam ettim:

– Sabaha kadar bu keman sesi kulağımdan gitmedi. Musikiye karşı fazla hassas değilim... Fakat ne hâlet-i ruhiyede olduğumu biliyorsunuz... Onun için bana fazla tesir etti... Hâlâ muvafık bir cevap vermeyecek misiniz Lâmia Hanım?

Yine her zamanki gibi tereddütle yüzüme bakmasını, meyus bir eda ile: "Hastalığımın nüksetmeyeceğinden emin değilim" demesini bekliyordum. Fakat bu sefer Lâmia böyle yapmadı, başını önüne eğerek sükût etti.

Bu hal bana garip bir cesaret verdi. İlk defa olarak elini tuttum. Bu hemen hemen gayrıihtiyarî olmuştu. Ürkececek, darılacak sanıyordum. Fakat Lâmia elini geri çekmedi, mazlum bir teslimiyetle avucumun içinde bıraktı, dolu gözlerini yüzüme kaldırdı. Bu gözler bu bakış her zamankinden başka idi: "Vedat Bey, diyordu, beni hâlâ istiyorsanız, artık size cevap verebilirim... Hastalığım geçti... Bundan eminim. Eğer geçmeseydi bugün de mutlaka nüksetmiş olurdu... Eski sergüzeştten içimde hiçbir iz kalmamış..."

. . . .

Bir mehtaplı yaz gecesinde uzak bir keman sesinden doğan bu genç kız sevdası beş sene sonra yine aynı sesler içinde sönmüştü.

2 Kanun-ı Evvel

Bu sabah havayı bir bahar günü gibi taze ve ılık görünce sevindim. İstanbul'daki son günümü boş geçirmeyecek, kızımı bir kere daha görebilecektim. Onlar şimdi Hisar ile Bebek arasında bir yalıda oturuyorlar. Açık ve sıcak günlerde orta yaşlı bir kadın, Mebrure'yi Bebek Bahçesi'ne getiriyor.

Bu mevsimde bahçe pek tenha... Beyaz önlüklü dadıların gezmeye getirdiği küçük çocuklarla kuru yaprakların arasına düşmüş yiyecek kırıntılarını toplamaya inmiş kuşlardan başka kimse yok.

Mebrure'yi bu çocukların arasında tesadüfen gördüğüm günden beri sık sık bebek bahçesine geliyordum... Tenha köşelerden birinde bir kanepeye oturup yolunu bekliyordum... İkindiye doğru kızım dadısının önünde kırmızı boyalı bir mini mini arabanın içinde bebeklerini taşıyarak bahçeye geliyor...

Mebrure ürkek tabiatlı bir çocuk... Birbirini kovalayan ağaçlara tırmanan, boğuşan gürültü eden çocuklara karışmaya cesaret edemiyor... Onlara uzaktan bakmakla eğleniyor...

Dadısı bazen öteki hizmetçilerle lâkırdıya dalıyor... Mebrure oturduğum kanepeye yaklaşıyor... Hiç konuşmadığımız halde aramızda gizli bir ahbaplık var. Boyunun yetişemediği bir dal parçasını koparıp arabasına taktığım, mini mini teneke kovasına kum doldurduğum vakit korka korka bana bakıp gülüyor, hafifçe saçlarını okşuyorum.

Kızım beni bir gün çocuk gibi ağlattı. Dadısı yine hizmetçilerin arasına karışmıştı. Mebrure, uzak bir köşede kumların üstüne oturmuş, o gün araba yerine getirdiği bir küçük beşik içinde bebeklerini sallıyordu. Yavaşça yanına gittim. O kadar meşguldü ki beni görmedi.

Mebrure bir mini mini anne ihtimamıyla çocuklarını uyutuyor, ince sesiyle onlara benim Bozyaka'da kemanla çaldığım o eski ninniyi, annesinin ninnisini söylüyordu.

Demek kızımı yetim olarak doğduğu o zamandan beri her gece bu ninni ile uyutmuşlar.

*
* *

Bugün bahçede fevkalâde bir hal gördüm. Çocuklarla dadılar bahçenin ortasına toplanmışlar, hararetli bir şey münakaşa ediyorlardı. On iki yaşlarında bir kızın beni gösterdiğini fark ettim. Bütün başlar döndü. Beni orada görmeye alışan lâubali tavırlı şişman bir Ermeni hizmetçi gülerek yanıma yaklaştı:

"Affedersiniz beyefendi... Bir ricam var," diyerek söze başladı. Dadılarla sekizer onar yaşındaki çocuklar eğlence için bir güzellik müsabakası tertip etmişler... Müsabakaya girecek bebekleri bahçede kalan son çiçeklerle süslemişler... Fakat bir türlü dereceleri tayin edemiyorlarmış... Aralarında âdeta kavga çıkmış...

Hülâsa beni hakem tayin etmek istiyorlar. Bunun için âdeta yalvarıyorlardı. Gülerek kabul ettim... Bebekleri birer birer önümden geçirmeye başladılar. Bunlar dörder beşer yaşında güzel güzel çocuklardı. Herbirini kollarından tutup havaya kaldırıyor, sonra yere bırakıyordum.

Mebrure'nin sırası yaklaştığını hissettiğim vakit derin, marizane bir heyecana düştüm. Öyle sanıyordum ki kızımın yüzünü yüzüme yaklaştırdığım vakit itidalimi muhafaza edemeyeceğim. Sırrımı meydana çıkaracak bir hareket yapacağım. Birbirinin aynı olan koyu mavi gözlerimiz her şeyi söyleyecek... Bu bana birdenbire "Siyah Yıldızlar"ı, başkalarının içinde sevdiğini tanımamak için gözlerine mil çeken bedbaht şehzadeyi hatırlattı...

Kirpiklerime toplanan yaşları boğmak için gözlerimi kapadım, kızıma son bir defa bakamadım...

. . . .

Yarın İzmir'e hareket ediyorum. Orada hiç durmadan Seydiköy'e gideceğim. Yalnızlığa tahammülüm yok... Son ümidim kardeşim Afife'de... Hayatımız senelerden beri ayrı geçiyor... Fakat ne ziyanı var... Mazimden bir o yadigâr kaldı... Kar fırtınası içinde meşakkatli bir gece yolculuğundan sonra ocağının ateşine kavuşan bir insana benzeyeceğim... Kardeşim bana maziden Tilkilik'teki fakir evimizden, annemden bahsederken gözlerimi kapayacağım... Kendimi tekrar o günlerin havası içinde bulacağım... Çocukluğumun mahzun ve vakur feragati yeniden içime süzülecek... Ondan sonra geçen senelerin beyhude ümitleri, mariz heyecanları hırçın ihtirasları içimden silinecek... Başımın içinde zaman hissi duracak... Bir şey duymayacağım, bâhusus bir şey istemeyeceğim... Ruhumu bir ihtiyari himaye vakfedeceğim... Bir ölü gibi emelsiz, ihtirassız, vakur ve mesut olacağım... Bu ruh sükûnunu şimdi yalnız kardeşimden bekliyorum...

Dün akşamdan beri Seydiköy'deyim... Buraya geldiğim vakit ortalık kararmıştı, ince, soğuk bir kış yağmuru yağıyordu.

Beni mağmum manzaralı bir çiftliğe götürdüler, yeni yanmış bir lâmbanın henüz karanlığı dağıtmadığı bir odaya aldılar. Pos bıyıklı, iri yarı bir adam hatırımı sordu. Ürkek tavırlı çocuklar, dudaklarının ucuyla elimi öptüler. Bir şey söylemeye cesaret, kuvvet bulamadan başlarını okşadım.

Bu odada bu iri yapılı adam, yanıma yaklaşmaktan çekinen çocuklar içinde kendimi yapayalnız buluyordum. Biraz evvel durmadan yağan yağmurun altında geçtiğim kırlarda kendimi daha az yalnız hissetmiştim.

Birbirimize söyleyecek söz bulamıyorduk. Eniştem beş yaşındaki en büyük kızına:

– Annen nerede kaldı? diye sordu.

Çocuk mahçup bir safvetle cevap verdi:

– Yeni entarisini giyiniyor...

Acı acı gülümsedim. Kardeşim beni kabul etmek için yeni entarisini giyiniyor... İhtimal bu vakitsiz misafire içinden canı bile sıkılıyor...

Kapı açıldı. İçeriye çocukları gibi ürkek tavırlı, şişman bir ev kadını girdi. Utanır gibi bir halle yanıma geldi. Yavaşça:

– Sefa geldiniz ağabey... Elinizi öpeyim, dedi.

Buz gibi soğuğunu hissettiğim dudaklarımla alnına hafif bir buse kondurdum. Hepimiz birer ayrı köşede oturduk. Odada mustarip bir sükût hüküm sürüyordu. Günlerden beri sabırsızlıkla düşündüğüm şeyleri söylemeye lüzum kalmamıştı. Bu şişman, lâkayt, yabancı dışarlık kadınının kardeşimle ne alâkası vardı? Onda hatta annemin mavi gözlerini bile artık bulamıyordum.

Söz söylediğim vakit Afife beni dinler gibi görünüyordu. Fakat zihni büsbütün başka şeylerle meşguldü. Çocuklarının münasebetsiz tavırlarına canı sıkılıyor, kaşıyla gözüyle onları tehdit ediyordu.

Sonra kocasının çorabındaki küçük deliği ayıplamamdan korktu. Terliğini giymesi için ona işaret etti. Nihayet oturduğum minderde unutulmuş bir lâmba bezine gözü ilişti. Bana sigara veriyor gibi yaparak onu aldı, yavaşçacık minderin arkasını sakladı.

Sofraya oturduğumuz zaman:

– Artık ayıplamazsın ağabey... Ne yapalım, biz köylü insanlarız, dedi.

Yemekten sonra beni hemen yatmak için temiz bir odaya çıkardılar. Ayrılacağımız vakit:

– Çok kalacak mısın ağabey, diye sordu.

Fakat birdenbire bir pot kırmış gibi utandı:

– Sakın aklınıza bir şey gelmesin. Vallahi onun için değil... Başımızın üstünde yeriniz var, diye mazeret beyan etti.

– Hayır dedim, geçerken uğradım... Bir iki gün kalacağım... Annemizin mezarını da ziyaret etmek istedim...

Annemiz... Bu kelimeyi söylerken yüreğim kuş gibi çırpınıyordu. Öyle sanıyordum ki bu kelime bir mucize tesiri yapacak, bir de Afife ile bir yatakta yattığımız günlerin kardeşliğini uyandıracak... Hayır... Afife kaşlarını çattı:

– Daha taş da yaptıramadık, dedi, ele güne karşı pek de ayıp oluyor ama...

Verecek cevap bulamadım... Kardeşim "Allah rahatlık versin" diyerek odadan çıktı.

Bu sabah, annemin mezarını arayıp buldum... Bana harap, loş bir kabristan köşesinde yıkık, taşsız bir mezar gösterdiler.

Saatlerce oturdum. Bir hapishanede odasında babamın bize ud çaldığı günden annemden ayrıldığım güne kadar geçen zamanı tekrar tekrar hatırladım.

Oradan ayrılacağım vakit mahzun bir tebessümle:

– Hakkım yok muymuş anne dedim, daha hemen hemen çocukken "Ben hayatın bir mağlûb-ı hayatım anne..." diye sızlanırdım. İnanmazdın. gülerdin... "Sen daha çok güzel günler göreceksin Kenan" derdin... Güzel günlerimi sen de görüyorsun ya anne... Benim şimdi bu mezarlık köşesindeki sakin ve vakur saadetine imrendiğim anneciğim...

*

* *

Altı ay sonra İzmir gazetelerinden birinde şu fıkra okundu:

"Belediye reis-i esbakı Saip Paşa'nın yeğeni Hüseyin Kenan Bey'in dün müntehiren[187] vefat ettiğini teessürle öğrendik. Asabî bir rahatsızlıktan mustarip bulunan Kenan Bey birkaç aydan beri dayısının Bozyaka'daki bağında ihtiyar-ı uzlet[188] etmişti. Münevver ve vatanperver bir gençti. Musikiye istidadı vardı. Üfûl-i nâ-be hengâmı zayiattandır[189]."

SON

187 kendini öldürerek
188 yalnızlığa çekilmek, inzivâ
189 ölümü zamansız kayıplardandır